本书列入

2017年国家社会科学基金重大委托项目
"十三五"国家重点图书出版规划项目

中华传统文化百部经典

杜甫集（节选）

杜甫 著

张忠纲 解读

国家图书馆出版社

图书在版编目（CIP）数据

杜甫集：节选／（唐）杜甫著；张忠纲解读 . — 北京：
国家图书馆出版社，2019.12（2024.9重印）
（中华传统文化百部经典／袁行霈主编）
ISBN 978-7-5013-6883-9

Ⅰ．①杜… Ⅱ．①杜… ②张… Ⅲ．①杜诗－诗集
Ⅳ．① I222.742

中国版本图书馆 CIP 数据核字 (2019) 第 254582 号

国家图书馆出版社官方微信

书　　名	杜甫集（节选）
著　　者	（唐）杜甫 著　张忠纲 解读
责任编辑	廖生训
特约编辑	袁啸波
封面设计	敬人设计工作室

出版发行　国家图书馆出版社（北京市西城区文津街 7 号　100034）
　　　　　　010-66114536　63802249　nlcpress@nlc.cn（邮购）
网　　址　http://www.nlcpress.com
印　　装　北京科信印刷有限公司
版次印次　2019 年 12 月第 1 版　2024 年 9 月第 2 次印刷

开　　本　710×1000　1/16
印　　张　24
字　　数　259 千字
书　　号　ISBN 978-7-5013-6883-9
定　　价　48.00 元（平装）

编纂缘起

文化是民族的血脉，是人民的精神家园。党的十八大以来，围绕传承发展中华优秀传统文化，习近平总书记发表了一系列重要讲话，深刻揭示出中华优秀传统文化的地位和作用，梳理概括了中华优秀传统文化的历史源流、思想精神和鲜明特质，集中阐明了我们党对待传统文化的立场态度，这是中华民族继往开来、实现伟大复兴的重要文化方略。2017 年初，中共中央办公厅、国务院办公厅印发《关于实施中华优秀传统文化传承发展工程的意见》，从国家战略层面对中华优秀传统文化传承发展工作作出部署。

我国古代留下浩如烟海的典籍，其中的精华是培育民族精神和时代精神的文化基础。激活经典，熔古铸今，是增强文化自觉和文化自信的重要途径。多年来，学术界潜心研究，钩沉发覆、辨伪存真、提炼精华，做了许多有益工作。编纂《中华传统文化百部经典》（简称《百部经典》），就是在汲取已有成果基础上，力求编出一套兼具思想性、学术性和大众性的读本，使之成为广泛认同、传之久远的范本。《百部经典》所选图书上起先秦，下至辛亥革命，包括哲学、文学、历史、艺术、科技等领域的重要典籍。萃取其精华，加以解读，旨在搭建传统典籍与大众之间的桥梁，激活中华优秀传统文化，用优秀传统文化滋养当代中国人的精神世界，提振当代中国人的文化自信。

这套书采取导读、原典、注释、点评相结合的编纂体例，寻求优秀传统文化与社会主义核心价值观之间的深度契合点；以当代眼光审视和解读古代典籍，启发读者从中汲取古人的智慧和历史的经验，借以育人、资政，更好地为今人所取、为今人

所用；力求深入浅出、明白晓畅地介绍古代经典，
让优秀传统文化贴近现实生活，融入课堂教育，走
进人们心中，最大限度地发挥以文化人的作用。

《百部经典》的编纂是一项重大文化工程。在
中宣部等部门的指导和大力支持下，国家图书馆做
了大量组织工作，得到学术界的积极响应和参与。
由专家组成的编纂委员会，职责是作出总体规划，
选定书目，制订体例，掌握进度；并延请德高望重
的大家耆宿担当顾问，聘请对各书有深入研究的学
者承担注释和解读，邀请相关领域的知名专家负责
审订。先后约有 500 位专家参与工作。在此，向他
们表示由衷的谢意。

书中疏漏不当之处，诚请读者批评指正。

2017 年 9 月 21 日

凡　例

一、《中华传统文化百部经典》的选书范围，上起先秦，下迄辛亥革命。选择在哲学、文学、历史、艺术、科技等各个领域具有重大思想价值、社会价值、历史价值和学术价值的一百部经典著作。

二、对于入选典籍，视具体情况确定节选或全录，并慎重选择底本。

三、对每部典籍，均设"导读""注释""点评"三个栏目加以诠释。导读居一书之首，主要介绍作者生平、成书过程、主要内容、历史地位、时代价值等，行文力求准确平实。注释部分解释字词、注明难字读音，串讲句子大意，务求简明扼要。点评包括篇末评和旁批两种形式。篇末评撮述原典要旨，标以"点评"，旁批萃取思想精华，印于书页一侧，力求要言不烦，雅俗共赏。

四、原文中的古今字、假借字一般不做改动，唯对异体字根据现行标准做适当转换。

五、每书附入相关善本书影，以期展现典籍的历史形态。

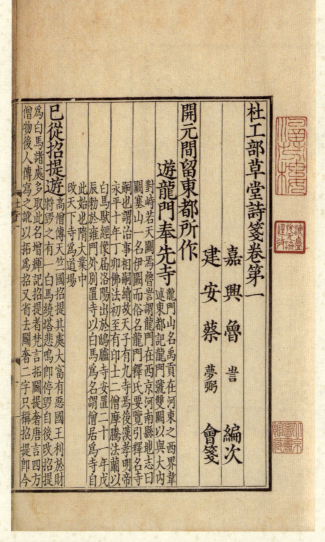

杜工部草堂詩箋卷第一

　　　　嘉興魯　訔　編次

　　　　建安蔡夢弼　會箋

開元間留東都所作

遊龍門奉先寺

龍門山名禹貢在河東之西界草
述東都記龍門虢雙闕以與大內
闕塞山一名伊闕而俗名龍門西京河南縣地志曰
嗣也謂治事相嗣續故天子有九寺馬俊漢孝明帝
永平十年丁卯佛法初入僧摩騰法蘭以
白馬駄經屬洛陽出於鳴臚寺安置二十一年戊
辰勑於雍門外別置寺以白馬為名謂僧居為寺自
改此始也隋大業中

已從招提遊

高僧傳天竺國招提其處大富有惡國王利於財
將羅之有一白馬繞塔悲鳴卽停羅自後改招提
僧物後人傳寫之訛以拓為招輝記招提者梵言拓鬭奢二字只稱招提卽今方
為白馬諸處多取此名增輝記招又省去鬭奢二字只稱招提卽今

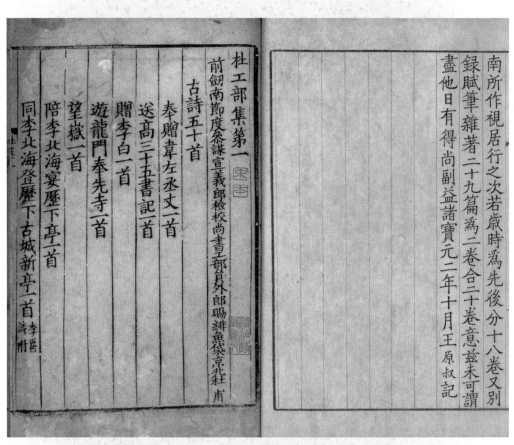

南所作視居行之次若歲時爲先後分十八卷又別
錄賦筆雜著二十九篇爲二卷合二十卷意茲未可謂
盡他日有得尚副益諸寶元二年十月王原叔記

杜工部集第一

前劍南節度泰謀宣義郎檢校尚書工部員外郎賜緋魚袋京兆杜甫

古詩五十首

奉贈韋左丞文一首

送高三十五書記一首

贈李白一首

遊龍門奉先寺一首

望嶽一首

陪李北海宴歷下亭一首

同李北海登歷下古城新亭一首　　李邕詩附

杜工部集二十卷補遺一卷　（唐）杜甫撰　宋刻本
（卷十至十二配宋紹興建康郡齋刻本，卷二至九、十三至十六配清毛氏汲古閣影宋抄本）
毛扆跋　上海圖書館藏

目　录

导　读

一、杜甫的家世与生平

　　杜甫（712—770），字子美，排行第二。自称杜陵布衣、杜陵野老、杜陵野客，世称"杜少陵"。郡望杜陵（今陕西西安东南），祖籍襄阳（今属湖北），生于巩县（今河南巩义）。十三世祖杜预，为魏、晋间名臣。继羊祜镇守荆州，讲武修文，兴修水利，造福一方，其文治武功甚为时人及后世称赏。以平吴功封当阳县侯。杜预精通历法，尤精于《左传》之学，著有《春秋左氏经传集解》三十卷，为流传至今最早的《左传》注解。杜甫对远祖杜预至为景仰，引以为荣，尝撰《祭远祖当阳君文》盛赞其功德。曾祖杜依艺，曾任监察御史，任洛州巩县令后举家迁居巩县。祖父杜审言，为唐代武后时著名诗人，与崔融、李峤、苏味道号称"文章四友"。历官著作佐郎、膳部员外郎。杜甫对其祖父极为景仰，盛赞"吾祖诗冠古"，自称"诗是吾家事"。父亲杜闲，曾任武功县尉、奉天县令、兖州司马。二叔杜并，年十六为报父仇而手刃仇敌，视死如归，人称"孝童"，苏颋为撰墓志，刘允济为作祭文。另一位叔父杜登，为杜审言继室卢氏所生，曾任武康县尉。杜甫外祖父的母亲，是唐高祖李渊第十八子舒王李元名的女儿。外祖母的父亲李琮，是唐太宗李世民的嫡孙，即太宗第十子纪王李慎的次子，被封为义阳王。杜甫的母亲崔氏是清河东武城（今属山东）人，她在杜甫幼年时就去世了。父亲杜闲续娶卢氏，为杜甫的继母。但是杜甫并没有从卢氏身上得到多少母爱，反倒是他二姑承担了母亲的角色，把他抚育成人。杜甫的夫人杨氏，弘农（今河南灵宝）人，为司农少卿杨怡女。杜甫有弟四人：颖、观、丰、占，皆继母卢氏所生。杜颖曾任齐州临邑县主簿。另有一妹，嫁韦氏，居濠州钟离（今安徽凤阳）。杜甫有子二人：宗文、宗武。大历中，宗武曾被桂州刺史、桂管观察使李昌巙以秘书省正字辟为从事。宗武子嗣业，元和八年（813）自岳阳迁祖父杜甫之枢，归葬于偃师县西北首阳山麓。

　　杜甫早慧，七岁即能作诗，九岁能书大字，他说："七龄思即壮，开口咏凤凰。九龄书大字，有作成一囊。"（《壮游》）杜甫幼年很顽皮，他在晚年回忆自己孩提时说："忆年十五心尚孩，健如黄犊走复来。庭前八月梨枣熟，一日上树能千回。"（《百忧集行》）这个早熟孩子超强的记忆力和出众的文学才能，给人们留下深刻的印象。十四五岁时，杜甫即与文坛名士交往，受到他们的称许。《壮游》诗云："往者十四五，出游翰墨场。斯文崔魏徒，以我似班扬。"崔，即时任郑州刺史的崔尚；魏，即豫州刺史魏启心。在《奉赠韦左丞丈二十二韵》中他又说："赋料扬雄敌，诗看子建亲。李邕求识面，王翰愿卜邻。"李邕是当时的名士、大书法家，王翰是著名的诗人。大历五年（770）春，流寓潭州（今湖南长沙）的杜甫写下了《江南逢李龟年》："岐王宅里寻常见，崔九堂前几度闻。正是江南好风景，落花时节又逢君。"诗中提到的岐王和崔九，即唐玄宗之弟李范和玄宗宠臣、殿中监崔涤，二人都卒于开元十四年（726），而当时杜甫才十五岁，这个充满自信的少年已经出入王侯宅第，崭露头角了。

杜甫在青年时代曾数次漫游。十九岁时，他出游郇瑕（今山西临猗）。二十岁时，漫游吴越，历时数年，足迹遍及今江苏南京、苏州，浙江杭州、绍兴、萧山、嵊州、新昌等地。开元二十三年（735），回故乡参加"乡贡"。二十四年在洛阳参加进士考试，结果落第。其父杜闲时任兖州司马，杜甫遂赴兖州省亲，开始齐赵之游。开元二十九年，他返回洛阳，筑室首阳山下。约在此时，与杨氏结婚。天宝三载（744）四月，杜甫在洛阳与被唐玄宗赐金放还的李白相遇，两人相约为梁宋（今河南开封、商丘一带）之游。之后，杜甫又到齐州（今山东济南）。四载秋，转赴兖州与李白相会，二人一同寻仙访道，谈诗论文，结下了"醉眠秋共被，携手日同行"（《与李十二白同寻范十隐居》）的深厚友谊。秋末，二人握手相别，杜甫结束了"放荡齐赵间，裘马颇清狂""快意八九年，西归到咸阳"（《壮游》）的齐赵之游。

天宝六载，玄宗诏天下通一艺者到长安应试，杜甫也参加了考试。由于权相李林甫作梗，玩弄了一场"野无遗贤"的闹剧，使得参加考试的士子全部落选。正如当时亦应试的元结《谕友》云："天宝丁亥中，诏征天下士人有一艺者，皆得诣京师就选。相国晋公林甫以草野之士猥多，恐泄漏当时之机，议于朝廷曰：'举人多卑贱愚聩，不识礼度，恐有俚言，污浊圣听。'于是奏待制者悉令尚书长官考试，御史中丞监之，试如常例。已而布衣之士无有第者，遂表贺人主，以为野无遗贤。"科举之路既不通，杜甫为实现自己的政治理想，不得不奔走权贵之门，投赠干谒，但都无结果。天宝十载正月，玄宗在太清宫、太庙和南郊举行祭祀玄元皇帝（老子）、祖宗和天地的三大盛典，杜甫乃于九载冬预献"三大礼赋"，得到玄宗的赏识，命待制集贤院，等候分配，然仅得"参列选序"资格，未实授官。直到十四载，才得授一个河西尉的小官，但杜甫不愿意任此"凄凉折腰"的官职,旋改右卫率府兵曹参军。十一月,杜甫往奉先(今陕西蒲城)探亲,就长安十年的感受和沿途见闻,写成著名的《自京赴奉先县咏怀五百字》。就在这个月,"安史之乱"爆发。次年六月,潼关失守,玄宗仓皇逃往成都。七月,太子李亨即位于灵武(今宁夏灵武西北),是为肃宗。这时,杜甫已将家搬到鄜州(今陕西富县)羌村避难,闻肃宗即位,即于八月只身北上,投奔灵武,途中不幸为叛军裹挟,押至长安。诗人目睹国家的残破以及叛军的残暴,感时伤事,写下了《春望》《哀江头》《哀王孙》等不朽诗篇。至德二载(757)二月,肃宗将行在所由彭原迁至凤翔(今属陕西)。四月,杜甫冒险逃出长安,奔赴凤翔行在。五月,被肃宗授为左拾遗,故世称"杜拾遗"。随即因疏救房琯,触怒肃宗,诏三司推问,幸赖宰相张镐救免。闰八月,墨制放归鄜州省家。至家后,作《羌村三首》《北征》。十月,还凤翔,扈从肃宗还京。乾元元年(758)六月,被贬华州司功参军,从此永远离开朝廷。

乾元元年冬,杜甫由华州赴洛阳。二年春,返回华州,正值唐军九节度使邺城战役溃败,大肆抓丁以补充军力,杜甫就沿途所见所感,写成著名的组诗"三吏""三别"。七月,杜甫弃官赴秦州(今甘肃天水),开始了"漂泊西南天地间"的人生苦旅。十月,缺衣少食的杜甫携家离开秦州,南赴同谷(今甘肃成县),想解决衣食之忧。不料到同谷后,生活状况不仅没有改善,反而完全陷入饥寒交迫的绝境之中。杜甫在《乾元中寓居同谷县作歌七首》中,用字字血泪记录下这段最为艰苦的岁月。十二月初,杜甫于无奈之下再次逃难,携家离开同谷入蜀,于年底抵达成都。因为这一年之内奔波流离,不断逃难,杜甫称之为"一岁四行役"(《发同谷县》)。上元元年(760)春,在成都尹、剑南西川节度使裴冕及亲友们的帮助下,在浣花溪畔营建草堂。二年岁末,杜甫的好友严武任成都尹兼剑南节度使,给予杜甫一家不少照顾。宝应元年(762)四月,玄宗、肃宗相继去世,代宗即位，召严武还朝。七月，严武入朝，杜甫一直送他到绵州（今四川绵阳）。因剑南兵马使徐知道叛乱，被迫流寓梓州（今四川三台）、阆州（今四川阆中）一带。广德二年（764），朝廷召补杜甫为京兆功曹参军，不赴。正月，严武再镇成都，几次写信希望杜甫回来。杜甫于是放弃原来打算出峡东游的计划，又携家回到成都。六月，严武表荐杜甫为节度参谋、检校尚书工部员外郎，故世又称"杜工部"。永泰元年（765）正月三日，杜甫退出幕府，归居草堂。四月，严武病逝。杜甫失去依靠，于五月离开成都乘舟南下，经嘉州（今四川乐山）、戎州（今四川宜宾）、渝州（今重庆）、忠州（今重庆忠县）至云安（今重庆云阳），次年暮春迁居夔州（今重庆奉节）。杜甫居夔州近两年，写诗四百余首。大历三年（768）正月，杜甫携家出三峡，经江陵（今湖北荆州）、公安（今属湖北），暮冬抵岳州（今湖南岳阳），作《登岳阳楼》诗。四年二月，自岳州去潭州（今湖南长沙），春暮至衡州（今湖南衡阳），夏又回潭州。五年四月，湖南兵马使臧玠杀观察使崔瓘，据潭州为乱。杜甫携家出潭州避乱，于是又入衡州，并打算赴郴州（今属湖南）依舅氏崔伟。因耒水夏涨，阻水耒阳（今属湖南）方田驿。耒阳县令聂某闻讯致书，并馈送酒肉，杜甫有诗致谢。此后回舟北归，复返潭州，居于湘江江阁。秋冬之际，自潭州赴岳州，途中，作绝笔诗《风疾舟中伏枕书怀三十六韵奉呈湖南亲友》。不久即卒于潭、岳间舟中，时年五十九岁。直到元和八年（813），杜甫的孙子杜嗣业才"收拾乞丐，焦劳昼夜"，将暂厝在岳阳的杜甫灵柩运回偃师，葬在首阳山下，紧靠着远祖杜预、祖父杜审言之墓。就这样，诗人的遗骨漂泊了四十三年后才又回到生前魂牵梦绕的家乡。在迁移祖父灵柩路过江陵的时候，杜嗣业遇见大诗人元稹，便请求他给祖父写一篇墓志铭，元稹于是写了《唐故工部员外郎杜君墓系铭并序》，盛称"诗人以来，未有如子美者"。

二、杜甫的思想

杜甫出身于一个"奉儒守官"的家庭，受的是儒家正统教育。他在《进雕赋表》中说："自先君恕、预以降，奉儒守官，未坠素业矣。"在《祭远祖当阳君文》中更说："不敢忘本，不敢违仁。"他的政治理想就是"致君尧舜上，再使风俗淳"。"安史之乱"后，他过着颠沛流离的困苦生活，亲身经历了国家深重的苦难，接近了广大劳苦群众，他的积极入世的儒家思想至死不衰。

杜甫是原始儒家思想即孔孟思想的继承者和实践者。他继承和发扬了孟子的"大丈夫"精神，以天下为己任，忧国忧民，爱国爱民。杜甫忠君，但并非愚忠，他身历玄、肃、代三朝，对三代皇帝都有所讽喻和批评。唐玄宗早年励精图治，而晚年却耽于逸乐，倦理朝政，宠信奸佞，国事日非，终于招致了"安史之乱"，唐王朝由盛转衰，一蹶不振。早在"安史之乱"爆发的前几年，杜甫以政治家的敏感觉察到了在表面繁荣掩盖下的社会危机。在《兵车行》中，诗人毫无顾忌地抨击了玄宗穷兵黩武的开边政策："边庭流血成海水，武皇开边意未已。"而这样拓边的结果是生产的大破坏和百姓的家破人亡："汉家山东二百州，千村万落生荆杞。""新鬼烦冤旧鬼哭，天阴雨湿声啾啾！"这幅萧瑟凄惨的景象，不是对最高统治者的悲愤控诉吗？其言词之激烈，感情之郁愤，不是至今还使我们深感钦佩吗？要知道，这是杜甫在皇帝脚下的国都长安发出的大声疾呼！在《前出塞》中，诗人写道："君已富土境，开边一何多！""杀人亦有限，立国自有疆。苟能制侵陵，岂在多杀伤？"这里的"君"，指的也是唐玄宗，这组诗是直接抨击玄宗的扩张政策的。玄宗外则兴师劳民，内则骄奢淫逸，和杨贵妃过着糜烂的生活，所以杜甫说是"宫中行乐秘，少有外人知"（《宿昔》）。在《同诸公登慈恩寺塔》中，诗人与同登诸公不同，他别具慧眼，看到唐玄宗"惜哉瑶池饮，日晏昆仑丘"的侈糜生活，不禁隐忧国事："秦山忽破碎，泾渭不可求。俯视但一气，焉能辨皇州？"可谓高瞻远瞩，预见未来。在《丽人行》中，诗人淋漓尽致地描绘了玄宗所宠幸的杨氏兄妹的穷奢极侈和嚣张跋扈，揭露了他们的荒淫无耻。在《自京赴奉先县咏怀五百字》中，对玄宗"君臣留欢娱，乐动殷胶葛"和"中堂舞神仙，烟雾蒙玉质"的侈糜生活进行了抨击，揭示了"朱门酒肉臭，路有冻死骨"（二句实脱胎于《孟子·梁惠王上》之"庖有肥肉，厩有肥马；民有饥色，野有饿莩"）的贫富对立和残酷的社会现实，而"群冰从西下，极目高崒兀。疑是崆峒来，恐触天柱折"，更是对"安史之乱"前唐王朝岌岌可危的政治形势的形象描绘。这是政治家的预见。就在诗人写此诗之时，"安史之乱"终于爆发。这场造成"五十年间似反掌，风尘澒洞昏王室"（《观公孙大娘弟子舞剑器行》）的社会大动乱，唐玄宗负有不可推卸的责任。对于玄宗的宠信和纵容安禄山，杜甫不止一次地提出批评。马嵬兵变，杨贵妃和杨国忠被处死，杜甫高兴地说："奸臣竟菹醢，同恶随荡析。"热烈赞扬为国除害的陈玄礼将军"仗钺奋忠烈。微尔人尽非，于今国犹活"（《北征》）。对于肃宗宠信宦官李辅国和受制于后宫张良娣，作为臣子的杜甫敢于大胆揭发隐私："关中小儿坏纪纲，张后不乐上为忙。"（《忆昔二首》其一）对于肃宗的借兵回纥和遣嫁宁国公主和亲，杜甫都多次明确地表示了反对意见："花门既须留，原野转萧瑟。"（《留花门》）"闻道花门破，和亲事却非。"（《即事》）"和亲知计拙，公主漫无归。"（《警急》）对唐代宗，杜甫也是多有批评。他原是"周宣中兴望我皇"（《忆昔二首》其二）的，可是代宗宠任宦官李辅国、程元振之流，杜甫就大声疾呼："君侧有谗人！"（《百舌》）对于代宗不诛程元振，杜甫尖锐指出："不成诛执法，焉得变危机？"（《伤春五首》其三）他的《往在》诗更连续批评了玄宗、肃宗和代宗。这些诗句足以证明，杜甫对皇帝并非愚忠，更不是只忠于皇帝一人一姓，更多地是从整个国家和人民利益着想的，正如他所说：

"上感九庙焚，下悯万民疮。"(《壮游》)他希望有一个好皇帝，能使人民过上安居乐业的生活："几时高议排金门，各使苍生有环堵。"(《寄柏学士林居》)这种愿望是好的。可见，杜甫的忠君，实质是爱国爱民。

与其说杜甫是忠臣，不如说他是直臣。在关键时刻，他敢于挺身而出，仗义执言，疏救房琯就是一个明显的例证。房琯与杜甫为布衣交，友情很深。房琯为人正直，有远谋。安史乱起，他从玄宗幸蜀，建诸王分镇之策，使安禄山闻之生畏。后琯与韦见素、崔涣等人奉册灵武，谒见肃宗，深得肃宗重用。但因他"颇以直忤旨"，对肃宗不那么驯服，加之贺兰进明献谗，肃宗"始恶琯"。至德元年（756）十月，房琯率军与安史叛军遇于陈涛斜，交战不利，"琯欲持重有所伺"，而"中人邢延恩促战"，致使大败，四万义军几尽覆没。肃宗"虽恨琯丧师，而眷任未衰"。第二年春，因门客董庭兰"赇谢"事，为有司劾治，琯为己申诉，招致肃宗震怒，遂于五月罢相。可见房琯罢相的直接导火线是所谓董庭兰涉嫌贿赂之事，前人已辨此事之妄。北宋朱长文《琴史》载，与杜甫同时而以琴待诏翰林的薛易简称"庭兰不事王侯，散发林壑者六十载，貌古心远，意闲体和，抚弦韵声，可以感鬼神矣。天宝中，给事中房琯，好古君子也，庭兰闻义而来，不远千里。余因此说，亦可以观房公之过而知其仁矣。当房公为给事中也，庭兰已出其门，后为相，岂能遽弃哉！又赇谢之事，吾疑谮琯者为之。而庭兰朽耄，岂能辨释，遂被恶名耳。房公贬广汉，庭兰诣之，公无愠色。"这当是可信的。房琯罢相的政治原因，就是因为他是玄宗的人，他的诸王分镇的建策对肃宗是不利的，加之贺兰进明、崔圆、李辅国之流的谗毁，遂使肃宗决定罢掉房琯。而所谓董庭兰"赇谢"事，只不过是政敌捏造的一个堂皇借口罢了。房琯实际上是玄宗和肃宗之间权力之争的牺牲品。而杜甫不察其中奥妙，却仗义执言，上疏谏诤，力辩"罪细不宜免大臣"，遂触怒肃宗，诏三司推问，幸亏宰相张镐救了他。但杜甫并未改变自己对房琯的看法。

对肃宗的敕放推问，自然表示万分感激，但他恳切希望肃宗"深容直臣"，则"天下幸甚！天下幸甚！"杜甫虽因疏救房琯而断送了自己的政治前程，但他始终未悔。房琯罢相，贬官在外，杜甫在漂泊西南的岁月里，仍时时不忘房琯，写到他的诗文就有七八篇。在广德元年（763）写的《祭故相国清河房公文》中，杜甫对房琯受命于危难之际极为赞许："小臣用权，尊贵倏忽。公实匡救，忘餐奋发。累抗直词，空闻泣血。"对他的忠而遭贬深表愤慨："高义沉埋，赤心荡折。贬官厌路，谗口到骨。"对自己的疏救无成深感愧耻："见时危急，敢爱生死"，"伏奏无成，终身愧耻"。对房琯之死深致痛悼："天柱既折，安仰翼戴。地维则绝，安放夹载。"从杜甫对房琯的一贯态度，可以看出杜甫并非愚忠，更不会阿谀奉承，无原则地迎合最高统治者的意旨。故李纲赞曰："肃宗之怒房琯，人无敢言，独子美抗疏救之，由是废斥终身，与阳城之救陆贽何异！然世罕称之者，殆为诗所掩故耶？"（《梁溪先生文集》卷一三八《重校正杜子美集序》）

杜甫这种义薄云天的浩然正气，还表现在他对李白、郑虔等老朋友深挚的友谊上。

"安史之乱"爆发后，李白和杜甫的命运都遭遇了巨大的变化。安史乱起，李白避难江南。至德二载（757）正月，隐居庐山，永王李璘派谋士韦子春三次上山聘请他入幕府。永王兵败，李白以"从逆"获罪，被系浔阳狱。乾元元年（758），流放夜郎。李白实际上是肃宗李亨和永王李璘之间权力斗争的牺牲品。李亨是皇帝，大权在握，永王李璘被指斥为"谋反"，李白是同案犯，自然罪责难逃。其实，李白出于爱国热忱参加永王李璘的幕府，他是无辜的。值得赞扬的是，当时身处逆境的杜甫，并没有以皇帝的是非为是非，中断与李白的深厚友谊，更没有乘人之危落井下石，而是深表同情，为他辩诬，为他洗冤，并极力赞扬李白。杜甫弃官流寓秦州时，一连写了四首怀念李白的诗，表达了他对李白命运的深切关怀，也是为其遭受迫害而发出的不平之鸣，表现了李杜间生死不渝的兄弟般情谊。上元二年（761），杜甫在成都又作《不见》诗："不见李生久，佯狂真可哀。世人皆欲杀，吾意独怜才。敏捷诗千首，飘零酒一杯。匡山读书处，头白好归来。"表达了杜甫对李白不幸遭遇的深切同情和对其诗才的高度赞扬。永王一案，李白被牵连，统治集团中的一些人欲将李白处以极刑。"世人皆欲杀，吾意独怜才"，突出表现了杜甫与"世人"态度的对立。"怜才"不仅指文学才能，也包含着对李白政治上蒙冤的同情，是对李白不幸遭遇的控诉和对那个迫害人才的社会的抗议。

广文馆博士郑虔为杜甫好友，诗、书、画兼擅，玄宗誉为"郑虔三绝"。虔虽德才学识过人，但遭遇坎坷，正如杜甫《醉时歌》所云："诸公衮衮登台省，广文先生官独冷。甲第纷纷厌粱肉，广文先生饭不足。先生有道出羲皇，先生有才过屈宋。德尊一代常坎坷，名垂万古知何用。"安史之乱，郑虔身陷贼中，初胁授兵部郎中，次国子司业，称疾未就，并潜以密章达灵武。长安收复，陷贼官吏分六等定罪，虔被贬为台州司户参军，时已六十八岁。杜甫因故未能送行话别，遂赋《送郑十八虔贬台州司户伤其临老陷贼之故阙为面别情见于诗》："郑公樗散鬓成丝，酒后常称老画师。万里伤心严谴日，百年垂死中兴时。苍惶已就长途往，邂逅无端出饯迟。便与先生应永诀，九重泉路尽交期。"对郑虔遭遇深表同情。诗写生离死别之悲，深挚感人，真可谓生死至交矣！此后，杜甫时时挂念郑虔，关心他的安危生死。《有怀台州郑十八司户》云："天台隔三江，风浪无晨暮。郑公纵得归，老病不识路"，"从来御魑魅，多为才名误。夫子嵇阮流，更被时俗恶。"《所思》云："郑老身仍窜，台州信始传。为农山涧曲，卧病海云边。"《哭台州郑司户苏少监》云："故旧谁怜我，平生郑与苏。"苏，即苏源明。《寄薛三郎中据》亦云："早岁与苏郑，痛饮情相亲。"《八哀诗》又特为郑虔列传，总结其一生行迹，盛赞其多才多艺，为其鸣不平，深致殁后哀思。张潜评曰："公与郑最善，故叙述情事无不曲尽。其为郑曲护受伪职处，只用一二语，尤见笔法。"（《读书堂杜诗注解》卷十三）

这些，都体现了杜甫为道而自重的独立人格。

杜甫崇高而深挚的爱国主义精神、深沉的忧国忧民的忧患意识，像一条红线一样贯穿于他坎坷的一生及其全部创作中。而他最可宝贵的，就是身处逆境，却情系国家，心想人民，一颗爱国爱民、忧国忧民的赤子之心，从没有停止跳动。"穷年忧黎元，叹息肠内热"。他始终把个人的命运与国家和人民的命运紧紧联系在一起。杜甫有着一颗仁慈的心、一副博大的胸襟。杜甫的伟大之处正在于他经常能够从个人的痛苦之中摆脱出来，将关切的目光落到广大人民群众身上。在《自京赴奉先县咏怀五百字》中，杜甫回家见到自己的"幼子饥已卒"，在极度悲痛中，他还是把目光投向广大的穷苦人民和远戍的战士："因念远戍卒，默思失业徒"；当草堂的茅屋在风雨飘摇之中"床头屋漏无干处"时，他还能想到在寒风中瑟瑟发抖的人们，大声疾呼："安得广厦千万间，大庇天下寒士俱欢颜，风雨不动安如山！呜呼！何时眼前突兀见此屋？吾庐独破受冻死亦足！"

孟子曰："恻隐之心，仁之端也。"（《孟子·公孙丑上》）杜甫是实践孟子"恻隐之心为仁"的典型。他在《过津口》诗中明确地指出："物微限通塞，恻隐仁者心。"艰难困苦、颠沛流离的坎坷生活经历，加之深厚的传统文化素养，使杜甫深深懂得"邦以民为本"的道理。因此，他对饱尝战乱之苦，处于水深火热之中的广大人民抱着深切的同情。对人民的苦难，他可谓是无事不忧，无时不忧。征夫戍卒，田妇野老，寡妻弱子，渔民樵夫，这些普通老百姓的命运，无不牵动着诗人的心。在杜甫看来，造成广大人民苦难的，除了战乱的原因之外，就是统治者对人民的横征暴敛，强取豪夺。而对人民的残酷压榨和剥削，完全是为了满足他们穷奢极欲的生活："朱门酒肉臭，路有冻死骨"（《自京赴奉先县咏怀五百字》），"富家厨肉臭，战地骸骨白"（《驱竖子摘苍耳》），"高马达官厌酒肉，此辈杼柚茅茨空"（《岁晏行》）。面对如此不合理的现实，杜甫挺身而出为民请命："愿闻哀痛诏，端拱问疮痍"（《有感五首》其五），"谁能叩君门，下令减征赋。"（《宿花石戍》）他要求统治者"行俭德"，节欲戒奢，轻徭薄赋，减轻对人民的盘剥，以取得人民的信任和拥护："君臣节俭足，朝野欢呼同"（《往在》），"文王日俭德，俊乂始盈庭"（《奉酬薛十二丈判官见赠》），"借问悬车守，何如俭德临？"（《提封》）"不过行俭德，盗贼本王臣"（《有感五首》其三）。崇俭戒奢，是杜甫人生观的一个重要组成部分，也是我们中华民族的传统美德。统治者只有真正做到崇俭戒奢，才能真正减轻人民的负担，才能有效地遏制腐败现象，免蹈"朝野欢娱后，乾坤震荡中"（《寄贺兰铦》）的覆辙。所以诗人总是怀着满腔的义愤，无情地鞭挞统治者的奢侈腐化。对那些"庶官务割剥，不暇忧反侧"的"豪夺吏"恨之入骨："必若救疮痍，先应去蟊贼！"（《送韦讽上阆州录事参军》）大声疾呼"安得务农息战斗，普天无吏横索钱"（《昼梦》）！而对广大穷苦群众，他却始终充满同情和尊重。他所交往的，不尽是达官贵人，更多的是小人物，他是以平等的态度和这些小人物来往的，从不摆大诗人的架子。诗人热爱他们，他们也从来没有疏远过诗人，他们之间总是友好的。贫苦的劳动妇女在旧社会是地位最低的，被人瞧不起，但杜甫却对她们寄予深厚的同情，关怀备至，体贴入微："堂前扑枣任西邻，无食无儿一妇人。不为困穷宁有此？只缘恐惧转须亲！即防远客虽多事，便插疏篱却甚真！已诉征求贫到骨，正思戎马泪盈巾。"这首传诵千古、感人至深的《又呈吴郎》，可以说是杜甫以血泪凝成的至情文字。对自己家中的奴仆，杜甫也能以平等的态度对待他们，关心他们。在《示獠奴阿段》一诗中，他对夜间上山寻源引水的阿段的安全很是关心，"怪尔常穿虎豹群"，担心会被虎豹伤害。

在《信行远修水筒》一诗中，他对仆人信行的"秉心识本源，于事少滞碍"的恭谨干练很是赞赏，而对他在荒险崖谷中往来四十里修筒引水的艰辛劳动很是同情，对信行因修水筒而耽误吃饭的辛劳，既惊且愧，于是将供自己老病享用的瓜果和面饼拿来给他吃，"于斯答恭谨，足以殊殿最"。所以申涵光赞曰："'日曛惊未餐，貌赤愧相对'，体恤下情如是，真仁者之用心。"（《杜诗详注》卷十五引）他总是尽其所能去助人："药许邻人剧"（《正月三日归溪上有作简院内诸公》），"枣熟从人打"（《秋野五首》其一），"拾穗许村童"（《暂往白帝复还东屯》），"减米散同舟，路难思共济"（《解忧》）。就是对那些小生物，他也充满恻隐之心："筑场怜穴蚁"（《暂往白帝复还东屯》），"盘飧老夫食，分减及溪鱼"（《秋野五首》其一），"愿分竹实及蝼蚁，尽使鸱鸮相怒号"（《朱凤行》）。杜甫这种己饥己溺的仁者胸怀和博爱精神，在他的诗中都有生动的体现。

可以说，杜甫对孔、孟所倡导的忧患意识、忠恕之道、仁爱精神、恻隐之心等等，都有深刻的理解，并身体力行之，他的儒家思想带有鲜明的实践性品格。所以后人多认为杜甫是儒者典范，甚至说"老杜似孟子"，往往把杜诗比作儒家经典。清人龚鼎孳《〈杜诗论文〉序》云："诗之有少陵，犹文之有六经也。前乎此者，于此而指归；后乎此者，于此而阐发。文无奇正，必始乎经；诗无平险，必宗乎杜。此少陵之诗与六经之文，并不朽于天地间也。"吴乔更说："诗出于人。有子美之人，而后有子美之诗。子美于君亲、兄弟、朋友、黎民，无刻不关其念，置之圣门，必在闵损、有若间，出由、求之上。生于唐代，故以诗发其胸臆。有德者必有言，非如太白但欲于诗道中复古者也。余尝置杜诗于六经中，朝夕焚香致敬，不敢轻学。非子美之人，但学其诗，学得宛然，不过优孟衣冠而已。"甚至主张："窃谓朝廷当特设一科，问以杜诗意义，于孔、孟之道有益。"（《围炉诗话》卷四）洪业在他的名著《杜甫：中国最伟大的诗人》中深情地说："（杜甫）是孝子，是慈父，是慷慨的兄长，是忠诚的丈夫，是可信的朋友，是守职的官员，是心系家邦的国民。"可以说，杜甫是实践儒家思想的楷模。

当然，在唐代以儒为主、佛道兼容的时代氛围下，在颠沛流离的艰难岁月里，杜甫亦受到佛道思想的深刻影响。因为儒家的民胞物与，与佛家的普度众生和道家的爱惜生命，原是相通的。杜甫很早就受到佛道的熏陶和影响。杜甫幼年丧母，寄养在洛阳二姑家，是由二姑抚养长大的，而二姑是虔诚的佛教徒。杜甫《唐故万年县君京兆杜氏墓志》即云："爰自十载已还，默契一乘之理。绝荤血于禅味，混出处于度门。喻筏之文字不遗，开卷而音义皆达。"默契一乘之理，即谓其二姑笃信佛理。喻筏之文字不遗，谓其收集了许多佛经。开卷而音义皆达，则谓其对佛经教义能诵读领会。在杜甫笔下，他的二姑完全是一个儒佛双修而兼美的楷模。在《墓志》结尾，杜甫又满怀深情地特别提及二姑舍子救己的盛德厚爱："甫昔卧病于我诸姑，姑之子又病，问女巫，巫曰：'处楹之东南隅者吉。'姑遂易子之地以安我。我用是存，而姑之子卒。后乃知之于走使。甫尝有说于人，客将出涕，感者久之，相与定谥曰义。"二姑舍己子而救侄子的崇高精神，以致使杜甫"情至无文"。二姑大仁大义大爱的言传身教，对杜甫性格和思想的形成有着深刻影响。杜甫青年时期一度倾情佛道。漫游吴越时，在江宁（今江苏南京）曾特去瓦官寺观看东晋著名画家顾恺之所画的维摩诘（佛教经典人物）像，并从许登那里求得一幅，以至二十七年后又欣然赋诗《送许八拾遗归江宁觐省，甫昔时尝客游此县，于许生处乞瓦棺寺（应为"瓦官寺"）维摩图样，志诸篇末》，并深情叙及"看画曾饥渴，追踪恨淼茫。虎头金粟影，神妙独难忘"，可谓念念不忘。又赋《因许八奉寄江宁旻上人》诗云："不见旻公三十年，封书寄与泪潺湲。旧来好事今能否，老去新诗谁与传？棋局动随幽涧竹，袈裟忆上泛湖船。闻君话我为官在，头白昏昏只醉眠。"可谓情深意长。开元末，又有《巳上人茅斋》诗："巳公茅屋下，可以赋新诗"，"空忝许询辈，难酬支遁词。"以许询自比，以东晋高僧支遁称誉巳公，可见二人来往颇密切。天宝三载（744）四月，杜甫与被"赐金放还"的李白在洛阳初识，一见之下，互为倾倒，结为莫逆之交。李白脱身朝廷欲寻仙访道，于是两人相约为梁宋之游。天宝四载，李白到齐州（今山东济南，时改称临淄郡）紫极宫从道士高如贵受道箓，成为正式的道教徒。同年秋，二人又在兖州（时已改称鲁郡）相会。曾同上东蒙山，访道于董炼师和元逸人，即《昔游》诗所谓"东蒙赴旧隐，尚忆同志乐"，《玄都坛歌寄元逸人》所说"故人昔隐东蒙峰，已佩含景苍精龙"。秋末，二人在鲁郡东石门作别，杜甫《赠李白》云："秋来相顾尚飘蓬，未就丹砂愧葛洪。"深为求仙访道无成而惋惜。在此期间，还曾渡过黄河，入王屋山访道士华盖君，因其已死，遂怅然而归。大历年间，杜甫在夔州作《昔游》诗追叙其事云："昔谒华盖君，深求洞宫脚。玉棺已上天，白日亦寂寞。"《忆昔行》亦云："忆昔北寻小有洞，洪河怒涛过轻舸。辛勤不见华盖君，艮岑青辉惨幺麼。"后杜甫居成都草堂时，曾炼丹以期延年益寿，所谓"锦里残丹灶，花溪得钓纶"（《赠王二十四侍御契四十韵》）。在"漂泊西南"时期，他与僧道的交往颇为频繁。杜甫直接写及僧道寺观的诗约有五六十首。如长安大云寺主赞上人因同属房（琯）党，被贬秦州安置，可谓同病相怜，杜甫题赠他的诗就有九首，"与子成二老，来往亦风流"（《寄赞上人》），直是惺惺相惜。《谒文公上方》曰："王侯与蝼蚁，同尽随丘墟。愿闻第一义，回向心地初。"《秋日夔府咏怀奉寄郑监李宾客一百韵》云："身许双峰寺，门求七祖禅。""晚闻多妙教，卒践塞前愆。"禅宗七祖为谁？或谓南宗七祖神会，或谓北宗七祖普寂，争论不休，迄无定论，笔者倾向于普寂。与杜甫同时的王维之弟王缙所撰《大证禅师碑》即云："始自达摩，传付慧可，可传僧璨，璨传道信，信传宏忍，忍传大通，大通传大照，大照传广德，广德传大师（按即大证禅师），一一授香，一一摩顶，相承如嫡，密付法印。"大通即神秀,大照即普寂 ①。普寂为北宗七祖已无问题,而杜甫生前,神会尚未正式封为南宗七祖。争论杜甫所说"七祖"为谁的学者,大都忽略了一个细节,就是杜甫有一首《骢马行》,题下注云:"太常梁卿敕赐马也。李邓公爱而有之,命甫制诗。""李邓公"为谁? 陶敏疑为李行休。李行休是杜甫的舅外公 ②。而李行休的夫人韦氏则是北宗七祖普寂的忠诚信徒 ③。想来作为虔诚佛教徒的杜甫二姑母,信奉的也当是北宗。

杜甫在夔州还写有《秋野五首》,其一云:"盘飧老夫食,分减及溪鱼。""分减",是佛教用语,出自《华严经》。在实叉难陀所译《大方广佛华严经》卷二十一中出现了三次,说菩萨行十种施,"分减施"为其一:"何为菩萨分减施? 此菩萨禀性仁慈,好行惠施,若得美味,不专自受,要与众生,然后方食。凡所受物,悉亦如是。"杜甫出生时,已是实叉难陀所译《华严经》完成十三年后,而到杜甫写《秋野五首》时,此本《华严经》已流播于世近七十年了。杜诗本此,极切其意。这与前述"枣熟从人打""药许邻人剉""拾穗许村童""减米散同舟,路难思共济""筑场怜穴蚁""愿分竹实及蝼蚁,尽使鸥鹚相怒号"云云,皆为仁人情怀,都证明了杜甫对佛教的向往。但"未能割妻子,卜宅近前峰"(《谒真谛寺禅师》),深深依恋现实和关切民生的杜甫,终未成为和尚或道士。因此,说杜甫虽曾慕道而不溺仙,深通佛理而不佞佛,大致是不错的。

基于以上对儒释道的认识和践行,热爱生活、珍惜生命的杜甫逐渐形成了自己"物我一体"的生态观。中国传统的儒家思想强调"天人合一"。所谓"天人合一",讲的就是人与自然万物的关系。孟子提出了"仁民而爱物"(《孟子·尽心上》),将仁爱的精神和情感由对人扩大到对待万物,用仁爱之心将人与万物构成一个整体,所以他又说:"万物皆备于我。"《礼记·中庸》亦曰:"万物并育而不相害。"后来的程朱理学更明确提出"仁者以天地万物为一体"(《二程遗书》卷二上程颢语)。道家的庄子也说:"天地与我并生,而万物与我为一。"(《庄子·齐物论》)

后来的道教更强调要慈爱一切生命，甚至认为植物和人一样具有生命灵性。"戒杀生"是道教大戒，内容十分具体。佛教既反对杀生，更倡导护生，佛陀即说"慈忍护念众生"。所以在人与"物"、人与自然的关系处理上，儒释道是相通的。由此出发，杜甫认为人与自然万物应当和谐相处，人更应该珍惜自然万物，而不应该暴殄天物。他于天宝十载（751）所作《乐游园歌》即云："一物自荷皇天慈。"这里"一物"，当指一草一木。"皇天慈"，大自然的恩慈。意谓当此春和日暖之时，一草一木，自当皆荷皇天之慈。杜甫在其后诗中，屡屡提到"一物"。《枯棕》云："伤时苦军乏，一物官尽取。"《重赠郑炼绝句》云："郑子将行罢使臣，囊无一物献尊亲。"《八哀诗·赠太子太师汝阳郡王琎》云："王每中一物，手自与金银。"《秋野五首》其二云："易识浮生理，难教一物违。"《雷》云："万邦但各业，一物休尽取。"《回棹》云："劳生系一物，为客费多年。"《朝享太庙赋》云："恐一物之失所，惧先王之咎征。"《有事于南郊赋》云："珊瑚翡翠，此一物何疑。"或指人，或指物，或泛指。《淮南子·精神训》云："譬吾处于天下也，亦为一物矣。不识天下之以我备其物与，且惟无我而物无不备者乎？然则我亦物也，物亦物也，物之与物也，又何以相物也。"是"人"亦"一物"。一物不可违其性，当各适其性，各得其宜，各得其所，不可"尽取"，不使"失所"，故"水深鱼极乐，林茂鸟知归"（《秋野五首》其二），"自去自来堂上燕，相亲相近水中鸥"（《江村》）。《后游》云："江山如有待，花柳更无私。"二句语中见道，有心融意惬、物我同适之感。《江亭》云："坦腹江亭暖，长吟野望时。水流心不竞，云在意俱迟。寂寂春将晚，欣欣物自私。""心不竞"，言与物无忤。董养性曰："二联有与物无间意。三联有万物各得其所意。公尝云'花柳更无私'，此言'物自私'，虽若不同，其实一意，盖所谓私者，非有我之私也。"（《杜工部诗选注》卷二）赵星海曰："'有私'是各遂其性，'无私'是同适其天。"（《杜解传薪》卷三之三）《观打鱼歌》云："鲂鱼肥美知第一，既饱欢娱亦萧瑟。君不见朝来割素鬐，咫尺波涛永相失。"钟惺曰："（既饱欢娱亦萧瑟）七字说得口腹人败兴，抵得一篇戒杀文。"（《唐诗归》卷二十）《又观打鱼》云："吾徒胡为纵此乐？暴殄天物圣所哀。"张溍曰："二诗皆以戒杀为旨。"（《读书堂杜诗注解》卷八）《麂》云："乱世轻全物，微声及祸枢。衣冠兼盗贼，饕餮用斯须。"轻全物，即不以全活物命为意，是说残忍好杀。盗贼草菅人命，达官贵人为满足口腹之欲，不惜戕物命于斯须，则衣冠亦等同于盗贼矣。又《白小》云："生成犹拾卵，尽取义何如？"朱鹤龄曰："言生成之道，卵犹不忍弃，鱼虽小而尽取之，岂得为义乎？"（《杜工部诗集辑注》卷十七）尽取亦不仁！杜甫很注意保护生态，认为不应当杀鸡取卵，竭泽而渔。《题桃树》云："小径升堂旧不斜，五株桃树亦从遮。高秋总馈贫人实，来岁还舒满眼花。帘户每宜通乳燕，儿童莫信打慈鸦。寡妻群盗非今日，天下车书已一家。"因桃树而念及贫人，因贫人而念及禽鸟，而遂及寡妻群盗，寓民胞物与之怀于吟花弄鸟之际，仁民爱物之心一时俱到。佚名《杜诗言志》卷八评云："儒者动言天地万物为一体，而皆未尝说得明白谛当。惟《西铭》一篇，略见大意，然亦说个体段腔子，不能尽其情实。""惟读先生此诗，则一歌一咏，跃然言下。"在夔州写的《催宗文树鸡栅》，卢元昌评曰："篇中亦见仁至义尽。念其生成，春卵不食，仁也。人畜有别，驱之栅笼，义也。蝼蚁免噬，狐狸亦绝，义中之仁。长幼不混，勍敌亦均，仁中之义。"（《杜诗阐》卷二十二）《缚鸡行》则在对日常生活小事的描写中，蕴含深刻的道理，表现了诗人惜微全物的仁者情怀。《秋野五首》其一云："枣熟从人打，葵荒欲自锄。盘飧老夫食，分减及溪鱼。"王嗣奭曰："'枣从人打'，则人己一视；'葵欲自锄'，则贵贱一视；'盘飧及溪鱼'，则物我一视。非见道何以有此！"（《杜臆》卷九）大历四年（769）在湖南所作《岳麓山道林二寺行》更云："一重一掩吾肺腑，山鸟山花吾友于。"一重一掩，谓山也；肺腑，犹言亲戚，同姓异姓并称；友于，谓兄弟也。

二句意谓山峦一重一掩，如吾肺腑之亲；山鸟山花，如吾兄弟之情，真所谓"物我一体"了。杜甫这种"物我一体"生态观的形成，是与他的性格、教养、经历和时代影响分不开的。杜甫雅爱自然，性喜林泉。其《寄题江外草堂》云："我生性放诞，难欲逃自然。嗜酒爱风竹，卜居必林泉。"《客堂》诗云："居然绾章绂，受性本幽独。平生憩息地，必种数竿竹。"所以他在成都西郊浣花溪畔建草堂时，就很注意环境的整治。于是他不厌其烦地向成都县令萧实乞要桃栽一百根，向绵谷县令韦续觅绵竹，向绵谷县尉何邕觅桤木数百栽，向涪城县尉韦班觅松树子栽，并向韦班乞要大邑瓷碗，又向徐知道觅果栽。"经营上元始（760），断手宝应年（762）"，历经三年之久，方建成草堂，可见他对居住环境和自然生态的重视。在颠沛流离的艰苦岁月里，杜甫身患多种疾病，所以他很注意保健养生，每住一处，只要有可能，他都自己采药或种植药材。《秦州杂诗二十首》其十六云："采药吾将老。"《太平寺泉眼》云："何当宅下流，余润通药圃？三春湿黄精，一食生毛羽。"赞叹太平寺泉眼的神异以及环境的幽美，表示要在此卜居，服食修炼。在成都草堂，他自己"开药圃"（亦称"药栏"）种药材，"种药扶衰病"（《远游》），为的是保健治病。杜甫的可贵之处，就在于他能由己及人，由人及物，达到我与人、人与物、人与环境、人与自然的和谐相处。正如仇兆鳌所云："士大夫能视物我一体，则无自私自利之怀。少陵伤茅屋之破，则思广厦万间，以庇寒士；念草堂则曰'干戈未偃息，安得酣歌眠'；咏四松则曰'敢为故林主，黎庶犹未康'。触处皆仁心发露，稷卨之徒也。"（《杜诗详注》卷十二）

三、杜甫的文学成就

　　杜甫作品流传下来的，有诗一千四百五十多首，文、赋二十八篇。

杜甫是中国古典诗歌的集大成者。他生当李唐王朝由盛转衰的历史转折时期，而这一历史转折的界标，就是天宝十四载十一月爆发的"安史之乱"，他当时四十四岁。这就是说，杜甫一生，有四分之三时间是生活在所谓"开天盛世"，而四分之一时间，即最后十五年，是在战乱漂泊中度过的。盛世的熏陶和战乱的体验形成强烈的反差，却造就了伟大的诗人。杜甫正是用如椽之笔，广泛而深刻地反映了"安史之乱"前后唐王朝广阔社会生活的巨大变化，内容极其广泛，涉及社会生活的各个方面，大到军国大事、帝王将相，小到个人琐事、生活情趣；也反映了唐代文化的各个方面，如绘画、舞蹈、书法、音乐等。一部杜诗，是他自己的一部自传，也是他生活的那个时代的忠实记录，故被誉为"诗史"。他以诗写时事，如《悲陈陶》《悲青坂》《洗兵马》《三绝句》等；以诗发议论，如《戏为六绝句》《偶题》等；以诗写人物传记，如《八哀诗》等；以诗写传奇，如《义鹘行》等；以诗写奏议，如《塞芦子》等；以诗写赠序，如《奉赠韦左丞丈二十二韵》等；以诗写书札，如《萧八明府实处觅桃栽》等；以诗写自传，如《壮游》《遣怀》等；以诗写游记，如《陪郑广文游何将军山林十首》《渼陂行》等。至于咏物抒怀之作，更是比比皆是。在杜甫手中，诗差不多成了万能的工具，把诗的表现功能发挥到了极致。

由于杜甫具有深厚的文化修养、深刻的社会体验和广阔的观察视野，"不薄今人爱古人"，"转益多师是汝师"，对中国传统文化采取广收博取的开明态度，加之"诗是吾家事"的家学传统，使他对诗有着一种超人的执着精神，"为人性僻耽佳句，语不惊人死不休"，他简直是视诗为生命的。正因如此，杜甫不仅使诗的题材和体裁范围空前扩大，达到了无事不可言、无意不可入的程度；而且使诗歌艺术达到了出神入化、登峰造极的境地，故被尊为"诗圣"。杜甫对中国诗歌的贡献，不仅仅是"集大成"而已，更重要的是对诗歌的创新，是在继承基础上的创新，是从内容到形式的全面创新。诗到杜甫为一大变，其诗歌不仅表明中国诗歌史从浪漫转向写实的重大变化，而且以更加内在的社会政治与文化的转型以及士人社会地位的调整为背景，反映士人文化心理与时代文化精神的重大变化，以及随之而来审美范型的重大转变。明人郝敬说："诗至子美而大成，亦自子美而大变，不可不知。"（《杜诗详注》卷十八引）清人陈廷焯说得好："诗至杜陵而圣，亦诗至杜陵而变"，"昔人谓杜陵为诗中之秦始皇，亦是快论。"（《白雨斋词话》卷七）"与古为化，化而能新"，可以概括杜甫对中国古典诗歌的贡献。宋初王禹偁《日长简仲咸》诗云："子美集开诗世界。"这是对杜甫诗歌价值判断的一次升华，在杜诗学史上具有划时代的意义。就诗歌演进的历程而言，杜甫的所谓"开诗世界"，就是昭示了诗歌由"唐韵"向"宋调"的转变。所以说，杜甫又是处在中国历史转折时期的一位继往开来的伟大诗人。清人叶燮说："杜甫之诗，包源流，综正变。自甫以前，如汉、魏之浑朴古雅，六朝之藻丽秾纤、澹远韶秀，甫诗无一不备；然出于甫，皆甫之诗，无一字句为前人之诗也。自甫以后，在唐如韩愈、李贺之奇昊，刘禹锡、杜牧之雄杰，刘长卿之流利，温庭筠、李商隐之轻艳；以至宋、金、元、明之诗家，称巨擘者无虑数十百人，各自炫奇翻异，而甫无一不为之开先。"（《原诗·内篇上》）应该特别提到的是，在文学批评史上，杜甫首开以诗的形式论述诗歌创作的先河。他在《戏为六绝句》中提出了若干诗歌创作的主张，如主张对前代诗歌艺术兼收并蓄，博采众长，对六朝诗歌一分为二，拒绝全盘否定，从而纠正了王勃、杨炯以及陈子昂、李白等人在矫枉中出现的偏颇。杜甫又提倡"凌云健笔""碧海掣鲸"的诗风，同时，他还强调学习前人的"清词丽句"，这对于建构唐代诗学都是十分重要的。除了《戏为六绝句》，他还有《偶题》《解闷十二首》《遣闷戏呈路十九曹长》等，也谈到了诗歌创作的主张。这种以诗论诗的新形式，对后人影响很大，金代元好问《论诗绝句三十首》就是继承了这种形式，后代人用这种形式论诗的，更是代不乏人。

杜诗众体皆有，诸体兼擅，诸法俱备，为后世开无数法门。杜诗共一千四百五十余首，其中五古二百六十余首，如《望岳》《自京赴奉先县咏怀五百字》《北征》《赠卫八处士》、"三吏""三别"、《佳人》《梦李白二首》《遭田父泥饮美严中丞》《壮游》《遣怀》等；七古一百四十余首，如《兵车行》《丽人行》《醉时歌》《渼陂行》《悲陈陶》《哀江头》《洗兵马》《丹青引》《古柏行》《观公孙大娘弟子舞剑器行》等；五律六百三十首，如《房兵曹胡马》《画鹰》《夜宴左氏庄》《春望》《月夜》《月夜忆舍弟》《天末怀李白》《春夜喜雨》《旅夜书怀》《登岳阳楼》等；七律一百五十一首，如《蜀相》《闻官军收河南河北》《登楼》《阁夜》《宿府》《又呈吴郎》《登高》《诸将五首》《秋兴八首》《咏怀古迹五首》等；五排一百二十七首，如《冬日洛城北谒玄元皇帝庙》《寄李十二白二十韵》《秋日夔府咏怀奉寄郑监李宾客一百韵》《风疾舟中伏枕书怀三十六韵》等；七排八首，如《清明二首》《岳麓山道林二寺行》等；五绝三十一首，如《八阵图》等；七绝一百零七首，如《赠李白》《赠花卿》《江畔独步寻花七绝句》《江南逢李龟年》等，名篇众多，并且富于创造，成为流传千古的艺术瑰宝。

由于杜诗内容极其丰富，杜甫本人极富创造，故杜诗艺术风格亦呈现多样性。正如王安石所说："至于甫，则悲欢穷泰，发敛抑扬，疾徐纵横，无施不可。故其诗有平淡简易者，有绵丽精确者，有严重威武若三军之帅者，有奋迅驰骤若泛驾之马者，有淡泊闲静若山谷隐士者，有风流蕴藉若贵介公子者。盖其诗绪密而思深，观者苟不能臻其阃奥，未易识其妙处，夫岂浅近者所能窥哉！此甫所以光掩前人，而后来无继也。"（《苕溪渔隐丛话》前集卷六引《遁斋闲览》）而尤为可贵的，是杜甫虽历经坎坷，穷愁潦倒，但愈挫愈勇，志不衰颓，其诗气势博大，声响恢宏，色彩斑斓，震慑人心。翁方纲即云："杜之魄力声音，皆万古所不再有。其魄力既大，故能于正位卓立铺写，而愈觉其超出；其声音既大，故能于寻常言语，皆作金钟大镛之响。"（《石洲诗话》卷一）如《登高》云：
"无边落木萧萧下，不尽长江滚滚来。"两句写登高所见秋景，落木萧萧，
俯瞰所见，长江滚滚，远望所见。叠字的运用，更突出了其壮阔气象。
即使垂暮之年，漂泊荆湘，无所依止，百病缠身，依然激烈悲壮。如"日
月笼中鸟，乾坤水上萍。"（《衡州送李大夫赴广州》）凄凉之意反作壮丽
之语，可谓沉雄悲壮，气盖宇宙。他如"吴楚东南坼，乾坤日夜浮"（《登
岳阳楼》），"落日心犹壮，秋风病欲苏。古来存老马，不必取长途。"（《江
汉》）触景起兴，情景交融，意境阔大而深沉。似此等诗，情苦而语不苦，
仍予人以气势浩然、激越奋进之感。

　　开天盛世，是中国古典诗歌发展的黄金时期。李白、杜甫和王、孟、
高、岑等共同把诗歌创作推向一个高峰。杜甫要超越同时大家，必须创
新，开辟一条自己的路。"为人性僻耽佳句，语不惊人死不休"，这里的
"语"，实际上就是指诗歌创作。诗怎样才能"惊人"？杜甫追求的目标
之一，就是"奇"，正如他在《题李尊师松树障子歌》中所说的"老夫
平生好奇古"。怎样才能达到"奇"？杜甫主要采取了三种手法：以文为
诗，以议论为诗，探索新的体式和句式。

　　以文为诗，是指诗的散文化，即以作文之法作诗。吴瞻泰云："子美
之诗驾乎三唐者，其旨本诸《离骚》，而其法同诸《左》《史》"，"而至
其整齐于规矩之中，神明于格律之外，则有合左氏之法者，有合马、班
之法者。其诗之提掣起伏，离合断续，奇正主宾，开阖详略，虚实、正反、
整乱，波澜顿挫，皆与《史》法同。"（《杜诗提要·自序》）方东树亦云：
"杜公以《六经》《史》《汉》作用行之，空前后作者，古今一人而已。"（《昭
昧詹言》卷八）管世铭则云："杜工部五言诗，尽有古今文字之体。""若
《上韦左丞》，书体也；《留花门》，论体也；《北征》，赋体也；《送从弟亚》，
序体也；《铁堂》《青阳峡》以下诸诗，记体也；《遭田父泥饮》，颂体也；
《义鹘》《病柏》，说体也；《织成褥段》，箴体也；《八哀》，碑状体也；《送

王砅》，纪传体也。可谓牢笼众有，挥斥百家。"（《读雪山房唐诗序例·五古凡例》）陈訏评《草堂》诗云："此诗序述其事，似一篇重来草堂记序。盖仿太史公《史记》序事体，直书其事而以韵语出之。开后来《诸将》《八哀》《往昔》（疑当作《往在》或《昔游》）、《壮游》诸诗体格。"（《读杜随笔》下卷）至于个别散文式的诗句，如《春日忆李白》之"白也诗无敌，飘然思不群"，《病后过王倚饮赠歌》之"尚看王生抱此怀，在于甫也何由羡"，《徐卿二子歌》之"丈夫生儿有如此二雏者，异时名位岂肯卑微休"，《丹青引》之"将军魏武之子孙，于今为庶为清门。英雄割据虽已矣，文采风流今尚存"，《短歌行赠王郎司直》之"王郎酒酣拔剑斫地歌莫哀，我能拔尔抑塞磊落之奇才"，"青眼高歌望吾子，眼中之人吾老矣"等等，更是比比皆是。

　　以议论为诗，虽不是杜甫的首创，但却是杜诗的一个显著特点。如《自京赴奉先县咏怀五百字》《北征》，向被誉为"古今绝唱"。《自京赴奉先县咏怀五百字》表现了以议论入诗又能保持诗歌情韵的艺术独创性。此诗根据杜甫自身经历，按照还家的时间顺序，以议论与叙事、抒情相结合的形式，通过真切描写沿途见闻和到家后的情景，集中表现了他"致君尧舜上"的抱负、对社会现实的洞察力，以及对国家命运和人民疾苦的深切关怀。《北征》的布局是两头议论、中间叙事，叙的是还家探亲的私事，议的是对国家大事的深谋远虑，而以家国之忧和身世之感直贯全篇，充分体现了杜诗博大精深、沉郁顿挫的风格。杜甫此类五古长篇，发挥赋的铺陈排比的手法，夹叙夹议，便于表达复杂的感情、错综的内容。杜甫的一些咏物诗，往往借物寓理，发大议论。如《题桃树》，虽题属桃树，而寓意却甚大，于小题中抒写大胸襟、大道理。《麂》，全诗借麂立言，工于体物，巧于抒情，以灵动笔致书写警世至理，允称大手笔。七言歌行《古柏行》，描写古柏形神兼备，抒情议论寄托遥深。最后八句，联系大厦将倾需栋梁的现实，发出"古来材大难为用"的深沉感喟。杜甫的许多咏史怀古诗，往往借古人躯壳而抒己怀抱，以史为鉴，寓含议论。如《石笋行》，杜甫在诗中对古来的传说给予了否定，推想石笋当是昔时卿相墓表，指出蒙蔽百姓的世俗之见，犹如小臣之谄媚皇帝，误国乱政，其害无穷。诗以"安得壮士掷天外，使人不疑见本根"作结，表现了杜甫疾恶如仇和反对迷信的鲜明态度。《咏怀古迹五首》其五，几乎全用议论，然因其并无肤泛空言，且感情充沛、形象鲜明，因而仍使人觉得诗味益然。故沈德潜云："此议论之最高者，后人谓诗不必着议论，非通言也。"（《杜诗偶评》卷四）杜甫直咏时事的诗篇，更是借事发议，寓意深刻。如《有感五首》，是收京后第二年春，杜甫有感于时局动荡，就军国大政发表见解的一组政治诗。汪瑗评曰："此五章，皆大道理、正议论，可见少陵学术之深宏，非特诗人而已。"（《杜律五言补注》卷二）《诸将五首》，是用七律的形式议论军国大事，讽刺诸将不能御寇安疆、为国解困分忧的一组政治讽刺诗。郝敬评曰："此讽天宝以来诸将，以诗当纪传，议论时事，非吟弄风月，登眺游览，可以任兴漫作者也。""五首纵横开合，宛是一章奏议，一篇训诰，与《三百篇》并存可也。"（《批选杜工部诗》卷四）又如《前出塞九首》第六首纯为议论，表达了杜甫对于战争目的和民族关系等根本问题的正确见解，见识远高于当时所有的边塞诗。

杜诗奇，源于创。敢于创新，避熟生新，因旧翻新。"新题乐府"即是杜甫开创的一种新的诗歌体式，为中唐以后的新乐府树立了榜样。正如元稹所说："近代惟诗人杜甫《悲陈陶》《哀江头》《兵车》《丽人》等，凡所歌行，率皆即事名篇，无复倚傍。予少时与友人乐天、李公垂辈，谓是为当，遂不复拟赋古题。"（《乐府古题序》）杜甫的《悲陈陶》《兵车行》《丽人行》、"三吏""三别"等新题乐府，继承了汉乐府"缘事而发"的精神实质，但是不再袭用汉乐府旧题，而是根据所写之事而立题，使题目与内容合为一体，这种做法绝不仅仅是一个设立题目的问题，说到底，是他的现实主义创作精神的体现，是对乐府诗的创造性发展。杜甫的这一创举，直接引导了中唐白居易、元稹等人的新乐府运动。《饮中八仙歌》亦是创格，句句用韵，一韵到底，不发一句议论，而八人醉态活现。王嗣奭评云："此创格，前无所因，后人不能学。描写八公都带仙气，而或两句、三句、四句，如云在晴空，卷舒自如，亦诗中之仙也。"（《杜臆》卷一）夏力恕亦云："此篇为少陵创格"，"盖谣谚之别体，乐府之遗音，故有重韵。"（《杜诗增注》卷一）《曲江三章章五句》，是一种每首五句的七言诗体，一、二、三、五句押同一韵，都在第三句上作顿，非今非古，自我作古，亦是杜甫的创体。梁运昌评《白丝行》曰："本是平调，但仄韵换仄，词句自缓，音节自紧，此杜老新调。"（《杜园说杜》卷七）清王士禛认为"七言古诗，诸公一调。唯杜甫横绝古今，同时大匠，无敢抗行"（《居易录》卷二一）。把杜甫的七言古诗奉为"千古标准"。

　　律诗，至唐始定型。五言律诗，至杜审言、沈佺期、宋之问时已成熟。但七言律诗直到杜甫始成熟，并大量创作七律。仅据清编《全唐诗》统计，初盛唐七律总共不过四百六十余首，而杜诗七律就有一百五十余首。这就是说，杜甫七律数量不仅在他自己作品中占有重要地位，并且远远超过初盛唐其他任何一位诗人。杜甫之前的七律多被用来应制唱和，到了杜甫手里，七律在表现题材内容上才真正获得了与五律平等的身份，突出标志就是杜甫把动乱的时局、沉郁的感受写入诗中。能把忧时的题材内容引入七律，以忧时取代颂圣，表现出杜甫的超卓胆力。此外，杜甫还用七律写各种题材内容，议政、忧民、怀古、送别、山水、田园，以及个人漂泊流离的生涯，七律在他的手中已经达到炉火纯青、出神入化的极致。清钱良择《唐音审体·律诗七言四韵论》云："七言律诗始于初唐咸亨、上元间，至开、宝而作者日出。少陵崛起，集汉、魏、六朝之大成，而融为今体，实千古律诗之极则。同时诸家所作，既不甚多，或对偶不能整齐，或平仄不相黏缀，上下百余年，止少陵一人独步而已。"

明胡应麟就把杜甫的《登高》奉为"古今七言律第一"。律诗有严格的格律，有一定的平仄格式。为使律诗更多变化，有的诗人尝试打破固定的平仄格式，即所谓拗体律诗。杜甫之前，律诗中虽已有拗句出现，但拗体七律却是杜甫的新创，而且是有意为之。关于杜甫拗体七律的数量，说法不一。方回谓："拗字诗，在老杜集七言律诗中谓之'吴体'，老杜七言律一百五十九首，而此体凡十九出，不止句中拗一字，往往神出鬼没，虽拗字甚多，而骨骼愈峻峭。"（《瀛奎律髓》卷二五《拗字类》序）香港学者邝健行认为有三十四首（《论吴体和拗体的贴合程度》，载《诗赋与律调》）。李乃珍认为有五十二首（包括平韵拗体七律四十七首，仄韵拗体七律五首），并云："（杜甫）既是遵守近体诗诗律的模范，又是勇于突破、走得离近体诗诗律最远的闯将，无论是近体诗律，还是拗体诗律、仄韵诗律，他得心应手，运用到了炉火纯青的程度。"（《拗体唐诗与仄韵唐诗》）于年湖则认为杜诗中广义的拗体七律共有五十首，狭义的（既有拗句又有拗调的七律）有三十八首（《杜诗语言艺术研究》），如《白帝城最高楼》《白帝》《黄草》《即事》（暮春三月）、《立春》《愁》《昼梦》《暮春》《赤甲》《江雨有怀郑典设》等。有人认为杜甫居夔州时方有拗体七律，其实不然，较早所作的《郑驸马宅宴洞中》《题省中壁》《曲江对酒》《题郑县亭子》《望岳》（"西岳崚嶒竦处尊"首）、《早秋苦热堆案相仍》《崔氏东山草堂》等诗，已是拗体七律。王渔洋云："唐人拗体律诗有二种：其一苍莽历落中自成音节，如老杜'城尖径仄旌旆愁，独立缥缈之飞楼'诸篇是也；其一单句拗第几字，则偶句亦拗第几字，抑扬抗坠，读之如一片宫商，如许浑之'溪云初起日沉阁，山雨欲来风满楼'、赵嘏（应为许浑）之'湘潭云尽暮山出，巴蜀雪消春水来'是也。"（《分甘余话》卷三）而渔洋所说的第二种拗体，即所谓的"丁卯句法"，其实也是为杜甫所始创。方回早已指出："今江湖学诗者，喜许浑诗'水声东去市朝变，山势北来宫殿高''湘潭云尽暮山出，巴蜀雪消春水来'，以为'丁卯句法'，殊不知始于老杜，如'负盐出井此溪女，打鼓发船何郡郎''宠光蕙叶与多碧，点注桃花舒小红'之类是也。"（《瀛奎律髓》卷二五《拗字类》序）而百韵长排也是杜甫首创的。仇兆鳌评《秋日夔府咏怀奉寄郑监李宾客一百韵》即曰："考唐人排律，初惟六韵左右耳。长篇排律，起于少陵，多至百韵，实为后人滥觞。"（《杜诗详注》卷十九）杜甫绝句亦别具一格，奇崛朴健，与盛唐诸家不同。有人统计过，在杜甫今存一百三十八首绝句中，就有古绝三十二首，拗绝二十九首（黄震云、张英：《杜甫绝句的诗学艺术》，《杜甫研究学刊》2005年第二期）。杜诗押仄韵、押险韵的情况也比较多。

律诗句式，五言诗一般为"二三"式，或"二二一"式；但杜诗句式还有"四一"式、"二一二"式、"一一三"式、"一三一"式、"一四"式、"三二"式等多种形式。七言诗句式一般有"四三"式或"四二一"式，但杜诗句法还有"四一二"式、"五二"式、"二五"式、"三四"式、"一六"式等多种形式。杜甫还有意造成错位句，使句子成分颠倒错综，给人耳目一新之感。如《郑驸马宅宴洞中》之"春酒杯浓琥珀薄，冰浆碗碧玛瑙寒"，为写富贵人家酒好器丽之名句，其妙在于避俗就新，不直言"琥珀杯薄春酒浓，玛瑙碗碧冰浆寒"，而是"将杯、碗倒拈在上，而以浓、薄、碧、寒四字互映生姿，得化腐为新之法"（仇兆鳌《杜诗详注》卷一）。又如《放船》之"青惜峰峦过，黄知橘柚来"，用一四句式突出"青""黄"二字，极为准确地写出了船行迅速、两旁景物联翩而过的视觉感受，颇为精警。他如《陪郑广文游何将军山林十首》其五之"绿垂风折笋，红绽雨肥梅"，《秋兴八首》其八之"香稻啄余鹦鹉粒，碧梧栖老凤凰枝"，都是著名的例子。

杜诗的"奇"，还表现在内容和形式上的不避俚俗，而又能做到由雅入俗。如《愁》诗，题下原注："强戏为吴体。"黄生即云："皮陆集中，亦有吴体诗，乃当时俚俗为此体耳，诗流不屑效之。杜公篇什既众，时出变调，凡集中拗律，皆属此体，偶发例于此，曰'戏'者，明其非正律也。"（《杜诗详注》卷十八引）如《戏作俳谐体遣闷二首》，写夔州风俗之可怪，又别具一格。又如《夜归》诗，写醉后归家所见所闻深夜景象，以及边歌边舞之醉态，亦近俳谐体。胡震亨评云："故作一种粗卤质俚之态，以尽诗之变，此所以为大家也。"（《杜诗通》卷十四）杜诗还大量使用俚词俗语。黄彻即云："数物以'个'，谓食为'吃'，甚近鄙俗，独杜屡用：'峡口惊猿闻一个'，'两个黄鹂鸣翠柳'，'却绕井栏添个个'。《送李校书》云：'临岐意颇切，对酒不能吃'，'楼头吃酒楼下卧''但使残年饱吃饭''梅熟许同朱老吃'，盖篇中大概奇特可以映带者也。"（《碧溪诗话》卷七）吴齐贤《论杜》云："极俗鄙之句，而化为神奇者，如'攀桂仰天高''捣药兔长生'，举之不胜举也。"（《杜诗详注》附编《诸家论杜》）罗大经更说："杜陵诗，亦有全篇用常俗语者，然不害其为超妙。"（《鹤林玉露》卷三）此类尚多。杜甫不避俗，而能化俗为雅，甚至不避丑，而能化丑为美，这正是杜诗的奇特之处。杜诗用语的独特之处，还在于敢用他人所不用或极少用的词语。如"侧塞"一词，唐以前，大概只有《水经注》和梁简文帝的文章中偶尔用过，诗中尚未见。而在清编《全唐诗》中，只有杜甫两次用过"侧塞"一词：一是《大云寺赞公房四首》之四："侧塞被径花，飘摇委墀柳。"一是《阻雨不得归瀼西甘林》之"虚徐五株态，侧塞烦胸襟"。原来"侧塞"一词是佛经翻译中的常用词语，意为积满充塞④。而在诗中，据今所见，恐杜为首用。后宋人范浚《题茂安兄秀野亭》诗云："侧塞乱花红被径，檀栾高竹翠缘陂。"（《香溪集》卷四）乃是因袭杜诗。张戒说得好："世徒见子美诗多粗俗，不知粗俗语在诗句中最难，非粗俗，乃高古之极也。自曹、刘死至今一千年，惟子美一人能之。中间鲍照虽有此作，然仅称俊快，未至高古。元、白、张籍、王建乐府，专以道得人心中事为工，然其词浅近，其气卑弱。至于卢仝，遂有'不唧溜钝汉''七碗吃不得'之句，乃信口乱道，不足言

诗也。近世苏、黄亦喜用俗语，然时用之亦颇安排勉强，不能如子美胸襟流出也。"（《岁寒堂诗话》卷上）

杜甫对诗律极为重视，尝云："遣辞必中律。"（《桥陵诗三十韵因呈县内诸官》）又云："晚节渐于诗律细。"（《遣闷戏呈路十九曹长》）卢世㴶曰："子美一生诗，只受用一'细'字，不止晚节为然。盖诗不细不清，诗不细不远，诗不细不能变化，诗不细不敢纵横也。细之义大矣哉！"（《杜诗胥钞余论·论七言律诗》）杜诗，特别是律诗，可以说是从容于法度之中，而又变化于法度之外。他于法度中求变化，纵横变化中自有法度，使二者达到完美的统一。如《秦州杂诗二十首》，在符合格律要求的基础上求变求新，间用拗救和特殊格式，单句句尾的仄声字上、去、入并用，单句句尾上、去、入俱全者共十七首；其他三首，也未犯"上尾"的毛病。这就使得律诗的格律更加精密而又富于变化，更有利于抒情言志，充分发挥诗人的艺术创造力。而到夔州时期，杜甫的诗艺可谓达到炉火纯青、出神入化的境地。他写的一些长篇排律和联章诗，如《秋日夔府咏怀奉寄郑监李宾客一百韵》《诸将五首》《咏怀古迹五首》《秋兴八首》等，以其独特的风貌，标志着他对这些诗体的创造、运用已达到全新境界。

杜诗内容和形式的完美结合所呈现出的主体风格是"沉郁顿挫"。所谓"沉郁顿挫"，是指杜诗内容上的博大精深，忧愤郁勃；形式上的波澜老成，顿挫变化；语言上的精炼准确，含蓄蕴藉。从而形成了千汇万状、地负海涵、博大宏远、真气淋漓的美学风貌。

杜甫的伟大之处，还在于他的诗歌创作艺术的超前性、现代性和世界性。正如美国著名汉学家宇文所安（斯蒂芬·欧文）说的那样："杜甫是最伟大的中国诗人。他的伟大基于一千多年来读者的一致公认，以及中国和西方文学标准的罕见巧合。在中国诗歌传统中，杜甫几乎超越了评判，他的文学成就本身已成为文学标准的历史构成的一个重要部分。

杜甫的伟大特质在于超出了文学史的有限范围。"(《盛唐诗》第十一章
《杜甫》)

四、杜甫的影响和历代研究情况

　　杜甫作为古典诗歌"集大成"的诗人,对中国文学产生了广泛而深
远的影响。可以说,杜甫之后的一千多年,中国诗坛上的杰出诗人,几
乎没有一个不是受他影响的。唐代元稹、白居易、张籍、王建、刘禹锡、
韩愈、孟郊、贾岛、李贺、李商隐、杜牧、皮日休、陆龟蒙、韩偓、韦庄等;
宋代王禹偁、王安石、苏轼、黄庭坚、陈师道、陈与义、陆游、辛弃疾、
文天祥等;金代元好问等;明代袁凯、李梦阳、郑善夫、陈子龙等;清代
钱谦益等,无不推尊杜甫、学习杜甫。杜甫是我国优秀传统文化的典型
代表。他的诗歌,堪称中国古典诗歌的范本;他的人格,堪称中华民族
文人品格的楷模;他的思想,堪称中华民族传统思想的精华。诗圣杜甫
那种忧国忧民无已时、君圣民安死方休的崇高精神,在其后一千多年的
历史中,特别是在中华民族国难深重、危亡在即的关键时刻,不知影响
和鼓舞了多少仁人志士,为民族的振兴、国家的强盛、人民的幸福而英
勇献身!宋末文天祥被囚元人狱中,至死不屈,集杜句成诗二百首。他
在《集杜诗·自序》中说:"凡吾意所欲言者,子美先为代言之。日玩之
不置,但觉为吾诗,忘其为子美诗也,乃知子美非能自为诗。诗句自是
人情性中语,烦子美道耳。子美于吾隔数百年,而其言语为吾用,非情
性同哉!"抗日战争胜利后,钱来苏在《关于杜甫》一文中说:"他是我
们中华民族历史上最有骨头的一个人。他在颠沛流亡、艰难困苦的环境
中,甚至要穷死饿死的时候,还总是念念不忘国家。他的诗总是唤起朝
野的人们赶快的把胡寇逐出中国去。他的诗集里表现民族气节,民族意
识的作品,是很多的。"闻一多更称誉杜甫是我国"四千年文化中最庄严、

最瑰丽、最永久的一道光彩"(《唐诗杂论·杜甫》)。继承和发扬杜甫留给我们的这份宝贵遗产,对传承文明、弘扬中华民族的优秀传统,提高民族自信心和凝聚力,繁荣新时代的文化事业和文艺创作,仍然具有重大的现实意义。

杜甫不仅是中国的,而且是世界的,他对世界文明做出的贡献是不可低估的,他被戴上"世界文化名人"的桂冠是当之无愧的。杜诗在唐代就传入日本,给日本文学以深远影响。日本著名汉学家铃木修次(1923—1989)《杜甫》即云:"杜甫,虽然是古人,但他的作品,已超越时间,不断地给读者以新的刺激和感动。杜诗修辞艺术技巧,不仅给现在的中国诗人,也包括日本诗人以很大影响。杜甫苦心经营语言、观察事物之精细,令人吃惊。杜甫是超越时间、具有永恒价值的诗人。以'诗圣'名杜甫,不限于中国风土与历史,即使从全世界角度看,也同样如此。"杜诗很早就传入朝鲜半岛。高丽时期著名学者、诗人李仁老(1152—1220)在《破闲集》中说:"自雅缺风亡,诗人皆推杜子美为独步,岂唯立语精硬,刮尽天地菁华而已。虽在一饭,未尝忘君,毅然忠义之节,根于中而发于外,句句无非稷契口中流出,读之足以使懦夫有立志,玲珑其声,其质玉乎? 盖是也。"韩国当代著名杜甫研究专家李丙畴说:"目前大约有 12 个国家用不同的语言对杜诗进行过翻译。参加过注释的就有千人。朝鲜在 1481 年刊印的《杜诗谚解》恐怕是世界上最早的一部译作。世宗二十五年(1443),对当时最高级的学者进行了总动员,从开始翻译,前后苦干了 40 年。比日译本早 300 年。"又说:"朝鲜实行科举制度的时候,有 40% 的题目出自杜诗。故不读杜诗者休想入科举之门。"⑤杜甫及其诗歌在欧美地区亦影响颇大。美国著名诗人、唐诗研究专家肯尼斯·鲁克斯罗斯(汉名王红公)是杜甫的忠实信徒和崇拜者,他曾说:"杜诗对我影响之巨,无人能比。我认为,杜甫是有史以来最伟大的诗人。在某些方面,杜甫可超越莎士比亚或荷马,其诗作更为自然，更为新切。"研究杜甫，对促进国际文化交流，传布中华文明，拯救当前人类面临的精神危机和道德危机，提高中华民族的国际影响力，增强民族自豪感，都有不可低估的作用。

《旧唐书·杜甫传》和《新唐书·艺文志》都记载《杜甫集》六十卷，惜今不存。唐代宗大历年间，樊晃编有《杜工部小集》六卷，为杜诗选本最早者。其《杜工部小集序》云："文集六十卷，行于江汉之南。常蓄东游之志，竟不就。属时方用武，斯文将坠，故不为东人之所知。江左词人所传诵者，皆公之戏题剧论耳。曾不知君有大雅之作，当今一人而已。今采其遗文凡二百九十篇，各以事类为六卷，且行于江左。"（《钱注杜诗》附录）樊本今不存，但检索有关文献，总计涉及该本所收杜诗六十一首。这六十一首诗，最早的《城西陂泛舟》作于天宝十三载（754）春，最晚的《暮秋将归秦留别湖南幕府亲友》作于大历五年（770）暮秋。除了四五首外，其余都作于"安史之乱"以后，而且乱后杜甫所经各地所作之诗都有存录，特别是杜甫死前在"江汉之南"的湖南所作之诗，很快就流传到了润州（今江苏镇江）一带，可见杜诗的流传之广、传播之快、影响之大。中唐之后，崇杜尊杜之风大行。元和十一年（816），执文坛牛耳的韩愈所作《调张籍》即云："李杜文章在，光焰万丈长。不知群儿愚，那用故谤伤？蚍蜉撼大树，可笑不自量。"对李杜的推崇无以复加，钦羡之情溢于言表。而早在贞元十年（794），十六岁的元稹就在《代曲江老人百韵》中云："李杜诗篇敌，苏张笔力匀。"为李杜两人并称最早者。元和八年（813），元稹又撰写了《唐故工部员外郎杜君墓系铭并序》，这是第一篇全面而系统地评价杜甫及其诗歌的历史文献。元氏在简述了我国诗歌发展的历史和各期诗歌创作的得失之后，特别强调了杜甫在诗歌发展史上的贡献和地位："余读诗至杜子美，而知小大之有所总萃焉。""至于子美，盖所谓上薄风骚，下该沈宋，古傍苏李，气夺曹刘，掩颜谢之孤高，杂徐庾之流丽，尽得古今之体势，而兼人人之所独专矣。

使仲尼考锻其旨要，尚不知贵其多乎哉！苟以为能所不能，无可无不可，则诗人以来，未有如子美者。"（《元氏长庆集》卷五十六）这就是对后世影响深远的"杜诗集大成说"的滥觞。在此之前，还没有人这样高屋建瓴地对杜甫做出符合中国诗歌发展历程的高度评价。《旧唐书·杜甫传》即引用了元稹《墓系铭》中对杜甫评价的文字，占到传文篇幅的一半以上，并云："自后属文者以稹论为是。"而影响深远的《新唐书·杜甫传》与秦观《韩愈论》对杜甫的评价，亦本元稹之说。秦观《韩愈论》云："杜子美之于诗，实积众家之长，适当其时而已。昔苏武、李陵之诗，长于高妙；曹植、刘公幹之诗，长于豪逸；陶潜、阮籍之诗，长于冲澹；谢灵运、鲍照之诗，长于峻洁；徐陵、庾信之诗，长于藻丽。于是杜子美者，穷高妙之格，极豪逸之气，包冲澹之趣，兼峻洁之姿，备藻丽之态，而诸家之作所不及焉。然不集诸家之长，杜氏亦不能独至于斯也。岂非适当其时故耶？孟子曰：伯夷，圣之清者也；伊尹，圣之任者也；柳下惠，圣之和者也；孔子，圣之时者也。孔子之谓集大成。呜呼，杜氏、韩氏，亦集诗文之大成者欤！"（《淮海集》卷二十二）明确提出杜甫"集大成"，并将杜甫与孔子相提并论，已隐然指杜甫为"诗圣"了。实际上，宋人大多是视杜甫为"圣"的，甚至把杜诗视为"经"，与儒家的"六经"并列。

　　据不完全统计，自唐迄于清末，见于著录的各类杜集，约有八百种，流传至今的约三百种（不包括同一书的不同版本）。唐以后，有两次注杜高潮。一为两宋时期，号称"千家注杜"。今传杜集最早者为北宋王洙、王琪编定，裴煜补遗的《杜工部集》二十卷。此后杜集补遗、增校、注释、批点、集注、编年、分体、分类、分韵之作，皆祖此本。南宋最著者，有郭知达辑《新刊校定集注杜诗》（又称《九家集注杜诗》）、蔡梦弼会笺《杜工部草堂诗笺》及黄希、黄鹤补注《黄氏补千家集注杜工部诗史》，而最有价值的是赵次公撰《新定杜工部古诗近体诗先后并解》五十九卷，现仅存明抄残本二十六卷。该本注释详明，广征博搜，引经据典，于字句出处之追寻考稽，用力尤勤。于每一首诗，逐句诠释，全诗之后，又有长言概论，最为详备。虽略显繁冗，但资料丰富翔实，为今存最早之杜集编年注本。杜诗旧注号称千家，就其详切而论，无逾此者，诸多宋人注本及后世注杜者，亦无不援引此书。宋本《王状元集百家注编年杜陵诗史》与蔡梦弼《杜工部草堂诗笺》，其编次皆渊源于赵本。曾噩《新刊校定集注杜诗序》云："惟蜀士赵次公为少陵忠臣。"刘克庄《跋陈教授杜诗补注》亦云："赵氏《杜诗》，几于无可恨矣。"此稀世珍本，惜为残帙。今人林继中广为辑佚，成《杜诗赵次公先后解辑校》一书，于1994年由上海古籍出版社出版，最大限度地恢复了赵注原貌。二为明末清初时期。据不完全统计，仅清代的杜集文献就有四五百种。主要评注本有王嗣奭撰《杜臆》、钱谦益撰《钱注杜诗》、朱鹤龄撰《杜工部诗集辑注》、仇兆鳌撰《杜诗详注》、浦起龙撰《读杜心解》、杨伦撰《杜诗镜铨》等。王嗣奭注杜本孟子"以意逆志"说，他从"诵其诗，论其世，而逆以意"的角度来解诗，从而达到"向来积疑，多所披豁，前人谬迷，多所驳正"（《杜臆原始》）的效果。《杜臆》的确称得上阐幽发微，鞭辟入里，胜见迭出，其解诗之深刻透辟少有人及。钱谦益素精史学，杜诗又向有"诗史"之称，故《钱注杜诗》侧重以史证诗，力求通过对历史事实之钩稽考核，进一步阐明杜诗之内容大旨。其对杜诗人名地理、典章文物的笺注，亦多翔实独到之处。钱氏熟谙唐史，所论大都史料详备，阐释精当。是书又以宋吴若本加以诠订，纠正了旧注的诸多偏颇错误之处，故影响极大。此书乾隆时虽遭禁毁，然仍暗中流布，其受人重视可见一斑。朱鹤龄《杜工部诗集辑注》不以考据为务，于考证史实处多依钱注，然朱注训释字句却较钱注详备，并参诸家之长，去芜正谬，影响甚大，可与钱注并称于世。仇兆鳌评曰："近人注杜，如钱谦益、朱鹤龄两家，互有同异。钱于《唐书》年月、释典道藏，参考精详；朱于经史典故及地里职官，考据分明。其删汰猥杂，皆有廓清之功。"（《杜诗详注·凡例》)《杜诗详注》是一部篇帙浩繁、资料繁富、带有集注集评性质的杜诗注本。仇氏殚二十余年之精力，广搜博取，潜心研讨，数次增补而成此书。《四库全书总目》评论此书云："援据繁富，而无千家诸注伪撰故实之陋习，核其大局，可资考证者为多。"仇注是一部集前人之大成的杜集著述，其占有资料之丰富完备，为其他诸本所不及。其引证之书，仅释典道藏就多达一二百种。唐宋以来所有杜诗注本及各种诗话，几至搜罗无遗。其中有些资料，仅赖是书征引而得以保存。浦起龙《读杜心解》强调还杜以诗，体察诗人之心，以注为副，以解为主；又注重历史背景和杜甫生平经历之考核，以史证诗，但不作繁琐之考证，故能纠正前人之疏舛，颇多新见。注释尚称简明扼要，向为杜诗之重要注本。洪业《杜诗引得序》云："起龙书中注解评论，与钱、朱、卢、仇辈立异之处甚多，虽未必处处的确可依，要是熟于考证者心得之作，未可嫌其编次体例之怪，而遽轻其书也。"堪为公允之论。杨伦《杜诗镜铨》博览诸家，酌采众长，据蒋金式所批朱鹤龄本，删汰历代诸家注释，力纠诸书偏失，择善而从，剪裁允当，沉潜深思，以诗人之心解杜，故能正仇、浦诸家之误，补朱注之缺。考证时事、典实，但不为臆说，不矜奇逞博，不穿凿附会，其注解平正通达，简明扼要。时人王昶盛称"《杜诗镜铨》实能照见古人心髓，足与朱鹤龄上下"（《湖海诗传·蒲褐山房诗话》）。故是书在清代诸重要注杜本中流播最广。清嘉庆以后，注杜稍衰。而梁运昌的《杜园说杜》则是其中的佼佼者。梁氏博学寡交，著述甚丰，尤嗜杜诗，枕藉其中数十年，穷一生精力而成《杜园说杜》。梁氏说杜，着重于对杜诗的总体把握，不作繁琐考证与冗长解释，故颇得杜诗精髓。在论析具体诗篇、用字用韵等问题时，亦多独到精辟之处。赵星海的《杜解传薪》，因系稿本，流传极罕。赵氏于杜诗可谓竭尽毕生心力，注解参辨颇为精详，态度亦很审慎，在杜诗评注本中可谓独具一格，富于创造。

辛亥革命以后，在新的时代背景下，虽历经曲折，但杜甫仍受到人们的青睐。许多学者开始用新的方法研究杜甫，取得了可喜的成就。冯至的《杜甫传》、洪业的《杜甫：中国最伟大的诗人》、傅庚生的《杜甫诗论》、萧涤非的《杜甫研究》等，可谓代表作。研究资料则有中华书局出版的《杜甫研究论文集》三辑与《古典文学研究资料汇编·杜甫卷》、叶嘉莹的《杜甫秋兴八首集说》等。年谱有闻一多编《少陵先生年谱会笺》、四川省文史研究馆编《杜甫年谱》等。

二十世纪七十年代末以来，中国又蓬勃兴起一股杜甫研究热。据不完全统计，迄今为止，已出版有关杜甫的各类著作三四百部（包括台湾、香港地区），发表论文近万篇，数量之多，稳居唐代诗人之冠，可见研究之深广与热烈。朱东润的《杜甫叙论》，陈贻焮的《杜甫评传》，聂石樵、邓魁英的《杜甫选集》，程千帆等的《被开拓的诗世界》，莫砺锋的《杜甫评传》，简锦松的《杜甫夔州诗现地研究》，杨义的《李杜诗学》，谢思炜的《杜甫集校注》等，颇多创获。特别是萧涤非主编、张忠纲终审统稿的《杜甫全集校注》⑥的出版，在杜甫研究史上具有里程碑意义。正如著名学者袁行霈先生所指出的："这是清代《钱注杜诗》《杜诗详注》《杜诗镜铨》之后，杜甫全集及研究成果的又一次深度整理和全面总结。历经三十六个寒暑，萧涤非先生、张忠纲教授两代学人带领的校注组，满怀对杜诗赤诚的挚爱，历尽曲折艰辛，依然坚持不懈，对'诗圣'杜甫的作品进行全面搜罗、严谨比勘、精细注释和集评，是对集大成式诗人作品进行的集大成式整理。该书校勘审慎，注释详明，评论切当，就规模宏大和体例完备而言，均超越前人，标志着杜甫研究达到了一个新的高峰，堪称当代集部整理的典范之作。"（首届宋云彬古籍整理奖颁奖典礼颁奖辞）研究资料则有郑庆笃等编《杜集书目提要》、周采泉编《杜集书录》、陈文华撰《杜甫传记唐宋资料考辨》、张忠纲等编著《杜集叙录》、冀勤编《金元明人论杜甫》等。

　　本书共选杜诗一百三十三题一百七十首，杜诗原文以人民文学出版社2014年出版的《杜甫全集校注》为底本，并据其"校记"择善而从，篇目以编年为序。"注释"力求简明精当，不做过多的繁琐考证。但在一些容易产生歧义之处，仍不避其繁，以便使读者能够更好地理解诗意。"点评"主要对诗的写作主旨、艺术特色、篇章结构、相关评论及影响等做出简明扼要的介绍，力求雅俗共赏。本书吸收了国内外学界同仁的许多最新研究成果，限于篇幅，不再一一注明，在此一并致以谢忱。对于书中的错讹之处，敬祈读者批评指正。

① 李华《润州天乡寺故大德云禅师碑》云："自菩提达摩降及大照禅师，七叶相承，谓之七祖。"李华所撰《故中岳越禅师塔记》又云："摩诃达摩以智月开昬，法雷破聋，七叶至大照大师。"李邕《大照禅师塔铭》亦云："（开元）二十七年秋七月，（普寂）诲门人曰：'吾受托先师，传兹密印，远自达摩菩萨导于可，可进于璨，璨钟于信，信传于忍，忍授于大通，大通贻于吾，今七叶矣。'"

② 陶敏《杜甫交游续考》云："李邓公诸家未注，疑是李行休。《新唐书·宗室世系》下纪王房：'邓国公、汝州刺史行休。'乃纪王李慎之孙，义阳郡王李琮之子。杜甫《祭外祖祖母文》：'纪国则夫人之门。'仇兆鳌注云：'公之外母，纪王之孙、义阳之女也。'李行休是杜甫外祖母的兄弟，也就是杜甫的舅外公了。"（载《杜甫研究学刊》1989年第2期）

③ 河南县尉高盖于天宝九载十一月十一日所撰《大唐故汝州刺史李府君夫人邓国夫人韦氏墓志铭并序》云："夫人讳小孩，京兆人也。""年十八，归我汝州府君，府君早归才杰，累典藩郡"，"逮府君冥寞朝露，而夫人低回昼哭。服丧之后，禅悦为心，尝依止大照禅师，广通方便。""以天宝九载六月廿八日寝疾，终于洛阳县履顺里之私第，以其载十一月十一日合祔于汝州府君之旧茔，礼也。"（《千唐志斋藏志》八五六，文物出版社，1984年出版，第856页。）这里墓主李夫人封邓国夫人，其夫为汝州刺史。而《新唐书·宗室世系表下》载李行休亦为"邓国公、汝州刺史"。据此，李夫人韦氏必为李行休之妻。《墓志铭》中所说"大照禅师"，即北宗七祖普寂。

④ 如后汉竺大力、康孟详共译《修行本起经》卷下《出家品第五》云："至夜半后，明星出时，诸天侧塞虚空。"唐僧提云译《佛说大乘造像功德经》卷上云："净居天众侧塞虚空。"唐玄奘译《甚希有经》云："侧塞充满，无有间隙。"唐释道世撰《法苑珠林》卷五一云："乃睹塔内侧塞僧徒，合掌而立。"杭州雷峰塔中之藏本《一切如来心秘密全身舍利宝箧印陀罗尼经》亦载佛言："一切如来、应、正等觉侧塞无隙，犹如胡麻。"如此等等，不胜枚举。

⑤ 高光植《杜诗研究三十载——南朝鲜杜诗研究者李丙畴一席谈》，《国外社会科学》1988 年第五期

⑥ 该书以商务印务馆影印之《续古逸丛书》第四十七种《宋本杜工部集》为底本，校以十四种宋元刻本及明抄本《新定杜工部古诗近体诗先后并解》，又参校《太平御览》等重要典籍而成。

杜甫集

望　岳

岱宗夫如何[1]？齐鲁青未了[2]。
造化钟神秀[3]，阴阳割昏晓[4]。
荡胸生层云，决眦入归鸟[5]。
会当凌绝顶[6]，一览众山小[7]！

[注释]

[1] 岱宗：泰山别称。岱，始也；宗，长也。泰山为五岳之首，故称岱宗。在今山东省中部，主峰玉皇顶在泰安市北。夫：语助词。　[2] 齐鲁青未了：谓泰山横亘齐、鲁两个大邦，其青翠的山色绵延不绝。齐鲁，周代两大诸侯国名，并在今山东境内。齐在泰山之北，鲁在泰山之南。青，指山色。未了，没有尽头。　[3] 造化钟神秀：谓大自然将神奇灵秀之气聚集于泰山。造化，谓天地，大自然。钟，聚。神秀，神奇峻秀。　[4] 阴阳割昏晓：意谓山北背阴，故日色昏；山南向阳，故天色晓。一山之隔，昏晓不同，可见泰山之高大。阴，指山北。阳，指山南。割，分。　[5] 决眦（zì）：谓张目极视。决，裂开。眦，眼角。　[6] 会当：定当，表示心所预期。凌：登临。绝顶：最高峰。　[7] 众山小：化用《孟子·尽心上》"孔子登东山而小鲁，登泰山而小天下"意。

仇兆鳌曰："此望东岳而作也。诗用四层写意：首联远望之色，次联近望之势，三联细望之景，末联极望之情。"（《杜诗详注》卷一）

赵秉文《题南麓书后》云："'夫如何'三字几不成语，然非三字无以成下句，有数百里之气象。"（《滏水集》卷二十）

施补华曰："（齐鲁青未了）五字囊括数千里，可谓雄阔。"（《岘傭说诗》）

杨伦曰："'割'字奇险。"（《杜诗镜铨》卷一）

［点评］

开元二十四年（736），应试落第的杜甫开始了"放荡齐赵间，裘马颇清狂"的漫游生活。这首诗即是他这次漫游时所作。题为"望岳"，全诗即着力突出一个"望"字，句句是望，望岳之色，望岳之情，充溢于字里行间。这首诗既生动地描绘了泰山巍峨的雄姿和壮阔的景象，更突出地表现了青年诗人广阔的胸怀和远大的抱负。全诗写得极有气势，真可与岱岳争雄，堪称千古绝唱。

现在泰山上下，不少地方镌刻着《望岳》诗句。泰山之巅——玉皇顶石壁上刻有"一览众山小"五个大字，每字字径约二十厘米。屹立岱顶，凭崖鸟瞰，才能真正体会"会当凌绝顶，一览众山小"的妙处和真谛。

吴瞻泰曰："'纵目'二字，一篇关键。"（《杜诗提要》卷七）

据山东省文物考古部门 1977 年 3 月至 1978 年 6 月普探和试掘证明，今曲阜城仅据故城西南隅。故城呈长方形，东西七华里，南北五华里，城墙周长约二十三华里。有城门十一座，东、西、北门各三座，南门两座。故城中部为官殿区。官殿区东北部，即汉灵光殿遗址。

登兖州城楼

东郡趋庭日[1]，南楼纵目初[2]。
浮云连海岱[3]，平野入青徐。
孤嶂秦碑在[4]，荒城鲁殿余[5]。
从来多古意[6]，临眺独踌躇。

［注释］

[1]东郡：指兖州，今属山东省济宁市。因在杜甫所居东都洛阳之东，故称"东郡"，非汉之东郡。旧注多误。趋庭：古时称

子承父教为"趋庭"。典出《论语·季氏》:"鲤(孔子之子)趋
而过庭。"孔子教以学诗、学礼。杜甫的父亲杜闲这时作兖州司
马,杜甫前去省视,故曰"趋庭"。　[2]南楼:即兖州南城楼。
遗址在今兖州市内,人称"少陵台"。纵目初:言今日始得登楼纵
观。　[3]"浮云连海岱"二句:写登楼所见远景。海岱,指东海、
泰山。青徐,指青州、徐州。这四处都与兖州相邻。　[4]孤嶂:
指峄山,又称邹峄山,在今山东省邹城市东南。秦碑:指秦始皇
登峄山所刻石碑。《史记·秦始皇本纪》载:始皇东行郡县,上邹
峄山,刻石颂秦德。　[5]荒城:指鲁故城(又称曲阜故城)。鲁殿:
指鲁灵光殿,为汉景帝子鲁恭王刘余所建。在汉末战乱中,许多
殿宇皆遭毁坏,惟灵光殿岿然独存。余:残存。　[6]"从来多古意"
二句:言登楼怀古所引起的惆怅情绪。从来,犹自来,向来。古意,
即缅怀古人之意。踌躇,犹豫,含惆怅意。

[点评]

　　此诗为开元二十四年(736),杜甫第一次漫游齐赵
时所作。其父杜闲,时为兖州司马。省亲漫游,可谓一
举两得。诗写登上兖州南城楼纵目时的所见所感。首联
点题,中间二联紧扣诗题,写"纵目"所见:颔联写远
眺之景,俯仰千里,乃就空间而言;颈联写近观之景,
上下千年,是就时间而言。尾联以"临眺"作结,与开
头"纵目"遥相呼应,由自然景色的描述转到对历史的
深沉思索。整篇开合动荡而又一气贯通,意境苍凉,结
构谨严,格律工稳,颇具章法,前人以为"五律正锋",
是杜甫现存最早的一首五律。

房兵曹胡马 [1]

胡马大宛名 [2]，锋棱瘦骨成 [3]。
竹批双耳峻 [4]，风入四蹄轻 [5]。
所向无空阔 [6]，真堪托死生。
骁腾有如此 [7]，万里可横行。

查慎行曰：
"壮心如见。老杜
许多马诗，此为最
警。"（《杜诗集评》
卷七引）

南宋楼钥《题
高丽行看子》诗：
"竹批双耳风入
蹄。"盖用杜句。

[注释]

[1] 兵曹：兵曹参军事的省称。唐代诸州府置兵曹参军事（下州不置），掌武官选举、兵器甲仗、门卫、烽候、驿传等事。诸卫诸军、东宫诸率府及诸王府亦置此官。　[2] 大宛（yuān）：汉代西域国名，其地在今乌兹别克斯坦共和国境内，盛产良马。胡中良马，无如产自大宛者，故曰"大宛名"。　[3] 锋棱瘦骨成：言此马的骨格棱角鲜明，瘦硬有神。形容胡马神旺气锐。　[4] 竹批双耳峻：形容马之双耳像削过的竹筒。批，削。峻，尖锐。李黼平则曰："《周官·廋人职》（即《周礼·夏官·廋人》）云：'散马耳。'郑注：'以竹括押其耳，头动摇则括中物，后遂串习不复惊。'诗盖用此注。'批'，犹括也。言经竹括押驯，习不惊也。"（《读杜韩笔记》卷上）此解可备一说。　[5] 风入四蹄轻：形容马在奔驰时四蹄轻快，犹如风驰电掣一般。　[6] "所向无空阔"二句：极写胡马的气概和品质，用一"真"字，言外大有人不如马之意。无空阔，意为不知有空阔，极言马之善走。无，视之若无，有蔑视之意。堪，胜任。托死生，谓危难之时以生命相托。意谓此马可使人临危脱险，化险为夷。　[7] "骁腾有如此"二句：意谓房兵曹乘此良马即可立功万里之外。骁腾，骁勇飞腾。

［**点评**］

这首诗大约作于开元末年。诗极赞房兵曹胡马之奇。前言胡马骨相之异，后言其骁腾无比、矫健豪纵、驰骋万里之势，如在目前。颔联实写而整齐，颈联虚写而流动，句句峭拔，笔笔腾空，只四十字，痛快淋漓。虽是写马，而意在言外，亦为自身写照。此诗咏马，但从马的特性可以看出诗人自己的气骨；胡马可以横行万里，所谓"所向无空阔"，诗人当时勇往直前的锐气亦表露无遗。这是杜甫早年的咏物诗，其凌厉的气势和胡马非凡的特性相得益彰，可见其功力。

画 鹰

素练风霜起[1]，苍鹰画作殊[2]。
㧐身思狡兔[3]，侧目似愁胡[4]。
绦镟光堪摘[5]，轩楹势可呼[6]。
何当击凡鸟[7]，毛血洒平芜[8]。

［**注释**］

[1]素练：画鹰所用白绢。风霜：形容画鹰神态威猛如挟风霜。首句五字，鹰之猛鸷、画之神采俱现。 [2]作：创作。殊：殊异，谓画得特别出色。 [3]㧐（sǒng）身：犹竦身，描摹鹰耸翅欲飞状。思狡兔：想要攫取狡兔。 [4]侧目：侧目而视，即斜

边连宝曰："笔力矫健，有龙跳虎卧之势，其疾恶如仇、矶碑不平之气，都从十指间拂拂出矣。"（《杜律启蒙》五律卷一）

班固《西都赋》："风毛雨血，洒野蔽天。"《幽明录》云：楚文王猎于云梦之泽，云际鸟翱翔飘扬，鹰见之，"竦翮而升，矗若飞电，须臾，羽堕如雪，血下如雨，有大鸟堕地，度其两翅，广数十里。"末句本此。

视。似愁胡：形容鹰的眼睛色碧而锐利。因胡人（指西域人）碧眼，故以为喻。愁胡，指发愁时的胡人。语本东汉王延寿《鲁灵光殿赋》："胡人遥集于上楹"，"状若悲愁于危处"。晋孙楚《鹰赋》："深目蛾眉，状似愁胡。"　[5]绦（tāo）：丝绳，指系鹰的绳子。镟（xuàn）：金属转轴，指鹰绳另一端所系的金属环。光堪摘：言绦镟之色鲜明可爱。堪，可以。摘，同摘。此句极言鹰饰之美。　[6]轩楹：堂前廊柱，指画鹰所在地点。势可呼：样子似乎可以呼之去打猎。　[7]何当：犹言何时。当，即时也。为汉魏六朝以来习用语。凡鸟：凡庸之鸟。　[8]平芜：荒原。

［点评］

　　这是一首题画诗。首联忽下"素练风霜"一语，遂使鹰之精神毕露。"风霜起"，三字化静为动，传神逼真。风霜扑面而起，是观画鹰者一种身临其境的心理感受。颔联即承上正面写画鹰的雄姿与神态，是虚写。由画鹰而联想到真鹰，由竦身欲飞的神态而联想到它将去追击狡兔，设想奇妙，笔法生动。颈联描写画鹰的逼真形象。画鹰张挂在那里，宛如活鹰一样，使人觉得真可随时呼之前往搏击猎物！尾联明明是写画鹰，却忽然以真鹰来想象它如何翔翔碧空，搏击凡鸟。这设想既匪夷所思，又那样合乎情理。诗人由画鹰的逼真，联想到真鹰凌厉九霄，搏击凡鸟，使之血洒平芜的雄姿和气概，不但渲染出画鹰生动矫健的神态，而且寄寓了诗人自负不凡、痛恶庸碌的壮志豪情。

夜宴左氏庄

风林纤月落^[1]，衣露净琴张^[2]。

暗水流花径，春星带草堂^[3]。

检书烧烛短^[4]，看剑引杯长^[5]。

诗罢闻吴咏^[6]，扁舟意不忘^[7]。

[注释]

[1]"风林"，一作"林风"。纤月：初生之月。 [2]衣露：衣为夜露所湿。净琴：琴音清，故云。张：弹琴。 [3]带：映带。 [4]检书烧烛短：因检书入神而时间长，故"烧烛短"。检书，检阅主人藏书。 [5]引杯长：即喝满杯，所谓"引满"。长，深长。 [6]诗罢：诗成。吴咏：用吴音吟诗。吴，今江浙一带。 [7]扁舟：小船。杜甫早年曾漫游吴越，今闻吴咏，遂忆旧游，故曰"意不忘"。杜甫《春日梓州登楼二首》其二："思吴胜事繁。"《游子》诗："吴门兴杳然。"足证杜甫恋恋不忘游吴也。

[点评]

此诗当为天宝二、三年间（743—744）作。诗写夜宴庄园情景，寄兴闲远，状景纤悉，写情浓至，开阖参错，用意精绝。"暗水流花径，春星带草堂"二句，尤为人所激赏。二句写月落后庄园景象。因月落，群动俱息，但闻水声潺潺而不见形影，故云"暗水"。因月落而星光增辉，映带草堂。黄生云："夜景有月易佳，无月难

顾宸曰："看此诗，鼓琴看剑，检书赋诗，生平乐事无不具。风林初月，夜露春星，以及暗水花径，草堂扁舟，天文地理，重叠铺叙一首中，浑然不见痕迹，却逐联紧接，一气说下，八句如一句，总说得'夜宴'二字。"（《辟疆园杜诗注解》五律卷一）

检书、看剑，正写春夜雅兴。

海右，点明济南的位置。运用"海右"，固然为了与济南相对，更创造出一种宏阔深远的境界。一个"古"字，见历下亭为名胜古迹。名士多，一见此宴嘉宾满座，二则纵观济南历史，的确名士辈出。因颂扬得实，此后成为歌咏济南的名联。

浦起龙曰："'蕴真'二字，无所不包。其人、其地、其景，皆是蕴含真趣者。"（《读杜心解》卷一之一）

《易·系辞上》："卑高以陈，贵贱位矣。"贵指李，贱自谓，可通；若解为泛指，则更具哲理。俱物役，公私、贵贱、穷达等同为事物所役使。王嗣奭评"贵贱"一句"可作醒世名言"（《杜臆》卷一）。

佳。三四就无月时写景，语更精切。上句妙在一'暗'字，觉水声之入耳；下句妙在一'带'字，见星光之遥映。"（《杜诗详注》卷一引）

陪李北海宴历下亭 [1]

东藩驻皂盖 [2]，北渚凌青荷 [3]。
海右此亭古 [4]，济南名士多。
云山已发兴 [5]，玉珮仍当歌。
修竹不受暑 [6]，交流空涌波。
蕴真惬所遇 [7]，落日将如何 [8]！
贵贱俱物役 [9]，从公难重过 [10]。

[注释]

[1] 李北海：即李邕，当时著名文学家和书法家，时任北海郡（郡治在今山东青州）太守。历下亭：山东济南名胜，因在城南历山（即今千佛山）之下，故称。始建于北魏以前，郦道元《水经注》称为"池上客亭"，故址在今济南市五龙潭公园内。今大明湖中之历下亭，为清初李兴祖所建，非杜甫来游时之历下亭。旧注多误。 [2] 东藩：指北海郡。藩，屏障。古时封建诸侯以屏藩王室，故称诸侯为藩国。北海郡在京师之东，故称"东藩"。皂盖：黑色车盖。汉时太守皆用皂盖。 [3] 渚：水中小块陆地。凌：升也，高也，为凌空、凌虚之凌。"青荷"，宋本正文原作"清河"。

校语云："一作'青荷'。"今从一作。按：清河为古河名，战国时介于齐赵两国间。而流经济南的济水被称为清河，则始自杜佑《通典·州郡二》。故清人阎若璩曰："自汉至隋、唐，惟有济水，杜佑始有清河之名。宋南渡后，始有大小清河之分。"（《潜丘札记》）杜佑后于杜甫，《通典》书成之日，杜甫死已三十余年，距杜甫写此诗近六十年。故以"青荷"为是。"北渚"实即历下亭所在的位置，高踞水中，四周青荷环绕，景致绝佳，于是才引起下文所说的幽兴。　[4]"海右此亭古"二句：为歌咏济南的名联。方位以西为右，以东为左，齐地在海之西，故曰"海右"。此亭，即指历下亭。历下亭始建于北魏以前，距杜甫来游已有二三百年，故云"古"。自汉代以来济南名士辈出，又原注："时邑人蹇处士等在座"，故曰"名士多"。　[5]"云山已发兴（xìng）"二句：写宴会的情致。远处云山相接的美丽景色，足以引发起人们的豪兴逸致，而歌妓们甜美的歌喉又给宴会增添了无穷的乐趣。兴，兴会，兴致。玉珮，古时衣带上所佩之玉饰。此代指侑酒的歌妓。当歌，当筵而歌。　[6]"修竹不受暑"二句：流水对，描绘周围环境之清幽。意谓亭子附近有修竹荫凉，暑气不侵。交流，指历水与泺水在此合流，同入城北鹊山湖。空，有空自、空劳意。　[7]蕴真：蕴含真趣。语出谢灵运《登江中孤屿》："表灵物莫赏，蕴真谁为传？"惬：遂心适意。　[8]落日将如何：是留恋盛宴将散，慨叹暮色催人而无可奈何。　[9]贵：指李邕。贱：杜甫自谓。俱物役：是说无论贵贱，同为事物所役使，不得自由，别易会难，故末有难重游之叹。　[10]公：指李邕。重过：重游。

[点评]

天宝四载（745）再游齐鲁时作。这年夏天，李邕由北海郡赶来与杜甫相会，宴于历下亭，杜甫即席为赋此诗。前四句叙事，中四句写宴，末四句惜别。本诗虽是即席而作，但在选词造句上，颇见功力。诗的体裁为五古，但前四联对仗工整，精妙自然。特别是开头两句，"东藩"对"北渚"，"驻"对"凌"，"皂盖"对"青荷"，不仅平仄对、词性对，而且方位对、颜色对，且全为眼前实景实事，无一空话，至为工巧。

蒋弱六曰："是白一生小像。公赠白诗最多，此首最简，而足以尽之。"（《杜诗镜铨》卷一引）

叶嘉莹说："在这首诗中，杜甫不仅淋漓尽致地写出了太白的一份不羁的绝世天才，以及属于此天才诗人所有的一种寂寞落拓的沉哀，更如此亲挚地写出了杜甫对此一天才所怀有的满心倾倒赏爱与深相惋惜的一份知己的情谊。"（《谈李白、杜甫的友谊和天才的寂寞——从杜甫〈赠李白〉诗说起》）

赠李白

秋来相顾尚飘蓬[1]，未就丹砂愧葛洪[2]。
痛饮狂歌空度日[3]，飞扬跋扈为谁雄[4]。

［注释］

[1]相顾：即相见。飘蓬：随风飘转不定的蓬草，常喻人之流离飘泊。时李、杜二人皆浪迹山东，故以飘蓬为比。　[2]就：炼成。丹砂：即朱砂，炼丹所用药。葛洪：自号抱朴子，东晋道教理论家、炼丹家，曾在罗浮山炼丹，积年而卒。此句是说李白虽喜好炼丹，却没炼成，实有愧于先师葛洪。时李白已正式成为道教徒。　[3]空度日：虚度年华。　[4]飞扬跋扈（bá hù）：不守常规，狂放不羁。

［点评］

天宝四载（745）秋，杜甫与李白在鲁郡（今山东兖州）相别，遂作此诗以赠。李集中也有《鲁郡东石门送杜二甫》诗。甫诗自叹失意浪游，而惜白怀才不遇。既是对李白的规戒，亦含自警之意。末二句，李白嗜酒且好"借酒浇愁"，故云"痛饮狂歌"；李白喜击剑，好任侠，故云"飞扬跋扈"。李白才华横溢，胸怀"使寰区大定，海县清一"之志，却未获大用，故云"空度日""为谁雄"。两句相对，句中自对，颇具流动之美。此诗围绕一个"狂"字，表现一个"傲"字。李白的"狂傲"表现在行为上，必然是狂放不羁，倜傥不群，然而不是疯狂。李白之狂，杜甫深知之。杜甫的规劝是真挚的、发自肺腑的。

春日忆李白

白也诗无敌^[1]，飘然思不群。
清新庾开府^[2]，俊逸鲍参军。
渭北春天树^[3]，江东日暮云。
何时一樽酒^[4]，重与细论文。

浦起龙曰："此篇纯于诗学结契上立意。方其聚首称诗，如逢庾、鲍，何其快也。一旦春云迢递，'细论'无期，有黯然神伤者矣。四十字一气贯注，神骏无匹。"（《读杜心解》卷三之一）

黄生曰："五句寓言己忆彼，六句悬度彼忆己。"（《杜诗说》卷四）

[**注释**]

[1]"白也诗无敌"二句：盛赞李白才思超群，为诗无敌。飘然，飘逸高超。思（sì），指才思，诗思。不群，不同于一般人。　[2]"清新庾开府"二句：以兼擅庾、鲍之长盛赞李白之诗。清新，自然新鲜，力避陈腐。庾开府，即庾信，字子山，南朝梁代著名诗人，

后入北周，官至骠骑大将军、开府仪同三司，故称"庾开府"。俊逸，豪迈飘逸，不同凡俗。鲍参军，即鲍照，字明远。南朝宋时著名诗人，曾为前军参军，掌书记之任，故称"鲍参军"。　[3]"渭北春天树"二句：互文见义，寓情于景，写二人天各一方，彼此深相怀念之情。渭北，渭水之北，借指长安一带，为杜甫所在地。江东，泛指长江以东地区，即今江苏南部与浙江北部一带，为李白当时所在地。　[4]"何时一樽酒"二句：谓何时再与李白相会，共酌美酒细论诗文。樽，酒器。论文，即论诗。六朝以来，有所谓文笔之分，而通谓诗为文。李杜同游齐鲁时，曾互相讨论作诗的甘苦心得，今别后追思，倍加神往。一个"重"字，隐含以前已相与论过；一个"细"字，暗示别后另有所悟，亟思重与论之。杜甫喜欢论诗，尤喜"细论"，其《敝庐遣兴奉寄严公》诗云："把酒宜深酌，题诗好细论。"可发末二句之义。

［点评］

天宝四载（745）秋，杜甫与李白相别于山东兖州。不久，李白去江东漫游，杜甫赴长安求仕，此后二人再没有会面。这首诗是天宝五载春，杜甫在长安怀念李白而作。开头二句对仗工巧。"白也"对"飘然"，白是人名，飘是风名，自可对偶。又连用也、然、无、不四个虚词，摇曳生姿，遂使"诗仙"李白的形象活灵活现地呈现在读者面前。接下来二句照应首二句，赞美李白的诗既然兼有庾、鲍的"清新""俊逸"，则"无敌""不群"可想。前四句因忆其人而忆及其诗，赞其诗即忆其人。后四句，抒发对李白的深切怀念。结构谨严，情深意挚。全诗始终贯穿一个"忆"字。作者把对李白其人的深切怀念与对李白其诗的倾慕赞扬，水乳交融在一起。而对李白其人的怀念，又突出了一个"诗"字。由盛赞其诗始，以渴望"重与细论文"终，前后呼应，承接紧密，转折自然，情景相生，达到了出神入化的境地。

饮中八仙歌

知章骑马似乘船[1]，眼花落井水底眠[2]。汝阳三斗始朝天[3]，道逢曲车口流涎[4]，恨不移封向酒泉[5]。左相日兴费万钱[6]，饮如长鲸吸百川，衔杯乐圣称避贤[7]。宗之潇洒美少年[8]，举觞白眼望青天[9]，皎如玉树临风前[10]。苏晋长斋绣佛前[11]，醉中往往爱逃禅[12]。李白一斗诗百篇[13]，长安市上酒家眠。天子呼来不上船，自称臣是酒中仙。张旭三杯草圣传[14]，脱帽露顶王公前[15]，挥毫落纸如云烟。焦遂五斗方卓然[16]，高谈雄辩惊四筵[17]。

[注释]

[1]知章：即贺知章，自号四明狂客，嗜酒，性放达。似乘船：形容他骑在马上的醉态，摇摇晃晃。　[2]眼花：醉眼昏花。　[3]汝

王嗣奭说："此创格，前无所因，后人不能学。描写八公都带仙气，而或两句、三句、四句，如云在晴空，卷舒自如，亦诗中之仙也。"（《杜臆》卷一）

仇兆鳌曰："白眼望天，席前傲岸之状；玉树临风，醉后摇曳之态。"（《杜诗详注》卷二）

李颀《赠张旭》诗云："张公性嗜酒，豁达无所营。皓首穷草隶，时称太湖精。露顶据胡床，长叫三五声。兴来洒素壁，挥笔如流星。"

阳：即汝阳王李琎，唐玄宗长兄宁王李宪之长子，甚得玄宗钟爱，封汝阳郡王。杜甫居长安时，做过他家的宾客，有《赠特进汝阳王二十二韵》。朝天：朝见天子，入朝。　[4]曲车：酒车。流涎（xián）：流口水。　[5]移封：改换封地。酒泉：郡名，即今甘肃酒泉，传说城下有泉，其味如酒，故名。　[6]左相：即李适之。天宝元年（742）为左丞相，天宝五载四月，为李林甫排斥而罢相，七月贬为宜春太守，到任后服毒而死。日兴费万钱：是说每日兴起醉饮，耗资万钱。极言其豪侈。　[7]衔杯乐圣称避贤：李适之罢相后，曾赋诗云："避贤初罢相，乐圣且衔杯。为问门前客，今朝几个来？"（《旧唐书·李适之传》）乐圣，嗜酒。古称酒之清者为"圣人"，酒之浊者为"贤人"。　[8]宗之：崔宗之，开元初吏部尚书崔日用之子，官右司郎中，与李白交情深厚。潇洒：洒脱无拘束。　[9]觞（shāng）：酒杯。白眼：《晋书·阮籍传》："籍又能为青白眼（黑白眼），见礼俗之士，以白眼对之。"这里借用以写崔宗之兀傲不羁的气质。　[10]玉树临风：形容醉后摇曳之态。宗之潇洒，风姿秀美，故以玉树为喻。《世说新语·容止》云：夏侯玄貌美，毛曾其貌不扬，"毛曾与夏侯玄共坐，时人谓蒹葭倚玉树"。　[11]苏晋：户部尚书苏珦之子。开元年间，曾任户部、吏部侍郎，太子左庶子。开元二十二年（734）卒。长斋：长期斋戒。绣佛：用彩色丝线绣成的佛像。　[12]逃禅：有两义，一是逃出禅戒，一是遁世而参禅。此处指前者，"逃"有背离意，谓苏晋因贪杯而怠慢佛禅事。　[13]"李白一斗诗百篇"四句：写李白狂放豪饮，才思敏捷，酒醉之后，连皇帝也不放在眼里。《新唐书·李白传》载，李白初至长安，玄宗召见，"赐食，亲为调羹。有诏供奉翰林，白犹与饮徒醉于市"。又范传正《唐左拾遗翰林学士李公新墓碑》记：玄宗泛舟白莲池，召李白前来助兴，时白酣醉于翰林院，高力士扶以登舟。王仁裕《开元天宝遗事》

卷下："李白嗜酒，不拘小节，然沉酣中所撰文章，未尝错误。而与不醉之人相对议事，皆不出太白所见，时人号为'醉圣'。"这四句集中刻画醉中李白形象：斗酒百篇，言其才思敏捷；眠于长安酒家，言其豪迈不拘于俗；天子呼不上船，言其醉甚，须扶之也；酒中仙，即酒仙，言其嗜酒如命——醉中的李白，既具"酒神"精神，又有傲岸风骨，是一个不可多得的形象。　[14] 张旭：著名书法家，善草书，有"草圣"之称。《新唐书·张旭传》："旭，苏州吴人。嗜酒，每大醉，呼叫狂走，乃下笔，或以头濡墨而书，既醒自视，以为神，不可复得也，世呼'张颠'。"其草书与李白歌诗、裴旻剑舞并称"三绝"。　[15] 脱帽露顶：即是"以头濡墨而书"。　[16] 焦遂：生平事迹不详。袁郊《甘泽谣》载：陶岘开元中家于昆山，自制三舟，"一舟自载，一舟置宾，一舟贮饮馔。客有前进士孟彦深、进士孟云卿、布衣焦遂，各置仆妾共载"。卓然：神采焕发貌。　[17] 惊四筵：使四座的人为之惊叹。筵席分四面而坐，故称"四筵"。

[点评]

"饮中八仙"之称，始于杜甫此诗。贺知章、李琎、李适之、崔宗之、苏晋、李白、张旭、焦遂等八人，均以豪饮著称，故戏题为"饮中八仙"。据新、旧《唐书·李适之传》及《玄宗纪》，适之罢相在玄宗天宝五载（746）四月，则此诗最早亦必作于五载四月之后，至迟在适之七月贬宜春前，时杜甫初至长安。全诗借用汉代品评人物的谣谚形式来写歌行，结构特别，句句押韵，一韵到底，且多押重韵，前后没有起结；并列地分写八个人，八人醉态各具特点，但都性格鲜明，如中国画中的条幅。

杜甫写饮中八仙，强调的是他们的高迈绝尘之气。而于八仙中尤为突出李白，着墨独多，故吴瞻泰说："通篇只李白点一'仙'字，而又从天子口中说出，明于八仙中推尊李白，是又公用意所在。"（《杜诗提要》卷五）

今夕行

今夕何夕岁云徂[1]，更长烛明不可孤[2]。
咸阳客舍一事无[3]，相与博塞为欢娱。
冯陵大叫呼五白[4]，袒跣不肯成枭卢[5]。
英雄有时亦如此，邂逅岂即非良图[6]？
君莫笑，刘毅从来布衣愿[7]，家无儋石输百万。

王嗣奭曰："此诗真有英雄气。最妙在'邂逅'一句，'邂逅'谓偶然遇时也。穷人妄想，往往如此。又妙在结语，谓掷输百万，未尝非英雄也。"（《杜臆》卷一）

今夕岁徂，正值除夜守岁之时，夜正长，烛正明，在咸阳客舍里百无聊赖，又欲不负此良宵，可见少年意气。

[注释]

[1]今夕何夕岁云徂：《诗经·唐风·绸缪》："今夕何夕，见此良人！""今夕何夕，见此邂逅。"云，语助词，无意义。徂，往。今夕为岁徂，即除夕。　[2]更长烛明不可孤：意为不可负此良夕。更长，犹言夜长。古时一夜分五个时间段，称五更。孤，孤负。　[3]"咸阳客舍一事无"二句：谓旅居客舍，除夕无聊，遂以赌博为乐。咸阳，指长安。博塞，古代一种赌博游戏。　[4]冯陵：同"凭陵"，意气发扬貌。五白：古时博具名，即五木之戏，后转而用石，用玉，用骨等，故曰五白，俗称骰子。《楚辞·招魂》："成

枭而牟，呼五白些。"　[5]袒跣：露着胳膊赤着脚，神情兴奋状。枭卢：都是赌博中的好点数。在古代六博游戏中，得枭者胜。在博塞中，博具共有五子，每子分上下两面，一面涂黑画犊，一面涂白画雉，凡投子者五个皆现黑，名为卢，为最高之采。《晋书·刘毅传》载，刘毅在东府赌博，众人都掷点不高，刘毅掷得雉，大喜，绕床喊叫，对别人说："不是不能掷得卢，而是不用那样就能赢。"刘裕最后掷，四子俱黑，一子旋转未定，刘裕厉声喝之，即成卢。不肯成枭卢：谓不能取胜。故下文以古人之输者自比。　[6]邂逅（xiè hòu）岂即非良图：谓失意中偶然遭遇，便成良缘，岂可便以为不善耶？为贫困中意想之词。邂逅，不期而遇。　[7]"刘毅从来布衣愿"二句：是说像刘毅那样一掷百万之举，一直是我的愿望。布衣，平民，杜甫自称。意谓己虽贫贱，而志自豪壮，说不定会像刘毅那样，他日未可限量。刘毅，东晋人。少有大志。曾与刘裕等起兵讨伐桓玄。事平，为豫州刺史，官至开府仪同三司。好赌，一掷百万。《南史·宋本纪上》载桓玄语曰："刘毅家无儋石之储，㩅蒱一掷百万。"儋石（dān shí），儋，通"甔"。《史记·货殖列传》："酱千甔。"司马贞《索隐》引孟康曰："儋，罂石。罂受一石，故云儋石。"《汉书·蒯通传》："守儋石之禄者，阙卿相之位。"注引应劭曰："齐人名小罂为儋。"罂（yīng）是大腹小口的瓦器。一说一石为石，二石为儋。明方以智《通雅》卷四十《算数》云："汉书'一石为石，再石为儋。'"石，古读 shí，今读 dàn。

［点评］

天宝五载（746）除夕在长安作。诗写除夕于咸阳客舍博戏为乐。开头即交待博戏时间，除夕当有以自乐、自遣之事，所谓"更长烛明不可孤"。于是引出"咸阳"二句，谓旅居客舍，除夕无聊，遂以赌博为乐。下文即写具体的博戏场面，及由此引发的感想。全诗豪纵狂逸，于抑郁无聊中寓磊落自喜之意。

吴瞻泰曰："以往日之战场，今日之在厩，错叙成篇，以安西、流沙、交河、长安、横门为线，一东一西，遥遥相照，而中间正写侧写，笔笔精悍。咏马如人，空前轶后之作也。"（《杜诗提要》卷五）

末两句谓此"壮儿不敢骑"的汗血马，却出横门道，一方面展示骢马的忠心，即"为君老"，寄寓为知己者死的情怀；一方面展示骢马的雄心，即"却出横门道"，再驰骋沙场，寄寓"老骥伏枥，志在千里"的渴望。正所谓胸次高远，格韵不凡，雄妙绝伦。

高都护骢马行

安西都护胡青骢[1]，声价欻然来向东[2]。
此马临阵久无敌[3]，与人一心成大功。
功成惠养随所致[4]，飘飘远自流沙至[5]。
雄姿未受伏枥恩[6]，猛气犹思战场利。
腕促蹄高如踣铁[7]，交河几蹴曾冰裂[8]。
五花散作云满身[9]，万里方看汗流血[10]。
长安壮儿不敢骑，走过掣电倾城知[11]。
青丝络头为君老[12]，何由却出横门道？

[注释]

[1] 安西都护：即高仙芝，开元末曾为安西副都护。都护，官名。唐在边疆地区置六大都护府。安西大都护府设置于唐太宗贞观十四年（640）。胡青骢：西域的青骢马。马青白色曰骢。《隋书·西域传》："吐谷浑尝得波斯草马，放入（青）海，因生骢驹，能日行千里，故时称青海骢焉。"　[2] 欻（xū）然：忽然。来向东：谓胡青骢从西而来东。　[3]"此马临阵久无敌"二句：赞骢马驰骋疆场之英姿及助高仙芝成就大功的高德。与人一心，意思是说

骢马随主人心意而尽力奔驰。成大功，指高仙芝破小勃律，立功疆场。　[4]惠养：恩养。随所致：随所托身之主人。　[5]流沙：泛指我国西北沙漠地区。《汉书·礼乐志》载《天马歌》："天马徕，从西极。涉流沙，九夷服。"　[6]"雄姿未受伏枥恩"二句：谓骢马不屑伏枥饱粟，尚想驰骋战场以建功立业。未受，不愿意接受。伏枥，伏槽枥而秣之。枥，马槽。猛气，战阵勇猛之气。　[7]腕促蹄高：这是良马的特征。《相马经》："马腕欲促，促则健；蹄欲高，高耐险峻。"蹋（bó）铁：谓马蹄坚硬，踏地如铁。蹋，踏。　[8]交河：古地名。在今新疆吐鲁番境内。因河水流经此处为河中小岛分开后又合流，故称。蹴：踏。曾：通"层"，积也。　[9]五花：谓马毛色斑驳。云满身：身如云锦。　[10]万里方看汗流血：极写骢马的材力，奔驰万里，方见流汗。汉代西域大宛国产汗血马，因汗流如血，故称。此汗血之姿，非行万里无以见之，故云"万里方看"。　[11]掣（chè）电：闪电，言马行迅捷。　[12]"青丝络头为君老"二句：写骢马不愿过养尊处优的生活，仍思去西北战场立功。青丝络头，用青丝做的马笼头。何由却出，即如何方能出去作战之意。横（guāng）门，长安城北面西头第一门，门外有桥曰横桥，自横桥渡渭水而西，即是通往西域的大道。

［点评］

天宝六载（747），高仙芝破小勃律（唐时西域国名，其地在今帕米尔以南）。八载，奉诏入京，杜甫为作此诗。诗赞骢马立功沙场，品格卓异，志向高远。"此马临阵久无敌"，现其英姿；"与人一心成大功"，将其拟人化，扬其节操，正所谓"真堪托死生"（《房兵曹胡马》）者。二句人马夹写，神采奕然。"雄姿未受伏枥恩，猛气犹思战场利"，大有"老骥伏枥，志在千里"之概。诗借马喻人，既颂扬高仙芝，又寄寓了自己抱负难展的感慨。妙在句句赞马，却句句赞英雄。

冬日洛城北谒玄元皇帝庙^[1]

配极玄都闶^[2]，凭高禁籞长^[3]。守祧严具礼^[4]，掌节镇非常^[5]。碧瓦初寒外^[6]，金茎一气旁^[7]。山河扶绣户^[8]，日月近雕梁。仙李盘根大^[9]，猗兰奕叶光。世家遗旧史^[10]，道德付今王^[11]。画手看前辈^[12]，吴生远擅场。森罗移地轴，妙绝动宫墙。五圣联龙衮，千官列雁行。冕旒俱秀发，旌旆尽飞扬。翠柏深留景^[13]，红梨迥得霜。风筝吹玉柱，露井冻银床。身退卑周室^[14]，经传拱汉皇^[15]。谷神如不死^[16]，养拙更何乡？

[注释]

[1]洛城：即东都洛阳。玄元皇帝庙：李唐王朝尊老子李耳为始祖，乾封元年（666），高宗追封老子为太上玄元皇帝。开元二十九年（741），玄宗令两京、诸州各置玄元皇帝庙。东都洛

胡应麟曰："杜《谒玄元皇帝庙》十四韵，雄丽奇伟，势欲飞动，可与吴生画手，并绝古今。"（《诗薮·内编》卷四）

朱景玄谓吴道子"画玄元庙五圣、千官、宫殿、冠冕，势倾云龙，心归造化。"（《唐朝名画录》）

阳玄元皇帝庙在城北北邙山上。题下原注"庙有吴道子画《五圣图》"。五圣即唐高祖、太宗、高宗、中宗、睿宗。据《旧唐书·礼仪志》载，天宝八载闰六月四日，玄宗朝太清宫，加圣祖玄元皇帝尊号为圣祖大道玄元皇帝，高祖、太宗、高宗、中宗、睿宗尊号并加"大圣"字。吴道子为画《五圣图》，诗所谓"五圣联龙衮"也。　　[2]极：北极，代表帝王，老子配五帝而祀之，故曰"配极"。玄都：丹台仙真之所，神仙所居，此指玄元皇帝庙。閟（bì）：幽深。　　[3]凭高：庙在北邙山上，故云。禁籞（yù）：禁苑。老子封玄元皇帝，故其庙址亦可称禁苑。　　[4]守祧（tiāo）：看守祖庙。祧，远祖之庙。唐老子庙置令、丞各一员。严具礼：具备严格的礼仪。　　[5]掌节：掌管出入老子庙的符节。镇非常：防范发生意外。　　[6]碧瓦：琉璃瓦。初寒外：指冬日，亦有高迥意。　　[7]金茎：铜柱。汉武帝曾设承露盘，以铜柱支撑。这里指庙里的铜柱。一气：指天地元气。　　[8]"山河扶绣户"二句：谓绣户为山河所扶，雕梁逼近日月，形容庙宇的宏伟壮丽。雕梁，雕画之梁栋。　　[9]"仙李盘根大"二句：谓自老子盘根以来，至唐又如兰之猗猗，为累世有光也。仙李，《神仙传》载，老子生于李树下，生而能言，指李树曰："以此为我姓。"盘根大，根基壮大。唐太宗《探得李》诗："盘根植瀛渚，交干横倚天。舒华光四海，卷叶荫三川。"可作此句注脚。猗兰，本指《猗兰操》，传为孔子所作，此处指兰草。猗，美盛貌。一说指猗兰殿，汉武帝出生之处。奕叶，犹累世。　　[10]旧史：《史记》有《老子传》。遗：遗留，见传世之远。一说遗为遗失，谓老子在《史记》中未入《世家》。　　[11]道德：指老子《道德经》。今王：指玄宗。开元二十一年，玄宗亲注《道德经》，令学者习之。天宝四载，又诏以《道德经》列诸经之首。　　[12]"画手看前辈"八句：是写吴道子的壁画精妙绝伦。吴生，即吴道子，唐著名画家，善画人物、佛像等，冠绝一时。玄宗知其名，召入内供奉。远擅场，谓人皆不及。擅场，技艺高超出众，压倒全场。森罗，森然罗列。地轴，传说中支持大地回转的轴心，这里指大地。五圣，指吴道子所画《五圣图》。龙衮，天子礼服。千官列雁行：谓众官员依次排列，如雁飞之行列。冕旒（liú），皇冠。旒，冕冠前后垂悬的玉串。俱，都。秀发，形容有光彩。旌旆，泛指旌旗，此谓仪仗。　[13]"翠柏深留景"四句：写所见之冬景。景，同"影"。迥，深，远。风筝，檐铃，风动则鸣，俗称风马儿。玉柱，玉雕成之柱。银床，井栏。　[14]身退：《老子》第九章："功遂身退，天之道也。"卑：衰微。《列仙传》载，老子曾作周朝的柱下史，又转作守藏史，后因周朝德衰，乃乘青牛而去。　[15]经传：指《道德经》。拱汉皇：汉文帝、景帝皆崇尚黄、老学说，而致"文景之治"。拱，谓用其术以致无为之治，故垂衣拱手也。此以汉喻唐，亦前"道德付今王"之意。　[16]"谷神如不死"二句：是说老子有灵，舍此庙貌尊崇之地，更何往乎？谓玄元之神，必在此庙中。谷神，《老子》第六章："谷神不死，是谓玄牝。"谷神是老子形容"道"的称谓。"谷"象征空虚，"神"有变化莫测之意。"谷神不死"是说"道"乃空虚无形而变化莫测、永恒不灭的东西，它像微妙的母体（玄牝）一样，生殖万物。此处的谷神，即指老子。养拙，犹守拙。

［点评］

此诗作于天宝八载（749）冬，作者暂回东都洛阳时。这是一首五言排律，十四韵二十八句，追述了老子被尊为玄元皇帝的历史，铺陈庙宇的庄严。吴道子所绘《五圣图》壁画的精工，以及庙内外景物的壮丽。铺叙得体，对仗整肃；情景相融，过渡明白；气象宏大，庄重典雅。至于此诗立意，向来争论不休。钱谦益力主"此诗直记其事，以讽谏也"（《读杜小笺》卷上）。而浦起龙则驳之："钱笺语语指斥，意非不是也，但学者不善会之，偏在讥刺一边看去，则失之远矣。盖题系朝廷巨典，体宜颂扬。非比他事讽谏，尚可显陈也。"（《读杜心解》卷五之一）见仁见智，全在读者善自领会。

乐游园歌 [1]

乐游古园崒森爽 [2]，烟绵碧草萋萋长。
公子华筵势最高 [3]，秦川对酒平如掌。
长生木瓢示真率 [4]，更调鞍马狂欢赏。
青春波浪芙蓉园 [5]，白日雷霆夹城仗。
阊阖晴开詄荡荡 [6]，曲江翠幕排银榜。
拂水低徊舞袖翻 [7]，缘云清切歌声上。
却忆年年人醉时 [8]，只今未醉已先悲。
数茎白发那抛得？百罚深杯亦不辞。
圣朝已知贱士丑，一物自荷皇天慈。
此身饮罢无归处，独立苍茫自咏诗。

浦起龙曰："'青春'六句，一气读。虽纪游，实感事也。是时诸杨专宠，宫禁荡轶，舆马填塞，幄幕云布，读此如目击矣。"（《读杜心解》卷二之一）

杨万里《尝茶蘼酒》："一杯随我无何有，百罚知君亦不辞。"盖本杜句。

最后四句，慨叹己之不遇。仇兆鳌曰："朝已见弃，而天犹见怜，假以一饮之缘，其无聊亦甚矣。"（《杜诗详注》卷二）

[注释]

[1] 乐游园：一名乐游苑、乐游原，与曲江、芙蓉园相邻，故址在今西安市南铁路新村附近，唐时为游赏胜地。题下原注："晦日贺兰杨长史筵醉中作。"晦日，阴历每月最后一天。此指正月晦日，为唐时节日之一。杨长史，不详。唐三军、十六卫、诸王府、上州等皆设长史，官阶不等。　[2] "乐游古园崒（zú）森爽"二句：为描绘乐游园胜景之佳句。乐游园为汉宣帝时所建，故曰"古园"。此园唐时仍为皇家贵戚园林，又因此园高拔宽敞，故曰"崒森爽"。崒，高峻貌。森爽，森疏萧爽。烟绵，即延绵，连续不断。萋萋，草盛貌。　[3] "公子华筵势最高"二句：谓游筵在乐游原的最高处。公子，指杨长史。华筵，盛美的筵席。势最高，谓据原上最高处。秦川，长安正南有秦岭，岭下为八百里关中平原，称秦川。平如掌，形容秦川之平坦。沈佺期《长安道》："秦地平如掌。"　[4] "长生木瓢示真率"二句：写筵席上饮酒行乐。长生木瓢，长生木作的酒瓢。示真率，言主人不拘繁文缛节，表示了真诚和坦率。更调鞍马，谓猜拳行令，互相调笑。更，更易。调，调笑。鞍马，酒令名。木瓢酌酒，猜拳行令，真率无所顾忌，故曰"狂欢赏"。　[5] "青春波浪芙蓉园"二句：写皇帝春日来芙蓉园游赏情景。青春，春天。芙蓉园，在曲江西南、乐游园西。中有芙蓉池，故有波浪。白日雷霆，形容皇帝仪仗的煊赫声势。夹城，复道。唐玄宗先后于开元十四年和开元二十年两次扩建兴庆宫，自大明宫沿长安东郭城经通化、春明、延兴三门，直至曲江、芙蓉园，修筑复道，以潜行往来，是为夹城。程大昌《雍录》卷二："唐之夹城也，两墙对起，所谓筑垣墙如街巷者也。"仗，仪仗。　[6] "阊阖（chāng hé）晴开䫄荡荡"二句：写曲江春游的盛大场面。阊阖，天门，这里指宫门。䫄荡荡，旷荡貌。《汉书·礼乐志》载《天门歌》："天门开，䫄荡荡。"曲江，一名曲江

池，唐时游览胜地。翠幕，游宴者所设华丽帐幕。排银榜（bǎng），形容翠幕之多如云，势排银榜。银榜，宫殿门端所悬金碧辉煌的匾额。　　[7]"拂水低徊舞袖翻"二句：写所见芙蓉园和曲江的歌舞狂欢情景。上句写舞姿，下句写歌声。低徊，回旋起伏。缘云清切，形容歌声嘹亮，愈转愈高，犹似随云而上。　　[8]"却忆年年人醉时"八句：悲叹身世，自写怀抱。叹流年易逝，老大无成，贫苦无着，故未醉先悲。年年，犹往年。人，甫自谓。只今，如今。数茎白发那抛得，言人生易老，怎么摆脱得了自然规律。数茎，数根。那抛得，摆脱不了。百罚深杯亦不辞，罚酒再多也不会推辞，暗含颓然自放之意。深杯，犹满杯。圣朝，指玄宗朝，有讽刺意味。贱士，甫自谓。丑，愧也，耻也。《论语·泰伯》："邦有道，贫且贱焉，耻也。"此句即暗用其意。圣朝，即有道之邦。意谓当此圣朝，而久居贫贱，实深感愧耻。天宝九载冬，杜甫献《三大礼赋》后，玄宗命待制集贤院，所以说"圣朝已知贱士丑"。一物自荷皇天慈，意谓当此春和日暖，一草一木，皆荷皇天之慈。一物，一草一木。荷，承受恩惠。皇天慈，大自然的恩慈，亦指皇恩。言外之意，我"贱士"既为"圣朝"所知，虽说皇恩浩荡，但至今却未授实职。此身饮罢无归处，是说醉后茫然，不知所归。暗寓未授官职，不知所属之意。苍茫自咏诗，谓于寂寞怅惘时只好借吟诗以自慰、抒愤。苍茫，荒寂怅惘貌。

[点评]

　　天宝十载（751）参加游筵之作。诗写在春日美景中游筵的情事及所生发出的感慨。杜甫此时困守长安多年，献《三大礼赋》后，待制集贤院，仅得"参列选序"资格，未实授官，一生理想和抱负难以实现，故有"圣朝已知贼士丑"之激愤语。从中可见杜甫生活和精神的一个侧面。诗人的艺术想象是循着"当筵有感"的思路发展、生发开去的，可是，由筵饮游赏的生活琐事，联系到个人的身世之慨，就不是泛泛的游宴之作了。

兵车行

车辚辚[1]，马萧萧[2]，行人弓箭各在腰[3]。

耶娘妻子走相送[4]，尘埃不见咸阳桥[5]。

牵衣顿足拦道哭，哭声直上干云霄[6]。

道旁过者问行人[7]，行人但云点行频[8]。

或从十五北防河[9]，便至四十西营田。

去时里正与裹头，归来头白还戍边。

边庭流血成海水[10]，武皇开边意未已[11]。

君不闻汉家山东二百州[12]，

千村万落生荆杞[13]。

纵有健妇把锄犁，禾生陇亩无东西[14]。

况复秦兵耐苦战[15]，被驱不异犬与鸡。

长者虽有问[16]，役夫敢伸恨[17]？

且如今年冬，未休关西卒[18]。

县官急索租[19]，租税从何出？

信知生男恶[20]，反是生女好。

生女犹得嫁比邻，生男埋没随百草。

君不见青海头[21]，古来白骨无人收[22]。

新鬼烦冤旧鬼哭[23]，天阴雨湿声啾啾。

[**注释**]

[1] 辚（lín）辚：众车声。　[2] 萧萧：马长嘶声。　[3] 行人：出征之人，唐人诗中亦称"征人"，即后所云"役夫"。　[4] 耶：同"爷"。此句下原注云："古乐府云：'不闻耶娘哭子声，但闻黄河流水鸣溅溅。'"　[5] 咸阳桥：在咸阳西南渭水上，汉时名便桥。　[6] 哭声直上干（gān）云霄：犹言哭声震天。干，冲犯。　[7] 过者：过路人，实即杜甫自己。　[8] 点行：即按丁籍强制征调。频，频繁，指下"防河""营田"等事。按："但云"以下，皆行人答语。借问答，就行人口中说出苦情。　[9] "或从十五北防河"四句：痛诉征调频繁，由少及老戍边的苦情。十五、四十，皆指年龄言。防河，是时吐蕃侵扰河右，曾征召陇右、河西、关中、朔方诸军防秋，故云"防河"。营田，屯田也。无事则耕，有事则战，寓兵于农。《新唐书·食货志三》："唐开军府以扞要冲，因隙地置营田，天下屯总九百九十二。"里正，唐以百户为里，每里设正一人，负责里中事务。裹头，古以皂罗三尺裹头，曰头巾。因年小从军，故里正为之裹头。按：唐之丁中制，人有黄、小、中、丁之分。开元二十六年，"诏民三岁以下为黄，十五以下为小，二十以下为中"。"天宝三载，更民十八以上为中男，二十三以上成丁"。（见《新唐书·食货志一》）诗言十五防河，是当时

《分门集注杜工部诗》卷十四引师曰："生男，人之所喜，生女，人之所贱，此常理也。今以生男为恶，生女为好，盖男儿充丁驱之战，埋没草野，曾不如生女尚得嫁毗邻，或时相见。此皆有所相感而激为是言。"

仇兆鳌评云："青海鬼哭，则驱民锋镝之祸，至此极矣。"（《杜诗详注》卷二）

兵役征发，已及于丁、中以下十五岁之少年。　[10]边庭：边疆，边境。　[11]武皇：本指汉武帝。武帝喜开边，唐玄宗亦好开边，犹似武帝，当时不便直斥，故比之武帝。唐人多如此。意未已：意犹未尽，指一味穷兵黩武。故《新唐书·杨炎传》云："玄宗事夷狄，戍者多死。"　[12]山东：指崤山或华山以东。亦称关东，因在函谷关以东。二百州：《钱注杜诗》卷一引《十道四蕃志》："关以东七道，凡二百一十一州。"曰二百，实已尽天下矣。　[13]落：人聚居之地。荆杞：因连年战争，兵乱地荒，遂尽生荆棘枸杞。唐行府兵制，兵农未分，穷兵黩武，以致破坏生产。　[14]无东西：即阡陌不分，不成畦垄。阡陌为田间小路，南北曰阡，东西曰陌。　[15]秦兵：即关中之兵。耐苦战：即能苦战。岑参《胡歌》："关西老将能苦战，七十行兵仍未休。"　[16]长者：行人对杜甫之尊称。　[17]役夫：行人自称。敢伸恨：不敢伸说怨恨，即所谓"敢怒而不敢言"。敢，岂敢。《旧唐书·杨国忠传》载：征南诏，"其征发皆中国利兵，然于土风不便，沮洳之所陷，瘴疫之所伤，馈饷之所乏，物故者十八九。凡举二十万众，弃之死地，只轮不还，人衔冤毒，无敢言者。"杜诗所云，盖实录也。　[18]关西：指函谷关以西。诗前言"山东"，今言"关西"，表明无处不用兵也。　[19]县官：指朝廷，亦专指皇帝。《史记·绛侯周勃世家》："庸知其盗买县官器。"司马贞《索隐》："县官，谓天子也。所以谓国家为县官者，《夏官》王畿内县即国都也。王者官天下，故曰县官也。"　[20]"信知生男恶"四句：以女形男，益见兵役之苦。信知，诚知。《水经注·河水》引杨泉《物理论》："秦始皇使蒙恬筑长城，死者相属。民歌曰：生男慎勿举，生女哺用餔。不见长城下，尸骸相支拄。"又褚少孙补《史记·外戚世家》所记民歌云："生男无喜，生女无怒，独不见卫子夫霸天下。""信知"二句本此。比邻，犹近邻。邻为当时基层组织单位之一。《旧唐书·职官志二》："四家为邻，五邻为保。"　[21] 青海：古名鲜水、西海，北魏时始名青海，在今青海省境内。唐高宗龙朔三年（663），青海为吐蕃所并。玄宗开元中，唐将多次破吐蕃，皆在青海西，死者甚众。天宝间，哥舒翰攻吐蕃石堡城，拔之，唐士卒死者数万。故下云"新鬼""旧鬼"。　[22] 白骨无人收：语出梁鼓角横吹曲《企喻歌》："尸丧狭谷中，白骨无人收。"　[23]"新鬼烦冤旧鬼哭"二句："新鬼烦冤"与"旧鬼哭"当作互文解，新鬼与旧鬼既烦冤又悲哭，而衬之以"天阴雨湿"的凄凉环境，呜咽之声更惨。而其根源在上层统治者的穷兵黩武。啾啾，犹唧唧，呜咽声。

［点评］

史载，玄宗天宝十载（751）四月，剑南节度使鲜于仲通率兵六万讨南诏（今云南一带），全军陷没。杨国忠掩其败状，仍叙其战功。又大募两京及河南、北兵以击南诏。人闻云南多瘴疠，士卒未战而死者十八九，莫肯应募。杨国忠遂遣御史分道捕人，连枷强征入伍。于是行者愁怨，父母妻子送之，所在哭声振野。又玄宗连年用兵吐蕃，死伤甚众。杜甫亲见征人服役惨状，遂作此诗。《兵车行》是杜甫即事名篇的新题乐府。诗歌纯用客观叙述的表现手法，以叙事带抒情。表面看以叙事为主，实则情寓其间，真实而深刻地揭露了穷兵黩武给人民带来的深重苦难。梁运昌说："此一诗乃开、天间治乱关头，不比他人征戍篇什漫然而已"，"今观其行文，不依傍古词，自成格调，风骨、气味、色泽并臻绝顶，尤能字字痛心，言言动魄，使人主闻之，因是念民瘼而戢侈心，岂非《小雅》之嗣音哉！"（《杜园说杜》卷七）

前出塞九首[1]（选五）

其一

戚戚去故里[2]，悠悠赴交河[3]。公家有程期[4]，亡命婴祸罗。君已富土境[5]，开边一何多！弃绝父母恩[6]，吞声行负戈[7]。

张綖曰："别出一格，用古体写今事，大家机轴，不主故常，后人不敢议也，而称'诗史'者以此。"（《杜工部诗通》卷二）

"开边"为九首主脑。

[注释]

[1]《出塞》：为汉乐府横吹曲名。杜甫用此旧题来写时事，先后写了两组诗，因这组诗在前，故题曰"前出塞"。　[2]戚戚：愁苦貌。去：离开。故里：故乡。　[3]悠悠：遥远貌。交河：唐贞观十四年（640）置安西都护府，治交河城，在今新疆吐鲁番西北。　[4]"公家有程期"二句：是说官家规定了行军期限，逃跑要招致法律的惩治。当时实行"府兵制"，士兵有户籍，逃跑则会连累父母妻子。公家，犹官家。程期，行程期限。亡命，脱名籍而逃亡。婴，触犯。祸罗，法网。　[5]"君已富土境"二句：与《兵车行》"武皇开边意未已"义同。君，皇帝，此指玄宗。开边，发动边境战争。一何，何其，多么。　[6]父母恩：指父母养育之恩。　[7]吞声：声将发而强止之，犹忍泣。

[点评]

这组诗大约作于天宝十载（751）左右。论者多认为是写哥舒翰征吐蕃一事，但从涉及的范围来看，几乎涵盖了盛唐边塞诗的全部内容。诗用第一人称写法，通过一个战士戍边十年的亲身感受，反映了被征从军的艰苦，抨击了玄宗穷兵黩武的开边政策，歌颂了戍边战士的爱国主义精神。整组诗前后连贯，浑然一体。这里选的是第一、二、三、六、九首。第一首诗叙述戍卒初别父母被迫远戍的情景，揭示了戍卒矛盾复杂的内心世界、忧愁悲愤的痛苦心情。"戚戚"二句，点明出发地（故里）、目的地（交河）。首句用五仄声，次句用四平声加一去声，从音节上表现征人远戍之哀，为全诗定下哀怨的基调。末句总结上文，吞声引泣，负戈上路，刻画出征人含悲愤而行的形态和内心活动。

其二

出门日已远^[1]，不受徒旅欺。骨肉恩岂断^[2]？男儿死无时^[3]。走马脱辔头^[4]，手中挑青丝。捷下万仞冈，俯身试搴旗。

王嗣奭曰："前章云'弃绝父母恩'，而此又云'骨肉恩岂断'，徘徊展转，曲尽情事。死既无时，而后作壮语，所谓'知其不可如何而安之若命'者也，愈壮愈悲。"（《杜臆》卷三）

［注释］

[1]"出门日已远"二句：是说离家日久，已习惯了军旅生活，故不再受伙伴的欺负。徒旅，军中伙伴。　[2]骨肉恩：即前首所说"父母恩"。　[3]死无时：不知何时即死。　[4]"走马脱辔头"以下四句：描写出征战士在训练中的冒险和无畏：骑马奔驰不用络头，信手挑着马缰，从高冈上飞驰而下，练习俯身拔取军旗，一副视死如归气概。走马，即跑马。脱，去掉。辔头，马络头。挑，摇也，拨也。青丝，马偏缰。捷下，飞驰而下。仞，古代以八尺为一仞，一说七尺。万仞，极言其高。搴，拔取。

［点评］

这首诗写行军途中，生命随时不保，战士索性豁出性命，加强训练，视死如归。

其三

磨刀鸣咽水[1]，水赤刃伤手。欲轻肠断声，心绪乱已久。丈夫誓许国[2]，愤惋复何有[3]？功名图麒麟[4]，战骨当速朽。

张潽曰："前四句愁惨，后四句忽作丈夫慷慨之谈，一首中极其顿挫。"（《读书堂杜诗注解》卷六）

［注释］

[1]"磨刀鸣咽水"四句：意谓本不欲以此鸣咽之声搅动乡愁，无奈心乱已久，故闻水声触耳，不觉慌乱而伤手。初尚不知，及见水赤才发觉。鸣咽水，指陇头水。《乐府诗集·梁鼓角横吹曲》有《陇头歌辞》："陇头流水，鸣声幽咽。遥望秦川，肝肠断绝。"轻，轻忽，不在意。肠断声，即指鸣咽的陇头水声。　[2]丈夫：征夫自谓，犹言男儿、健儿、壮士之类。誓许国：誓死以身报国。　[3]愤惋：悲愤惋惜。　[4]"功名图麒麟"二句：意谓只要立功图像，战死也是值得的。图，画图，这里作动词用。麒麟，指麒麟阁。《汉书·苏武传》载，汉宣帝曾命人把霍光、苏武等十八人的像画于麒麟阁上，以示褒扬功臣。后遂以图像麒麟阁为建功立业之代称。战骨当速朽，"当"字隐含无限悲愤。

［点评］

这首诗写途中心绪的烦乱，时而低沉，时而高亢。首四句刻画入微，无限沉痛。最后四句，语似壮而情实悲，正所谓"口中句句是硬语，眼中点点是血泪"（汪灏《树人堂读杜诗》卷二），强以慷慨自励抑制悲伤，更见其沉痛。

其六

挽弓当挽强[1]，用箭当用长。射人先射马，擒贼先擒王。杀人亦有限[2]，立国自有疆。苟能制侵陵[3]，岂在多杀伤！

[注释]

[1]"挽弓当挽强"四句：意思是说拉弓要拉强弓，用箭当用长箭。马倒则人束手就擒，所以要先射马；贼首就擒则贼众自散，所以要先擒王。挽弓，拉弓。强，指硬弓。　[2]"杀人亦有限"二句：谓杀伤应有个限度，应尽量避免滥杀无辜，尊重各国疆界，不要随意开边，挑起战端。限，限度。疆，疆界。　[3]"苟能制侵陵"二句：谓如果能够制止侵略，又何必大肆杀戮呢？（只要"擒贼先擒王"就行了！）苟，假如，如果。制侵陵，制止侵略。

[点评]

这首诗借戍卒之口，发表反对穷兵黩武和兴兵滥杀的大道理。诗纯为议论，表达了作者对于战争目的和民族关系等重大问题的见解与思考，指出战争的目的是制止侵略，而不在肆意杀戮。其揭示的普遍意义远远超出了当时所针对的开边战争。

吴瞻泰曰："此为九首扼要之旨，大经济语，借戍卒口中说出，托刺甚深。'立国自有疆'，讽谏微妙，使开边者猛然自省。"（《杜诗提要》卷一）

黄生曰："前四语，似谣似谚，最是乐府妙境。"（《杜诗说》卷一）

张綖曰："此章叙其制敌之略。一篇大意，只在'擒贼先擒王'一句，上三句皆为此句起兴。下四句申言此意，即所谓'歼厥渠魁'者。"（《杜工部诗通》卷二）

其九

从军十年余，能无分寸功[1]？众人贵苟得[2]，欲语羞雷同[3]。中原有斗争[4]，况在狄与戎？丈夫四方志[5]，安可辞固穷？

[注释]

[1] 能无：犹岂无，哪能没有？分寸功：极谦言功小。　[2] 众人：指冒功邀赏者。贵：重视，追求。苟得：苟且贪得，不当得而得。　[3] 羞：耻于。雷同：不当同而同。　[4] "中原有斗争"二句：意谓中原尚且有斗争，何况边疆地区呢？中原，指中国内地。狄与戎，古称我国北方少数民族为"狄"，西方少数民族为"戎"。此泛指边疆少数民族。　[5] "丈夫四方志"二句：谓大丈夫志在四方，岂因未得封赏而改变初衷乎？亦是牢骚语。四方志，指为国戍边而言。安可，犹岂可。固穷，坚守素志而不失气节，安于贫贱穷困。语本《论语·卫灵公》："君子固穷。"

[点评]

这首诗乃为军中冒功邀赏者而发。自己从军十年，虽未得封赏，但固穷守节，羞与此辈为伍，表现了主人公高尚的情操。

投简咸华两县诸子 [1]

赤县官曹拥材杰 [2]，软裘快马当冰雪。

长安苦寒谁独悲 [3]？杜陵野老骨欲折 [4]。

南山豆苗早荒秽 [5]，青门瓜地新冻裂。

乡里儿童项领成 [6]，朝廷故旧礼数绝。

自然弃掷与时异 [7]，况乃疏顽临事拙。

饥卧动即向一旬 [8]，敝衣何啻联百结。

君不见空墙日色晚 [9]，此老无声泪垂血！

杜甫《进雕赋表》云："惟臣衣不盖体，尝寄食于人，奔走不暇，只恐转死沟壑，安敢望仕进乎？"可为此诗注脚。

[注释]

[1] 投简：即投赠。咸：咸宁，即万年县，天宝七载改咸宁，乾元元年复为万年县。华：即华原县。两县均属京兆府。诸子，或即两县吏曹。　[2]"赤县官曹拥材杰"二句：称美咸、华两县诸子。赤县，京都所辖之县。唐分县为七等，京都所治为赤县，京之旁邑为畿县。咸宁为赤县，华原为畿县。官曹，官署。拥材杰，言人才济济。材杰，同"才杰"。软裘，即轻裘。当，通"挡"。　[3] 苦寒：犹严寒、酷寒。　[4] 杜陵野老：杜甫自称。杜陵，在长安城南。杜甫曾居此，故有此称。骨欲折：极言其冷。　[5]"南山豆苗早荒秽"二句：化用典故以豆苗荒秽和瓜地冻裂形容自己的饥寒之状。南山，即长安城南的终南山。杨恽《报孙会宗书》："田彼南山，芜秽不治，种一顷豆，落而为萁。"青门，长安城东出南头第一门霸城门，其门色青，又名青城门，或称青门。青门瓜，秦东陵侯邵平，秦亡后为布衣，种瓜青门外，瓜美，时称"东

陵瓜"，又称"青门瓜"。　　[6]"乡里儿童项领成"二句：从一片真气中激出了对世态炎凉的感叹。乡里儿童，指小官僚。陶渊明曾骂督邮为"乡里小儿"。项领，脖子肥大，语出《诗经·小雅·节南山》。本喻大臣骄恣，王不能使。此喻乡里小儿倨傲无礼。故旧，故交，亲友。礼数绝，断绝来往。　　[7]"自然弃掷与时异"二句：是说自己不合时宜，故理应被弃掷，况疏懒愚拙不善应酬，因而贫病如此。自然，理之当然。况乃，更何况。疏顽，疏懒愚钝。临事拙，遇事不会圆滑奉承。　　[8]"饥卧动即向一旬"二句：极言自己食不裹腹、衣不蔽体的苦况。动即向一旬，言常常饿肚子近十天。动，常也，每也。向，近也。一旬，十天。敝衣，破旧之衣。何啻，何止，岂止。百结，正形容衣敝之状。《北堂书抄》卷一二九引王隐《晋书》："董威辇（京）至洛阳，止宿白社中，于市得残碎缯，辄结以为衣，号曰'百结衣'。"而杜甫衣褴褛又甚于董京矣。　　[9]"君不见空墙日色晚"二句：啼饥号寒，无可诉说，故只有无声泣血而已。空墙，犹言家徒四壁。此老，杜甫自谓。无声，吞声而泣。

［点评］

天宝十载（751）冬作。时杜甫困居长安，又值苦寒，冻饿交逼，故旧礼绝，满腔悲愤，一肚牢骚，遂成一篇不平之鸣。从结构上说，前四句写苦寒受冻，末四句写无衣无食，中间六句写致贫原因，错落有致。此诗伤己而又忧世，这也是杜诗的一个共同特点。

奉赠韦左丞丈二十二韵 [1]

纨袴不饿死 [2]，儒冠多误身 [3]。丈人试静听 [4]，贱子请具陈 [5]。甫昔少年日 [6]，早充观国宾。读书破万卷 [7]，下笔如有神。赋料扬雄敌 [8]，诗看子建亲。李邕求识面 [9]，王翰愿卜邻 [10]。自谓颇挺出 [11]，立登要路津 [12]。致君尧舜上 [13]，再使风俗淳。此意竟萧条 [14]，行歌非隐沦 [15]。骑驴三十载 [16]，旅食京华春。朝扣富儿门 [17]，暮随肥马尘。残杯与冷炙，到处潜悲辛。主上顷见征 [18]，欻然欲求伸。青冥却垂翅，蹭蹬无纵鳞。甚愧丈人厚 [19]，甚知丈人真。每于百寮上 [20]，猥诵佳句新 [21]。窃效贡公喜 [22]，难甘原宪贫 [23]。焉能心怏怏 [24]，只是走踆踆 [25]。今欲东入海 [26]，即将西去秦。尚怜终南山 [27]，回首清渭滨。常拟报一饭 [28]，况怀辞大臣。白鸥没浩荡 [29]，万里谁能驯！

范温曰："此诗前贤录为压卷。盖布置最得正体，如官府甲第，厅堂房室，各有定处，不可乱也。"（《苕溪渔隐丛话》前集卷十引《诗眼》）

王嗣奭曰："此篇非排律，亦非古风，直抒胸臆，如写尺牍；而纵横转折，感愤悲壮，缠绵踌躇，曲尽其妙。"（《杜臆》卷一）

"儒冠多误身"为一篇之纲。

邵长蘅曰："（开头）突兀二语，一肚皮牢骚愤激，信口冲出。"（《五家评本杜工部集》卷一引）

［注释］

[1] 韦左丞：即韦济。左丞，又称尚书左丞。尚书省设左右丞各一人，掌管省内诸司纠驳。左丞总吏、户、礼三部。　　[2] 纨袴：

"朝扣富儿门"四句，极言奔走干谒之悲辛与屈辱。

"白鸥没浩荡"两句，"乃于极无聊中作自宽语"，即以白鸥自况，其灭没于烟波之间，正拟己之埋没于江湖间，于"悠扬跌宕"中"见萧远，而萧远正深于牢骚也"（吴瞻泰《杜诗提要》卷一）。萧涤非谓此正"显示了杜甫的桀骜性格"（《杜甫诗选注》）。

华美衣着，借指富贵子弟。纨，细绢。袴，同"裤"。　[3]儒冠：古时读书人戴的帽子，这里指读书人，杜甫自谓。　[4]丈人：对年长者的尊称。此指韦济。试：与下句"请"为互文，皆有"聊且"义。　[5]贱子：年少位卑者自谦之辞，这里是杜甫自称。具陈：细说。　[6]"甫昔少年日"二句：指开元二十四年（736）杜甫以乡贡的资格在洛阳参加进士考试的事。那时他才二十五岁，就已是"观国之光"（参观王都）的王宾了，所以说"少年""早充"。观国宾，语出《易·观卦》："观国之光，利用宾于王。"　[7]"读书破万卷"二句：是说读书既多且透。破，其义有三：一是读书超过万卷，言其多；一是万卷书读得烂熟，犹"韦编三绝"意；一是识破万卷之理，透彻领会。如有神，形容才思敏捷，运笔自如，若有神助。　[8]"赋料扬雄敌"二句：谓自己作赋可与扬雄相匹敌，写诗可与曹植相比肩。料，差不多，估量之意。敌，匹敌。看，比，比拟。与"料"意相近。亲，接近。扬雄，字子云，西汉著名辞赋家。子建，曹植的字，三国时著名诗人。　[9]李邕：唐代文豪、著名书法家。杜甫少年在洛阳时，李邕奇其才，曾主动去结识他，所以说"求识面"。　[10]王翰：当时著名诗人。卜邻：作邻居。相传古代卜地而居。　[11]自谓：自以为。挺出：特出。　[12]要路津：比喻显要的地位。后遂谓居要职者为要津。语出《古诗十九首·今日良宴会》："何不策高足，先据要路津。"津，渡口。　[13]"致君尧舜上"二句：是说自己的理想抱负是让君王（的圣明）高居尧舜之上。致，引而至也，使…至也。君，皇帝。这里指唐玄宗。尧舜，中国古代传说中的两个圣明君主。上，超过。淳，淳朴、淳厚。自"甫昔少年日"至"再使风俗淳"十二句，说儒冠事业，自抒怀抱。　[14]此意：指上述诗人的政治抱负。萧条：冷落。这里有落空意。　[15]行歌非隐沦：是说自己因穷困而行歌，并非隐沦之流。行歌，且行且歌。隐沦，隐

逸之士。　　[16]"骑驴三十载"二句：是说自己穷困潦倒，流寓
长安。驴，贱者所乘，与乘马的达官贵人对比，正应"萧条"之
意。三十载，清初卢元昌《杜诗阐》改作"十三载"，后仇兆鳌、
浦起龙等人皆从之。按杜甫自叙云："往者十四五，出游翰墨场。"
（《壮游》）至写此诗已二十六七年，大概言之，亦可曰"三十载"；
且诸宋本杜集皆作"三十载"，似不宜轻改。又，陶渊明《归园
田居五首》其一："误落尘网中，一去三十年。"杜诗正用其意。
旅食，寄食。京华春，形容国都长安的繁华，正与自己的"萧条"
形成鲜明对比。　　[17]"朝扣富儿门"四句：写自己在长安干谒
奔波的苦况。富儿，对达官贵人的鄙称。残杯、冷炙，指富儿残
剩的酒食。潜，隐藏。　　[18]"主上顷见征"四句：所指史实是
天宝六载（747），唐玄宗下诏征求有一艺之长者赴京应试，杜甫
也参加了这次制举，宰相李林甫嫉贤妒能，从中作梗，使全部应
试者都落选，还上表称贺"野无遗贤"。这对当时急欲施展抱负
的杜甫是一次沉重的打击，使他"致君尧舜上"的理想化为泡影。
主上，指玄宗。见征，被征召。欻（xū）然，忽然。欲求伸，意
指希望表现自己的才能，实现致君尧舜的志愿。青冥，青天，高
空。垂翅，飞鸟折翅，不能高飞。蹭蹬（cèng dèng），失意貌。
无纵鳞，本指鱼不能纵身远游。这里比喻理想不得实现。自"此
意竟萧条"至"蹭蹬无纵鳞"十二句，说儒冠误身，抒发自己的
失意不平，满含悲酸。　　[19]厚：厚望，厚待。　　[20]百寮：犹
百官。寮，同"僚"。　　[21]猥：承蒙，表示客气。　　[22]窃：私
下。效：效法。贡公：指西汉人贡禹。他与王吉为友，闻吉贵显，
高兴得弹冠相庆，以为自己也有出头之日。这里杜甫自比贡禹，
以王吉比韦济，希望他能荐拔自己。　　[23]原宪：孔子的弟子，
以贫穷出名，却能安于贫困。　　[24]焉能：岂能。怏怏：气愤不
平貌。　　[25]踆（cūn）踆：且进且退貌。　　[26]"今欲东入海"

二句：意谓即将离秦而东归。"今欲"与"即将"互文，"今"犹"即"。东入海，指避世隐居。孔子曾说过"道不行，乘桴浮于海。"（《论语·公冶长》）去，离开。秦，指长安。　[27]"尚怜终南山"二句：是说不忍离开长安。怜，留恋，恋恋不舍。终南山，山名，在长安南。渭，指渭水，流经长安北。离京东去，故曰"回首"。　[28]"常拟报一饭"二句：谓一饭之恩，尚不忘报，何况远离对自己有知遇之恩的大臣，哪能不告而别呢？说明赠诗的原因。拟，打算，想要。报一饭，报答一饭之恩。《后汉书·李固传》："窃感古人一饭之报。"大臣，指韦济。　[29]"白鸥没浩荡"二句：显示了杜甫桀骜不驯的性格。白鸥，一种水鸟。此杜甫自比。浩荡，广远貌，指无边波涛。没浩荡，出没于浩荡的烟波之间。承上"东入海"。驯，驯服，引申为约束。自"甚愧丈人厚"至结束，乃赠韦本旨，即感怀韦济，而致临别缱绻之情。

[点评]

据韦述《大唐故正议大夫行仪王傅上柱国奉明县开国子赐紫金鱼袋京兆韦府君（济）墓志铭》载："天宝七载（748），转河南尹，兼水陆运使"，"九载，迁尚书左丞，累加正议大夫，封奉明县子。十一载，出为冯翊太守。"据诗云"今欲东入海，即将西去秦"，则诗当作于天宝十一载（752）春。时杜甫暂归东都洛阳与韦济告别，遂作此诗。诗直抒个人抱负，自负才学，而困守长安，故多壮志难酬之郁愤。对韦济之推奖，表示深切感激之意，而对自己终因不得志而欲去，又表现为欲去而不忍之矛盾心情。全篇陈情，词气磊落，而无乞怜之态。

同诸公登慈恩寺塔 [1]

　　高标跨苍穹 [2]，烈风无时休 [3]。自非旷士怀 [4]，登兹翻百忧。方知象教力 [5]，足可追冥搜 [6]。仰穿龙蛇窟 [7]，始出枝撑幽 [8]。七星在北户 [9]，河汉声西流。羲和鞭白日，少昊行清秋。秦山忽破碎，泾渭不可求。俯视但一气，焉能辨皇州？回首叫虞舜 [10]，苍梧云正愁。惜哉瑶池饮，日晏昆仑丘。黄鹄去不息，哀鸣何所投？君看随阳雁，各有稻粱谋。

［注释］

[1]天宝十一载（752）秋，杜甫与高适、岑参、储光羲、薛据等同登长安慈恩寺塔，各赋诗一首，惟据诗失传。题下原注："时高适、薛据先有此作。"杜甫奉和在后，故曰"同诸公"。同，即和。慈恩寺，贞观二十二年（648），唐高宗李治为太子时，为其母文德皇后而建，故以"慈恩"为名。塔则为玄奘于高宗永徽三年（652）所建，又名大雁塔，在今陕西省西安市南，共七层，高六十四米。　[2]高标：指塔。跨：凌跨。苍穹：青天。天形穹窿，其色苍苍。"跨"苍穹，极言其高。　[3]烈风：劲疾之风。休：止。　[4]"自非旷士怀"二句：意谓倘若不是旷达绝俗的人，登塔不仅不能消愁解闷，反而生出许多忧愁。言外之意，自己正是这样的人。自，犹若也。旷士，旷达绝俗之

吴瞻泰曰："登高望远，百忧皆集。三、四两句，为一篇扼要。言天下惟放达者无忧，我非其人，翻生百忧，反言见意。'虞舜'，忧明皇之游幸；'瑶池'，忧贵妃之荒宴；'黄鹄'，忧君子之去位；'阳雁'，忧小人之贪禄。皆暗以'忧'字串，而妙在不即接，又以'俯'、'仰'二段参错成章，几以为写登塔之景，而实隐其用笔之端。意奇法变，纵横跌宕，非可以寻常规矩求之也。"（《杜诗提要》卷一）

章八元《题慈恩寺塔》诗："回梯暗踏如穿洞，绝顶初攀似出笼。"二句本杜七八句。

梁运昌曰："将同时高适、岑参二诗参看，乃知公诗命意之高，语语是说时事，而语语只是说登临。妙在起四句从后文忧危意倒转而出，已见阢陧之象。如此笔意，岂元、白辈所有？"（《杜园说杜》卷一）

士。兹，指塔。翻，反而。　[5] 象教：亦作像教，即佛教。佛家有正、像、末三法之说：佛虽去世，法仪未改，谓正法时；佛去世久，道化讹替，真正之法仪不行，惟行像似之佛法，谓像法时；道化微末，谓末法时。至于三时之年限，各经所说不一。一般多采正法五百年，像法一千年，末法一万年之说。佛教传入中国，为佛灭五百年后之像法时，乃以形象而教人，故称佛教为像（也作"象"）教。没有佛教，就不会有此塔，所以说"象教力"。　[6] 冥搜：犹言探幽。释作想象亦可。极言其建筑之宏伟高耸、巧夺天工，已极人间想象之能事。　[7] 龙蛇窟：谓塔内磴道屈曲而升，犹如穿龙蛇之窟。窟，洞穴。　[8] 始出：指登临塔上。枝撑：指塔内斜柱。幽：幽暗。　[9] "七星在北户"八句：写登塔所见。前四句集中描绘登塔仰观之壮丽景象，象纬逼近，以衬塔之高耸。后四句写俯视所见。七星，指北斗七星。河汉，即银河，亦曰天河。"七星"二句但言塔之高。羲和，传说为日神的御者，故可用"鞭"。少昊，司秋之神，亦称白帝。秦山，谓终南诸山，凭高一望，大小错杂，高低不等，有如破碎。泾渭，二水名。渭水清，泾水浊。不可求，谓清浊难辨。但，只是。一气，一片迷蒙不清。皇州，天子之都曰"皇州"，此指长安。　[10] "回首叫虞舜"八句：写登塔所感。以虞舜比喻唐太宗，惋惜唐太宗励精图治的清明政治已难追寻。虞，我国传说中远古部落名，即有虞氏，舜为其首领，故称"虞舜"。苍梧，即九嶷山，在今湖南宁远县东南。相传舜南巡死于苍梧之野。诗以虞舜苍梧，暗比太宗昭陵。因唐太宗受内禅于唐高祖，高祖谥号神尧皇帝，故以受尧禅位的舜比喻受唐高祖禅位的唐太宗。"回首"云云，有追想国初政治休明的"贞观之治"的意思。云正愁，正表示追想而不可及的忧思。瑶池，相传为西王母所居之仙境。《列子·周穆王篇》："升于昆仑之丘，以观黄帝之宫，而封之，以诒后世。遂宾于西王母，觞于瑶池之上。"昆仑丘，即昆仑山。唐玄宗和杨贵妃游宴骊山，与周穆王到昆仑山与西王母在瑶池宴饮，事有相类，故以为比。黄鹄，大鸟名，一名天鹅。此喻贤才。《韩诗外传》卷二："田饶事鲁哀公而不见察，谓哀公曰：'臣将去君，黄鹄举矣。'"《乐府诗集》卷四十五载《黄鹄曲》："黄鹄参天飞，半道还哀鸣。"何所投，意谓无处可投。此含自伤意。随阳雁，雁为候鸟，秋由北而南，春由南而北，故曰"随阳雁"。此喻小人，志在随人，但为身谋，不为国计，深可忧也。稻粱谋，为利禄谋算。

［点评］

诗以象征手法，通过登塔时所见景物之描写，曲折反映出其时危机四伏的社会现实，抒发了诗人忧国之深沉感慨。此诗在艺术表现上的一个突出特点，就是运用了钱钟书所谓的"曲喻"之法。如"七星在北户，河汉声西流"两句，描绘登塔仰视之壮观景象。七星、河汉，白天见不到，河汉亦无声音；纵然有声，人又何能听到？此"'声'字似无理，不知正形容登时去天尺五，若或闻之耳"（黄生《杜诗说》卷一）。将抽象的时间流逝形象化，想象奇瑰。后来的李贺就深受此法影响。他的《天上谣》云："天河夜转漂回星，银浦流云学水声。"这种"曲喻"手法，显然是由杜诗发展而来。钱锺书即云："长吉乃往往以一端相似，推而及之于初不相似之他端。""如《天上谣》云：'银浦流云学水声。'云可比水，皆流动故，此外无似处；而一入长吉笔下，则云如水流，亦如水之流而有声矣。"（《谈艺录》（补订本）第51页）

曲江三章章五句

其一

曲江萧条秋气高[1],菱荷枯折随风涛,游子空嗟垂二毛[2]。　白石素沙亦相荡[3],哀鸿独叫求其曹[4]。

[注释]

[1]曲江:即曲江池,在长安东南。萧条:寂寥冷落。　[2]游子:杜甫自谓。垂二毛:年将老意。二毛,鬓发斑白,有黑白二色。秋气感人,故有衰老之叹。　[3]白石素沙:即净石白沙。相荡:谓白石素沙在水中相荡磨。　[4]哀鸿:孤雁哀鸣。鸿,大雁。曹:同类。

[点评]

杜甫于天宝九载(750)冬献《三大礼赋》,得到玄宗赏识,命待制集贤院,但久不授职。仕途失意,秋游曲江,遂作此以遣闷。大约作于天宝十载(751)或十一载秋。这是一种每首五句的七言诗体,都在第三句上作顿,是杜甫的创体。

第一章借曲江萧条秋景,抒发孤独不遇的悲哀。首尾四句都是写景,只有中间一句写人。而这人,正是作者自己。作者又是一副鬓发斑白的衰颓形象。首二句写秋气肃杀,风涛所至,菱荷枯折,随波飘荡,正是萧条景象。末二句谓曲江秋景萧条,不独菱荷枯折,引人嗟叹，即此白石素沙，亦复感荡人情。作者独自一人孑立于曲江之畔，面对如此萧条凄清的深秋景色，时闻孤鸿哀鸣，益增身世孤独之感。古人常以雁行喻兄弟，末句"哀鸿独叫求其曹"，正是作者与其兄弟离散而孤独悲伤的形象写照，又与第二首末句"弟侄何伤泪如雨"遥相呼应，遂引起第二首。

其二

即事非今亦非古[1]，长歌激越梢林莽[2]，比屋豪华固难数[3]。　吾人甘作心似灰[4]，弟侄何伤泪如雨。

张远曰："此章胸中无数傀儡，借长歌以发之，有斗筲斯世意。然末二句借傍人之感泣，增自己之悲凉，抑又伤矣。"（《杜诗会粹》卷二）

［注释］

[1]即事：眼前事物。后因称以当前事物为题材的诗为即事诗。即事吟诗，随物抒怀，体杂古今，其五句成章，有似古体，七言成句，又似今体，所以说"非今亦非古"。　[2]长歌激越梢林莽：意谓长歌当哭，悲愤激烈，声震草木。长歌，即指此诗。激越，歌声高亢激烈。梢，摧折。署名宋玉《风赋》云："厉石伐木，梢杀林莽。"林莽，丛生的草木。　[3]比屋豪华固难数：谓曲江池畔，豪华宅第鳞次栉比，难以计数。比屋豪华，形容富贵豪宅之多。比，相接连。　[4]"吾人甘作心似灰"二句：是说己意本不在富贵，故能甘心灰冷，弟侄辈又何必为我伤心落泪。表面旷达，实则悲愤不平，"甘作心似灰"，实则不甘也。吾人，犹我辈，指杜甫自己。心似灰，语出《庄子·齐物论》："形固可使如槁木，而心固可使如死灰乎？"何伤，为何伤心。

[点评]

第二章长歌当哭，将人之富贵豪华与己之心灰意冷作强烈对比。语似旷达，实则郁愤不平。

其三

自断此生休问天[1]，杜曲幸有桑麻田[2]，故将移住南山边[3]。　短衣匹马随李广[4]，看射猛虎终残年[5]。

张远曰："此章言不必问天，正有悲天意。全于无可遣之中，姑作自遣之计，其语壮，其情迫矣。"（《杜诗会粹》卷二）

辛弃疾《采桑子》"此生自断天休问"，全袭杜句，而更愤激！

[注释]

[1]自断：自己判断。断，认定，断定。休问天，不必问天。　[2]杜曲：地名。亦称下杜，在长安城南，樊川、御宿川流经其间。唐代大姓杜氏世代居住于此，故称杜曲，是杜甫的祖籍。甫困居长安时，尝家于此。幸有：尚有，还有。桑麻田：即唐之永业田。《新唐书·食货志一》："授田之制，丁及男年十八以上者，人一顷，其八十亩为口分，二十亩为永业。""永业之田，树以榆、枣、桑及所宜之木，皆有数。"规定植桑五十株，产麻地别给男夫麻田十亩，故称"桑麻田"。永业田子孙世袭，皆免课役。甫之桑麻田，或即从其祖辈继承而来。　[3]南山：指终南诸山。杜曲在终南山北麓，所以称"南山边"。　[4]短衣：用宁戚《饭牛歌》"短布单衣适至骭，从昏饭牛薄夜半"之典，喻极贫寒。见《史记·邹阳列传》。　[5]射猛虎：《史记·李将军列传》载：李广贬为庶人，家居数岁，尝于蓝田南山中射猎，"广所居郡闻有虎，尝自射之"。残年：犹余生。

[点评]

　　第三章表示归老隐居以度余生，亦是忧愤之词。开头一句突兀悲壮。《楚辞·〈天问〉序》云："《天问》者，屈原之所作也。何不言问天？天尊不可问，故曰《天问》也。"杜甫则一曰"自断"，再曰"休问天"，无限怨恨，又极愤激兀傲。接下虽意欲归老南山，靠祖宗留下的"桑麻田"度过余生，但终于心不甘。末二句即谓我今暮年，虽困厄不堪，即所谓短衣匹马，然终抱李广射虎理想，大有"老骥伏枥，志在千里"之猛志，又含壮志难酬之愤慨。杜甫本善骑射，当年游齐赵、梁宋时曾"呼鹰""逐兽"，"射飞曾纵鞚，引臂落鹙鸧"，所以有此联想。蓝田与杜曲相距不远，因杜曲，故及南山，因南山，故及李广射虎。李广能射，看我"短衣匹马随"之，亦能射杀猛虎也。一时感慨之情，豪纵之气，跃然纸上。

贫交行

翻手作云覆手雨[1]，纷纷轻薄何须数[2]？
君不见管鲍贫时交[3]，此道今人弃如土[4]。

[注释]

[1]翻手作云覆手雨：喻人反覆无常。后成语"翻云覆雨"即出此诗。　[2]轻薄：轻佻浮薄，不敦厚。何须数：意谓数不胜数。数，计数。　[3]管鲍：指管仲和鲍叔。二人皆为春秋时齐国人。

唐元竑曰："只四句，浓至悲慨已极，诗正不贵多。"（《杜诗揭》卷一）

浦起龙曰："只起一语，尽千古世态。"（《读杜心解》卷二之一）

王安石《老人行》："翻手作云覆手雨，当面输心背面笑。"全袭杜句。而苏轼《和三舍人省上》："纷纷荣瘁何能久，云雨从来翻覆手。"顾贞观《金缕曲》："魑魅搏人应见惯，总输他覆雨翻云手。"则化用杜句。

据《史记·管晏列传》载，管仲和鲍叔曾一起经商，分红时，管仲常欺鲍叔，自己多分些，鲍叔知道管仲家贫，不以其为贪。后齐桓公欲任鲍叔为相，鲍叔又推荐管仲。结果管仲相桓公，九合诸侯，成为春秋五霸之首。所以管仲说："生我者父母，知我者鲍子也。"后遂以管鲍之交为交友的典范。　[4]今人：指轻薄辈。

[点评]

作于天宝十一载（752）困守长安时。诗伤交道浇薄，世态炎凉，人心反覆，所谓"人情不古"。诗作"行"，却只四句，一句一转，转皆不可测。

施补华曰："《丽人行》，前半竭力形容杨氏姊妹之游冶淫泆，后半叙国忠之气焰逼人，绝不作一断语，使人于意外得之，此诗之善讽也。"（《岘佣说诗》）

权德舆《杂兴五首》其五："珠襦香腰稳称身。"即本杜句。

丽人行

三月三日天气新[1]，长安水边多丽人[2]。

态浓意远淑且真[3]，肌理细腻骨肉匀。

绣罗衣裳照暮春[4]，蹙金孔雀银麒麟。

头上何所有？翠为匌叶垂鬓唇[5]。

背后何所见？珠压腰衱稳称身[6]。

就中云幕椒房亲[7]，赐名大国虢与秦。

紫驼之峰出翠釜[8]，水精之盘行素鳞。

犀箸厌饫久未下[9]，鸾刀缕切空纷纶。

黄门飞鞚不动尘[10]，御厨络绎送八珍。

箫鼓哀吟感鬼神[11]，宾从杂遝实要津[12]。
后来鞍马何逡巡[13]，当轩下马入锦茵[14]。
杨花雪落覆白蘋[15]，青鸟飞去衔红巾。
炙手可热势绝伦[16]，慎莫近前丞相嗔。

浦起龙曰："无一刺讥语，描摹处，语语刺讥。无一慨叹声，点逗处，声声慨叹。"（《读杜心解》卷二之一）

杨慎谓友人尝见古本"稳称身"句下，尚有"足下何所著？红蕖罗袜穿凳银"二句，但今传诸宋本皆无，实乃伪托。

仇兆鳌释此二句云："秦虢前行，国忠殿后，鞍马逡巡，见拥护填街，按辔徐行之象。当轩下马，见意气洋洋，旁若无人之状。"（《杜诗详注》卷二）

[注释]

[1]三月三日：即上巳节。唐人非常重视这个节日，长安士女多于这天游赏曲江。　[2]长安水边：即指曲江。　[3]"态浓意远淑且真"二句：极写丽人天姿之美。态浓意远，姿态浓艳，神情高远。淑且真，贤淑纯真，毫不做作。肌理细腻，肌肤腠理细嫩丰润。骨肉匀，体态匀称，胖瘦合宜。　[4]"绣罗衣裳照暮春"二句：谓丽人身着绣有孔雀和麒麟图案的华丽衣服，与暮春旖旎的风光交映生辉。绣罗，刺绣的丝织品。蹙（cù）金，一种刺绣工艺，指用金银丝线刺绣成皱纹状的织物，又名捻金。孔雀、麒麟，为衣裳上所绣物色。"绣罗"以下六句，极写丽人服饰之精美。　[5]翠为匎（è）叶：即翡翠所作之匎彩叶。翠，翡翠。匎叶，妇女发髻上的花饰。鬓唇：鬓边。　[6]珠压腰衱（jié）稳称身：是说裙带上缀以珠饰，压而下垂，十分合体。腰衱，裙带。　[7]"就中云幕椒房亲"二句：转写杨氏姊妹之得宠。就中，犹其中，乃唐人口语。云幕，谓帐幕之多犹如重重云雾。汉代皇后所居之室，以椒末和泥涂壁，故称"椒房"。后世遂称后妃为椒房，称后妃亲属为椒房亲。此指杨贵妃姊妹。赐名，指玄宗天宝七载（748）封赐杨贵妃三姊为国夫人事。《旧唐书·杨贵妃传》："有姊三人，皆有才貌，玄宗并封国夫人之号：长曰大姨，封韩国；三姨，封虢国；八姨，封秦国。并承恩泽，出入宫掖，势倾天下。"　[8]"紫驼之峰出翠釜"二句：极力形容杨氏姊妹饮食之华贵精美。紫驼

之峰，即驼峰，是骆驼脊背上隆起的肉。唐代贵族名食中有驼峰炙。翠釜，以翠玉为饰的锅。水精，即水晶。行，按次序传送。素鳞，指鱼。　[9]"犀箸厌饫（yù）久未下"二句：极写杨氏姊妹的骄奢挥霍。犀箸，用犀牛角做的筷子。厌饫，饱食生腻。久未下，是说因为吃腻了，面对精美的食品，没有胃口，反觉无以下箸。鸾刀，刀环系有小铃的刀。缕切，细切，谓切脍如丝缕之细。潘岳《西征赋》："饔人缕切，鸾刀若飞。"空纷纶，是说因为贵妇们什么都吃腻了，不动筷子，害得厨师们空忙乱一阵。纷纶，犹纷纭，繁乱之意。　[10]"黄门飞鞚不动尘"二句：是说皇帝命宦官送来许多珍贵食品。黄门，即宦官。以其服役黄门之内，故名。鞚，马勒。飞鞚，即驰马如飞。不动尘，形容驰马轻快，亦喻骑术高超，虽骑马飞驰而尘土不扬。御厨，专供皇帝用的厨房。亦指为皇帝做膳食的人。络绎，往来不绝。八珍，原指八种烹饪方法，后用以泛指珍贵的食品。据史载，天宝年间，玄宗曾以姚思艺为检校进食使，并经常将水陆珍馐颁赐杨氏兄妹，派宦官分送各家，"五家如一，中使不绝"。可见以上二句写杨氏恩宠，亦是写实。　[11]箫鼓：两种乐器名。哀吟：指音乐宛转动人，故下云"感鬼神"，极力形容歌舞之盛，演奏之妙。　[12]宾从：宾客随从。杂遝（tà）：杂乱众多貌。实要津：语意双关，实写杨氏姊妹游春队伍塞满了道路，暗喻杨氏兄妹占据了各种重要职位。《古诗十九首》："何不策高足，先据要路津。"　[13]后来鞍马：指杨国忠。逡巡：徐行貌。　[14]轩：车的通称。锦茵：锦制的地毯。　[15]"杨花雪落覆白蘋"二句为隐语，妙在结合眼前景物以刺杨国忠与从妹虢国夫人的淫乱丑行。古人认为蘋为萍之大者，又有"杨花入水化为浮萍"之说。苏轼《再和曾仲锡荔支》："柳花着水万浮萍。"自注云："柳至易成，飞絮落水中，经宿即为浮萍。"杨花，即柳花，又谐应杨姓。据此，则杨花、萍、蘋虽为三物，实出一体，故以杨花覆蘋影射杨国忠与虢国夫人的暧昧关系。

唐章碣《曲江》诗有"落絮却笼他树白"之句，可见当时曲江杨柳甚盛，故有"杨花雪落"之景。又北魏胡太后尝逼杨白花私通，杨惧祸奔南朝梁，改名杨华，胡太后追思不已，遂作《杨白花》歌词："阳春二三月，杨柳齐作花。春风一夜入闺闼，杨花飘荡落南家。含情出户脚无力，拾得杨花泪沾臆。秋去春还双燕子，愿衔杨花入窠里。"杜诗亦暗用此事。青鸟，传说为西王母使者。隋薛道衡《豫章行》："愿作王母三青鸟，飞来飞去传消息。"红巾，妇人所用红手帕。比喻男女传情之物。"衔"字用得微妙。《新唐书·杨贵妃传》："虢国素与国忠乱，颇为人知，不耻也。每入谒，并驱道中，从监、侍姆百余骑，炬蜜如昼，靓妆盈里，不施帏障，时人谓为'雄狐'。"可见杜诗亦是实录。　[16]"炙手可热势绝伦"二句：讽刺杨氏势倾天下，不知羞耻。炙手，烫手。炙手可热，形容气焰灼人。势绝伦，权势无人可与伦比。慎莫，千万不要。丞相，指杨国忠。嗔，恼怒。

[点评]

　　此为即事名篇的新题乐府。玄宗天宝十一载（752）十一月，权相李林甫死，杨国忠为右相。诗云"三月三日天气新"，"慎莫近前丞相嗔"，当是天宝十二载春作。杨贵妃为玄宗宠妃，国忠为贵妃从兄，即所谓"国舅"，贵妃三姊皆封国夫人，诸杨得宠，势倾朝野。这帮无耻之徒过着骄奢淫佚的生活，时人为之侧目。杜甫巧借曲江游春这一特定事件，先用铺张扬厉的手法描绘了长安丽人的丰神体貌和服色之丽，然后"就中云幕椒房亲"笔锋一转，着力描写杨氏姊妹的穷奢极欲，嚣张气焰，与前所写"丽人"相比，她们特有的并不是外表的美丽，而是恃宠骄纵，贪婪地追求口腹之欲和声色之娱，实际上不过是行尸走肉而已。"后来鞍马"之后，又把镜头对准杨国忠一人，用比兴含蓄的手法揭露他的丑行，更是禽兽不如。最后"慎莫近前丞相嗔"一句，真有画龙点睛之妙。通篇皆似铺张作赞，但却句句是贬，作者的讽刺艺术是很高明的。

陪郑广文游何将军山林十首 [1]（选一）

其五

剩水沧江破 [2]，残山碣石开 [3]。

绿垂风折笋 [4]，红绽雨肥梅。

银甲弹筝用 [5]，金鱼换酒来 [6]。

兴移无洒扫 [7]，随意坐莓苔 [8]。

黄生曰："起写大景，接写小景，转写宴乐之事，结写移樽之兴，全首不露针线，但以字眼密缝。字字用意，精丽无比，此早年致工之作。"（《杜诗说》卷四）

[注释]

[1] 郑广文：即郑虔。天宝年间曾为广文馆博士，故称。《唐会要·广文馆》："天宝九载七月十三日置，领国子监进士业者。博士、助教各一人，品秩同太学。以郑虔为博士，至今呼郑虔为郑广文。"何将军山林：今西安市长安区东南五里，有地名双竹村，由此溯樊川东南行，过申家桥，有一地名何家营，相传即为何将军山林故址。何将军，有人说是何昌期。据说有名的何家营古乐就是由他传下来的。山林，即园林、庄园。　[2] 沧江：泛指

江水。　［3］残山：谓假山。碣石，山名。此泛指山。　［4］"绿垂风折笋"二句：倒装句式，正言之则为"风折笋而绿垂，雨肥梅而红绽"。　［5］银甲：银制的假指甲，用以弹筝、琵琶等弦乐器，亦称拨。筝：古乐器名。　［6］金鱼：唐代三品以上官员之佩饰，刻鲤鱼形，故谓之金鱼。　［7］兴移：谓兴因景移。　［8］莓苔：青苔。

[点评]

　　这组诗为天宝十二载（753）夏作。组诗共十首，这里选的是第五首，诗写山林胜景，豪饮雅兴。"剩水"二句谓凿池引水，剩水也，而分沧江之流，故曰"沧江破"；累石为山，残山也，而成碣石之状，故曰"碣石开"。本言园中山水之小，而借沧江、碣石以形容之，顿成壮观。"破""开"二字下得磅礴有力。"绿垂"二句巧用倒装，突出视觉效果。游人望去，绿垂垂而动者，乃风吹折之笋；红殷殷而绽者，乃雨所肥之梅。银甲弹筝，金鱼换酒，皆状豪饮雅兴。末联总结全首：登山玩水，烹笋折梅，听筝酌酒，随其兴之所至，无地不可坐，无景不可恋，足见宾主相忘之乐。

王嗣奭曰："此篇总是不平之鸣，无可奈何之词，非真谓垂名无用，非真薄儒术，非真齐孔、跖，亦非真以酒为乐也。杜诗'沉醉聊自遣，放歌破愁绝'，即此诗之解。"（《杜臆》卷一）

醉时歌

诸公衮衮登台省[1]，广文先生官独冷[2]。
甲第纷纷厌粱肉[3]，广文先生饭不足[4]。

梁运昌曰："此篇前用仄韵递紧，而后平韵放慢，却于平声中用递句韵，寓紧于慢，尤觉繁音促节，娓娓动听，乃至临了却空一句不押韵，则仍是放缓也，妙极！"（《杜园说杜》卷七）

刘克庄《木兰花慢·送郑伯昌》："诸公任他衮衮，与杜陵野老共襟期。"盖本杜句。

方东树曰："'清夜'四句，惊天动地，此老胸襟笔性惯如此，他人不敢望也。"（《昭昧詹言》卷十二）

先生有道出羲皇[5]，先生有才过屈宋[6]。

德尊一代常坎轲[7]，名垂万古知何用？

杜陵野客人更嗤[8]，被褐短窄鬓如丝[9]。

日籴太仓五升米[10]，时赴郑老同襟期[11]。

得钱即相觅[12]，沽酒不复疑。

忘形到尔汝[13]，痛饮真吾师。

清夜沉沉动春酌[14]，灯前细雨檐花落[15]。

但觉高歌有鬼神[16]，焉知饿死填沟壑[17]。

相如逸才亲涤器[18]，子云识字终投阁[19]。

先生早赋归去来[20]，石田茅屋荒苍苔。

儒术于我何有哉[21]，孔丘盗跖俱尘埃[22]！

不须闻此意惨怆[23]，生前相遇且衔杯。

[**注释**]

[1]诸公：谓当时幸进者。衮（gǔn）衮：相继不绝貌。台省：朝廷显要之职。台是御史台。省指中书、尚书和门下三省。　[2]广文先生：指郑虔。冷：清冷，指职微贫窘。"独"字意味深长。　[3]甲第：指豪门权贵之宅第。厌：饱。粱肉：泛指美食。　[4]饭不足：谓官冷禄薄。开头四句用对比手法，极写郑虔之潦倒。　[5]出：超出。羲皇：伏羲氏。古以燧人、伏羲、神农为三皇，故又称羲皇。此指羲皇之世。　[6]才：指文才。过：超过。屈宋：指屈原和宋玉，为楚辞代表作家。　[7]"德尊一代常坎轲"二句：谓郑虔虽德高才胜，但生不逢时，死留虚名，又

有什么用呢？亦是愤激之词。德尊一代，品德高尚，为世所尊。坎轲，同"坎坷"，车行失利貌，喻人失意，不得志。　[8]杜陵野客：杜甫自称。嗤：讥笑。　[9]被褐（hè）短窄：极言贫贱寒苦。褐为粗布衣，贫者所服，入仕称"解褐"，时杜甫尚为布衣，故曰"被褐"。　[10]日籴（dí）：即天天籴，言无隔夜粮。籴，买入米谷。太仓：京师所设御仓。因去秋淫雨伤稼，故朝廷出太仓米以救济穷人。　[11]时赴：不时赴，时时赴。郑老：对郑虔的敬称。同襟期：不独为饮酒，亦道同、才同、德同、名同也。李白《秋夜于安府送孟赞府兄还都序》："道合而襟期暗亲，志乖而肝胆楚越。"可为注脚。襟期，犹怀抱、抱负。　[12]"得钱即相觅"二句：谓得钱即买酒，不考虑别的。上"时赴"，谓杜过郑；此"相觅"，是杜邀郑，正见其"沽酒不复疑"。不复疑，不再迟疑。　[13]"忘形到尔汝"二句：上句是说彼此亲昵，不拘行迹，不分你我。郑虔年长杜甫二十一岁，为忘年交，故曰"忘形尔汝"。下句是说只要能痛饮酒，我就拜你为师，不必定指郑虔。　[14]沉沉：夜深貌。春酎：指饮酒。　[15]檐花：有三解，一指檐前之花，一云檐前夜雨细如花，一云为檐雨之名。似以前解为长。　[16]高歌：犹放歌。有鬼神：似有鬼神相助，指文思喷涌。　[17]焉知：哪知。填沟壑：死于贫困。左思《咏史诗》："当其未遇时，忧在填沟壑。"[18]相如：指西汉司马相如，著名辞赋家。亲涤器：《史记·司马相如传》载：相如落拓时，曾和妻子卓文君在临邛开酒店，文君当垆，相如身著犊鼻裤，亲自洗涤酒器。　[19]子云识字终投阁：《汉书·扬雄传》载：扬雄字子云，博学多才，曾教弟子刘棻作奇字。王莽时，刘棻因献符命得罪，雄受牵连。当使者来收捕时，扬雄从天禄阁上"自投下，几死"，"京师为之语曰：'惟寂寞，自投阁。爱清静，作符命。'"以上二句谓自古文人不遇者多，非独你我二人也。　[20]"先生早赋归去来"二句：劝虔弃官归隐。先生，指郑虔。归去来，指陶渊明辞彭泽令归田园隐居作《归去来兮辞》。石田，沙石薄瘠之田。　[21]儒术：此不专指儒家学说，而泛指匡君济世之才学。何有：犹何用。　[22]孔丘：即孔子，儒家学说的创始人，封建时代奉为至圣先师。盗跖：相传为春秋时之大盗，姓柳下，名跖。俱尘埃：孔、跖并举，谓至圣大恶，同归于尽而已。《列子·杨朱》："生则尧舜，死则腐骨；生则桀纣，死则腐骨。腐骨一矣，孰知其异？"意与此同。　[23]"不须闻此意惨怆"二句：即"莫思身外无穷事，且尽生前有限杯"意也。亦愤懑无聊之词。闻此，指上"俱尘埃"句。惨怆，极悲伤意。衔杯，即饮酒。

[点评]

　　天宝十三载（754）春作。题下原注："赠广文馆博士郑虔。"郑虔为杜甫好友，诗、书、画兼擅，玄宗誉为"郑虔三绝"。虔虽德才学识过人，但遭遇坎坷，广文馆博士实属清冷之闲官。时杜甫困居长安已达九年，穷愁潦倒，比之郑虔遭遇更恶。二人同病相怜，过从甚密，痛饮狂歌，将一腔牢落不平之气，聊寄于曲糵，以求自遣，故名之曰《醉时歌》。悲慨豪宕，兼而有之。

夏力恕曰："兄弟好奇，便从奇字写去，乃至天地波涛，花鸟山月皆奇，阴晴雷雨，百灵幻化无不奇。一日之游，忽哀忽乐，百年之内，倏壮倏老，亦奇也。奇字是此诗筋脉，而哀乐两字却是中间眼目。"（《杜诗增注》卷二）

渼陂行

岑参兄弟皆好奇[1]，携我远来游渼陂[2]。
天地黯惨忽异色[3]，波涛万顷堆琉璃[4]。

琉璃漫汗泛舟入[5]，事殊兴极忧思集[6]。

鼋作鲸吞不复知[7]，恶风白浪何嗟及[8]。

主人锦帆相为开[9]，舟子喜甚无氛埃[10]。

凫鹥散乱棹讴发[11]，丝管啁啾空翠来[12]。

沉竿续蔓深莫测[13]，菱叶荷花净如拭[14]。

宛在中流渤澥清[15]，下归无极终南黑[16]。

半陂已南纯浸山[17]，动影袅窕冲融间[18]。

船舷暝戛云际寺[19]，水面月出蓝田关。

此时骊龙亦吐珠[20]，冯夷击鼓群龙趋[21]。

湘妃汉女出歌舞[22]，金支翠旗光有无[23]。

咫尺但愁雷雨至[24]，苍茫不晓神灵意[25]。

少壮几时奈老何[26]，向来哀乐何其多。

［注释］

[1]岑参：南阳（今属河南）人，当时著名诗人，与杜甫交好，时在长安，往来颇密。官终嘉州刺史，世称"岑嘉州"。参排行二十七，有亲兄弟五人，即谓、况、参、乘、垂。此处不能确指。好奇：好寻奇探胜。《唐才子传》卷三："（参）放情山水，故常怀逸念，奇造幽致。"　[2]渼陂（měi bēi）：在今陕西户县。程大昌《雍录》卷六："渼陂，在鄠县西五里，源出终南山，有五味陂，陂鱼甚美，因加水而以为名，其周一十四里，北流入涝水。"　[3]黮（yǎn）惨：天色昏暗貌。黮，青黑色。忽异色：天色骤变。　[4]堆琉璃：谓波涛涌起。琉璃，喻水之清澈。　[5]漫

汗：犹汗漫，水势浩瀚貌。　　[6]事殊兴极：天已异色而犹泛舟，所历奇险，而兴致极高，正见“好奇”处。忧思集：即下“鼍作”二句所云。　　[7]鼍（tuó）作鲸吞：极言风涛惊险。鼍，一名鼍龙，又名猪婆龙，今称扬子鳄。作，起。不复知：不可知。　　[8]何嗟及：犹嗟何及。《诗经·王风·中谷有蓷》：“啜其泣矣，何嗟及矣。”朱熹《诗集传》卷四：“何嗟及矣，言事已至此，末如之何，穷之甚也。”　　[9]主人：指岑参兄弟。　　[10]舟子：船夫。氛埃：尘雾。　　[11]凫鹥（yī）：皆为水鸟。凫，野鸭。鹥，即鸥，一名水鸮。棹讴：即棹歌，为船工行船时所唱之歌。棹，划船的桨。讴，歌曲。　　[12]丝：指弦乐器，如琴、瑟、琵琶之类。管：指管乐器，如箫、笛、笙之类。啁啾（zhōu jiū）：细碎的声音，此指各种乐器合奏声。空翠来：谓云开而青天出。　　[13]沉竿续蔓深莫测：既有菱叶荷花，则陂水不深可知。而谓“沉竿续蔓深莫测”，乃极言之，故有人解作“言戏测其深也”。或解作沉竿与水中之蔓相续，则太泥。　　[14]净如拭：极言菱荷之洁净鲜艳。净，洁。拭，净。　　[15]宛在中流：《诗经·秦风·蒹葭》：“宛在水中央。”渤澥（xiè）清：极言陂水之空旷澄澈。渤澥，即渤海。又通谓之沧海。　　[16]下归无极终南黑：承上“深莫测”来，言水底但见终南山影之黑而已，故下句即接“纯浸山”。无极，无尽，无底。终南，即终南山，在长安南，渼陂源于此。　　[17]半陂已南：指渼陂南半部分。纯浸山：指终南山全部倒映在水中。纯，全部。　　[18]袅宛：动摇不定貌。冲融：陂水深广貌。　　[19]“船舷暝戛（jiá）云际寺”二句：皆指水中倒影而言，云际之寺，远影落波，船舷经过，如与相戛；月映水中，如出蓝田关上。船舷，船边。暝，日晚。戛，摩擦之声。云际寺，指云际山大定寺，今称西庙，在今户县东南焦西村。蓝田关，即秦峣关，在渼陂东南，蓝田县东南九十八里。　　[20]骊龙：古谓黑色之龙。《庄子·列御

寇》："夫千金之珠，必在九重之渊，而骊龙颔下。"　[21]冯（píng）
夷：水神名。曹植《洛神赋》："冯夷鸣鼓。"　[22]湘妃：传说中舜
之二妃娥皇、女英。以舜南巡不返，死于苍梧之野，遂沉湘水而
死，故曰"湘妃"。汉女：传说中汉水之神女。《诗经·周南·汉
广》："汉有游女，不可求思。"曹植《洛神赋》："从南湘之二妃，
携汉滨之游女。"　[23]金支：犹金枝。《汉书·礼乐志》载《安世
房中歌》："金支秀华，庶旄翠旌。"注引臣瓒曰："乐上众饰，有
流溯羽葆，以黄金为支，其首敷散，若草木之秀华也。"翠旗：以
翠羽所饰之旌旗。光有无：言光或隐或现。以上四句极力描摹月
出而乐作的奇丽景象：灯火遥映闪烁，犹如骊龙吐珠；远闻音乐
间作，恰似冯夷击鼓，晚舟纷渡，宛若群龙争趋；美人歌舞，依
稀湘妃汉女。服饰鲜丽，仿佛金支翠旗；置身其间，恍若神游异
境。　[24]咫尺：周尺八寸曰咫。此喻距离之近，亦喻时间短
暂。　[25]苍茫：旷远迷茫貌。神灵：谓司雷雨之神。　[26]"少
壮几时奈老何"二句：袭用汉武帝《秋风辞》"欢乐极兮哀情多，
少壮几时兮奈老何"意。

［点评］

　　天宝十三载（754）未授官时作。诗写与岑参兄弟同
游渼陂所见所感，景色瑰丽，光怪陆离，奇诡变化，恍
惚万状，词采精拔，极力突出一个"奇"字，而人生哀
乐寓其间。首叙鼋作鲸吞之可忧，中叙凫鹥菱荷与湘妃
汉女之乐，末忧雷雨忽至，则又为之而愁。遂由自然的
变化莫测而联想到人生之哀乐无常，感慨无限。

九日寄岑参 [1]

出门复入门 [2]，雨脚但如旧。

所向泥活活 [3]，思君令人瘦 [4]。

沉吟坐西轩 [5]，饮食错昏昼 [6]。

寸步曲江头 [7]，难为一相就。

吁嗟乎苍生 [8]，稼穑不可救 [9]！

安得诛云师 [10]？畴能补天漏？

大明韬日月 [11]，旷野号禽兽 [12]。

君子强逶迤 [13]，小人困驰骤。

维南有崇山 [14]，恐与川浸溜。

是节东篱菊 [15]，纷披为谁秀？

岑生多新诗 [16]，性亦嗜醇酎 [17]。

采采黄金花 [18]，何由满衣袖？

［注释］

[1] 九日：即九月九日重阳节。　[2] "出门复入门"二句：言霖雨不断，不能出门。复，多次。因为雨所困，故方欲出门访岑，又复入门。雨脚，雨线。亦称雨足。　[3] 所向：所到之处。活（guō）活：象声词。谓雨多泥泞，行而有声。　[4] 君：指岑参。《古诗十九首》："思君令人老。"　[5] 沉吟：沉思忧郁貌。　[6] 错昏昼：言思岑之深，不知昏昼。亦因阴雨晦暗而不辨昏昼，饮食错

乱。　[7]"寸步曲江头"二句：谓都住在曲江附近，但难得去拜访。寸步，极言距离之近。相就，犹相访。就，接近。按：时岑参有别业在杜陵（见岑诗《宿蒲关东店忆杜陵别业》《过酒泉忆杜陵别业》），杜甫亦居杜陵附近，故二人时得往还。而今因阴雨泥泞，故难相就也。因杜陵去曲江不远，故曰"曲江头"。　[8]吁嗟乎：皆叹词。苍生：即老百姓。　[9]稼穑：种植和收获谷物。此泛指一切庄稼。因久雨伤稼，故曰"不可救"。　[10]"安得诛云师"二句：杜甫将霖雨给百姓造成的严重灾难归罪于云师，故欲诛之。安得，怎能。云师，云神，名丰隆，一说名屏翳。云不散则雨不止，故愤欲"诛云师"。畴，谁。补天漏，久雨不止，殆因天漏，故曰"补"。古时有女娲炼五色石以补天的神话传说。　[11]大明：即指日、月，此指日月光辉。韬：藏，犹韬光。因昼夜阴雨，故日月韬晦。　[12]旷野号禽兽：谓禽兽因无处栖息，故号于旷野。　[13]"君子强逶迤"二句：谓君子有车马，也只能勉强徐行；而小人徒步，因困于泥泞，更不能走快。强，勉强。逶迤，徐行貌。　[14]"维南有崇山"二句：极言久雨积水犹如大川巨浸，终南山几欲被水漂去。维，句首语助词。崇山，指长安城南的终南山。川浸，水流而趋海者曰川，深积而成渊者曰浸。溜，水流漂急。　[15]"是节东篱菊"二句：重阳佳节有采菊插菊、饮菊花酒的习俗，然而不能与岑参同采黄菊、共饮菊酒，故而篱菊再纷披、秀美亦是空设，其怅快之意不仅是为辜负了良辰美景而发，更是表达对岑参的深切思念。是节，即重阳节。东篱菊，化用陶渊明《饮酒》其五"采菊东篱下，悠然见南山"之意。纷披，盛开状。　[16]岑生：岑参。多新诗：杜确《岑嘉州诗集序》："每一篇绝笔，则人人传写，虽闾里士庶，戎夷蛮貊，莫不讽诵吟习焉。"　[17]醇酎（zhòu）：酒名，重酿之醇酒。《西京杂记》卷一云："正月旦作酒，八月成，名曰酎"，"一名醇酎"。　[18]"采采黄金花"

二句：采采，盛貌。黄金花，即菊花，亦称黄花。菊花秋开，其色不一，而专言黄者，因秋令在金，以黄为正，故云。何由，怎能，为何。时值淫雨，不能与岑参一同赏菊、采菊，故有"何由满衣袖"之叹。

[点评]

此诗作于天宝十三载（754）九月九日重阳节。据《资治通鉴》载：天宝十三载秋，长安霖雨成灾，关中大饥。玄宗忧雨伤稼，杨国忠取禾之善者献之曰："雨虽多，不害稼也。"扶风太守房琯言所部水灾，国忠使御史推之。是岁，天下无敢言灾者。高力士侍侧，玄宗曰："淫雨不已，卿可尽言。"对曰："自陛下以权假宰相，赏罚无章，阴阳失度，臣何敢言！"此诗寄岑参非只寄怀，实寄忧也。这分明是一首苦雨诗，而首尾之忆岑，也是苦中之忆。而"诛云师"一段，苦雨之外隐含讽谕一层深意。诗中记述灾情，表现出诗人心忧苍生之情怀，同时也透露出国危将至的预感。开头八句记述在这淫雨交加之时，深深思念挚友岑参，寝食难安，"思君令人瘦"。中间八句感慨淫雨之害，极发悲天悯人之情。最后八句照应题目和开头，重抒思友之深情。

黄生曰："赞画似真，人皆知之，至其灵变超忽，则非余人思路所及。描写与赞赏，分作数层，反复浓至。"（《杜诗说》卷三）

奉先刘少府新画山水障歌 [1]

堂上不合生枫树 [2]，怪底江山起烟雾。
闻君扫却赤县图 [3]，乘兴遣画沧洲趣。

画师亦无数，好手不可遇。

对此融心神[4]，知君重毫素。

岂但祁岳与郑虔[5]，笔迹远过杨契丹。

得非玄圃裂[6]，无乃潇湘翻[7]。

悄然坐我天姥下[8]，耳边已似闻清猿。

反思前夜风雨急[9]，乃是蒲城鬼神入[10]。

元气淋漓障犹湿[11]，真宰上诉天应泣。

野亭春还杂花远[12]，渔翁暝踏孤舟立。

沧浪水深青冥阔，欹岸侧岛秋毫末。

不见湘妃鼓瑟时，至今斑竹临江活。

刘侯天机精[13]，爱画入骨髓。

自有两儿郎，挥洒亦莫比。

大儿聪明到，能添老树巅崖里。

小儿心孔开，貌得山僧及童子。

若耶溪[14]，云门寺[15]。

吾独胡为在泥滓[16]？青鞋布袜从此始。

［注释］

[1]奉先：今陕西蒲城县。刘少府：《文苑英华》卷三三九载此诗，题作《新画山水障歌》，题下注云："奉先尉刘单宅作。"刘少府即刘单。少府是唐人对县尉的尊称。刘单为天宝二年（743）

吴瞻淇曰："气势突兀，工于发端，骤读之如睹真山水，及读至三、四，然后知为画也。"（《杜诗提要》卷五引）

杨伦曰："字字飞腾跳跃，篇中无数山水境地人物，纵横出没，几莫测其端倪。"（《杜诗镜铨》卷三）

"大儿"数句赞刘单二子早慧善画。杜以画法入诗，撷其骨法用笔，使诗天机盎然，如此处嵌入"两儿挥洒，突兀顿挫，不知所自来，见其骨法"（王嗣奭《杜臆》卷一）。大儿、小儿连用，深表赞许之意。

状元，天宝六载，任高仙芝安西幕判官。岑参有《武威送刘单判官赴安西行营便呈高开府》诗。后代宗朝官至礼部侍郎。山水障：即画有山水的屏障。   [2]"堂上不合生枫树"二句：以惊讶之语赞扬画中景物的逼真，将画作真，奇语惊人。不合，不该。底，什么，为什么。   [3]"闻君扫却赤县图"二句：谓刘单刚画完了描绘奉先县的《赤县图》，又乘兴画出了这幅充满隐逸情趣的山水障子。君，指刘单。扫却，画成。扫，有一挥而就的意思。赤县，唐时京都所辖的县称赤县，此指奉先县。沧洲趣，隐逸的情趣。沧洲，滨水之地，古时常用以称隐士居住的地方。   [4]"对此融心神"二句：意谓从刘单呕心沥血画山水障子来看，可知他是酷爱绘画艺术的。此，指山水障。融心神，全副身心都用进画里，即呕心沥血作画。君，指刘单。重毫素，重视绘画，酷爱绘画。毫素，毛笔和素绢，都是用来绘画的。   [5]"岂但祁岳与郑虔"二句：谓刘画水平超过了杨契丹、祁岳和郑虔等著名画家。祁岳，与杜甫同时的著名画家。夏文彦《图绘宝鉴·补遗》说他"工山水"。郑虔，杜甫好友。《新唐书·郑虔传》说他"善画山水"。笔迹，指绘画技法。杨契丹，隋朝名画家，张彦远《历代名画记》卷八说他官至上仪同，列为"上品中"。   [6]得非：与下"无乃"互文，都有莫不是意。玄圃：传说为昆仑山巅名，乃仙人所居之处。   [7]潇湘：指湖南的潇水、湘江，潇水在今湖南永州市东注入湘江，合称"潇湘"。   [8]"悄然坐我天姥（mǔ）下"二句：是说看了画中境界，不禁使自己仿佛回到早年游过的天姥山，又听到了猿猴凄清的叫声。悄然，不知不觉貌。天姥，山名，在今浙江新昌。杜甫早年游吴越时曾到此，《壮游》诗有"归帆拂天姥"之句，可证。清猿，猿的叫声凄清。   [9]反思：回想。   [10]蒲城：即奉先县旧名。开元四年，以奉祀睿宗桥陵，改名奉先。   [11]"元气淋漓障犹湿"二句：元气，生成天地万物的原始之气。淋漓，沾湿貌，酣畅貌。真宰，造物主，古时假想的宇宙主宰者。因画新成，墨迹未干，故曰"湿"；因湿联想到"元气淋漓"；又联想到女娲补天的神话传说，故有"天应泣"之语。以上八句，皆从虚处传神，极赞画之巧夺天工，直可惊天地，泣鬼神。　[12]"野亭春还杂花远"六句：乃写画中实景。春还，春气回还。暝，暮色苍茫。沧浪，水青苍色。"冥"，诸本多作"溟"。青溟，大海。欹（qī）、侧，都有倾斜意。秋毫末，指所画景物细微逼真。秋毫，鸟兽在秋天新生的细毛。《孟子·梁惠王上》："明足以察秋毫之末。"比喻极细微之物。"不见湘妃鼓瑟时"二句，谓湘妃已死，而江边斑竹犹活。不见，犹云岂不见。湘妃，传说中舜的两个妃子娥皇、女英。舜南巡死于苍梧之野，二妃思念他，投湘水而死，成为湘水女神，亦称湘灵。《楚辞·远游》："使湘灵鼓瑟兮。"斑竹，一种有斑纹的竹子，又叫"湘妃竹"。传说舜死，二妃痛哭，泪洒竹上而成斑，故名"斑竹"。　[13]"刘侯天机精"八句：赞刘单及其二子。刘侯，指刘单。天机精，天才绝顶。入骨髓，是说酷爱作画。挥洒，挥洒笔墨作画。亦莫比，也无人可比。聪明到，犹言绝顶聪明。心孔开，心窍机灵。貌，做动词用，意为描画、描摹。"大儿聪明到"四句典出《后汉书·祢衡传》：祢衡恃才傲物，与孔融（字文举）、杨修（字德祖）友善，常称曰："大儿孔文举，小儿杨德祖，余子碌碌，莫足数也。"　[14]若耶溪：在今浙江绍兴市东南会稽山乡，发源若耶山，今名平水江。　[15]云门寺：在今绍兴市南云门山上。杜甫青年游吴越时曾到今绍兴一带。　[16]"吾独胡为在泥滓"二句：言自己为刘单所画胜景吸引，不禁心驰神往，忽动出世之想。胡为，为什么。泥滓，泥垢，比喻俗世。青鞋布袜，隐者所服。

[点评]

天宝十三载（754），秋雨成灾，长安米贵，杜甫携家往奉先安置，诗即在奉先所作。这是一首题画诗，先以惊人的起句叙山水屏障，即所谓"沧洲趣"也。次赞其笔意超绝，并以"玄圃裂""潇湘翻"，形容其迹侔仙界，以"风雨急""鬼神入"，形容其巧夺天工。接着摹写山水中景物，亭花、岸岛属山，渔舟、沧溟属水，斑竹临江兼映山水。最后见画而思托身世外。可谓层层紧扣诗题"山水"，笔笔绾合诗意"沧洲趣"，以画法为诗法，以诗境写画境，刻画入微，逼真传神，天机盎然，生动有趣，富有生活气息，使人读来如身临其境。

陈訏曰："此投赠哥舒，自应称颂功绩。然公诗止言收复河湟，不及穷荒黩武，即比之廉颇、比之魏绛御狄和戎，不以卫青、霍去病为比，立言斟酌，极有体裁。"（《读杜随笔》上卷一）

投赠哥舒开府翰二十韵 [1]

今代麒麟阁 [2]，何人第一功？君王自神武 [3]，驾驭必英雄 [4]。开府当朝杰 [5]，论兵迈古风 [6]。先锋百胜在 [7]，略地两隅空。青海无传箭 [8]，天山早挂弓 [9]。廉颇仍走敌 [10]，魏绛已和戎 [11]。每惜河湟弃 [12]，新兼节制通。智谋垂睿想 [13]，出入冠诸公。日月低秦树 [14]，乾坤绕汉宫。胡人愁逐北 [15]，宛马又从东。受命边沙远 [16]，归来御席同 [17]。轩墀曾宠鹤 [18]，畋猎旧非熊。茅

胡应麟曰："阖辟驰骤，如飞龙行云，鳞鬣爪甲，自中矩度。又如淮阴用兵，百万掌握，变化无方。虽时有险朴，无害大家。"（《诗薮·内编》卷四）

土加名数[19]，山河誓始终。策行遗战伐[20]，契合动昭融。勋业青冥上[21]，交亲气概中。未为珠履客[22]，已见白头翁。壮节初题柱[23]，生涯独转蓬。几年春草歇[24]，今日暮途穷。军事留孙楚[25]，行间识吕蒙。防身一长剑[26]，将欲倚崆峒。

[注释]

[1]哥舒开府翰：哥舒翰，突厥族突骑施哥舒部人，以部族名为姓。翰于天宝十一载加开府仪同三司，故称"开府"。　[2]"今代麒麟阁"二句：以第一功期翰，欲其远比开国功臣。麒麟阁，汉阁名，在未央宫内。汉宣帝甘露三年，画功臣霍光等十一人图像于阁。亦省称"麟阁"。第一功，《史记·萧相国世家》载，汉高祖刘邦夺得天下后，论功行封，以萧何为第一功。唐高宗总章元年（668），以太原原从西府功臣分为第一功、第二功等。　[3]君王：指玄宗。神武：神明而威武。《书·大禹谟》："帝德广运，乃圣乃神，乃武乃文。"《汉书·刑法志》："汉兴，高祖躬神武之材，行宽仁之厚，总揽英雄，以诛秦、项。"此以神武归美玄宗。　[4]驾驭（yù）：驱使、控制。亦作"御"。《三国志·吴书·张昭传》："夫为人君者，谓能驾御英雄，驱使群贤。"英雄：称美哥舒翰。　[5]开府当朝杰：称美哥舒翰为当朝英杰。语本《晋书·庾衮传》："君若当朝，则社稷之臣欤！"　[6]论兵：讨论用兵。迈：超过。《新唐书·哥舒翰传》："翰能读《左氏春秋》《汉书》，通大义。疏财，多施予，故士归心。"此所谓"论兵迈古风"。以下则申述之。　[7]"先锋百胜在"二句：谓翰英勇善战。《新

"日月低秦树，乾坤绕汉宫"两句，其行文之妙在"低""绕"两个动词，分别连缀了日月与乾坤、秦树与汉宫，以其阔大气象喻帝业之光昌、皇舆之广大。

轩墀句，或以为杜甫用事误，其实非也。吴均《主人池前鹤》诗云："本自乘轩者，为君阶下禽。"阴铿《咏鹤》诗云："乍动轩墀步，时转入琴声。"鹤出则乘轩，归则养于阶墀之下。杜诗连类而及，不为误也。

唐书·哥舒翰传》载：吐蕃寇边，与翰遇于苦拔海。吐蕃分其军
为三行，从山参差下，翰持半段枪迎击，所向披靡，名盖军中。
《旧唐书·哥舒翰传》亦记吐蕃掠麦陇右，被哥舒翰大败事。两隅，
指河西、陇右而言。翰以陇右节度使兼河西节度使。　[8]青海
无传箭：是说哥舒翰筑城青海，吐蕃不敢进犯。《旧唐书·哥舒翰
传》：天宝六载，哥舒翰代王忠嗣为陇右节度支度营田副大使，知
节度事。明年，筑神威军于青海上，吐蕃至，攻破之；又筑城于
青海中龙驹岛，有白龙见，遂名为应龙城。吐蕃屏迹，不敢近青
海。故曰"无传箭"。传箭，传递令箭。起兵以传箭为号。无传箭，
谓无警。　[9]天山：在陇右道伊州北（今新疆哈密县），一名白
山，亦称祁连山。《旧唐书·哥舒翰传》载：吐蕃保石堡城，路远
而险，久不拔。天宝八载，以朔方、河东群牧十万众委翰总统攻
石堡城。翰使麾下将高秀岩、张守瑜进攻，不旬日而拔之。石堡
城亦属陇右道。挂弓：言休兵。　[10]廉颇仍走敌：是以廉颇比翰。
廉颇，战国赵良将，年老尚能破燕伐魏，封信平君，假相国。翰
年已老，故以廉颇比之。走敌，即破敌。　[11]魏绛已和戎：《左
传·襄公四年》载：晋魏绛说悼公，和戎有五利，公悦，使绛盟
诸戎，赐女乐、歌钟。天宝十二载，赐翰音乐、田园，与魏绛赐
乐事相类，故以为比。　[12]"每惜河湟弃"二句：称颂哥舒翰
收复陇右故地。河湟，指黄河、湟水两流域地。亦统称西戎地曰
"河湟"。金城公主嫁吐蕃后，河西九曲之地遂为吐蕃所有，故曰
"河湟弃"。天宝十二载，哥舒翰进封凉国公，加河西节度使，收
复河源九曲之地。《资治通鉴》唐玄宗天宝十二载亦云："是时中
国盛强，自安远门西尽唐境万二千里，闾阎相望，桑麻翳野，天
下称富庶者无如陇右。"翰兼陇右、河西节度使，收复陇右故地，
故曰"新兼节制通"。　[13]"智谋垂睿（ruì）想"二句：谓翰以
智勇奇功而得玄宗恩宠。垂睿想，谓其引起皇帝的关注。睿，通

达，明智。《书·洪范》："思曰睿"，"睿作圣"。后常用为称颂皇帝的套语。出入，谓其经略陇右、河西。吐蕃陷石堡城，天宝初令皇甫惟明、王忠嗣等为陇右、河西节度使，皆不能克。天宝八载，翰攻拔之，故曰"冠诸公"。　　[14]"日月低秦树"二句：盛赞哥舒收复之功。谓翰能布朝廷威德于四夷，使其归顺唐朝，其功甚伟。唐都关中，故曰"秦树"。乾坤，犹言天下。汉宫，喻唐朝廷。　　[15]"胡人愁逐北"二句：言翰威名远扬，故胡人畏服，宛马复来。胡人，指吐蕃等。逐北，追击败走之敌。宛马，大宛所出千里马。《史记·乐书》："后伐大宛得千里马"，"歌诗曰：'天马来兮从西极，经万里兮归有德。承灵威兮降外国，涉流沙兮四夷服。'"又从东，谓天马又从西而来东也。　　[16]受命边沙远：是说翰受命守陇右、河西，故曰"边沙远"。　　[17]归来御席同：是指天宝十一载冬，哥舒翰来朝，玄宗命高力士等于京城东驸马崔惠童池亭赐宴，故曰"御席同"。　　[18]"轩墀曾宠鹤"二句：盛赞翰收复河湟而获非世之宠。宠鹤，《左传·闵公二年》："卫懿公好鹤，鹤有乘轩者。"轩，大夫所乘之车。畋猎，打猎。非熊，用周文王遇吕尚（姜太公）事。《艺文类聚·产业部下·田猎》引《六韬》云："文王卜：'田于渭阳，将大得。非熊非罴，天遣汝师。以之佐昌，施及三王。'大吉。王乃斋三日，乘田车，驾田马，于渭之阳，见吕尚坐以渔，文王劳而问焉。"宠鹤、非熊，指翰收复河湟言。初吐蕃入寇河湟，王君㚟等不能捍御，止勒兵蹑后，亦邀非常之功赏，故以鹤不战而有乘轩之宠为比；而如翰者，乃畋猎之非熊也，故以吕尚比之。　　[19]"茅土加名数"二句：谓翰封王食邑。茅土，《史记·三王世家》："受兹青社。"裴骃《集解》引张晏曰："王者以五色土为太社，封四方诸侯，各以其方色土与之，苴以白茅，归以立社。"司马贞《索隐》引蔡邕《独断》曰："若封东方诸侯，则割青土，藉以白茅，授之以立社，谓之'茅土'。"名数，谓户籍。山河誓，《史记·高祖功臣侯者年表》："古者人臣功有五品，以德立宗庙定社稷曰勋……封爵之誓曰：'使河如带，泰山若厉。国以永宁，爰及苗裔。'"裴骃《集解》引应劭曰："封爵之誓，国家欲使功臣传祚无穷。"故曰"山河誓始终"。据《旧唐书·哥舒翰传》载：天宝十二载，进封凉国公，食实封三百户，加河西节度使，寻封西平郡王。十三载，拜太子太保，更加实封三百户。　[20]"策行遗战伐"二句：谓翰安边策行而无事战伐，君臣契合而动协天心。翰之得君，光明骏伟，非以诡道求进。策行，计策得行。遗，弃。言翰以计谋用兵，不假战伐，故曰"遗"。契合，投合，融洽。昭融，光明，长远。《诗经·大雅·既醉》："昭明有融。"　[21]"勋业青冥上"二句：谓翰功勋卓著而任侠重义。勋业，功业。青冥，青天。《旧唐书·哥舒翰传》载，翰家富于财，倜傥任侠，疏财重气，士多归之。王忠嗣被劾，翰极言救忠嗣，玄宗起入禁中，翰叩头随之而前，言词慷慨，声泪俱下，玄宗感而宽之，贬忠嗣为汉阳太守，朝廷义而壮之。此即为"交亲气概中"之注脚。　[22]"未为珠履客"二句：自叹身老不遇，言己未为翰上客而已头白矣。珠履客，《史记·春申君列传》："春申君客三千余人，其上客皆蹑珠履。"珠履，缀珠的鞋。　[23]"壮节初题柱"二句：上句忆昔壮志，下句悲今沦落。题柱，常璩《华阳国志·蜀志·蜀郡州治》："城北十里有升仙桥，有送客观。司马相如初入长安，题市门曰：'不乘赤车驷马，不过汝下也。'"《太平御览》卷七十三引作"题柱桥"。岑参《升仙桥》诗："长桥题柱去，犹是未达时。及乘驷马车，却从桥上归。"转蓬，飞蓬。　[24]"几年春草歇"二句：言光阴虚掷，迟暮无成。途穷，用阮籍事（见《晋书·阮籍传》）。穷，尽。　[25]"军事留孙楚"二句：谓翰能识拔部下。《晋书·孙楚传》载：楚年四十余，始参镇东军事，复参石苞骠骑军事。初至，长揖曰："天子命我参卿军事。"按翰曾奏严武为节度判官，吕諲为度支判官，高适、萧昕为掌书记，皆委之军事，故曰"留孙楚"。行间，行伍之间。吕蒙，三国吴名将。《三国志·吴书·吕蒙传》云：孙策召见吕蒙，奇之，引置左右。后遂成大功。又《吴主传》载赵咨语云："纳鲁肃于凡品，是其聪也；拔吕蒙于行阵，是其明也。"据《册府元龟·帝王部·明赏二》载：天宝十三载三月，翰为其部将王思礼、郭英乂、鲁炅、曲环、彭元曜等十几人论功加封，所谓拔之"行间"也。　[26]"防身一长剑"二句：言意欲参翰军幕，冀其识拔。长剑，宋玉《大言赋》："长剑耿耿倚天外。"王维《送张判官赴河西》："慷慨倚长剑，高歌一送君。"崆峒，山名，属陇右道，在今甘肃境内。

［点评］

　　天宝十三载（754）冬作。时哥舒翰由陇右归京，杜甫投赠此诗，盛称哥舒翰功业与荣宠，冀其荐拔。此是杜甫投赠诗中最为工致者。全诗开合变化，极有气势，而格律严整，自中规矩。一起突然而来，一结悠然而逝。中间段落分明，结构错落有致，而线脉隐伏其间，一丝不乱。起四句从朝廷任将说起，立言有体。"开府"以下八句，记哥舒翰陇右战功。"每惜"以下八句，写收复河西之事。"受命"以下十句，记其入朝封王事。最后十句，向哥舒翰陈情，结出投赠之意。诗所述哥舒翰事，皆有史据，并非虚誉溢美，最见杜诗所谓"诗史"本色。李因笃评此诗"英词壮采，足勒鼎钟"（《杜诗集评》卷十二引）。

天育骠骑歌 [1]

吾闻天子之马走千里 [2]，

今之画图无乃是 [3]？

是何意态雄且杰 [4]，骏尾萧梢朔风起 [5]。

毛为绿缥两耳黄 [6]，眼有紫焰双瞳方 [7]。

矫矫龙性含变化 [8]，卓立天骨森开张 [9]。

伊昔太仆张景顺 [10]，监牧攻驹阅清峻 [11]。

遂令大奴字天育 [12]，别养骥子怜神骏 [13]。

当时四十万匹马 [14]，张公叹其材尽下。

故独写真传世人 [15]，见之座右久更新。

年多物化空形影 [16]，呜呼健步无由骋 [17]！

如今岂无騕褭与骅骝 [18]，

时无王良伯乐死即休！

[注释]

[1]诗题一作"天育骠图歌"。天育：马厩名，养天子之马。骠（biāo）骑：犹飞骑。骠，黄色有白斑的骏马。　[2]天子之马：《穆天子传》卷一："天子之马走千里。"指穆王八骏。走千里，谓日行千里，即所谓千里马。　[3]画图：指天育骠图。无乃：岂非，莫非。系揣测之词。此亦表惊异。　[4]是何：与"无乃"相呼应，意在证明自己的推测。是，指画马。意态：犹神态。雄且杰：雄

则气盛，杰则超群。　[5]骏尾：马尾。骏，一作"骔（zōng）"，马鬣。萧梢：摇尾貌。朔风起：谓马尾摇动可引起朔风。朔风，寒风。　[6]缥：淡青色。两耳黄：《穆天子传》卷一"绿耳"郭璞注："魏时鲜卑献千里马，白色而两耳黄，名曰黄耳。"　[7]紫焰：紫光。《太平御览·兽部八》引《相马经》云："眼欲得高巨，眼睛欲如悬铃紫艳光明。"双瞳方：双瞳呈方形。　[8]矫矫：桀骜超群貌。龙性：古人认为天马乃神龙之类，故多以龙拟良马。变化：指多姿多态。　[9]天骨：天生就雄骏骨相。森开张：耸立开展貌。　[10]伊昔：从前。伊，语助词。太仆：官名，掌舆马及牧畜之事。《新唐书·兵志》："马者，兵之用也。监牧，所以蕃马也"，"其官领以太仆"。张景顺：开元年间任太仆少卿兼秦州都督监牧都副使，善养马，元年牧马二十四万匹，至十三年增至四十三万匹。张说《大唐开元十三年陇右监牧颂德碑序》云："上（玄宗）顾谓太仆少卿兼秦州都督监牧都副使张景顺曰：'吾马几何？其蕃育，卿之力也。'对曰：'帝之福也，仲（王毛仲）之令也，臣何力之有？'因具上其状，帝用嘉焉。"　[11]攻驹：驯养马驹。攻，攻治，即训练。驹，泛指幼马。"攻"，《宋本杜工部集》原作"收"，而其他宋刻本多作"攻"，《沙苑行》亦云："每岁攻驹冠边鄙。"较胜，据改。阅：检阅。清峻：指马之骨相清瘦峭峻。　[12]大奴：奴之长大者。此指张景顺的牧马奴。字：养育。　[13]别养：单独驯养。骥子：良马。此指骠骑。怜神骏：爱其神骏。神骏，指马神态骏逸。　[14]"当时四十万匹马"二句：用对比手法极言骠骑之神骏出众。张公，即张景顺。材尽下，都是材质平庸的驽马，以反衬骠骑之神骏。　[15]"故独写真传世人"二句：点明独画骠骑以传世人，因为爱赏，故挂之座右，百看不厌，历久弥新。写真，画像，即前言"画图"。　[16]物化：化为异物，谓真马已死。骠骑已死，只画图空存，故曰"空形影"。　[17]呜呼健步无由骋：是说马画得再好，也不能健步驰骋，故慨叹"无由骋"。　[18]"如今岂无骙褭（yāo niǎo）与骅骝"二句：是抚天育骠图而兴叹，伤良马难逢王良、伯乐，而自慨不遇。骙褭，传说中神马，日行万里，明君有德则现。骅骝，赤色骏马，亦名枣骝，为周穆王八骏之一。王良、伯乐，皆春秋时人。王良善御马，伯乐善相马。

［点评］

天宝十三载（754）冬作。诗由真马说到画马，又从画马说到真马，最后从画马空存，翻出异材常有，惜无识材之人。实以马自喻，抒发抱负不得施展的愤懑。末二句借物寓怀，由马及人，由人及己，为千里马叫屈，实则为奇士、为自己鸣不平。或谓韩愈"世有伯乐，然后有千里马；千里马常有，而伯乐不常有"云云，即据杜意而发挥。

后出塞五首（选一）

黄生云："诗但具其事，而讽刺之意，自见于言外。此真乐府正音，固不在区区字栉句比耳。"（《杜诗说》卷一）

其五

我本良家子[1]，出师亦多门[2]。将骄益愁思[3]，身贵不足论。跃马二十年[4]，恐辜明主恩。坐见幽州骑[5]，长驱河洛昏。中夜间道归[6]，故里但空村。恶名幸脱免[7]，穷老无儿孙。

[注释]

[1]良家：清白人家。　[2]出师：出征。多门：多种，多处。意谓参加过各种战斗，已经很有经验。　[3]"将骄益愁思"二句：谓主将骄横，更增加了自己的忧愁；若跟着这样的人叛乱，即使显贵，又有什么值得夸耀的呢？将，指安禄山。　[4]"跃马二十年"二句：谓自己作为一个从军二十年的老战士，怎么能辜负皇恩，背叛朝廷呢？跃马，从军作战。辜，辜负。明主，英明君主，此指玄宗。　[5]"坐见幽州骑"二句：谓眼看着叛军长驱直入，河洛之间战尘昏暗。坐见，一指时间短促，一指徒然看着，无能为力，此兼二义。此乃军卒逆料想见之情事。幽州骑，指安禄山叛军。河洛，指黄河、洛水一带。《资治通鉴》说是叛军"步骑精锐，烟尘千里，鼓噪震地。"十二月即攻陷洛阳。　[6]"中夜间道归"二句：是说自己趁夜深天黑，脱离叛军，抄小路逃回故里；但乡亲们为躲避战祸而逃，村中已空无一人。中夜，半夜。间道，偏僻小道。　[7]"恶名幸脱免"二句：谓自己虽逃脱了从逆的罪名，但却孤老穷苦一生。语极沉痛。恶名，指从逆的罪名。无儿孙，因此人从军二十年，未能成家，故无后代。

[点评]

这组诗作于天宝十四载（755）冬安禄山初叛之时。组诗以一个脱身归来的士兵自述的形式，揭露了安禄山反唐的真相，并指出禄山反叛的原因即是玄宗的穷兵黩武，过宠边将，以致养虎为患。五诗结构严密，次序井然，叙述了一个士卒从辞家赴征到脱逆归来的全过程，五首只如一首。这里选的是第五首，写从军二十年的战士忠于唐王朝，想法逃离安禄山叛军，潜归故里，保持了名节。

自京赴奉先县咏怀五百字

杜陵有布衣^[1]，老大意转拙^[2]。许身一何愚^[3]，窃比稷与契^[4]。居然成濩落^[5]，白首甘契阔^[6]。盖棺事则已^[7]，此志常觊豁。穷年忧黎元^[8]，叹息肠内热^[9]。取笑同学翁^[10]，浩歌弥激烈。非无江海志^[11]，潇洒送日月^[12]。生逢尧舜君^[13]，不忍便永诀^[14]。当今廊庙具^[15]，构厦岂云缺^[16]？葵藿倾太阳^[17]，物性固莫夺。顾惟蝼蚁辈^[18]，但自求其穴。胡为慕大鲸，辄拟偃溟渤^[19]。以兹悟生理^[20]，独耻事干谒^[21]。兀兀遂至今^[22]，忍为尘埃没^[23]。终愧巢与由^[24]，未能易其节。沉饮聊自遣，放歌颇愁绝^[25]。岁暮百草零^[26]，疾风高冈裂。天衢阴峥嵘^[27]，客子中夜发^[28]。霜严衣带断，指直不得结^[29]。凌晨过骊山^[30]，御榻在嵽嵲^[31]。蚩尤塞寒空^[32]，蹴踏崖谷滑^[33]。瑶池气郁律^[34]，羽林相摩戛^[35]。君臣留欢娱，乐动殷胶葛^[36]。赐浴皆长缨^[37]，与宴非短褐^[38]。彤庭所分帛^[39]，本自寒女出。鞭挞其夫家^[40]，聚敛贡城阙^[41]。圣人筐篚恩^[42]，

《唐宋诗醇》卷九曰："此与《北征》为集中巨篇。攄郁结，写胸臆，苍苍莽莽，一气流转，其大段有千里一曲之势，而笔笔顿挫，一曲中又有无数波折也。""前述平日之衷曲，后写当前之酸楚。至于中幅，以所经为纲，所见为目，言言深切，字字沉痛，《板》《荡》之后，未有能及此者。此甫之所以度越千古，而上继《三百》者乎？"

"非无江海志，潇洒送日月"，亦杜甫本性之所企。但见廊庙之臣尸位，根于至性而不敢自欺；然则因追慕贤君、期待风云际会，故不忍去。

实欲邦国活[43]。臣如忽至理[44]，君岂弃此物？多士盈朝廷[45]，仁者宜战慄[46]。况闻内金盘[47]，尽在卫霍室[48]。中堂舞神仙[49]，烟雾蒙玉质。暖客貂鼠裘[50]，悲管逐清瑟[51]。劝客驼蹄羹[52]，霜橙压香橘[53]。朱门酒肉臭[54]，路有冻死骨。荣枯咫尺异[55]，惆怅难再述[56]。北辕就泾渭[57]，官渡又改辙[58]。群冰从西下[59]，极目高崒兀[60]。疑是崆峒来[61]，恐触天柱折[62]。河梁幸未坼[63]，枝撑声窸窣[64]。行旅相攀援[65]，川广不可越。老妻既异县[66]，十口隔风雪。谁能久不顾？庶往共饥渴[67]。入门闻号咷[68]，幼子饥已卒[69]。吾宁舍一哀[70]，里巷亦呜咽。所愧为人父，无食致夭折[71]。岂知秋禾登[72]，贫窭有仓卒[73]。生常免租税[74]，名不隶征伐。抚迹犹酸辛[75]，平人固骚屑[76]。默思失业徒[77]，因念远戍卒。忧端齐终南[78]，澒洞不可掇[79]。

唐玄宗《初入秦川路逢寒食》诗云："远看骊岫入云霄，预想汤池起烟雾。烟雾氛氲水殿开，暂拂香轮归去来。"可与"瑶池气郁律"句互参。

胡夏客曰："诗凡五百字，而篇中叙发京师，过骊山，就泾渭，抵奉先，不过数十字耳。余皆议论感慨成文，此最得变雅之法而成章者也。"（《杜诗详注》卷四引）

"群冰"，即漂流而下之冰，如作"群水"，则下"极目高崒兀"句无着落。

王嗣奭曰："此诗结语'忧端齐终南'，此岂忧家之穷？盖忧在禄山，知其必反也。"（《杜臆》卷一）

［注释］

[1]杜陵布衣：作者自称。杜陵，地名，在长安南。杜甫祖籍杜陵，困守长安时，亦曾居此。布衣，平民。时杜甫初授右卫率府兵曹参军，颇不以为意，有《官定后戏赠》以解嘲，故此仍以

布衣自谓。　[2]老大：这年杜甫四十四岁。拙：笨拙，此指不通世故。实际上是反话，意思是不同流俗。　[3]许身：期望自己。一何：犹何其。　[4]稷、契（xiè）：都是传说中尧舜时代的贤臣。稷，即后稷，曾教民稼穑。契，曾佐禹治水。　[5]居然：竟然。濩（huò）落：为叠韵连绵字，犹言落拓。　[6]契阔：勤苦，劳苦。《诗经·邶风·击鼓》："死生契阔，与子成说。"毛传："契阔，勤苦也。"　[7]"盖棺事则已"二句：言死去则已，只要活着就总是希望实现自己的抱负。盖棺，指死亡。觊豁（jì huò），希望达到目的。　[8]穷年：一年到头。黎元：老百姓。　[9]肠内热：忧心如焚之意。　[10]"取笑同学翁"二句：意思是别人越讥笑，自己意志越坚决。"翁"字在这里有嘲讽意味。浩歌，高歌。　[11]江海志：隐遁江海的愿望。　[12]潇洒：无拘无束，自由自在的样子。送日月：犹度日月。　[13]尧舜君：尧舜似的皇帝。此代指唐玄宗。　[14]永诀：决然离开。　[15]廊庙具：朝廷中栋梁之臣。廊庙，朝廷。　[16]构厦：比喻成就稷、契的事业。　[17]"葵藿倾太阳"二句：语本曹植《求通亲亲表》："若葵藿之倾叶，太阳虽不为之回光，然终向之者，诚也。"葵，指菜葵。藿，豆叶。固莫夺，不能夺，不能改变。　[18]顾惟：自念。蝼蚁辈：喻地位低下的小人物。此为愤慨性的自喻。　[19]辄拟：总打算。偃：偃伏。溟渤：指大海。　[20]悟：领悟。　[21]独：唯独。耻：以……为耻。干谒：钻营请托。　[22]兀（wù）兀：劳苦貌，或穷困貌。　[23]忍：岂忍。尘埃没：没于尘埃，被埋没。　[24]"终愧巢与由"二句：是说自己终于无法改变自己的初志而效法巢、由的避世。巢，巢父。由，许由。传说中尧时的两个隐士。作者这里是婉转地说反话。　[25]颇：甚。愁绝：愁极。　[26]零：凋谢。[27]天衢（qú）：天空。天空广阔，任意通行，如世之广衢，故称。阴峥嵘：阴云重叠如山。峥嵘，本山高貌，这里形容云盛貌。　[28]客子：旅居在外的人。这里是作者自指。中夜：半夜。
发：出发。　[29]指直：手指冻得僵直。"得"，一作"能"。　[30]骊
山：在今陕西省西安市临潼区南，离长安六十里。骊山有温泉，
唐玄宗置温泉宫，天宝六载（747）改名华清宫，每年十月带着
杨贵妃及其姊妹到此避寒。　[31]御榻在嵽嵲（dié niè）：指玄
宗住在骊山。御榻，指玄宗御幸之榻。嵽嵲，本山高貌，此处指
代骊山。　[32]蚩（chī）尤：上古神话中人物，相传蚩尤与黄帝
作战时，曾作大雾以迷惑对方。此借指雾。　[33]蹴（cù）：踩，
踏。　[34]瑶池：古代传说中昆仑山上的池名，西王母所居。此
指骊山温泉。郁律：烟雾蒸腾貌。　[35]羽林：羽林军，皇帝的
禁卫军。相摩戛（jiá）：形容众多。摩戛，犹摩擦。　[36]乐动殷
胶葛：谓奏乐之声，响彻云霄，言乐之极盛也。殷，盛，引申为
充塞。胶葛，深远广大貌，此指天空。　[37]长缨：高官帽饰，
指达官权贵。　[38]短褐：粗布短衣，指平民百姓。　[39]彤庭：
朝廷。汉代宫殿以朱漆涂饰，故称。后亦泛指皇宫。　[40]夫家：
夫主，一家之主。　[41]聚敛：横征暴敛。城阙：本为城门上的
建筑物，此指京城、朝廷。　[42]圣人：君主时代对帝王的尊称。
《礼记·大传》："圣人南面而治天下，必自人道始矣。"唐人称天
子曰圣人。筐、篚：都是盛东西的竹器。古礼，皇帝宴会，以
筐篚盛币帛赏赐大臣。　[43]邦国：国家。　[44]忽：忽视，轻
视。至理：最正确的道理。　[45]多士：群臣。　[46]仁者：此
指体恤民劳的官员。战慄：颤抖，引申有警惕的意思。　[47]内
金盘：内廷的金盘。内，大内，皇帝的宫禁。　[48]卫霍：卫青、
霍去病，都是汉武帝的外戚，这里借指杨氏家族。　[49]"中
堂舞神仙"二句：形容杨国忠兄妹之家，姬侍众多，室中香烟缭
绕，望之若神仙。神仙，唐代人常用以比喻美女、歌妓。烟雾，
云烟、雾气。此指富贵人家室中熏香所生的烟。玉质，指肌肤洁

腻的美女。　[50]貂鼠裘：以貂鼠皮毛做的皮衣。　[51]悲管逐清瑟：指管瑟合奏。悲、清，都是形容乐器的音色优美。逐，伴随。　[52]劝客：敬客。驼蹄羹：用骆驼蹄做成的肉汤，为八珍之一。　[53]霜橙：极言果品之新鲜。　[54]"朱门酒肉臭"二句：从《孟子·梁惠王上》"庖有肥肉，厩有肥马，民有饥色，野有饿莩"句化出，说明当时社会贫富的悬殊和阶级的对立。朱门，指贵族官僚之家。　[55]荣：指朱门的荣华。枯：指冻死骨。咫尺：形容距离近。八寸为咫。　[56]惆怅：伤感。　[57]北辕：车辕向北，即车向北行。北，使动用法。就：靠近。泾渭：二河名，这里指昭应县（今陕西临潼）泾渭合流的地方。　[58]官渡：官家设的渡口。此指官府在昭应县泾渭合流处设的渡口。改辙：改道。　[59]"冰"，一作"水"。　[60]崒（cù）兀：高而险貌。此形容冰凌堆叠之高，顺流而下，声势汹涌。亦兼寓国家政治形势之险恶急迫。　[61]崆峒（kōng tóng）：山名，在甘肃平凉西，泾河发源地。　[62]恐触天柱折：形容水势凶猛。天柱，山名，即岐山。因山形如柱，故名。在今陕西凤翔县。《元和郡县图志·关内道二·凤翔府》："岐山，亦名天柱山。在（凤翔）县东北十里。"王嗣奭曰："天柱折乃隐语，忧国家将覆也。"（《杜诗详注》卷四引）[63]河梁：桥。　[64]枝撑：指桥的支柱。窸窣（xī sū）：象声词，形容轻微细碎之声。　[65]行旅：行人。相攀援：相互牵拉。　[66]"既"，一作"託"。后多作"寄"，但诸宋本无作"寄"者。异县：他县，此指奉先县。　[67]庶：庶几，表示希望和意愿的副词。　[68]号咷（táo）：放声大哭。　[69]"饥"，一作"饿"。卒：死。　[70]"吾宁舍一哀"二句：谓即使我宁愿割舍一哀，强自宽慰，无奈邻居亦为之伤心，自己实难克制。舍一哀，指士大夫家丧礼规定，主家守灵时，每有人来祭奠，必先哭一场，称为"一哀"。中唐诗人于鹄《悼孩子》云："婴孩无哭仪，《礼经》

不可逾。亲戚相问时，抑悲空叹吁。"是唐代遵《礼经》规定，不哭丧婴，所以说"舍一哀"。（用陈贻焮说，见《百家唐宋诗新话》）舍，割舍。里巷，指里巷邻人。　[71] 夭折：幼年死亡。　[72] 登：庄稼成熟。　[73] 贫窭（jù）：贫穷，指贫苦人家。仓卒（cù）：突然，此指发生突然事故，即幼子夭折。　[74]"生常免租税"二句：谓自己享有免除赋役的特权。按唐制，凡皇族贵戚，授有品爵官职者，本人及其子孙享有豁免赋役之特权。杜甫出身"奉儒守官"世家，其祖父杜审言官膳部员外郎，亦享此特权。隶，属。征伐，征讨，此指被征从军。　[75] 抚迹：犹抚事，回忆发生的事。　[76] 平人：平民，一般老百姓。固：本应。骚屑：本是形容风吹的声音，这里形容人心惊慌不安。　[77] 失业徒：失去产业（土地）的人。　[78] 忧端：忧思的端绪。齐终南：和终南山一样高。终南，山名，在长安南，为秦岭山脉的主峰。　[79] 颎洞（hòng tóng）：绵延，弥漫。掇（duō）：收拾。

［点评］

题下原注："天宝十四载十一月初作。"史载天宝十四载（755）十一月丙寅（九日），安禄山反。但消息尚未传至长安。杜甫不就河西尉，改就右卫率府兵曹参军后，由长安赴奉先县（今陕西蒲城）探望家属，沿途所见所闻所感，已预感到大乱将至，忧心忡忡，遂作此诗。这一千古名篇，既反映出"山雨欲来风满楼"的社会实况，也表现出杜甫的内心矛盾和伟大人格，也是杜甫长安十年生活的总结。全诗分三大段。第一段从开头到"放歌破愁绝"，写自己拯世济民的抱负；第二段从"岁暮百草零"到"惆怅难再述"，写途经骊山的所见所闻所感；第三段从"北辕就泾渭"到结尾，主要写到家后之景况和感慨。"穷年忧黎元"为全诗主脑。正因"穷年忧黎元"，才能从"朱门酒肉臭"想到"路有冻死骨"，才能在"幼子饥已卒"的悲惨情景中而"默思失业卒，因念远戍卒"，忧国忧民无已时，故而"忧端齐终南，澒洞不可掇"，这正是"人饥己饥""人溺己溺"之仁者心的写照，真不愧一代诗史。杜甫此类五古长篇，发挥赋的铺陈排比的手法，夹叙夹议，便于表达复杂的感情、错综的内容。五古前人多以质厚清远胜，而杜甫则出之以沉郁顿挫。

吴瞻泰曰："怀远诗说我忆彼，意只一层；即说彼忆我，意亦只两层。唯说我遥揣彼忆我，意便三层。又遥揣彼不知忆我，则层折无限矣。此公陷贼中，本写长安之月，却偏陡写鄜州之月，本写自己独看，却偏写闺中独看，已得遥揣神情。三四又脱开一笔，以儿女之不解忆，衬出闺中之独忆，故'云鬟湿''玉臂寒'而不知也。沉郁顿挫，写尽闺中深情苦境。"（《杜诗提要》卷七）

黄生说："'照'字应'月'字，'双'字应'独'字，语意玲珑，章法紧密，五律至此，无忝称圣矣！"（《杜诗说》卷四）

月　夜

今夜鄜州月[1]，闺中只独看[2]。
遥怜小儿女，未解忆长安[3]。
香雾云鬟湿[4]，清辉玉臂寒[5]。
何时倚虚幌[6]，双照泪痕干[7]？

[注释]

[1]鄜（fū）州：今陕西富县。　[2]闺中：指妻子。　[3]未解：不懂得。　[4]香雾：雾本无香，乃鬟香透入夜雾，故云。　[5]清辉：指月光。　[6]虚幌：薄帷。　[7]双照：指妻子与自己双方而言。

[点评]

此诗作于至德元载（756）八月初陷贼时。本年五月，杜甫携家避难鄜州。七月，肃宗即位于灵武。八月，杜甫闻讯只身奔赴行在，中途为叛军所执，拘于长安。诗即被禁长安望月思家而作。诗写离乱中两地相思，构思新奇，情真意切，明白如话，深婉动人，真可谓天下第一等情诗。首联点题，起势不凡。入手即从对面着笔，不言我在长安思念家人，却说家人在鄜州望月思我，蹊径独辟。次联流水对，用笔尤为隐曲委婉，寓意深微。"未解忆"，含两层意：一是儿女尚小，不知道想念身陷长安的父亲；二是小儿女天真无知，不懂得母亲看月是在想念他们的父亲。以小儿女的不解忆，反衬闺中只独看、独忆，突出首联"独"字，益见深情苦忆。三联着力描写想象中妻子独自看月的形象。雾湿云鬟，月寒玉臂，语丽情悲。"湿"字、"寒"字，见出夜深，衬出闺中伫望之久，思念之切，虽"云鬟湿"、"玉臂寒"而不知，可谓忘情之至也。末联以希冀重逢作结："何时倚虚幌，双照泪痕干？"则今夜泪痕不干矣！"双照"而泪痕始干，则"独看"而泪痕不干明矣！今夜两地看月而各有泪痕，则愈益不干也甚矣！

悲陈陶 [1]

孟冬十郡良家子 [2]，血作陈陶泽中水。
野旷天清无战声 [3]，四万义军同日死。
群胡归来血洗箭 [4]，仍唱胡歌饮都市。

浦起龙曰："陈陶之悲，悲轻进以致败也。官军之聊草败没，贼军之得志骄横，两两如生。结语兜转一笔好，写出人心不去。"（《读杜心解》卷二之一）

都人回面向北啼 [5]，日夜更望官军至。

[注释]

[1] 陈陶：即陈陶斜，一名陈陶泽，一作陈涛斜，在今陕西咸阳市东。　[2] 孟冬：冬季第一个月，即阴历十月。十郡：泛言士兵占籍之广。良家子：清白人家的子弟。　[3]“野旷天清无战声”二句：极言官军伤亡惨重。据《新唐书·房琯传》载：琯自请将兵讨贼，十月辛丑，“遇贼陈涛斜，战不利。琯欲持重有所伺，中人邢延恩促战，战败，士死麻苇”。“初，琯用春秋时战法，以车二千乘缭营，骑步夹之。既战，贼乘风噪，牛悉骇栗。贼投刍而火之，人畜焚烧，杀卒四万，血丹野，残众才数千，不能军。”野无战声，指激战过后，全军覆没，战场一片死寂。义军，谓官军为国而战，乃正义之师。同日死，即十月辛丑，二十一日也。　[4]“群胡归来血洗箭”二句：愤安史叛军之得志骄横。群胡，指安史叛军。血洗箭，兵器上沾满了血。箭，指代兵器。都市，国都长安的街市。　[5]“都人回面向北啼”二句：写长安士民亟盼光复。都人，京都士民。当时，肃宗迁至彭原（今甘肃西峰），地处长安西北，所以说“回面向北啼”。《资治通鉴》卷二百一十八载：“民间相传太子北收兵来取长安，长安民日夜望之，或时相惊曰：‘太子大军至矣！’则皆走，市里为空。贼望见北方尘起，辄惊欲走。”

[点评]

至德元载（756）十月，宰相房琯率军与安史叛军大战于陈陶斜，此时贼势方盛，而官军以轻敌，遂致大败，死伤四万余人。杜甫时陷长安，闻之而作此诗，字里行间充满悲愤之情。诗以实录反映了唐军惨败、叛军气焰正盛的形势，以典型的画面凸显了人类战争的残酷。表现的不仅仅是诗人对时势变化的关注，更主要的是无数生命的毁灭在诗人内心造成的强烈震撼，及由此而产生的深沉的忧患意识。这首悲歌，在艺术处理上做到了明写与暗写、实写与虚写的高度统一，即将陈陶激战及其后果、诗人爱憎和民心所向统一了起来。

悲青坂

我军青坂在东门 [1]，天寒饮马太白窟 [2]。
黄头奚儿日向西 [3]，数骑弯弓敢驰突。
山雪河冰野萧瑟 [4]，青是烽烟白人骨。
焉得附书与我军 [5]，忍待明年莫仓卒！

吴瞻泰曰："我军既失利于前，当谨于后。故曰'忍待明年'，又曰'莫仓卒'，一句中两番谆嘱，此杜公之诗法，亦即杜公之兵法也。"（《杜诗提要》卷五）

[**注释**]

[1]青坂：故址当在今陕西省咸阳市西南，距陈陶斜不远。东门：指咸阳东门。　[2]太白：山名，在今陕西太白县东南，为秦岭主峰，关中第一高峰，因山顶终年积雪，故名。窟：指水塘。　[3]"黄头奚儿日向西"二句：写安史叛军得胜后的骄纵之状。黄头奚儿，唐有黄头室韦，为当时室韦二十余部之一，在今黑龙江齐齐哈尔一带，兵强人众，为当时强大部落之一。安史叛军多由奚、契丹、室韦等部族组成，而奚、契丹、室韦都属东胡系，故此"黄头奚儿"系泛指安史叛军的精锐部队。日向西，天天向

西进犯。数骑，少数精锐骑兵。驰突，横冲直撞。　　[4]"山雪河冰野萧瑟"二句：极写战后原野凄冷阴森景象。萧瑟，萧条冷落。烽烟，烽火台报警之烟。此指战后原野弥漫的烟尘。白人骨，即白是人骨，"是"字从上省略。　　[5]"焉得附书与我军"二句：谓我如何才能托人捎信给官军，请他们耐心等待明年形势好转再战，切不可再仓猝出击！焉得，怎么能够。附书，托人捎信。忍待，耐心等待。仓卒，即仓猝。史载，房琯与叛军对垒，本欲持重以伺之，怎奈宦官邢延恩等督战，苍黄失据，遂致惨败。杜甫分析当时敌我双方的形势，认为唐军当充实力量，待机再战，不可急躁冒进。

［点评］

此与前诗作于同时。陈陶斜惨败后，由于中人催战，房琯率残军复与叛军战于青坂，又大败。诗既对官军的惨败深表痛惜，又劝朝廷不要轻举妄动，重蹈覆辙。"焉得附书与我军，忍待明年莫仓卒"，表现了诗人对国家命运的深切关怀和高度的爱国主义精神。

塞芦子 [1]

五城何迢迢 [2]，迢迢隔河水。边兵尽东征 [3]，城内空荆杞 [4]。思明割怀卫 [5]，秀岩西未已 [6]。回略大荒来 [7]，崤函盖虚尔。延州秦北户 [8]，关防犹可倚。焉得一万人，疾驱塞芦子。岐有薛大夫[9]，旁制山贼起[10]。近闻昆戎徒[11]，为退三百里。芦关扼两寇[12]，深意实在此。谁能叫帝阍[13]，胡行速如鬼。

[注释]

[1]塞芦子：即屯兵以塞芦子关之意。芦子关，又名芦关，在今陕西志丹县北与靖边县交界处，因所在土门山两崖峙立如门，形如葫芦而得名，是由太原向陕、甘西进所经之重要关口。　[2]"五城何迢迢"二句：五城，指定远（今宁夏平罗）、丰安（今宁夏中卫）二军及中、西、东三个受降城（均在今内蒙古自治区），都在黄河以北，故曰"隔河水"。迢迢，遥远貌。　[3]边兵：边塞驻军。尽东征：都调到东边去抵御叛军。　[4]空：空虚。荆杞：因连年战争，兵乱地荒，遂尽生荆棘枸杞。　[5]思明：史思明，为宁夷州突厥杂胡，与安禄山同乡里，俱以骁勇闻名。安禄山反，使其经略河北，封为范阳节度使。至德二载正月，史思明舍弃怀、卫二州而进兵太原。割：舍弃，离开。怀卫：怀州（今河南沁阳）与卫州（今河南卫辉），唐时俱属河北道。　[6]秀岩：高秀岩，本为哥舒翰部将，后降安禄山，伪署河东节度使。此时也正率兵西进，与史思明合兵十余万攻太原。西：向西挺进。未已：不停止。　[7]"回略大荒来"二句：是说叛军意图突破芦子关，迂回占领西北边远地区，以包抄彭原、凤翔等地，那样像崤函之固的险要之地，也就形同虚设了。回略，迂回包抄。大荒，荒远之地，指西北朔方、河、陇等地。崤函，崤山和函谷关的合称，相当今陕西潼关以东至河南新安一带，是从中原到西北必经

的咽喉要地。当时已为叛军占据。《资治通鉴》卷二百一十九载："思明以为太原指掌可取，既得之，当遂长驱取朔方、河、陇。"可见杜甫揣摩叛军的战略意图是很准确的。　[8]"延州秦北户"二句：是说延州为关中地区北方的门户，而芦子关又是防守延州的要冲。延州，治所在今陕西延安。秦，指关中地区。关防，驻兵防守的关隘，即指芦子关。　[9]岐：指凤翔府扶风郡，本岐州，天宝元年改扶风郡，至德元载改凤翔郡，二载升为府。治雍县（今陕西凤翔）。薛大夫：即薛景仙，或作薛景先。马嵬事变时，任陈仓县令，杀杨国忠妻裴柔、幼子杨晞、虢国夫人及其子裴徽。至德元载七月任扶风太守。乾元二年三月，以太子宾客为凤翔尹、本府防御使。　[10]旁制山贼起：《旧唐书·李抱玉传》载："广德元年冬，吐蕃寇京师，乘舆幸陕，诸军溃卒及村间亡命相聚为盗，京城南面子午等五谷群盗颇害居人，朝廷遣薛景仙领兵为五谷使招讨。"这是后来的事。想叛军攻陷长安时，亦必有此类情况。山贼，当指此类溃卒亡命乘安史叛乱之机入山为盗而祸害百姓者。因其不是当时的主要敌人，故曰"旁制"。旁制山贼，是为了维持地方治安，以便更有力地打击叛军。　[11]"近闻昆戎徒"二句：指至德元载七月叛军派兵攻扶风，为薛景仙击退一事。昆戎，古代西戎族名，这里借指安史叛军。以上四句是表彰薛景仙击败叛军，旁制盗贼，保卫了岐州，立了大功。《资治通鉴》卷二百一十八载："贼兵力所及者，南不出武关，北不过云阳，西不过武功。江淮奏请贡献之蜀、之灵武者，皆自襄阳取上津路抵扶风，道路无壅，皆薛景仙之功也。"所以德宗即位，封至德功臣二百六十五人，"左羽林军大将军、检校户部尚书、兼御史大夫薛景仙"在其中。　[12]扼：扼制。两寇：指史思明和高秀岩。　[13]"谁能叫帝阍"二句：是说希望有人能去报知朝廷，说明叛军行动诡秘迅速，若不赶快派兵扼守芦子关，恐怕来不及了。言外之意，若芦关失守，将危及全局，这也就是前面所说的

"深意"。叫，扣。帝阍，天门。此指朝廷。

[点评]

　　至德二载（757）正月，叛军史思明、高秀岩合兵攻太原，意欲西进，威胁唐肃宗驻地彭原、凤翔一带的安全。杜甫时身陷长安，闻之焦急万分，遂作此诗，主张迅速塞断芦子关，阻止叛军西进。诗不仅表现了杜甫心忧天下的爱国精神，而且显示出诗人筹边御敌的军事卓识。

哀江头

少陵野老吞声哭[1]，春日潜行曲江曲[2]。

江头宫殿锁千门[3]，细柳新蒲为谁绿[4]？

忆昔霓旌下南苑[5]，苑中万物生颜色[6]。

昭阳殿里第一人[7]，同辇随君侍君侧[8]。

辇前才人带弓箭[9]，白马嚼啮黄金勒[10]。

翻身向天仰射云[11]，一笑正坠双飞翼[12]。

明眸皓齿今何在[13]？血污游魂归不得。

清渭东流剑阁深[14]，去住彼此无消息[15]。

人生有情泪沾臆[16]，江水江花岂终极[17]！

黄昏胡骑尘满城[18]，欲往城南望城北[19]。

张戒曰："题云《哀江头》，乃子美在贼中时，潜行曲江，睹江水江花，哀思而作。其词婉而雅，其意微而有礼，真可谓得诗人之旨者。"（《岁寒堂诗话》卷上）

黄生曰："此诗半露半含，若悲若讽。天宝之乱，实杨氏为祸阶。杜公身事明皇，既不可直陈，又不敢曲讳，如此用笔，浅深极为合宜。""善述事者，但举一事，而众端可以包括，使人自得其于言外。若纤悉备记，文愈繁，而味愈短矣。"（《杜诗说》卷三）

"江头宫殿"
两句借曲江萧条
而抒发黍离之悲。
"锁千门""为谁
绿",即强调昔日
繁华一时的形胜今
已无人烟了。萧涤
非云:"'为谁绿'
三字最痛心。国家
一亡,草木无主,
似怨蒲柳,实是怨
人。"(《杜甫诗选
注》)

王安石《送吴
显道》诗:"欲往
城南望城北,此心
炯炯君应识。"又
《胡笳十八拍十八
首》其十二:"欲
往城南望城北,三
步回头五步坐。"
皆集杜句。

[注释]

[1]少陵:为汉宣帝许皇后陵墓,在宣帝杜陵东南,杜甫曾住家于此,故自称"少陵野老"。吞声哭:犹饮泣。吞声,不敢出声。　[2]潜行:秘密行走。曲江曲:指曲江深曲隐僻之地。曲江,在唐国都长安(今陕西西安)东南,当时为游赏胜地。　[3]江头宫殿:指曲江边紫云楼、芙蓉苑、杏园、慈恩寺等建筑物。因无人居住,一片荒凉,故曰"锁千门"。　[4]细柳新蒲为谁绿:据康骈《剧谈录》卷下载,曲江"花卉环周,烟水明媚","入夏则菰蒲葱翠,柳阴四合,碧波红蕖,湛然可爱"。时当春日,蒲新生,柳丝细,故曰"细柳新蒲"。国破无主,无人欣赏,故曰"为谁绿"。三字沉痛。　[5]霓旌:云霓般的彩色旗帜,指天子仪仗。南苑:指芙蓉苑,在曲江之南。　[6]生颜色:谓皇帝游幸,万物增辉。　[7]昭阳殿:汉代宫殿名。汉成帝皇后赵飞燕居昭阳殿,甚得宠幸。此以赵飞燕比杨贵妃。　[8]同辇随君:《汉书·外戚传》载:"成帝游于后庭,尝欲与(班)倢伃同辇载,倢伃辞曰:'观古图画,圣贤之君皆有名臣在侧,三代末主乃有嬖女,今欲同辇,得无近似之乎?'上善其言而止。"此暗用班倢伃(婕妤)事以讽玄宗和贵妃。辇,皇帝乘坐的车子。　[9]才人:宫中女官名。《新唐书·百官志二》:"(内官)才人七人,正四品。掌叙燕寝,理丝枲,以献岁功。"　[10]啮(niè):咬。黄金勒:以黄金为饰的马嚼口。《明皇杂录》卷下:"上将幸华清宫,贵妃姊妹竞车服","竞购名马,以黄金为衔辔,组绣为障泥","将同入禁中,炳炳照灼,观者如堵"。　[11]仰射云,仰射空中飞鸟。　[12]一笑:指杨贵妃因才人射中飞鸟而为之一笑,系用如皋射雉事。《左传·昭公二十八年》:"贾大夫恶(指貌丑),取(娶)妻而美,三年不言不笑,御以如皋,射雉获之,其妻始笑而言。"正坠双飞翼:已暗含玄宗、贵妃马嵬死别事。　[13]"明眸皓齿今何在"二句:指杨

贵妃在马嵬坡被缢死事。明眸皓齿，指杨贵妃。马嵬坡，在今陕西兴平县北，西距长安百余里。归不得，一是贵妃已死，二是长安沦陷，故云。昔之"明眸皓齿"与今之"血污游魂"形成强烈而鲜明的对比。　[14]清渭东流：指贵妃藁葬渭滨。马嵬南滨渭水，由西向东流向长安。剑阁：在今四川剑阁县北，为玄宗西行入蜀所经之地。《北史·魏本纪》载：北魏孝武帝元修永熙三年（534），帝为高欢所逼，去洛阳至关中，时当七月，"八月，宇文泰遣大都督赵贵、梁御甲骑二千来赴，乃奉迎，帝过河谓御曰：'此水东流而朕西上，若得重谒洛阳庙，是卿等功也。'帝及左右皆流涕。"清渭东流，玄宗西去，时亦相当，事亦相类，用典恰切。　[15]去住彼此：指玄宗、贵妃。去指玄宗幸蜀西去，住指贵妃死葬渭滨。彼去此住，生死相隔，故曰"无消息"。此句即白居易《长恨歌》所云"一别音容两渺茫"意。　[16]臆：胸膛。　[17]"水"，一作"草"。岂终极：是指水自流，花自开，无知无情，年年依旧，永无尽期。岂终极，与上句"人生有情"相对，又与前"为谁绿"相照应。终极，犹穷尽。　[18]胡骑：指安史叛军。　[19]欲往：犹将往。城南，原注："甫家居城南。""望城北"，一作"忘南北"。时已黄昏，应回住处，故欲往城南。望城北者，是望官军之北来收复长安。时肃宗在灵武，地处长安西北。《悲陈陶》"都人回面向北啼，日夜更望官军至"，亦是此意。

［点评］

　　至德二载（757）春陷贼长安时作。曲江为唐时游赏胜地，唐玄宗与杨贵妃常游幸于此。今玄宗奔蜀，杨妃缢死，诗人身陷贼中，旧地重游，抚今追昔，哀思有感，遂作此诗。诗写作者春日潜行曲江而感玄宗与杨妃生离死别之事，着力突出一个"哀"字。全诗分三层写哀：开头四句为第一层，是写诗人潜行曲江，目睹乱后衰败凄凉景象而引起的深哀隐痛。从"忆昔霓旌下南苑"到"一笑正坠双飞翼"八句为第二层，是用追叙的手法极写昔日游苑之盛与杨妃的恃宠豪奢。表面上是写昔日之"乐"，但"乐"中含哀，以乐衬哀，倍增其哀。"明眸皓齿今何在"最后八句为第三层，乐极生悲，又从往昔跌回现实，悲杨妃之不幸，哀国家之多难，愤叛军之猖獗。今昔对比，深悲巨痛，彻人心肺。哀乐关乎国运。哀江头，哀杨妃也，哀玄宗也，哀国破之痛也。全诗词婉而雅，意深而微，讽而含情，极尽开阖变化之妙。

哀王孙

王夫之曰："世之为写情事语者，苦于不肖，唯杜苦于逼肖。画家有工笔、士气之别，肖处大损士气。此作亦肖甚，而士气未损，较'血污游魂归不得'一派，自高一格。"（《唐诗评选》卷一）

长安城头头白乌[1]，夜飞延秋门上呼[2]。

又向人家啄大屋[3]，屋底达官走避胡[4]。

金鞭断折九马死[5]，骨肉不得同驰驱。

腰下宝玦青珊瑚[6]，可怜王孙泣路隅[7]。

问之不肯道姓名，但道困苦乞为奴[8]。

已经百日窜荆棘[9]，身上无有完肌肤[10]。

高帝子孙尽隆准[11]，龙种自与常人殊[12]。

豺狼在邑龙在野[13]，王孙善保千金躯[14]。

不敢长语临交衢^[15]，且为王孙立斯须^[16]：
昨夜东风吹血腥，东来橐驼满旧都^[17]。
朔方健儿好身手^[18]，昔何勇锐今何愚？
窃闻天子已传位^[19]，圣德北服南单于^[20]。
花门剺面请雪耻^[21]，慎勿出口他人狙^[22]。
哀哉王孙慎勿疏^[23]，五陵佳气无时无^[24]。

［注释］

[1]头白乌：即白头乌，俗传为不祥之鸟。南朝梁时，侯景叛乱篡位，令饰朱雀门，其日有白头乌万计，集于门楼。童谣曰："白头乌，拂朱雀，还与吴。"杜用其事，以侯景比禄山。　[2]延秋门：唐长安禁苑西面二门，南曰延秋门。玄宗幸蜀，自延秋门出，由便桥渡渭水，自咸阳经马嵬而西。　[3]大屋：即下达官所居。《抱朴子·吴失篇》："丰屋则群乌爱止。"丰屋即大屋。　[4]屋底：犹屋里。走：逃跑。胡：指安史叛军。　[5]"金鞭断折九马死"二句：极写玄宗急于出奔，丢弃王孙而去。金鞭，天子所用。九马，天子御用之马。骨肉，指未及随玄宗幸蜀的宗室子孙。　[6]宝玦（jué）：环形有缺口的佩玉。青珊瑚：用珊瑚做成的装饰品。此写王孙身上所佩戴的饰品，透露出他的身份。　[7]王孙：指李唐宗室子弟。路隅：路边墙角，不易被人注意处。　[8]乞为奴：乞求作人奴仆。干宝《晋纪总论》："将相王侯连头受戮，乞为奴仆而犹不获。"　[9]百日：犹言多日，不必实指。　[10]身上无有完肌肤：犹言体无完肤。　[11]高帝：指汉高祖刘邦。隆准：即高鼻子。史称刘邦隆准龙颜，帝王之相。此言王孙有着皇族的特征。　[12]龙种：皇帝后裔，即王孙。与常人殊：与平常人不一

王嗣奭曰"通篇哀痛顾惜，潦倒淋漓，似乱而整，断而复续，无一懈语，无一死字，真下笔有神。"（《杜臆》卷二）

篇中"王孙"凡四见，而次第井然："写其貌，写其泣，写其惊惧，写其肌肉残毁，写其骨骼异常，令读者如见王孙，如见一落难之王孙，次乃嘱其暗中珍重。为之留恋，为之劝慰，为之达信音，为之危祸患，嘱其苟全残喘，太平可待，勿自草草，无一语不周到。"（汪灏《树人堂读杜诗》卷六）

样。　[13]豺狼：指安禄山。龙：指玄宗。　[14]善保：好好保重。千金躯：犹言贵体。　[15]长语：长时间交谈。交衢：四通八达的交通要道。　[16]斯须：须臾，极言时间之短。与上"长语"相对。　[17]橐（tuó）驼：即骆驼。安禄山陷两京，常以骆驼运御府珍宝至范阳老巢。范阳在长安以东，故云"东来橐驼"。旧都：指长安。　[18]"朔方健儿好身手"二句：讽哥舒翰败绩降敌。朔方健儿，指哥舒翰军。禄山反，玄宗命哥舒翰为太子先锋兵马元帅，领河、陇、朔方、奴剌等十二部兵二十万守潼关，一旦为贼所败，翰亦被执而降贼。昔翰率军御吐蕃号称天下精兵，今却一败涂地，全军覆没，故曰"昔何勇锐今何愚。"　[19]窃闻：私下听说。因陷贼得不到确切消息，得之传闻，故云。天子已传位：指玄宗已传位给肃宗。天宝十五载七月，太子李亨即位于灵武，群臣贺曰："自逆贼凭陵，两京失守，圣皇传位陛下，再安区宇，臣稽首上千万岁寿。"（《旧唐书·肃宗纪》）　[20]圣德：天子威德。南单于（chán yú）：本指汉时南匈奴，此指西北各少数民族。据《旧唐书·肃宗纪》载：马嵬兵变，贵妃赐死后，玄宗留太子率众讨贼，收复长安，并谕示曰："西戎北狄，吾尝厚之，今国步艰难，必得其用。"八月，回纥、吐蕃遣使请和亲，愿助讨贼。　[21]花门：回纥的代称。唐甘州张掖县东北一百六十里有居延海，又北三百里有花门山堡，为回纥骑兵驻地，又东北千里至回纥牙帐。故唐人多以花门称回纥，杜甫有《留花门》诗。劙（lí）面：用刀割面。古代匈奴、回纥等民族的风俗，凡遇大忧大丧，则割面流血以示忠诚哀痛。安史叛唐，攻陷京都，为国之大耻，故回纥劙面以请雪耻。　[22]慎勿：千万不要。狙（jū）：窥伺。钱谦益曰："当时降逆之臣，必有为贼耳目，搜捕皇孙妃主以献奉者。"（《钱注杜诗》卷一）故嘱王孙说话小心，以防他人偷听。下又嘱其"慎勿疏"。　[23]疏：疏忽大意。　[24]五陵佳气无时无：谓天不灭唐，有祖宗神灵保佑，随时都有中兴的希望。五陵，指玄宗以前唐五代皇帝的陵墓，即高祖献陵、太宗昭陵、高宗乾陵、中宗定陵、睿宗桥陵，皆在长安近畿。佳气，言有兴隆之象。无时无，犹时时有。

[点评]

史载：天宝十五载（七月肃宗即位，改元至德元载）六月九日，潼关失守，京师大骇，玄宗将谋幸蜀。十二日凌晨，玄宗独与杨贵妃姊妹、皇子、妃、主、皇孙、杨国忠及亲近宦官、宫人出延秋门，亲王、妃、主、皇孙之在外者，皆委之而去。长安沦陷。七月十五日，安禄山使孙孝哲杀霍国长公主及王妃、驸马等八十余人，又害皇孙及郡、县主二十余人，王侯将相扈从入蜀者，其子孙弟兄虽在婴孩之中，皆不免于刑戮，挖心剔首析肢，流血满街衢，手段极其残忍。时杜甫身陷贼中，得见幸存王孙惨状，有感而作。观"昨夜东风吹血腥"句，诗当作于至德二载（757）春。安史叛军大肆杀戮李唐宗室，在那个特定的历史时期，王孙们的悲惨遭遇是值得同情的。诗人亦陷贼中，感同身受，故对王孙的处境体贴入微，再三叮嘱其"善保千金躯""慎勿出口""慎勿疏"，并以唐室中兴有望，劝勉处于绝境的王孙不要丧失信心。而对玄宗的仓促逃蜀，弃王孙于不顾，哥舒翰的军败降贼，则给予了委婉而辛辣的讽刺。

司马光评"国破"四句云:"'山河在',明无余物矣;'草木深',明无人矣。花鸟,平时可娱之物,见之而泣,闻之而悲,则时可知矣。"(《温公续诗话》)

上句忧乱感时,下句思家恨别;下句因上句而生。二句极写战乱之久,思家之切。

春　望

国破山河在[1],城春草木深[2]。

感时花溅泪[3],恨别鸟惊心[4]。

烽火连三月[5],家书抵万金[6]。

白头搔更短[7],浑欲不胜簪。

[注释]

[1]国破:谓长安陷落。国,指国都。山河在:山河依旧。　[2]草木深:草木丛生,意谓人烟稀少。　[3]感时:感伤时局。花溅泪:见花开而感伤落泪。　[4]鸟惊心:闻鸟鸣而不禁心惊。　[5]烽火:战火。连三月:是接连三个月不断,谓整个春天都在打仗。一说连逢两个三月,谓从去年到现在一直在打仗,亦通。　[6]家书:家信。抵万金:极言家书之难得。抵,抵当。　[7]"白头搔更短"二句:谓家愁国恨使我稀疏的白发越搔越短,简直就要绾不住发簪了。化用鲍照《拟行路难十八首》其十六"年去年来自如削,白发零落不胜冠"二句。白头,指白发。短,短少。浑欲,简直,几乎。不胜,犹不能。簪,用来束发于冠的饰具。

[点评]

至德二载(757)三月,杜甫陷贼长安,伤春感时而作此诗。上四写春望之景,睹物伤怀,妙在寓情于景,情景交融。下四,抒春望之情,忧乱思家之心,跃然纸上。

全诗语语沉痛，字字血泪，读来撼人心魄。方回许为"第
一等好诗"（《瀛奎律髓》卷三二），诚不为过。

喜达行在所三首（选一）

其三

死去凭谁报？归来始自怜。

犹瞻太白雪[1]，喜遇武功天。

影静千官里[2]，心苏七校前[3]。

今朝汉社稷[4]，新数中兴年[5]。

[注释]

[1]"犹瞻太白雪"二句：太白、武功，皆山名。太白山南连武
功山，于诸山中最为秀杰。二山均在长安以西，离凤翔不远，故对
举而言。　[2]影：身影，指自己。静：严肃，安静。千官：犹言百官，
系指文臣。　[3]心苏：精神顿爽。苏，醒，复活。七校：乃指武将。
汉武帝时，武官校尉有中垒、屯骑、步兵、越骑、长水、胡骑、射声、
虎贲，凡八校尉。胡骑不常设，故称七校。一说中垒为北军，非汉
武初置，不在七校之列。　[4]汉社稷：以汉喻唐。社稷，国家的代
称。社指土神，稷指谷神。　[5]中兴：指国家由衰转盛。

[点评]

至德二载（757）二月，肃宗将行在所迁至凤翔（今

赵汸曰："题
言'喜达行在所'，
而诗多追说脱身
归顺、间关跋涉之
情状，所谓痛定思
痛，愈于在痛时
也。"（《杜律赵注》
卷上）

浦起龙说得
好："七八结出本
意，乃为'喜'字
真命脉。"（《读杜
心解》卷三之一）

属陕西）。四月，杜甫冒险出长安金光门，间道逃归凤翔，故题下原注云："自京窜至凤翔。"五月，被肃宗授为左拾遗。这三首诗就是杜甫授左拾遗后不久写成的。第一首叙自己由长安抵凤翔一路惊险之状；第二首叙方达行在所时惊喜之状。这里选的是第三首，是写抵达行在、授官立朝后对社稷中兴的欣喜之情。"死去"二句，起语沉痛，正是喜极而悲的真实写照。意谓如果在逃归途中死去，又有谁能报信呢？又有谁能明我心迹呢？现在回想起来，还不禁有些后怕。"始"字意深，谓死里逃生，在路时犹不自觉，及至归来方愈知怜惜。三、四言去贼已远，自喜复见天日。"犹瞻"，是就上"死去"言，死则不得瞻，今生还犹得瞻。当时叛军所及，西不过武功。武功一带有郭子仪所率唐军驻守，故杜甫逃至武功，得瞻圣朝日月，犹如重见天日，故曰"喜遇"。五、六写授官列朝的欣喜之情。初归朝廷，身列朝班，目睹威仪，整齐肃穆，惊喜莫名。千官七校，文臣武将，济济一堂，正是"中兴"气象。故最后二句，寄希望于肃宗中兴唐王朝，是颂美，也是祝愿。"新数"二字，可谓善颂善祷。

王慎中曰："首尾结构，无毫发遗憾，使读者想见逃贼从君，间关受职，顾念家门，不能舍君言者，千古之下，悲苦凄然。"（《五家评本杜工部集》卷二）

述　怀 [1]

去年潼关破 [2]，妻子隔绝久。

今夏草木长 [3]，脱身得西走 [4]。

麻鞋见天子 [5]，衣袖露两肘。

朝廷愍生还[6]，亲故伤老丑[7]。

涕泪授拾遗[8]，流离主恩厚。

柴门虽得去[9]，未忍即开口。

寄书问三川[10]，不知家在否？

比闻同罹祸[11]，杀戮到鸡狗。

山中漏茅屋，谁复依户牖？

摧颓苍松根，地冷骨未朽。

几人全性命，尽室岂相偶？

嵚岑猛虎场[12]，郁结回我首[13]。

自寄一封书[14]，今已十月后。

反畏消息来[15]，寸心亦何有？

汉运初中兴[16]，生平老耽酒[17]。

沉思欢会处[18]，恐作穷独叟。

"摧颓"二句极言安史之乱为祸之惨烈：摧颓苍松之根，而苍松之根本以坚韧著称。死者骨未朽，而地冷无人收。两句以质朴胜，"词旨深厚"，就在于"只是一味真"（杨伦《杜诗镜铨》卷三）。

仇兆鳌曰："书断则疑，书来则畏，正恐家室尽亡，将来欢会之处，反成穷独之人耳。"（《杜诗详注》卷五）

[注释]

[1]"述怀"，诸本有作"述怀一首"者。　[2]"去年潼关破"二句：天宝十五载（756）六月，安禄山破潼关，玄宗仓皇奔蜀。七月，太子李亨即位灵武，是为肃宗，改元至德。八月，杜甫只身投奔灵武，途中被叛军俘至长安，与家人隔绝，至此已近一年，故云"隔绝久"。　[3]今夏：指至德二载（757）四月。草木长：草木茂盛，比较容易隐蔽逃脱。陶渊明《读山海经》："孟夏草木长。"[4]西走：凤翔在长安西，故云。　[5]"麻鞋见天子"二句：

写刚逃至凤翔时衣履不整的狼狈窘迫之状。 [6]愍（mǐn）：同
"憫"，哀怜。 [7]亲故：亲友故旧。老丑：形容憔悴苍老。 [8]"涕
泪授拾遗"二句：因感激皇帝授官而涕零，更因身处艰苦乱离中得
官，才倍觉皇帝恩情之厚。至德二载五月，肃宗任命杜甫为左拾
遗。 [9]"柴门虽得去"二句：谓刚授拾遗，不便开口请假探亲。
柴门，指在鄜州的家。即，立即。 [10]寄书：寄家信。三川：旧
县名，治今陕西富县三川驿，唐属鄜州。因华池水、黑源水、洛
水在此汇合，故称。杜甫家即在三川。 [11]"比闻同罹（lí）祸"
八句：都是作者的推想之词，正写杜甫种种思量担忧之情，反映了
安史之乱祸及面之广之残酷。比闻，近来听说。罹祸，遭难。"山
中漏茅屋"二句，担心在鄜州的家属遭遇不测。茅屋、户牖，都
指自己的家。"摧颓苍松根"二句，是作者所作最坏的推测，家人
或死于叛军之手，尸骨埋于苍松之下，不知腐烂没有？摧颓，摧残，
摧毁。"几人全性命"二句，是说希冀全家团聚岂不是做梦？全，
保全。尽室，全家。相偶，相遇，相聚。 [12]嵚（qīn）岑：山
高峻貌。猛虎场：指叛军纵乱之地。猛虎，喻叛军的残暴。 [13]郁
结：心中的疙瘩。回我首：思念顾望。 [14]"自寄一封书"二句：
言自己寄出家信，已经过了十个月，还未得回信。 [15]"反畏消
息来"二句：将战乱中因家人生死未卜而忐忑不安的微妙心情活现
纸上，真切感人。申涵光曰："非经丧乱，不知此语之真。"（《杜诗
集评》卷一引） [16]汉运：以汉喻唐，谓唐朝国运。初中兴：这
时两京都还未收复，但形势已经有了转机，故云。 [17]耽酒：嗜
酒。 [18]"沉思欢会处"二句：痛言自己幻想全家欢聚的奢望，
恐怕会变成孤老一人的悲惨结局。穷独叟，孤独穷苦的老人。

[点评]
至德二载（757）夏，杜甫自贼中窜归凤翔行在，拜

左拾遗，惊魂稍定，因思及在鄜州三川的妻儿而作此诗。诗以念家为主，而将家愁与国恨联系在一起。前十二句，概述思怀的来由。诗从潼关失守发端，为全篇想家的主题定下基调。"涕泪授拾遗，流离主恩厚"两句，从结构上看，遥应开端的"妻子隔绝久"，同时开启下文的思家之怀。"寄书问三川"以下十二句，都是作者的推想之词，见安史之乱祸及面之大之广之深之残酷，特别是敌人涂炭生灵、鸡犬不留的恐怖让诗人陷入了一系列不祥的揣测之中，将焦灼不安的心境淋漓尽致地表现出来。"自寄一封书"以下八句，承上段的揣想进一步拓展诗境，深入抒怀。先从寄书杳无回音上生发开来。诗人说"反畏消息来"，怕什么呢？怕带来难以承受的噩耗。接着，诗人怀揣着仅有的一点希望，加上一个苦涩的尾巴，担心中兴光复全家欢聚之时，自己恐怕会变成孤老一人了，把思家的沉痛之情推向了极点，令人扼腕悲叹。

彭衙行 [1]

忆昔避贼初 [2]，北走经险艰。夜深彭衙道，月照白水山 [3]。尽室久徒步 [4]，逢人多厚颜。参差谷鸟吟 [5]，不见游子还。痴女饥咬我 [6]，啼畏虎狼闻。怀中掩其口，反侧声愈嗔。小儿强解事 [7]，故索苦李餐。一旬半雷雨 [8]，泥泞相

陈式曰："此事后追想之作，篇中叙起尽室暴露，儿女幼稚，与避贼奔窜，故人艰难款洽之情状，令读者宛如目击。"（《问斋杜意》卷三）

牵攀[9]。既无御雨备[10]，径滑衣又寒。有时经契阔[11]，竟日数里间。野果充糇粮[12]，卑枝成屋椽。早行石上水[13]，暮宿天边烟。少留同家洼[14]，欲出芦子关[15]。故人有孙宰[16]，高义薄曾云[17]。延客已曛黑[18]，张灯启重门[19]。暖汤濯我足[20]，剪纸招我魂[21]。从此出妻孥[22]，相视涕阑干[23]。众雏烂漫睡[24]，唤起沾盘飧。誓将与夫子[25]，永结为弟昆。遂空所坐堂[26]，安居奉我欢。谁肯艰难际[27]，豁达露心肝。别来岁月周[28]，胡羯仍构患[29]。何当有翅翎[30]，飞去堕尔前。

张溍曰："此诗无一字袭汉魏，却逼真汉魏，且有汉魏人不能到处。""写人所不能写处，真极朴极，亦趣极，惟杜老能之。"（《读书堂杜诗注解》卷三）

[注释]

[1]彭衙：春秋秦邑。在今陕西省白水县东北六十里，南、北彭衙村一带。　[2]"忆昔避贼初"二句：指去年六月从白水避难鄜州事。贼，指安史叛军。鄜州在白水以北，故曰"北走"。通篇都是追述往事，只末六句是作者的感慨，故用"忆昔"领起。　[3]白水山：白水县的山。　[4]"尽室久徒步"二句：是说因无车马，全家人只好徒步跋涉，饥困异常，逢人难免厚颜求食，可见窘困之状。尽室，全家。厚颜，自觉惭愧，难为情。　[5]"参差谷鸟吟"二句：写鸟鸣无人，一路荒凉之景。参差，杂乱，不整齐。游子，指逃难在外的人。　[6]"痴女饥咬我"四句：写小女儿饿得直咬人，大人因怕哭声被虎狼听到，在怀里捂住她的嘴

不让出声，但小孩奋力挣扎，哭得更厉害了。反侧，挣扎。嗔，怒哭声。　[7]"小儿强解事"二句：是说小儿们装作懂事，故意要苦李吃，借以转移小妹妹的注意力，使她止哭。强解事，装作懂事。故，故意。索，索要。苦李，一种野生李子。　[8]一句：十天。　[9]"牵攀"，一作"攀牵"。牵引攀扶。　[10]御雨备：防雨设备。　[11]"有时经契阔"二句：是说有时经过特别难走的地方，一整天走不了几里路。经契阔，是指碰到特别难走的路段。契阔，劳苦，辛苦。竟日，整天。　[12]"野果充糇（hóu）粮"二句：是说以野果充饥，在树下露宿，可谓饥寒交迫。糇粮，干粮。卑枝，低矮的树枝。椽（chuán），安放在檩上支架屋面或瓦片的木条。　[13]"早行石上水"二句：极写全家旅途苦况。因多雷雨天，故老在水里走；因露宿山中，故多伴山间烟雾。　[14]少留：短暂停留。同家洼：孙宰所居村庄，在彭衙北。　[15]芦子关：见《塞芦子》注释[1]。　[16]故人：老朋友。孙宰：生平不详。　[17]高义薄曾云：语袭《宋书·谢灵运传论》："高义薄云天。"薄，迫近。曾，同"层"。　[18]延：邀请。客：指杜甫一家。已曛（xūn）黑：已经是日落昏黑。　[19]启重门：打开层层门户。　[20]暖汤：热水。濯：洗。　[21]剪纸招魂：是古代民俗，表示给途中备受惊吓的诗人一家压惊。　[22]从此：接着。出妻孥：又唤出家人。孥，指儿女。　[23]涕阑干：涕泪纵横貌。　[24]"众雏烂漫睡"二句：写孩子们已经疲惫地睡着了，又把他们叫起来吃饭。烂漫睡，形容睡得很熟、很甜的样子。沾盘飧（sūn），吃晚饭。"飧"，一作"餐"。　[25]"誓将与夫子"二句：是孙宰对杜甫说的话，要永远结为兄弟。夫子，对杜甫的尊称。弟昆，兄弟。　[26]"遂空所坐堂"二句：写孙宰把房间腾出来，安排杜甫一家安然住下。奉我欢，使我愉快。"奉"有敬意。　[27]"谁肯艰难际"二句：就去年孙宰赤诚待己事大发感慨，深表感激。豁达，待人宽厚。露心肝，推心置腹，极言坦诚相待。　[28]岁月周：又过了一年。　[29]胡羯（jié）：指安史叛军。构患：作乱。　[30]"何当有翅翎"二句：极言对孙宰的深切思念之情。何当，怎能。翅翎，翅膀。堕，落下。尔，指孙宰。

[点评]

天宝十五载（756）六月，安史叛军攻陷潼关，杜甫携家从白水逃往鄜州，路经同家洼，受到友人孙宰的盛情接待，一直铭记不忘。第二年，即至德二载闰八月，杜甫由凤翔回鄜州，途经彭衙，忆及往事，但不能绕道相访，故作此诗以志感。诗以绝大篇幅忆及去年逃难遇孙宰时受到的热情招待，表现了故人间的深挚友谊，真实感人，明白如话，充分显示了诗人写实的才能和坦荡的胸怀。

吴瞻泰云："此是还鄜州初归之词。通首以'惊'字为线，始而鸟雀惊，继而妻孥惊，继而邻人惊，最后并自己亦惊。总是乱后生还，真如梦寐，妙在以傍见侧出取之。"（《杜诗提要》卷二）

王慎中云："三首俱佳，第一首尤绝。一字一句，镂出肺肠，令人莫之措手，而婉转周至，跃然目前，又若寻常人所欲道者。"（《五家评本杜工部集》卷二）

羌村三首[1]（选一）

其一

峥嵘赤云西[2]，日脚下平地[3]。柴门鸟雀噪，归客千里至。妻孥怪我在[4]，惊定还拭泪。世乱遭飘荡[5]，生还偶然遂[6]。邻人满墙头，感叹亦歔欷[7]。夜阑更秉烛[8]，相对如梦寐。

［注释］

[1]羌村：在鄜州城北，旧址在今陕西富县城北十五公里茶坊镇大申号村。　[2]峥嵘：高峻貌。此处形容云峰。赤云：云为落日映红，故云。　[3]日脚：云间透出的阳光。"脚"字当是唐人口语，如岑参《送李司谏归京》："雨过风头黑，云开日脚黄。"杜甫《茅屋为秋风所破歌》："雨脚如麻未断绝。"李贺《秦王饮酒》："洞庭雨脚来吹笙。"可知"脚"字正与"头"字相对。　[4]妻孥（nú）：本指妻和子，此处仅指妻。怪我在，申涵光曰："'怪'字妙，不敢望其复活也。易'喜'字不得。"（《杜诗集评》卷一引）[5]飘荡：颠沛流离。　[6]遂：如愿。战乱中侥幸不死，喜与家人团聚，故曰"偶然遂"。　[7]歔欷（xū xī）：哽咽，抽泣。　[8]夜阑：夜深。更：当读去声，犹再也，复也。

［点评］

至德二载（757）闰八月，杜甫忤肃宗意，墨敕放还，从凤翔回鄜州的羌村探望家小。这组诗是回到家后所作。共三首，这里选的是第一首，写战乱中流离失散的亲人相见，惊喜交集。诗写得朴素精警，真挚动人。"邻人满墙头"，写诗人回来的消息不胫而走，引得众多邻人纷纷前来凭墙聚观。一个"满"字，写出探看者之多。但邻居的反映不是无动于衷的旁观，而是"感叹亦歔欷"，在普通的日常生活场面中表达出乱世常人在同样情景中都有的感受。最后"夜阑"二句，意谓夜深不寐，秉烛相对，面面相觑，疑信参半，犹似在梦中。写乱离中与亲人久别乍逢情状，逼真传神。

北　征

皇帝二载秋[1]，闰八月初吉[2]。杜子将北征[3]，苍茫问家室[4]。维时遭艰虞[5]，朝野少暇日[6]。顾惭恩私被[7]，诏许归蓬荜。拜辞诣阙下[8]，怵惕久未出[9]。虽乏谏诤姿[10]，恐君有遗失[11]。君诚中兴主[12]，经纬固密勿[13]。东胡反未已[14]，臣甫愤所切。挥涕恋行在[15]，道途犹恍惚。乾坤含疮痍[16]，忧虞何时毕？靡靡逾阡陌[17]，人烟眇萧瑟。所遇多被伤[18]，呻吟更流血。回首凤翔县[19]，旌旗晚明灭[20]。前登寒山重[21]，屡得饮马窟。邠郊入地底[22]，泾水中荡潏[23]。猛虎立我前[24]，苍崖吼时裂。菊垂今秋花，石戴古车辙[25]。青云动高兴[26]，幽事亦可悦。山果多琐细[27]，罗生杂橡栗[28]。或红如丹砂[29]，或黑如点漆。雨露之所濡[30]，甘苦齐结实。缅思桃源内[31]，益叹身世拙。坡陀望鄜畤[32]，岩谷互出没[33]。我行已水滨[34]，我仆犹木末。鸱鸟鸣黄桑[35]，野鼠拱乱穴[36]。夜深经战场，寒月照白骨[37]。潼关百万师[38]，往者散何卒！遂令半秦民 [39]，残害为异物。况我堕胡尘 [40]，及归尽华发 [41]。经年至茅屋 [42]，妻子衣百结 [43]。恸哭松声回 [44]，悲泉共幽咽。平生所娇儿 [45]，颜色白胜雪 [46]。见耶背面啼 [47]，垢腻脚不袜 [48]。床前两小女，补绽才过膝 [49]。海图坼波涛 [50]，旧绣移曲折。天吴及紫凤，颠倒在裋褐。老夫情怀恶 [51]，呕泄卧数日 [52]。那无囊中帛 [53]，救汝寒凛慄 [54]。粉黛亦解包 [55]，衾裯稍罗列 [56]。瘦妻面复光 [57]，痴女头自栉 [58]。学母无不为 [59]，晓妆随手抹 [60]。移时施朱铅 [61]，狼藉画眉阔 [62]。生还对童稚 [63]，似欲忘饥渴。问事竞挽须 [64]，谁能即嗔喝。翻思在贼愁 [65]，甘受杂乱聒。新归且慰意 [66]，生理焉得说。至尊尚蒙尘 [67]，几日休练卒 [68]。仰观天色改 [69]，旁觉妖氛豁。阴风西北来 [70]，惨澹随回纥。其王愿助顺 [71]，其俗善驰突 [72]。送兵五千人 [73]，驱马一万匹。此辈少为贵 [74]，四方服勇决 [75]。所用皆鹰腾 [76]，破敌过箭疾。圣心颇虚伫 [77]，时议气欲夺。伊洛指掌收 [78]，西京不足拔。官军请深入 [79]，蓄锐可俱发 [80]。此举开青徐 [81]，

归家一段，以细笔写乍见妻子儿女悲喜交集情景，琐屑逼真，饱含深情，与前后叙写军国大事相映成趣。故卢世㴶曰："至于闺房儿女悲欢细碎情状，尽写入《北征》篇中，与经纬密勿，收京平胡，参伍错杂，不复知有旁观。固是笔端有胆，亦緣眼底无人，古之狂也肆，子美有焉。"（《杜诗胥钞·大凡》）

鲁迅曰："关于杨妃，禄山之乱以后的文人都撒着大谎，玄宗逍遥事外，倒说是许多坏事情都由她，敢说'不闻夏殷衰，中自诛褒妲'的有几个？"（《花边文学·女人未必多说谎》）

旋瞻略恒碣。昊天积霜露[82]，正气有肃杀。祸转亡胡岁[83]，势成擒胡月。胡命其能久[84]，皇纲未宜绝[85]。忆昨狼狈初[86]，事与古先别。奸臣竟菹醢[87]，同恶随荡析。不闻夏殷衰[88]，中自诛褒妲。周汉获再兴[89]，宣光果明哲。桓桓陈将军[90]，仗钺奋忠烈。微尔人尽非[91]，于今国犹活。凄凉大同殿[92]，寂寞白兽闼。都人望翠华[93]，佳气向金阙。园陵固有神[94]，扫洒数不缺[95]。煌煌太宗业[96]，树立甚宏达。

[注释]

[1]皇帝二载：即肃宗至德二载（757）。　[2]初吉：朔日，即阴历每月初一。一说自朔日至上弦（初八日）为初吉。　[3]杜子：杜甫自谓。　[4]苍茫：怅惘貌。因时当世乱，家信难至，不知家中情形究竟如何，加之忧时伤乱，恋阙难舍，所以有苍茫之感。问：探望。　[5]维时：犹是时，当时。艰虞：指紧张困难的局势。　[6]暇日：闲暇的日子。　[7]"顾惭恩私被"二句：是说自感惭愧，皇帝的恩泽独加于我个人，诏许回家探望。其实是话中有话，为什么在"朝野少暇日"这么紧张的关头，放杜甫回家探亲呢？是因为疏救房琯惹恼了肃宗，才墨制放还，这是变相的放逐。蓬荜，用草和树枝搭成的简陋房屋，指贫苦人家。　[8]拜辞：拜别。诣：到。阙下：宫阙，指朝廷。　[9]怵惕：惶恐不安貌。久未出：言依恋而不忍去。　[10]虽乏：是谦辞。谏诤姿：谏官的品质和才干。杜甫为左拾遗，谏诤是他的职责。谏诤，直言

许颙曰："独以活国许陈玄礼何也？盖祸乱既作，惟赏罚当，则再振，否则不可支持矣。玄礼首议太真、国忠辈，近乎一言兴邦，宜得此语。倘无此举，虽有李、郭，不能展用。"（《彦周诗话》）

吴瞻泰曰："以皇帝始，以皇帝终，是一篇大结撰。看其说家事中，必带国事；说国事中，并无一语及家事。故虽呶呶絮语，绝非儿女情多也。""此作有大有小，有提有束，有急有闲，有擒有纵。故长而不伤于冗，细而不病于琐。然又须看其忽然转笔，突兀无端，尤属神化。"（《杜诗提要》卷二）

规劝。 [11]君：指肃宗。 [12]中兴主：复兴国家的君主，指
肃宗。 [13]经纬：指治理国家。密勿：为双声，声转为黾勉。《诗
经·小雅·十月之交》："黾勉从事。"《汉书·刘向传》引作"密
勿从事"，颜师古注："密勿，犹黾勉从事也。" [14]"东胡反未已"
二句：谓杜甫对安史之叛君作乱甚为愤恨。东胡，安禄山、史思
明都为营州杂种胡人，故称。这年正月，安庆绪杀父自立，据洛
阳称帝，继续作乱，故云"反未已"。对此，杜甫愤恨之极，故
曰"愤所切"。 [15]"挥涕恋行在"二句：谓恋阙难舍，挥泪而
别，回家途中，依然精神恍惚。行在，行在所的简称，天子所居
之地，指肃宗临时所在地凤翔。恍惚，心神不宁貌。 [16]"乾
坤含疮痍"二句：是说因安史之乱的破坏，遍地疮痍，自己忧国
忧民，何时能了？乾坤，天地，天下。疮痍，创伤。忧虞，忧虑，
忧愁。 [17]"靡靡逾阡陌"二句：谓因战乱破坏，沿途所见，
人烟稀少，一片荒凉。靡靡，行步迟缓貌。《诗经·王风·黍离》：
"行迈靡靡，中心摇摇。"逾，跨越。阡陌，田间小路。南北曰阡，
东西曰陌。眇，少。萧瑟，萧条，荒凉。 [18]"所遇多被伤"
二句：谓沿途所见，多是受伤流血的人（包括兵与民）。 [19]回
首：因心在朝廷，故不时回望。凤翔县：即行在所。 [20]旌旗
晚明灭：谓旌旗飘动，在落日余照中，或隐或现。 [21]"前登
寒山重"二句：言前行登上重重寒山，多次碰到饮马的水池。重，
重叠。饮马窟，饮马用的水池，正是战争遗留的痕迹。 [22]邠
（bīn）郊入地底：谓邠州郊原是个盆地，从山上往下看，如在地
底，故曰"入地底"。邠，邠州，今陕西省彬县。郊，郊原。 [23]泾
水：即今泾河，为渭河支流，从邠州北境流过。荡潏（yù）：水
流动貌。 [24]"猛虎立我前"二句承前写山势险峻难攀。苍
崖状如猛虎，蹲踞于前，怪石嶙峋开裂，好象猛虎张口吼叫似
的。 [25]石戴古车辙：是说古老的山路上留有车辙的痕迹。戴，
印上之意。 [26]"青云动高兴"二句：是说走在山上，头顶青

天，凭高望远，激起极高的兴致，连山中幽微的景物也令人喜悦。幽事，指山中景物。　[27]琐细：细小。　[28]罗生：丛生。橡栗：即栎树的果实，似栗而小，长圆形，又名橡子。　[29]"或红如丹砂"二句：形容山果或红或黑的色泽。丹砂，即朱砂。点漆，黑而发亮。　[30]"雨露之所濡"二句：言草木只要受到雨露滋润，无论其实或甘或苦，在秋天都会结果。这是大自然的恩赐，言外感叹人反不能及。濡，滋润。　[31]"缅思桃源内"二句：谓诗人见山水清幽如桃花源，令人向往，更加感叹自己身处尘世的愚拙。缅思，遥想。桃源，即陶渊明《桃花源记》所写的世外桃源。　[32]坡陀：山冈起伏不平貌。鄜畤（zhì），指鄜州。春秋时，秦文公在此筑坛以祭神，称为鄜畤。畤，祭祀天地及古代帝王的坛场。杜甫家在鄜，望鄜畤实即望家。　[33]岩谷：山岩和深谷。互，交互。　[34]"我行已水滨"二句：是说自己已经下山到达水滨，而仆人还走在山上，隐含急于到家与妻子相见的迫切心情。犹，尚。木末，树梢，指山上。　[35]鸱鸟：即鹞鹰。一作"鸱枭"，即猫头鹰，夜间活动，专吃鼠、兔一类小动物。　[36]拱乱穴：谓野鼠乱扒洞穴。拱，用力扒开，用力掀开。一说山陕田野中，有一种黄鼠，见人则交其前爪而立，如人拱手作揖，称为拱鼠，又名礼鼠。　[37]寒月照白骨：描写夜间所见战场恐怖惨状。　[38]"潼关百万师"二句：因上二句所见而联想到去年的潼关之败，所以说"往者"。天宝十四载十二月，安禄山陷洛阳，玄宗命哥舒翰率兵二十万守潼关。因杨国忠促战，被迫出关迎敌。十五载六月，大败于灵宝，全军溃散，死者数万。百万师，非实指，极言其多。卒，同"猝"，仓促。　[39]"遂令半秦民"二句：接上言哥舒翰战败后，遂使众多秦地百姓，为叛军所残杀。半秦民，极言其多。为异物，化为异物，指死亡。　[40]堕胡尘：身陷贼中，指被俘至长安事。　[41]及归：指由长安逃归凤翔。尽华发：头发都花白了。　[42]经年：杜甫于去年八月离开鄜州，今年闰八月才回到家中，整整经过了一年。茅屋：指在鄜州的家。　[43]衣百结：形容衣服破烂不堪，打满补丁。　[44]"恸哭松声回"二句：谓家人初见，恸哭之声使松涛、泉流都为之共鸣。恸哭，痛哭，大哭。幽咽，低声哽咽。　[45]所娇儿：所宠爱的孩子，指宗文、宗武等。　[46]白胜雪：回想离家那时娇儿的容颜是雪白可爱的，而如今呢，即是下二句所写之惨状。　[47]耶：同"爷"，俗称父曰爷。背面啼：因怕生而背过脸去哭。　[48]垢腻：肮脏。不袜：光着脚。形容穷苦之极。　[49]补绽：指缝补过的旧衣。才过膝：刚到膝盖，言衣裳短小。　[50]"海图坼（chè）波涛"四句：是说用绣有海景波涛的旧衣料来缝补裋褐，所以天吴、紫凤这些图案，被"曲折""颠倒"得东倒西歪。坼，裂开。天吴，虎身人面，是八首八足八尾的水神。波涛、天吴、紫凤，都是指"旧绣"的花纹和图案。裋（shù）褐，粗布短衣。　[51]情怀恶：心情不好。　[52]呕泄：上吐下泻。卧：卧病。　[53]那无：奈何没有。那，犹"奈"。其实并不是没有，而是说稍微有一些，与下文"衾裯稍罗列"互文见义。　[54]凛慄：冻得发抖。　[55]粉黛：古代妇女用的化妆品。粉，用以搽脸。黛，用以画眉。解包：打开包袱。　[56]衾裯：被与帐。　[57]面复光：脸上又见了光泽。　[58]头自栉（zhì）：自己梳头。栉，梳、篦一类梳发用具。这里名词作动词用。　[59]无不为：事事照着作。　[60]随手抹：信手胡乱涂抹。　[61]移时：过了一段时间。朱铅：指化妆用的胭脂和铅粉。　[62]狼藉：散乱不整，言把眉毛画得不成样子。　[63]"生还对童稚"二句：是说在战乱中生还，见到孩子们，高兴得好像忘了饥渴。　[64]"问事竞挽须"二句：写来家时间一长，孩子们就无拘无束地争着扯着他的胡须问这问那，可谁又忍心发怒喝止他们呢。问事，问这问那，诸如陷贼和逃归等事。嗔喝，发怒呵斥。　[65]"翻思在贼愁"二句：是说孩子们虽然吵闹，但回想在长安陷贼时思归不得的愁苦，却感到是一种乐趣。翻思，回想。聒（guō），声音嘈杂，吵闹。　[66]"新归且慰意"二句：意谓历尽艰难，能活着归来就已经很欣慰了，至于一家的生计又怎么谈得到呢？慰意，心情获得安慰。生理，生计。　[67] 至尊：皇帝。蒙尘：君主流亡在外，蒙受风尘之苦。此指玄宗奔蜀，肃宗在凤翔，都未回长安。　[68] 几日：犹何时。休练卒：不再训练士卒。指战乱停止。　[69]"仰观天色改"二句：谓时局有好转的迹象。天色改，气运改变，中兴有望。"旁"，一作"坐"。妖氛，指叛军气焰。"妖氛"，一作"祆气"。豁，开通，澄清。　[70]"阴风西北来"二句：写至德二载九月，肃宗听从郭子仪建议，借兵回纥平乱。回纥怀仁可汗派遣太子叶护及将军帝德将兵四千余人至凤翔，表示愿意帮助唐朝收复两京。回纥，一作"回鹘"，非。按：回纥，其先匈奴人，元魏时亦号高车部，或曰敕勒，讹为铁勒，至隋大业中，自称回纥。唐德宗贞元四年（788），回纥第四代可汗与唐和亲，特遣使至长安，表请改"回纥"为"回鹘"，始有"回鹘"之名，杜甫当时是不称"回鹘"的。惨澹，黯淡无光貌。因杜甫反对向回纥借兵，认为后患无穷，故以阴风、惨澹来形容回纥兵的剽悍和杀气腾腾。因回纥居住我国西北，故曰"西北来"。　[71]"其王愿助顺"句：其王，指回纥怀仁可汗。李唐是正统天子，安史叛乱为逆，助唐平叛，乃顺天之意，故曰"助顺"。　[72] 善驰突：善于骑马作战。　[73]"送兵五千人"二句：回纥兵善骑射，一人备两马，五千人则马"一万匹"。　[74] 此辈：指回纥兵。少为贵：人数少而战斗力强。一说杜甫认为应少借回纥兵以免难治。或谓回纥以少壮为贵。《汉书·匈奴传》云："壮者食肥美，老者饮食其余。贵壮健，贱老弱。"均可参。　[75] 服勇决：都服其骁勇果决。　[76]"所用皆鹰腾"二句：言所来皆精兵。鹰腾，像鹰一样飞腾搏击。过箭疾，极言破敌之速，迅疾如箭。　[77]"圣心颇虚伫"二句：写肃宗一心想倚赖回纥平定安史之乱，当时朝中虽有大臣不赞成借兵，但慑于皇帝威严，也不敢坚持。史载，回纥军至凤翔后，肃宗接见叶护，"宴劳赐赉，惟其所欲"，并命广平王李俶和叶护结为兄弟。圣心，皇帝之意。虚伫，虚心期待。时议，指当时持不同意见的议论。　　[78]"伊洛指掌收"二句：言收复东、西两京（洛阳和长安），易如反掌。伊、洛，二水名，均流经洛阳。指掌收，形容很快就能收复。西京，长安。不足拔，不堪一击。　　[79]官军：唐朝军队。请深入：希望深入敌后。请，请求，希望。　　[80]蓄锐：养精蓄锐，指精兵。"可"，一作"何"。可俱发：谓官军与回纥一同进击。《资治通鉴》卷二百二十载，回纥军至后，"元帅广平王（李）俶，将朔方等军及回纥、西域之众十五万，号二十万，发凤翔。"[81]"此举开青徐"二句：谓收复两京后，要乘胜打开青、徐，然后北略恒、碣，直捣叛军老巢。此举，指上述唐军与回纥联合进攻。青、徐，青州、徐州，今山东、苏北一带。旋瞻，转眼之间。略，攻取。恒、碣，恒山和碣石山，指山西、河北一带。　　[82]"昊天积霜露"二句：谓朝廷应乘秋天肃杀正气尽快平定叛乱。昊天，秋天。秋于五行属金，有肃杀之气。杜甫认为自然界时当肃杀的秋天，平叛局势的发展应是与其相一致的，国家正宜于此时一举肃清妖氛，平定叛乱。　　[83]"祸转亡胡岁"二句：上句与下句互文见义，意谓叛军灭亡被擒，当在今年秋季。祸转，厄运已经转到叛军一边。　　[84]其：义同"岂"。　　[85]皇纲：皇朝的纲纪，指唐王朝的正统地位。绝，断绝。　　[86]"忆昨狼狈初"二句：乃追忆去年潼关失守、玄宗逃往四川的事。狼狈初，指玄宗仓皇出走。与古先别，与古代君王遭遇到类似情况时的处置有所不同，指下文奸臣被铲除事。　　[87]"奸臣竟菹醢（zū hǎi）"二句：指以下史实：至德元载六月，龙武大将军陈玄礼领禁兵扈从玄宗逃难入蜀，至马嵬驿，发动兵变，诛杀杨国忠，军士"争啖其肉且尽，枭首以徇"。韩国、虢国二夫人亦为乱兵所杀。国忠之妻裴柔与子暄、晞等，也都被杀。其余党羽或被杀，或坐诛。奸臣，指宰相杨国忠。竟，最终。菹醢，剁成肉酱。同恶，指杨国忠的亲属和党羽。荡析，扫荡，消灭。　[88]"不闻夏殷衰"二句：谓周幽王宠爱褒姒，殷纣王宠爱妲己，招致亡国之祸。这与玄宗之宠杨贵妃引起安史之乱情况虽相似，但玄宗能从国家大局出发，同意将杨贵妃缢死，与历史上的亡国之君不同。此即上文所云"事与古先别"之意。夏殷，宋人马永卿引作"商周"，胡仔认为当作"殷周"，以与下句"褒妲"对应，似通。然下文有"周汉"，似犯重复。仇兆鳌则以"夏殷"为是，为了对应，擅将"褒妲"改为"妹妲"，即妹喜（夏桀宠幸美女）、妲己。其实不必拘泥，顾炎武曰："不言周，不言妹喜，此古人互文之妙。"（《日知录》卷二十七）言夏、殷，实亦包括周；言褒姒、妲己，实亦包括妹喜。二句十字，写三代历史故实，且寓新意。　[89]"周汉获再兴"二句：期望肃宗复兴唐室。周汉，喻唐朝。宣光，周宣王和东汉光武帝刘秀，两人都是中兴之主。这里指肃宗。　[90]"桓桓陈将军"二句：赞扬陈玄礼除奸救唐。桓桓，勇武貌。陈将军，即陈玄礼。仗钺奋忠烈，指陈玄礼率兵杀死杨国忠及其党羽事。钺，古代兵器，形似大斧。　[91]"微尔人尽非"二句：谓假如没有你，人们已非唐朝的臣民；由于有了你，到现在国家还存在。微，没有。《论语·宪问》："微管仲，吾其披发左衽矣。"尔，指陈玄礼。　[92]"凄凉大同殿"二句：言旧宫殿之凄凉、寂寞，是表达人民期盼皇帝早日收复京城，即下文之"望翠华"。大同殿，在长安兴庆宫勤政楼北，玄宗常在此朝见群臣。白兽闼，即白兽门，长安宫中禁苑南门，在凌烟阁之北、太极殿西南。　[93]"都人望翠华"二句：谓人民渴盼皇帝回来，光复长安。都人，京都长安的人民。翠华，以翠羽为饰的旗，为皇帝所用仪仗。佳气，中兴祥瑞之气。金阙，指朝廷。　[94]园陵：唐历代帝王的陵墓。

固有神：言有先帝的神灵护佑。　　[95]扫洒：祭扫。数：礼数。以上四句即上云"皇纲未宜绝"之证。　　[96]"煌煌太宗业"二句：谓唐太宗李世民所开创的唐朝基业宏伟昌盛，光照后世。这是诗人对唐朝开国之君的赞颂，也是对唐肃宗中兴唐室的期望。煌煌，光明宏大貌。唐太宗是唐王朝的实际缔造者，又有"贞观之治"的政治典范，故称"太宗业"。

[点评]

　　至德二载（757）秋作。这年二月，唐朝政府由彭原进驻凤翔。四月，杜甫由长安逃至凤翔，五月授左拾遗。因疏救房琯，触怒肃宗，下三司推问，赖张镐等人相救获免。闰八月，放还鄜州（今陕西富县）省家，这首诗就是归家后写的。北征，即北行。因鄜州在凤翔东北，故曰"北征"。题下原注："归至凤翔，墨制放往鄜州作。"墨制，即墨敕，墨写的诏书。肃宗墨制放还，实是对杜甫的政治放逐。全诗 140 句，700 字，是杜集中最长的一首五言古诗。诗以归途中和回家后的亲身见闻为题材，以陈述时事为主，表达了诗人对政局的见解。作者把国家大事与个人遭遇相结合，广泛而深刻地反映了当时的社会现实，表现了深沉的忧国忧民情怀。全诗可分为五大段：从开头到"忧虞何时毕"为第一大段，写奉诏探家，动身之前的复杂矛盾心情；从"靡靡逾阡陌"到"残害为异物"为第二大段，写归家途中的所见所闻所感；从"况我堕胡尘"到"生理焉得说"为第三大段，写归家以后的悲喜情况；从"至尊尚蒙尘"到"皇纲未宜绝"为第四大段，写对时政的意见，对借兵回纥，表示忧虑；从"忆昨狼狈初"到结束为第五大段，是全诗的总结，也是对安史之乱的初步总结。激励肃宗继承太宗遗业，完成中兴大业。这是杜甫最有名的巨制之一，铺陈终始，夹叙夹议，笔势曲折，描写细腻，结构完整，充分体现了杜诗博大精深、沉郁顿挫的风格。向被誉为"古今绝唱"。

郑虔，排行十八。安史之乱，虔陷贼中，初胁授兵部郎中，次国子司业，称疾未就，并潜以密章达灵武。长安收复，陷贼官吏分六等定罪，虔被贬为台州（今浙江临海）司户参军事，时已六十八岁。杜甫因故未能送行话别，遂赋此诗以寄意，对郑虔遭遇深表同情。

卢世㴶曰："既伤其临老陷贼，又阙为面别，故篇中彷徨特至。万转千回，清空一气，纯是泪点，都无墨痕。诗至此，直可使暑日雪飞，午时鬼泣，在七律中尤难。"（《杜诗胥钞余论·论七言律诗》）

送郑十八虔贬台州司户，伤其临老陷贼之故，阙为面别，情见于诗

郑公樗散鬓成丝[1]，酒后常称老画师[2]。
万里伤心严谴日[3]，百年垂死中兴时[4]。
苍惶已就长途往[5]，邂逅无端出饯迟。
便与先生应永诀[6]，九重泉路尽交期！

[注释]

[1]樗（chū）散：樗木为散才，比喻不为世用。樗，臭椿。《庄子·逍遥游》载：有一种名樗的大树，树干弯曲，疙里疙瘩，不中绳墨，长在路旁，而木匠不顾，虽大而无用。这里比喻郑虔才大而不合世用。 [2]常称：常自称。老画师：郑虔善画山水，曾为唐玄宗赏识，称其诗书画为"郑虔三绝"。然当时画家地位卑贱，故其酒后常称自己是老画师，有发牢骚的意思。 [3]万里：指台州之远。严谴：严厉的处罚。杜甫认为给郑虔定罪太过严厉了。郑虔对安禄山强

授的伪官称疾不就，并向唐政府传送情报，有立功表现，不应受此重罚。　[4]百年：指人的一生。垂死：言郑虔年已衰老，再遭远贬，更足以速其死。中兴时：时两京收复，国家有中兴之望，死亡为可悲之事，死于国家复兴之时，更其可悲。　[5]"苍惶已就长途往"二句：写"阙为面别"之故。苍惶，同"仓皇"，匆促。唐时被贬遣官吏，不得迟留，故有"苍惶"之语。就，就道，启程。邂逅，不期而遇。邂逅无端，是说碰着意外的事故。出饯迟，饯行来迟。　[6]"便与先生应永诀"二句：言生当不能相见，愿死后在九泉之下仍尽交谊，出语极为沉痛。应永诀，当系永别。时郑虔年事已高，又远贬万里，料再难见，故云。九重泉路，九泉之下，谓死后。交期，交谊。

吴农祥曰："一片血泪，更不辨是诗是情，此等真境，非具至性者，即文采陆离不能造也。"（《杜诗集评》卷十一引）

[点评]

至德二载（757）十二月作。诗写生离死别之悲，深挚感人。杜甫和郑虔是相知相怜的忘年之交。郑虔的为人，杜甫最了解。他陷贼的表现，杜甫也清楚。因此，他对郑虔的受处分，就不能不有些看法。"严谴"，就是诗人的看法。年近古稀的郑虔偏偏在这"中兴"之时受到了"严谴"，而且是远贬万里之外。由"严谴"和"垂死"激起的情感波涛汹涌奔腾，遂化成后四句。"苍惶"一联，紧承"严谴"而来。正因为"谴"得那么"严"，百般凌逼，不准延缓；诗人没来得及送行，郑虔已经"苍惶"踏上了漫长的征途。"永诀"一联，紧承"垂死"而来。"严谴"必然会加速郑虔的死，料他不可能活着回来了，因而发出了"便与先生应永诀"的悲慨。然而即使活着不能见面，仍然要"九重泉路尽交期"。真可谓生死至交矣！

春宿左省^[1]

花隐掖垣暮^[2]，啾啾栖鸟过。
星临万户动^[3]，月傍九霄多。
不寝听金钥^[4]，因风想玉珂。
明朝有封事^[5]，数问夜如何。

吴瞻泰曰：
"'不寝'二字，一篇关键。由日暮而星临，而月出，宜寝矣；而听钥，而想珂，而问夜，则何尝一息就寝！一片精诚爱国坐而假寐之意，俱于层次中序出。后人早朝寓直诗，纵极典丽，不能及此深沉也。"（《杜诗提要》卷七）

[注释]

[1] 宿：宿直，即今所谓值夜班。左省：即门下省。据《唐六典》卷七载：东内大明宫宣政殿前有两廊，各有门，其东曰日华，日华之东为门下省，故称东省，亦称左省，又称左掖。杜甫时任左拾遗，属门下省，故题曰"左省"。　[2]"花隐掖垣暮"二句：写薄暮之景，字字点题。掖垣，本谓宫殿围墙。唐代门下、中书两省称左右掖垣，此指左掖，点题中"左省"。花、鸟点"春"。啾啾，象声词，此指鸟鸣声。栖鸟，归巢之鸟。　[3]"星临万户动"二句：生动地写出了帝居之夜的特异景象。临，照临。傍，靠近。　[4]"不寝听金钥"二句：写作者宿直左省，谨于职守，宫门金钥响动，他疑心是朝门开启；风吹檐间铎鸣，他仿佛听到了百官乘马上朝的马铃声。"不寝"二字束上启下。金钥，即金锁。此指开启宫门锁钥的响动声，故用"听"字。玉珂，即马铃，以贝饰之，色白如玉，振动有声。　[5]"明朝有封事"二句：交代"不寝"的原因。杜甫以左拾遗宿直，职责所系，不敢丝毫懈怠，故频频询问时刻，免得误事。封事，即密封的奏章。刘勰《文心雕龙·奏启》云："自汉置八仪，密奏阴阳，皂囊封板，故曰封事。"唐代拾遗，掌供奉讽谏，大事廷议，小则上封事。据《唐会要》

卷二十六《笺表例》："景云二年（711）六月敕：南衙北门及诸门进状，及封状意见，及降墨敕，并于状上昼题时刻，夜题更筹。"数（shuò），屡次。夜如何，《诗经·小雅·庭燎》："夜如何其？夜未央。庭燎之光。君子至止，鸾声将将（即'锵锵'）。"

［点评］

乾元元年（758）春任左拾遗时作。明唐元竑称此诗为"五言近体中之精妙者"（《杜诗捃》卷一）。所谓"精妙"，即指全诗章法谨严，针线细密，情景交融，含蓄蕴藉，宛如一件耐人观赏的精致工艺品。如"星临万户动"二句，上句写月出之前景象，月未出则星倍明，星斗满天，照临宫中千门万户，金碧辉映，流光溢彩，"动"字传神。少焉月出九霄之上，则入夜渐深。"九霄"，语意双关：一谓天穹高远，一喻帝居尊崇。君门深邃，宫殿高耸云霄，与月为近，故得月独多，"多"字奇警。后四句化用《诗经·庭燎》诗意，贴切自然，全不露斧凿痕迹。

曲江二首（选一）

其二

朝回日日典春衣[1]，每日江头尽醉归。

酒债寻常行处有[2]，人生七十古来稀[3]。

穿花蛱蝶深深见[4]，点水蜻蜓款款飞[5]。

叶梦得曰："'深深'字若无'穿'字，'款款'字若无'点'字，皆无以见其精微如此。然读之浑然，全似未尝用力，此所以不碍其气格超胜。"（《石林诗话》卷下）

传语风光共流转^[6]，暂时相赏莫相违^[7]。

［注释］

[1]"朝回日日典春衣"二句：谓天天退朝后典当春衣买酒醉归。朝回，退朝回来。典，典当。仇兆鳌曰："朝回典衣，贫也。典现在春衣，贫甚矣。且日日典衣，贫亦甚矣。"（《杜诗详注》卷六）江头，指曲江。　[2]寻常：平常。或谓古以八尺为寻，倍寻为常，皆为长度单位，故可与下"七十"相对。行处：到处。可见欠债酒店不止一处。　[3]人生七十古来稀：本古谚语"人生百岁，七十者稀"。藉以申明纵酒之由，含有人生几何，须及时行乐之意。　[4]蛱蝶：蝴蝶。深深见：谓忽隐忽现。见，同"现"。蛱蝶恋花，回环来往，故曰"穿"。　[5]款款飞：谓飞上飞下。款款，舒缓貌。蜻蜓蘸水，一触即起，故曰"点"。　[6]传语：寄语，转告。共流转：犹共盘桓。　[7]莫相违：谓春光不要抛人而去。仇兆鳌曰："但恐现在风光瞥眼易过，故又作留春之词。"

［点评］

乾元元年（758）春作，时杜甫任左拾遗。组诗二首，这里选的是第二首。诗借写暮春曲江所见景象，抒发了内心的抑郁苦闷，看似伤春，实感人事，乃以忧愤而托之行乐者也。

义鹘行

阴崖有苍鹰[1]，养子黑柏颠。白蛇登其巢，吞噬恣朝餐。雄飞远求食[2]，雌者鸣辛酸[3]。力强不可制[4]，黄口无半存[5]。其父从西归[6]，翻身入长烟。斯须领健鹘[7]，痛愤寄所宣[8]。斗上掠孤影[9]，嗷哮来九天。修鳞脱远枝，巨颡拆老拳。高空得蹭蹬[10]，短草辞蜿蜒[11]。折尾能一掉[12]，饱肠皆已穿。生虽灭众雏[13]，死亦垂千年。物情有报复[14]，快意贵目前。兹实鸷鸟最[15]，急难心炯然[16]。功成失所往[17]，用舍何其贤。近经潏水湄[18]，此事樵夫传[19]。飘萧觉素发[20]，凛欲冲儒冠[21]。人生许与分[22]，只在顾盼间。聊为义鹘行[23]，用激壮士肝。

杨伦曰："记异之作，愤世之篇，便是聂政、荆轲诸传一样笔墨，故足与太史公争雄千古。得之韵言，尤为空前绝后。"（《杜诗镜铨》卷四）

黄生曰："托物比兴，诗中之常调，但其叙事处，无此老笔、细笔，固不能妙耳。"（《杜诗说》卷一）

［注释］

[1]"阴崖有苍鹰"四句：写白蛇吞噬苍鹰幼子的暴戾恣睢，这是一种以强凌弱的暴行。子，鹰雏。颠，同"巅"，顶端。吞噬，吞食。恣，放纵，肆无忌惮。朝餐，朝食，早餐。　[2]雄：指雄鹰，鹰雏之父。求食：寻食。　[3]雌：指雌鹰，鹰雏之母。鸣辛酸：母鹰无力抵抗，只是心酸地悲鸣。　[4]力强：指白蛇凶狠。不可制：母鹰不能制止白蛇的暴行。制，制止，制服。　[5]黄口：指

鹰雏。雏鸟口角色黄。　　[6]"其父从西归"二句:谓雄鹰从西归来,见此情景,自量力不敌蛇,于是翻身飞向长空去搬救兵,引出下文义鹘侠行。其父,指雄鹰。长烟,指空中云雾。　　[7]斯须:片刻,一霎。健鹘:雄健的鹘。鹘,一种很凶猛的鸟,又名隼。　　[8]痛愤寄所宣:谓苍鹰在对健鹘的宣诉中寄予了自己失子的悲痛和对白蛇的愤恨。宣,宣泄,宣诉。　　[9]"斗上捩(liè)孤影"四句:极写义鹘劲猛特异之形象,"刻画处痛快淋漓,如有杀气,英风闪动纸上"(《杜诗镜铨》卷四)。斗上,陡然飞起。捩孤影,指鹘张翅回旋之势。捩,扭转。嗷(jiào)哮,厉声长鸣。来九天,从高空飞下。修鳞,指白蛇。巨颡(sǎng),巨额,大脑门儿。指白蛇之头。拆老拳,受到鹘翼和利爪的打击。拆,拆开,撕裂。　　[10]蹭蹬(cèng dèng):遭到挫折,失势貌。此指白蛇在高空拼力挣扎。　　[11]辞蜿蜒:指白蛇落地后便不能爬行了。辞,失去。蜿蜒,蛇爬行貌。　　[12]"折尾能一掉"二句:是说从高空摔落的白蛇死前挣扎扭动,连吃饱的肠子都已摔穿。能一掉,指白蛇摔折的尾部尚能摆动一下。　　[13]"生虽灭众雏"二句:谓蛇虽逞一时之快,吞噬了众雏,但难免要遭到报复,其死可以垂戒千年。　　[14]"物情有报复"二句:要求报仇是物之常情,但最快意的是眼前即能实现。指白蛇立即遭到义鹘的击杀。物情,事物之间的常情。报复,指报恩或报仇。　　[15]兹:指鹘。鸷鸟:猛禽。最:最杰出的。　　[16]急难:急人之难。炯然:高洁光明貌。指心地坦荡。　　[17]"功成失所往"二句:盛赞义鹘之非凡侠义性格,有功不居,功成身退,杳然远去,是何等的高尚!失所往,不知所往。用舍,进退。王嗣奭曰:"借端发议,时露作者品格性情。"(《杜诗详注》卷六引)　[18]潏(yù)水:为关中八川之一,发源于陕西西安市南秦岭。唐时潏水在韦曲(今西安市长安区韦曲镇)东南,西北流经今下塔坡、丈八沟西、六村堡西,北入渭水,即今皂河。湄：水边。　[19]此事：指义鹘为苍鹰报仇事。　[20]飘萧：稀疏貌。素发：白发。　[21]凛：凛然。冲儒冠：谓为鹘的侠义行为所感，以致于白发冲冠而起。　[22]"人生许与分"二句：此乃从无限侠义与友谊事中总结出的人生真谛与妙语，即许身于朋友或社稷，只在顾盼之间，来不得半点的犹豫与虚假。许与，应人请求而给予帮助。分，谓情分。顾盼间，一瞬间。　[23]"聊为义鹘行"二句：说明作诗的用意，是想用这个故事来激励人们见义勇为的侠义精神。聊，姑且。激，激励。壮士，见义勇为之人。肝，指忠肝义胆。

[点评]

　　这是一首寓言诗，作于乾元元年（758）。诗借猛鹘向吞噬幼鹰的白蛇复仇的故事，热情赞扬了爱憎分明、见义而动的侠义行为。借物以寄怀，表现了诗人嫉恶如仇的精神。唐代是一个崇尚侠义的时代，杜甫同时代的李白、高适等人，都有慷慨任侠的经历。所以杜甫在诗中记录了这样一个"急难心炯然"的义鹘形象，正好反映了时代好尚。另外，杜甫对"功成失所往，用舍何其贤"、"人生许与分，只在顾盼间"这种侠义精神的激赏，不仅是时代风尚使然，而且还有着强烈的个人原因。杜甫的家世中本来就有着侠义的基因，如其先祖杜叔毗，因兄为人所害，白昼手刃仇人，然后从容面缚请就戮；叔父杜并十六岁就为父报仇身死，当时人称"孝童"。而杜甫写作这首诗时，正当因为仗义疏救房琯而刚刚被贬之际，则其对侠义的呼唤，正可以作为他自己侠义精神的写照。

鲁一同曰："杜七古中第一篇。他篇尚可摹拟，此则高词伟义，峻拔天表，后人更无从望其项背。"（《鲁通甫读书记》）

张戒曰："观此诗闻捷书之作，其喜气乃可掬，真所谓情动于中而形于言，言之不足，不知手之舞之，足之蹈之也。"（《岁寒堂诗话》卷下）

"三年笛里关山月"两句谓三年中全国军民备受征战流离之苦。胡应麟誉之为"壮而沉婉者"（《诗薮》内编卷五）。

杨伦曰："（张）镐之才胜于（房）琯，乃公所尤注意以赞中兴者，故申说独详。"（《杜诗镜铨》卷五）

洗兵马

中兴诸将收山东[1]，捷书夕报清昼同。河广传闻一苇过[2]，胡危命在破竹中[3]。只残邺城不日得[4]，独任朔方无限功[5]。京师皆骑汗血马[6]，回纥餧肉蒲萄宫。已喜皇威清海岱[7]，常思仙仗过崆峒[8]。三年笛里关山月[9]，万国兵前草木风。

成王功大心转小[10]，郭相谋深古来少[11]。司徒清鉴悬明镜[12]，尚书气与秋天杳[13]。二三豪俊为时出[14]，整顿乾坤济时了。东走无复忆鲈鱼[15]，南飞觉有安巢鸟[16]。青春复随冠冕入[17]，紫禁正耐烟花绕。鹤驾通宵凤辇备[18]，鸡鸣问寝龙楼晓。

攀龙附凤势莫当[19]，天下尽化为侯王。汝等岂知蒙帝力[20]？时来不得夸身强。关中既留萧丞相[21]，幕下复用张子房[22]。张公一生江海客[23]，身长九尺须眉苍。征起适遇风云会[24]，扶颠始知筹策良。青袍白马更何有[25]？后汉今周喜再昌[26]。

寸地尺天皆入贡[27]，奇祥异瑞争来送。不知何国致白环[28]，复道诸山得银瓮。隐士休歌紫芝曲[29]，词人解撰河清颂[30]。田家望望惜雨干[31]，布谷处处催春种。淇上健儿归莫懒[32]，城南思妇愁多梦[33]。安得壮士挽天河[34]，净洗甲兵长不用！

两句期待朝廷利用淇上健儿速成其功，以慰民心；以思家之至情激励将士，要他们乘破竹之势，完成光复大业。张戒云，此"言戍卒之归休，室家之思忆。叙其喜跃，不嫌于亵，故云'归莫懒'、'愁多梦'也"（《岁寒堂诗话》卷下）。

［注释］

[1]"中兴诸将收山东"二句：谓唐之诸将接连收复山东诸郡，捷报频传。中兴诸将，指成王李俶、郭子仪、李光弼等。山东，古称华山或崤山以东地区为山东；一说太行山以东为山东。肃宗至德二载（757）十月，洛阳收复后，安庆绪出走河北，退守邺郡（即相州，今河南安阳），惟据有七郡六十余城。十一月，张镐帅五节度兵攻下河南、河东诸郡县。乾元元年（758）九月，肃宗命郭子仪等九节度使合兵讨安庆绪于相州。十月，郭子仪自杏园（今河南卫辉东南）渡黄河，破安太清，斩首四千级，遣使告捷，随即克复卫州（今河南卫辉），前后斩首三万级，捕虏千人。十一月，崔光远克复魏州（今河北大名）。其余各处皆有捷报，昼夜接连不断，故下句说"捷书夕报清昼同"。杜甫乾元元年冬《华州试进士策问五首》所云"山东之诸将云合，淇上之捷书日至"，正指此。　[2]河广传闻一苇过：喻官军渡河之轻易迅速。《诗经·卫风·河广》："谁谓河广？一苇杭之。"此用其意。河，指黄河。苇，草名，此喻小船。此指郭子仪率军渡河破卫州。　[3]胡危命在破竹中：形容九节度从渡河到合围相州的胜利形势，谓在官军势如破竹的进攻之下，安史叛军的灭亡已在眼前。《晋书·杜预传》："今兵威已振，譬如破竹，数节之后，皆迎刃而解，无复

着手处也。"至德二载十一月，肃宗下制曰："力战平凶，势若摧枯，易同破竹。"杜预为杜甫十三世祖，肃宗为当朝皇帝，诗用"破竹"二字，当是有意为之。　[4] 只残邺城不日得：是说邺城很快就会收复。只残，只剩下。邺城，即相州。当时安庆绪困守邺城，岌岌可危。不日得，很快便可克复。《资治通鉴》于肃宗乾元二年二月载：郭子仪等九节度使围邺城，"自冬涉春，安庆绪坚守以待史思明。食尽，一鼠直钱四千，淘墙麸及马矢以食马。人皆以为克在朝夕。"正是说的这种情况。　[5] 独任朔方无限功：谏言肃宗独任郭子仪以夺取全胜。独任，专任。朔方，指朔方节度使郭子仪。当时肃宗命九节度使合攻安庆绪，惟恐郭子仪功高震主，故不立元帅，而以宦官鱼朝恩为观军容使，监督众军。致使王师虽众，军无统帅，进退无所承禀，贻误战机。这是造成后来九节度使兵溃邺城的根本原因。杜甫可谓有先见之明，故以诗谏言肃宗独任郭子仪，以成全功。　[6]"京师皆骑汗血马"二句：谓协助唐王朝平叛的回纥军在长安、洛阳一带驻扎。汗血马，即西域大宛马。两京收复后，回纥王子叶护回国，曾留兵屯驻沙苑。乾元元年（758）八月，回纥又派骁骑三千助讨安庆绪，是以京师多回纥良马。蒲萄（同"葡萄"）宫，为西汉长安上林苑内离宫。哀帝元寿二年（前1），匈奴乌珠留单于来朝，居葡萄宫。此指至德二载十月，肃宗在大明宫宣政殿亲宴回纥叶护事。餧（wèi）肉，以肉饲虎。餧，同"喂"。以喻回纥强暴为患。杜甫在《留花门》诗中，对"饱肉气勇决"的回纥军队杀掠、害稼等事，曾表示过深切的忧虑。　[7] 清海岱：谓山东一带叛贼业已肃清。乾元元年二月，安庆绪伪署北海（今山东青州）节度使能元皓以其地请降。海岱，东海及泰山，指今山东省一带。　[8] 常思仙仗过崆峒：意谓时常回想当初肃宗即位灵武时之艰难，亦安不忘危之意。仙仗，皇帝出巡之仪仗。崆峒，山名，在今甘肃境内。肃宗在灵武、凤

翔时，往来常经过崆峒山。　[9]"三年笛里关山月"二句：是说
三年来人民和士兵饱受战乱之苦。三年，自天宝十四载（755）
十一月安史之乱爆发，到写诗时的乾元二年（759）春，战争进
行了三年多一点。关山月，汉乐府横吹曲名，多述戍边士兵伤别
怀乡之情。万国，犹万方、处处。草木风，风声鹤唳、草木皆兵
之意。　[10]成王：即太子李豫。初名俶，封广平郡王，至德二
载十二月，进封楚王，乾元元年三月徙封成王，四月立为皇太子，
更名豫，即后来的代宗。功大：在收复两京中，李俶任天下兵马
元帅，《旧唐书·肃宗纪》载：至德二载冬十月，"广平王统郭子
仪等进攻，与贼战于陕西之新店，贼众大败，斩首十万级，横尸
三十里。""壬戌（十九日），广平王入东京（洛阳），陈兵天津桥
南，士庶欢呼路侧。"心转小：反而小心谨慎。北齐刘昼《刘子新
论·诫盈》云："楚庄王功立而心惧，晋文公战胜而色忧，非憎荣
而恶胜，乃功大而心小，居安而念危也。"此用其意。　[11]郭
相谋深古来少：郭相，即郭子仪。子仪至德元载八月为兵部尚
书、同中书门下平章事，乾元元年八月又为中书令，故云。肃宗
于乾元元年三月三日下《郭子仪东京畿山东河南诸道元帅制》称
赞子仪"识度弘远，谋略冲深"，"故能扫清强寇，收复二京，建
兹大勋，成我王业"，"以今观古，未足多之"。此句正袭用制文
语意。　[12]司徒：指李光弼。至德二载四月，光弼以功加检校
司徒，兼户部尚书、同中书门下平章事。清鉴：清明之鉴识能力。
光弼驭军号令严肃，天下服其威名，曾逆料史思明诈降，"终当
叛乱"，故杜甫有此誉。　[13]尚书：指王思礼。时为兵部尚书。
从广平王李俶收复两京，屡立战功。气与秋天杳：气度和秋天一
样的开朗高远。　[14]"二三豪俊为时出"二句：称誉郭子仪等
人乘时奋起，完成中兴大业。二三豪俊，指上面提到的郭子仪、
李光弼、王思礼等中兴诸将。为时出，应运而生，乘时奋起，犹
言时势造英雄。整顿乾坤，再造国家。《旧唐书·郭子仪传》载：

至德二载十月，郭子仪收复东都洛阳。是时，河东、河西、河南贼所盗郡邑皆平。寻入朝，肃宗亲劳之曰："虽吾之家国，实由卿再造。"济时，救济时危。了，完成。　[15]东走无复忆鲈鱼：鲈鱼，用晋张翰事。《世说新语》载，张翰，吴人，远宦洛阳。因见秋风起而思吴中莼羹、鲈鱼脍，乃叹曰："人生贵得适意尔，何能羁宦数千里，以要名爵？"于是辞官命驾而返。此句反用其意，谓离乡之人民，皆得返乡安居，不须久忆鲈鱼脍也。　[16]南飞觉有安巢鸟：意谓欲南归者皆得南归，而无何枝可依之怨也。安巢鸟，《古诗十九首》："越鸟巢南枝。"又曹操《短歌行》："月明星稀，乌鹊南飞。绕树三匝，何枝可依？"此则融汇两诗比兴之词而用之。　[17]"青春复随冠冕入"二句：意谓百官上朝，皇宫之新气象适与绿意盎然之明媚春光相辉映。青春，绿意盎然之春天。冠冕，指百官。紫禁，皇宫。耐，相称、相配。烟花，春天艳丽之景色。　[18]"鹤驾通宵凤辇备"二句：是说肃宗父子每天按时去向太上皇（玄宗）问安，明修父子之礼。传说周灵王太子晋乘白鹤仙去，故后世称太子之座车为鹤驾。此指太子李豫车驾。凤辇，皇帝车驾。此指肃宗车驾。鸡鸣，五更时分。问寝，问候起居。龙楼，皇帝住处，此指玄宗所居兴庆宫。至德二载十一月，肃宗在丹凤楼所下制书曰："今复宗庙于函洛，迎上皇于巴蜀；导銮舆而反正，朝寝门而问安；寰宇载宁，朕愿毕矣。"二句即化用制书之语。　[19]"攀龙附凤势莫当"二句：指攀附肃宗和张淑妃的宦官李辅国、鱼朝恩之流，他们借当初于灵武拥戴肃宗之功，回京后封官进爵，势倾朝野。《汉书·叙传》云："攀龙附凤，并乘天衢。"又云："云起龙襄（骧），化为侯王。"此借讽肃宗封赏太滥。　[20]"汝等岂知蒙帝力"二句：斥攀龙附凤者并非真有本事，只不过一时侥幸得到皇帝的偏爱罢了。汝等，即指上述李辅国之流。蒙帝力，受到皇帝的偏爱。时来，逢时走运。　[21]萧丞相：汉相萧何，这里借指房琯。刘邦为汉王时，以萧何为丞相，刘邦东征，留其镇抚关中，建立大功。房琯为玄宗奔蜀时任命的宰相，又奉册灵武，留相肃宗，"素有重名"，故以萧何作比。时虽罢相，出为邠州刺史，但邠州仍属关内道，地在关中，故曰"关中既留"。　[22]张子房：汉朝张良，字子房，刘邦的重要谋臣。此借指张镐。镐随玄宗幸蜀，后肃宗擢为谏议大夫，寻代房琯为相，深谋远虑，故有此比。时镐罢为荆州大都督府长史，仍居幕府，故曰"幕下复用"。这时房琯、张镐二人皆已罢相，杜甫对他们特加推重，是希望肃宗再次加以重用。　[23]"张公一生江海客"二句：谓张镐半生未入仕，有如浪迹江海之客，身材魁梧，相貌不凡。须眉苍，形容其貌古神异。《新唐书·张镐传》谓其"仪状瑰伟，有大志"，"游京师，未知名，率嗜酒鼓琴自娱。人或邀之，杖策往，醉即返，不及世务。"　[24]"征起适遇风云会"二句：盛赞张镐乃扶颠筹策之良才。征起，指天宝十四载（755），张镐自布衣召拜左拾遗。风云会，风云际会。《易·乾·文言》："云从龙，风从虎。"指在动乱时期贤臣明主的遇合。扶颠，扶持国家之颠危。筹策，出谋划策。玄宗幸蜀，镐自山谷徒步扈从；肃宗即位，镐至凤翔，奏议多有弘益；睢阳危急，杖杀不肯援救张巡的闾丘晓；洞察史思明之伪降；预见许叔冀临难必变；两京收复，皆在张镐拜相之时。扶颠持危，卓有功绩，故曰"筹策良"。　[25]青袍白马更何有：谓叛乱即将平灭。南朝梁侯景作乱，乘白马，衣青袍，欲以应"青丝白马寿阳来"之童谣谶语。此以侯景比安、史叛军首领。何有，言不难。　[26]后汉今周喜再昌：以历史上周宣王、东汉光武帝中兴之事比拟肃宗复兴唐室。　[27]"寸地尺天皆入贡"二句：谓天下各地竞献奇祥异瑞。寸地尺天，犹言普天之下。　[28]"不知何国致白环"二句：例举争献祥瑞者多。白环，古传虞舜时，西王母来朝，献白环、玉玦。银瓮，古传神灵滋液有银瓮，不汲自满。白环、银瓮都是指上文所云之祥瑞。不知、复道，是说献者之多。[29]隐士休歌紫芝曲：

是说隐士应出为世用，不应再避世了。紫芝曲，西汉初年隐士商山四皓所作之歌。　[30]词人解撰河清颂：是说文人们开始歌颂太平。河清颂，南朝宋文帝时，黄河水清，时人以为天下太平之吉兆，鲍照作《河清颂》。这里指歌颂太平的文章。　[31]"田家望望惜雨干"二句：写春耕时干旱，农民切盼雨水。望望，同"惘惘"。《释名》："望，惘也。"雨干，雨晴。布谷，即布谷鸟，鸣声如布谷（散布谷种，播种），为催耕之鸟。　[32]淇上：淇水之滨，指邺城一带。淇水，即今河南淇河，原为黄河支流，南流至今卫辉市东北淇门镇入河。健儿：指围攻邺城之士兵。归莫懒：莫懒于早归也。　[33]思妇：出征士兵的妻子。　[34]"安得壮士挽天河"二句：谓哪里去求得壮士力挽天河之水，净洗甲兵永不再用，使天下永无征战而长享太平呢！表达了广大人民渴求太平的强烈愿望，故千古传诵。洗甲兵，语本《说苑·权谋》：武王伐纣，遇大风雨，散宜生曰："此其妖欤？"武王曰："非也！天洒（一作"洗"）兵也。"

［点评］

诗题一作"洗兵行"，题下原注："收京后作。"此诗作年约有二说：一说作于乾元二年（759）春九节度兵溃相州以前；一说作于乾元元年三月至五月。当以前说为近，时杜甫在洛阳。左思《魏都赋》云："洗兵海岛，刷马江洲。"诗题本此。全诗以喜胜利、颂中兴、望太平为大旨，而喜中含忧，颂中寓讽，意味深长，最见诗人深稳超拔的政治气度。全诗共分四段，每段一韵，每韵十二句，且平仄相间，笔力矫健，词气苍老，洵称杰作。王安石选杜诗，即以此为压卷之作。第一段写官军围邺，胜利在望之局势，望肃宗安不忘危，勿忘三年来君臣播迁、军民苦战之艰难。第二段盛赞郭子仪、李光弼等中兴名将整顿乾坤之功，喜收京后初见中兴气象。第三段讽朝廷滥封爵赏，望肃宗重新起用房琯、张镐等人，完成中兴大业。第四段喜胜利在望，祥瑞纷呈，祈盼乱定民康，天下太平。故以"安得壮士挽天河，净洗甲兵长不用"作结，以照应题目。

新安吏

客行新安道[1]，喧呼闻点兵[2]。借问新安吏[3]，县小更无丁？府帖昨夜下[4]，次选中男行。中男绝短小[5]，何以守王城？肥男有母送[6]，瘦男独伶俜。白水暮东流[7]，青山犹哭声。莫自使眼枯[8]，收汝泪纵横。眼枯即见骨[9]，天地终无情。我军取相州[10]，日夕望其平。岂意贼难料，归军星散营。就粮近故垒[11]，练卒依旧京。掘壕不到水，牧马役亦轻。况乃王师顺[12]，抚养甚分明[13]。送行勿泣血[14]，仆射如父兄[15]。

[注释]

[1]客：杜甫自谓。新安：即今河南新安县，在洛阳以西。　[2]点兵：征调丁壮。　[3]"借问新安吏"二句：为"客"

张綖曰："凡公此等诗，不专是刺。盖兵者凶器，圣人不得已而用之。故可已而不已者，则刺之；不得已而用者，则慰之、哀之。若《兵车行》、前后《出塞》之类，皆刺也，此可已而不已者。若《新安吏》之类，则慰也，《石壕吏》之类，则哀也，此不得已而用之者也。"（《杜工部诗通》卷七）

王嗣奭曰："短小是不成丁者，盖长大者早已点行而阵亡矣。又就短小中分出肥瘦，有母无母，有送无送，此必真景，而描写到此，何等细心！"（《杜臆》卷三）

仇兆鳌曰："曰就粮，见有食也；曰练卒，非临阵也；曰掘壕、牧马，见役无险也。"（《杜诗详注》卷七）

的询问之词。丁，成年男子。天宝三载规定"民十八以上为中男，二十三以上成丁"。　[4]"府帖昨夜下"二句：是新安吏回答"客"的话。府帖，按府兵制征兵的文书。次，因成丁已被征尽，故次征中男入伍。"客"见被征者年龄较小，故有"县小更无丁"之问。　[5]"中男绝短小"二句：又是"客"的反问。绝，极。短小，指身材矮小，发育还不完全。王城，指东都洛阳。　[6]"肥男有母送"二句互文见义。即不管肥男瘦男，有母无母，有伴无伴，皆齐声痛哭。伶俜（líng pīng），孤独貌。　[7]"白水暮东流"二句：用白水、青山借景写情，从而渲染了中男与家人生离死别的悲剧气氛，读来令人泪落。　[8]此句至篇末皆是"客"的宽勉之词。眼枯，哭瞎眼睛。　[9]"眼枯即见骨"二句：承上而言，意为即使把眼哭瞎了，也留不住自己的孩子。字面是埋怨天地无情，实则影射朝廷。　[10]"我军取相州"四句：追溯相州战役失败的经过。乾元元年（758）十月，郭子仪、李光弼等九节度使合兵六十万包围邺城（即相州），因缺乏统一指挥，自冬至春，久围不克，致使军心涣散，再加上敌援军至，终致溃败。故云"贼难料"。日夕，犹早晚。平，平定，收复。星散营，是说溃败的唐军已不成建制，像星星一样到处散乱地屯营。　[11]"就粮近故垒"四句：是进一步对"中男"及其亲人宽慰和鼓励的话。就粮，移兵到粮多的地方以取得给养。故垒，指河阳的旧营垒。练卒，练兵（而不是去临阵打仗）。旧京，指洛阳。掘壕不到水，是说战壕挖得很浅，劳役不重。　[12]况乃：何况。王师顺：唐朝政府的官军顺应天理民意平叛，师出有名。　[13]抚养：指将官爱护士卒。　[14]泣血：形容哭得极度悲伤。　[15]仆射：官职名，在唐朝相当于宰相，这里指郭子仪。子仪至德二载（757）五月曾任左仆射。句下原注："郭子仪也。"如父兄：谓郭子仪体恤爱护士卒犹如父兄，大可以放心前往。语本《淮南子·兵略训》："上视下如子，则下视上如父。上视下如弟，则下视上如兄。"

[**点评**]

乾元元年（758）冬至乾元二年（759）春，郭子仪、李光弼等九节度使以六十万大军围攻相州（又称邺城，今河南安阳）安史叛军，因军无统帅，久围而不克。加之诸军缺粮，史思明援军又至，唐军军心浮动。三月，唐军在相州摆开阵势与史思明决战，正胜负未分之际，大风忽起，吹沙拔木，天昏地暗，两军大惊，官军向南溃退，叛军向北溃退。郭子仪以朔方军断河阳桥，保东都洛阳。诸节度各溃归本镇。洛阳一带形势紧张，朝廷为扭转战局，加强战备，于是到处征兵抓丁，新安（今属河南）一带尤为严重，虽老幼亦难免。这时作者由洛阳回华州，就沿途所见所闻，怀着矛盾的心情写下《新安吏》《石壕吏》《潼关吏》《新婚别》《垂老别》《无家别》这组传诵千载的史诗，即所谓"三吏""三别"。其中表达了非常复杂的感情，既为人民所承受的苦难而感到痛心，又不得不站在国家民族的立场劝勉人民做出牺牲，同情中混合着安慰。艺术上继承了古乐府的传统，善用白描手法，将内在感情寄托在情节和人物言行的客观叙述中，作者不作多余的议论，而浓烈的感情溢于言外，沉哀入骨。

《新安吏》为组诗首篇，亦是组诗总领。题下原注："收京后作。虽收两京，贼犹充斥。"全诗借为问答之辞，皆据实直书。可分为三段：前八句总叙点兵之事，中八句写未成丁中男被征送别之惨景，后十二句申说点兵之由，勉为从征之辞。杨伦曰："先以恻隐动其君上，后以恩谊勉其丁男，仁至义尽。此山谷所云'论诗未觉《国风》远'也。"(《杜诗镜铨》卷五)

吴冯栻曰："此一百二十字，即一百二十点血泪。举一石壕，而唐家百二十州，何处非石壕！举一石壕之吏，而民间十万虎狼，又何一非此吏！即所见以例其余，为当时痛哭而道也。"(《青城说杜》)

胡适曰："这首诗写天宝之乱，只写一个过路投宿的客人夜里偷听得的事，不插一句议论，能使人觉得那时代征兵之制的大害，百姓的痛苦，丁壮死亡的多，差役捉人的横行，一一都在眼前。"(《胡适文存》卷一)

石壕吏

暮投石壕村^[1]，有吏夜捉人。老翁逾墙走^[2]，老妇出门看^[3]。吏呼一何怒^[4]，妇啼一何苦！听妇前致词^[5]："三男邺城戍^[6]。一男附书至^[7]，二男新战死。存者且偷生，死者长已矣^[8]。室中更无人，惟有乳下孙^[9]。有孙母未去，出入无完裙^[10]。老妪力虽衰^[11]，请从吏夜归。急应河阳役^[12]，犹得备晨炊^[13]。"夜久语声绝，如闻泣幽咽^[14]。天明登前途^[15]，独与老翁别。

[注释]

[1]投：投宿。石壕村：处在洛阳、长安两京交通要道上，在今河南陕县东观音堂镇西北部山区，今名甘壕村。　[2]逾：翻越。　[3]"出门看"，一作"出看门"。　[4]一何：何其，多么。　[5]致词：述说。　[6]三男：三个儿子。　[7]附书：捎信。　[8]长已矣：永远完了。　[9]乳下孙：正吃奶的小孙

子。　[10]"有孙母未去，出入无完裙"，一作"孙母未便出，见吏无完裙"。母未去，指儿媳未改嫁。　[11]老妪（yù）：犹言老婆子。老妇自称。　[12]河阳：在今河南孟州市西。相州失败后，河阳是前线重要防地。　[13]备晨炊：置备早饭。指在军中做饭。　[14]幽咽（yè）：抽泣声。　[15]前途：前去的路。

[点评]

乾元二年（759）三月作。杜甫从新安去潼关路经石壕村，正遇官吏捉人从军一幕惨剧。诗直书所见所闻，全用素描，不着作者一字评语，而其意自见。在章法上，此诗颇见剪裁之功。全篇仅见老妇答辞，而将石壕吏穷凶极恶、步步紧逼的问话省略，这是"以答代问"的手法。如"室中更无人"前，省略了石壕吏"家中还有什么可去应征之人"的逼问。"老妪力虽衰"前，又省略了石壕吏"无论如何你家也要出一个人"的威胁。这些都使整首诗显得紧凑完整。诗人并不是无动于衷，而是采用了寓主观于客观的表现手法，诗人的爱憎之情，都蕴涵其中。结尾处，诗人天明时"独与老翁别"暗示老妇已经被抓走了。

鲁一同曰："滴泪迸血之文，化工元气之笔。"（《鲁通甫读书记》五古）

陈景寔曰："以当时情理推想，定是'出门看'无疑也。后刘向《列女颂》，'人'读如延切；吴迈远《长相思》诗，'看'读丘虔切，古韵亦叶。况此篇音节既美，声韵无阻，即读'人'字、'看'字本音，未尝不可。《三百篇》谁为之韵耶？适口而已矣。"（《观尘因室诗话初集》）

潼关吏

士卒何草草[1]，筑城潼关道[2]。大城铁不如[3]，小城万丈余。借问潼关吏[4]，修关还备胡。

要我下马行[5]，为我指山隅[6]。连云列战格[7]，飞鸟不能逾。胡来但自守，岂复忧西都？丈人视要处，窄狭容单车。艰难奋长戟，千古用一夫。哀哉桃林战[8]，百万化为鱼。请嘱防关将[9]，慎勿学哥舒！

[注释]

[1]何：多么。草草：疲劳不堪貌。《诗经·小雅·巷伯》："骄人好好，劳人草草。" [2]潼关：故址在今陕西潼关县东北港口镇，称老潼关。为洛阳通往长安的要冲，自古为军事重地。 [3]"大城铁不如"二句：互文见义，是说大城小城均坚固胜铁，高耸入云。铁不如，比喻城之坚固胜过铁。因城筑山上，故云"万丈余"。 [4]"借问潼关吏"二句：为诗人的问词。还，仍然。因为三年前哥舒翰曾于此抵御过安史叛军，故云。备胡，防御叛军入侵关中。 [5]要：邀请。 [6]山隅：山脚。这里指潼关的地形。 [7]"连云列战格"八句：皆为潼关吏的答话。连云，极言其高。列，排列。战格，御敌的栅栏。飞鸟不能逾，极言潼关之险。逾，越过。"胡来但自守"二句，谓潼关为抵挡叛军的屏障。胡，指安史叛军。西都，长安。潼关为长安以东屏障，据险而守，故长安无忧。丈人，关吏对杜甫的尊称。要处，险要的地方。"艰难奋长戟"二句，是说如此险要的地方，在战争形势危急之时，从来都是只用一个人把守就够了。即所谓一夫当关，万夫莫开。这是极力形容潼关的地势险要。奋，挥舞。长戟，古代的一种兵器。 [8]"哀哉桃林战"二句：是慨叹三年前哥舒翰在潼关附近的惨败。桃林，即桃林塞，在今河南灵宝以西至潼关

一带。桃林一战,士卒坠黄河死者数万人。百万,极言其多。化为鱼,指淹死河中,葬身鱼腹。　[9]"请嘱防关将"二句:是关吏请杜甫嘱守关将帅以哥舒翰为鉴,慎勿蹈其覆辙。一说是杜甫对关吏说的话,希望他转告守将,接受哥舒翰失败的教训。慎勿,千万不要。哥舒,即哥舒翰。

[点评]

乾元二年(759)三月作。天宝十五载(756)六月,安禄山进攻潼关,守将哥舒翰本拟据险固守,但因杨国忠促战,结果被迫出战,大败于桃林塞,全军覆没,哥舒翰被俘,潼关失守。这次杜甫路经潼关,正值九节度使邺城兵败,官军加紧筑城备战,触目兴感,遂写此诗,意在提醒守关将士,勿蹈三年前哥舒翰的覆辙。诗以叙述为议论,层层展开,步步深入,末以"请嘱防关将,慎勿学哥舒"作结,画龙点睛,谋全忧深,意在言外。

新婚别

兔丝附蓬麻[1],引蔓故不长。嫁女与征夫[2],不如弃路旁。结发为君妻[3],席不暖君床。暮婚晨告别,无乃太匆忙!君行虽不远[4],守边赴河阳。妾身未分明[5],何以拜姑嫜?父母养我时[6],日夜令我藏。生女有所归[7],鸡狗亦得将[8]。君

仇兆鳌曰:"此诗,君字凡七见。君妻、君床,聚之暂也。君行、君往,别之速也。随君,情之切也。对君,意之伤也。与君永望,志之贞且坚也。频频呼君,几于一声一泪。"(《杜诗详注》卷七)

许瀚曰:"通体代女为言,愈真朴,愈庄雅;愈庄雅,愈缠绵。古色古香,百读不厌。置之《三百篇》中,盖无怍容。"(《杜诗选注》手稿本)

今往死地 [9]，沉痛迫中肠。誓欲随君去 [10]，形势反苍黄。勿为新婚念 [11]，努力事戎行。妇人在军中 [12]，兵气恐不扬。自嗟贫家女 [13]，久致罗襦裳。罗襦不复施 [14]，对君洗红妆。仰视百鸟飞 [15]，大小必双翔。人事多错迕 [16]，与君永相望 [17]。

夏力恕曰："无穷义理，无限节操，却从新嫁娘口中脱出，只此便是有唐乐府，临阵歌之，可以激励将士。"（《杜诗增注》卷五）

王嗣奭曰："'洗红妆'加'对君'二字，可涕。"（《杜诗详注》卷七引）

［注释］

[1]"兔丝附蓬麻"二句：借用兔丝子依附蓬麻，来比喻嫁给征夫难以白头偕老，自叹身世之苦。兔丝，即兔丝子，蔓生植物，依附于别的植物生长。蓬、麻均甚低矮，兔丝子依附之，则引蔓必不能长。　[2]"嫁女与征夫"二句为激愤语，承上而言。征夫，指从军出征的人。　[3]"结发为君妻"四句：言新婚与离别间隔之短，晚上刚结为夫妇，早晨就被迫分别。"君妻"，一作"妻子"。无乃，难道不是。　[4]"君行虽不远"二句：是说征夫守边竟守到离家不远的河阳，言外有讽刺意味。河阳，在今河南孟州市西。　[5]"妾身未分明"二句：言暮婚晨别，新妇身分未明，不能拜见公婆。古代婚俗是暮婚，次晨新妇拜公婆，第三日告庙上坟，整个婚礼才算完成，新娘的名分始定。而此新郎，"暮婚晨告别"，没有完成婚礼，所以新妇身份未明；身份不明就不便拜公婆，故曰"何以"。姑嫜，丈夫的母亲称姑，丈夫的父亲称嫜。　[6]"父母养我时"二句：是说虽为贫家女，但父母仍非常珍爱。女子新嫁于夫家，本来就感到陌生孤独。现在唯一可依赖的丈夫又征赴前线，不禁怀念在娘家被父母呵护的日子。藏，指深居闺中，不轻易见人。　[7]归：指女子出嫁。　[8]鸡狗亦得将：

即"嫁鸡随鸡，嫁狗随狗"之意。将，顺从。　[9]"君今往死地"二句：谓你如今将奔赴生死莫测的战场，这让我肝肠寸断。死地，有死亡危险之地。中肠，内心。　[10]"誓欲随君去"二句：谓新妇本欲随夫从军，担心反而把事情弄糟了。苍黄，变化，指引起麻烦。　[11]"勿为新婚念"二句：鼓励丈夫努力作战，反映了新妇的爱国精神。事戎行，效力于军旅。戎行，军队。　[12]"妇人在军中"二句：是说恐怕妇人在军中会影响士气，申明"反苍黄"之故。《汉书·李陵传》载：李陵与单于战，陵曰："吾士气少衰而鼓不起者，何也？军中岂有女子乎？"杜诗本此。　[13]"自嗟贫家女"二句：是说自己家穷，辛苦多年才置办了这身嫁衣裳。罗，一种丝织品。襦，短衣。裳，指裙子。　[14]"罗襦不复施"二句：是说不再梳洗打扮，表示坚贞等待丈夫归来。施，穿。洗红妆，洗掉红妆，不再打扮。古有"女为悦己者容"的说法。　[15]"仰视百鸟飞"二句：是以百鸟成双之乐反衬夫妻离别之苦。　[16]错迕（wǔ）：错杂交迕，这里指生活中的不如意。　[17]与君永相望：与丈夫永相思念。

［点评］

　　乾元二年（759）三月作。诗写一对新婚夫妇"暮婚晨告别"的惨剧，而这"别"，又是新妇送新郎应征去前线，可谓生离死别。全诗都作新妇语气，全是新妇的惜别劝勉之词，悲怨而沉痛，塑造了一个善良坚贞而又识大体、顾大局的新妇形象，感人至深。前十二句，以新人语，叙新婚惜别，语含羞意。中八句，夫妇分别，愁绪万端，流露真情。后十二句，既勉其夫，又且自励，终望相聚。此诗所述之事，当为杜甫此行所经历，但不可能听到新婚夫妇离别时的对话，则诗中内容当由诗人想象揣摩而成。诗人强烈的同情心，体贴入微的理解能力，令人感佩。

蒋弱六曰："通首心事，千回百折，似竟去又似难去。至'土门'以下，一一想到，尤肖老人声吻。"（《杜诗镜铨》卷五引）

吴农祥曰："《石壕》则老妇之别其夫，《垂老》则老人之别其妻，合读不堪。"（《杜诗集评》卷二引）

浦起龙曰："《石壕》之妇，以智脱其夫；《垂老》之翁，以愤舍其家：其为苦则均。"（《读杜心解》卷一之二）

垂老别

四郊未宁静[1]，垂老不得安。子孙阵亡尽，焉用身独完[2]？投杖出门去[3]，同行为辛酸[4]。幸有牙齿存，所悲骨髓干[5]。男儿既介胄[6]，长揖别上官。老妻卧路啼，岁暮衣裳单[7]。孰知是死别[8]，且复伤其寒。此去必不归，还闻劝加餐[9]。土门壁甚坚[10]，杏园度亦难。势异邺城下，纵死时犹宽。人生有离合[11]，岂择盛衰端？忆昔少壮日[12]，迟回竟长叹[13]。万国尽征戍[14]，烽火被冈峦[15]。积尸草木腥[16]，流血川原丹。何乡为乐土，安敢尚盘桓[17]。弃绝蓬室居[18]，塌然摧肺肝[19]。

[注释]

[1]四郊未宁静：指京都周围有战乱。此指东都洛阳。　[2]焉用：何用，哪用。独完：独自活着。　[3]投杖：愤然扔掉拐

杜。　[4]同行：同去参军的人。　[5]骨髓干：是说年老体衰。　[6]"男儿既介胄"二句：写出此老征夫出门时慷慨前往之状，突出其倔强意气。陆时雍谓"此语犹有少年意气"（《唐诗镜》卷二十一）。《史记·绛侯周勃世家》载，汉文帝入细柳营，将军周亚夫向文帝作揖，曰："介胄之士不拜，请以军礼见。"以既介胄，才行长揖军礼，而不行跪拜礼。介胄，铠甲和头盔，谓军服。上官，当指地方官。　[7]岁暮：指年老。岁，年岁。《文选·左思〈杂诗〉》："壮齿不恒居，岁暮常慷慨。"吕向注："岁暮，谓衰暮之年也。"　[8]"孰知是死别"二句：是说分明知道这一别是死别，还是担心其衣服单薄。孰知，即熟知。且，尚且。　[9]劝加餐：勉励多保重身体。这是转述老妻的嘱咐，故云"还闻"。　[10]"土门壁甚坚"四句：都是对老妻安慰的话。土门，关隘名，即土门口，古称井陉口，为太行八陉之第五陉。其地在今河北鹿泉市西五里处，现分东、西土门两个行政村。当时为李光弼部把守。杏园，杏园镇，在今河南卫辉市，有黄河渡口，称杏园渡。乾元元年十月，郭子仪即从杏园渡河围安庆绪于卫州。当时尚在官军控制下。壁，壁垒。壁甚坚、度亦难，是说那里的防守很坚固，没有什么危险。"势异邺城下"二句承前二句，是说现在的战局与前九节度使溃败邺城时不同了，即使死，也还有相当长的时间。　[11]"人生有离合"二句：是说人生难免有离合，哪管老年还是壮年！岂择，哪能选择，即身不由己。盛，青壮年。衰，老年。"盛衰"，一作"衰老"。　[12]少壮日：年轻时期。　[13]迟回：徘徊。竟：终于。　[14]万国：天下。　[15]烽火：战火。被：覆盖。冈峦：山冈。　[16]"积尸草木腥"二句：极言战争杀伤之多。川原丹，鲜血染红了河流和原野。　[17]安敢：怎敢。盘桓：流连不去。　[18]蓬室：简陋的居室，指故居。　[19]塌然：哀痛貌。摧肺肝：五内俱碎，形容悲痛之极。

卢元昌通解"老妻"以下六句云："我行虽则死别，妻寒亦为可悯，是我不悲己死，转痛妻寒也；乃老妻亦知我戍不归，数有加餐之好语，是老妻不悯己寒，反虑我饥也。"（《杜诗阐》卷七）

[点评]

乾元二年（759）三月作。诗写一个"子孙阵亡尽"的老翁投杖出门，愤然从军的悲壮情景，全作老翁对老妻的告别之词，刻画了一对相依为命的老人互怜互勉、自慰自强的动人形象。老人的倔强性格和愤激心情，以及与老妻分别前的复杂心理，描摹得细致、深切。诗人向我们展示了广阔的时代画卷：山河破碎、民众涂炭。就是在这种时代背景下，进一步塑造这位老者，他的正直、豁达、大度、爱国热情等都是真实的。"弃绝蓬室居，塌然摧肺肝"，全诗在这决绝声中收结，无限悲壮、凄切。

王嗣奭曰："上数章诗，非亲见不能作，他人虽亲见亦不能作。公往来东都，目击成诗，若有神使之，遂下千年之泪。"（《杜诗详注》卷七引）

《唐宋诗醇》卷十云："安史之乱，唐之不亡，幸耳。相州一溃，河阳危迫，驱民从役，势不得已。然其困亦极矣。甫于行役所经，伤心惨目，上悯国难，下痛民穷，加以所遇不偶，怀抱抑郁，程形赋音，几于一字一泪，觉千古不可磨灭，使孔子删诗，当在变雅之列。岂复区区字句之间，声调之末，与他人较工拙哉！"

无家别

寂寞天宝后[1]，园庐但蒿藜[2]。我里百余家[3]，世乱各东西[4]。存者无消息，死者为尘泥[5]。贱子因阵败[6]，归来寻旧蹊[7]。久行见空巷[8]，日瘦气惨凄。但对狐与狸，竖毛怒我啼[9]。四邻何所有？一二老寡妻。宿鸟恋本枝[10]，安辞且穷栖？方春独荷锄[11]，日暮还灌畦。县吏知我至，召令习鼓鞞[12]。虽从本州役[13]，内顾无所携[14]。近行止一身[15]，远去终转迷。家乡既荡尽[16]，远近理亦齐。永痛长病母[17]，五年委沟溪。生我不得力[18]，终身两酸嘶[19]。人生无家别[20]，何以为蒸黎？

[注释]

[1]天宝后：指安史之乱后。因安史乱起，中原农村遭到严重破坏，人口剧减，故云"寂寞"。　[2]园庐：田园房舍。但蒿藜：只剩下遍地野草。　[3]里：坊里。唐制，百户为一里。　[4]各东西：各自东西逃散。　[5]为尘泥：指尸骨朽烂。　[6]贱子：老兵自谓。阵败：指邺城之败。　[7]旧蹊：旧路。此指故里。　[8]"久行见空巷"二句：写征夫归来，所见皆空巷，终是无家可入，即后所云"家乡既荡尽，远近理亦齐"。在这荒旷的家园中，惟余暗淡惨凄的日光，可谓"写尽满目荒凉"（《杜诗镜铨》卷五）。日瘦，指日色无光，气象凄惨。　[9]怒我啼：狐狸向我愤怒啼叫。狐狸对人啼，可见人宅已成狐穴。　[10]"宿鸟恋本枝"二句：犹云人生恋故土，既然能回到家乡，就是再困苦也要暂且活下去。　[11]"方春独荷锄"二句：写老兵为了生活又独自忙活起农事。灌畦，浇菜地。　[12]习鼓鞞（pí）：练习敲打军鼓，指又要他去打仗。　[13]从本州役：在本州服兵役，言服役之近。　[14]无所携：是说家中没有可以告别的人。携，离。　[15]"近行止一身"二句：是说自幸在本州服役，要是远去他乡就很难说了。终转迷，不知会怎么样。　[16]"家乡既荡尽"二句：又翻进一层，是说家园既然都已经荡然无存，那么在本州服役与在外地反正都是一样，没有什么区别。这是老兵自伤只身无依之辞，揭露了他"无家"的内心痛苦。齐，都一样。　[17]"永痛长病母"二句：是说母亲去世已有五个年头。安史之乱爆发至此时正好是五年，可见其母是死于战乱的。委沟溪，指死去未得

安葬。委，抛弃。　　[18]不得力：指不能救母于死，母死又不能葬。　　[19]两酸嘶：言母子二人共同饮恨。一说指母病不能养，母死不能葬，没有尽到做儿子的责任，感到痛心。亦通。酸嘶，失声痛哭。　　[20]"人生无家别"二句：是说到了这样无家可别的悲惨境地，还让人怎么做老百姓呢？矛头直指皇帝。蒸黎，百姓，民众。

[点评]

乾元二年（759）三月作。题云"无家别"，犹言无家可别。通篇是一个再次被征服役的单身汉的独白，可分三段：开头八句，写老兵乱后归乡；中十二句，言归而无家，分写故里荒凉之状与暂归旋役之苦；末十二句，言无家又别，既伤只身莫依，又痛亡亲不见，曲尽无家之惨。结句"人生无家别，何以为蒸黎？"尤为痛彻心肺。此诗为"三吏""三别"的最后一篇，可作六诗总结。

起首两句以参商互不相见比喻人生别易会难，语虽平易，而性情真，意蕴深。

黄生曰："写故交久别之情，若从肺腑中流出，手未动笔，笔未蘸墨，只是一真。然非沉酣于汉魏而笔墨与之俱化者，即不能道只字。因知他人未尝不遇此真境，却不能有此真诗，总由性情为笔墨所格耳。"（《杜诗说》卷一）

赠卫八处士 [1]

人生不相见，动如参与商 [2]。今夕复何夕 [3]，共此灯烛光。少壮能几时，鬓发各已苍 [4]。访旧半为鬼 [5]，惊呼热中肠 [6]。焉知二十载，重上君子堂 [7]。昔别君未婚，儿女忽成行 [8]。怡然敬父执[9]，问我来何方。问答乃未已[10]，儿女罗酒浆[11]。夜雨剪春韭，新炊间黄粱[12]。主称会面难[13]，一举累十觞[14]。十觞亦不醉，感子故意长[15]。明日隔山岳[16]，世事两茫茫[17]。

吴冯栻曰："通首妙在一真：情真、事真、景真。故旧相遇，当歌此以侑酒，读之觉翕翕然一股热气，自泥丸直达顶门出也。"（《青城说杜》）

陈式曰："至'问答'以下，叙款待风味真率，两意缠绵。则又谓后此之别，悲于前此之别，盖前此之别，别幸复会，后此之别，别未必会耳。"（《问斋杜意》卷一）

[注释]

[1]卫八，生平不详，八是排行。处士，居家不仕的人。　[2]动如：动不动就像。参（shēn）商：二星名，参在西，商在东，此出彼没，永不相见。后常以比喻双方会面之难。曹植《与吴季重书》："别有参商之阔。"　[3]"今夕复何夕"二句：表示喜出望外，想不到能有今夕，共对此灯烛之光也。今夕何夕，《诗经·唐风·绸缪》："今夕何夕，见此良人！""今夕何夕，见此邂逅。"表示惊喜。　[4]苍：斑白。　[5]访旧：打听故旧的下落。半为鬼：大多亡故。　[6]热中肠：为故旧的死亡而深感悲痛，五内俱焚。　[7]君子：指卫八。　[8]成行：众多。　[9]怡然：和悦貌。父执：父亲的友辈。《礼记·曲礼上》："见父之执。"孔颖达疏："父之执，谓执友同，与父同志者也。"　[10]乃未已：还没有说完。"乃未已"，一作"未及已"。　[11]"儿女"，一作"驱儿"。罗酒浆：摆上酒菜。　[12]新炊：刚煮熟的饭。间（jiàn）：搀和。黄粱：即黄小米。　[13]主称：主人说。　[14]累：接连。觞（shāng）：酒杯。[15]子：指卫八。故意：故旧情义。长：深长，深厚。　[16]明日隔山岳：明天就要和你分别，好象华山把我们隔开一样。山岳，指西岳华山。　[17]世事：指时局发展和个人命运。别后世事如何，你我都茫然无知，不能预料，故曰"两茫茫"。

［点评］

乾元元年（758），杜甫被贬华州司功参军，冬赴洛阳，次年春从洛阳回华州，途中遇老友卫八处士，久别重逢，抚今追昔，感慨万千，遂赋此诗以赠，极言朋友会面之难，以见与卫八相会之乐。诗写一别二十年的老友在战争乱离中忽然相见，乍惊乍喜，如梦如幻，"今夕复何夕，共此灯烛光"，真有九死一生之感。烛下相看，鬓发俱苍，询问旧友，半死为鬼，真是可悲可叹。而眼前所见，昔日小友，今已儿女成行，且极懂礼貌；老友情真，剪春韭，炊黄粱，罗酒浆，倾其所有，盛情款待，又令人可喜可感。久别重逢，悲喜交集，念旧情深，十觞不醉。但想到明日相别，后会无期，又不禁凄然茫然。诗将一夜的情事娓娓叙来，平易真切，质朴无华，生动自然，表现了战乱年代人所共有的"沧海桑田"和"别易会难"的人生感触，具有很强的概括性和感染力，故能引起人们强烈的共鸣。

黄生曰："偶然有此人，有此事，适切放臣之感，故作此诗。"（《杜诗说》）

夏力恕曰："《佳人》名篇，亦左徒（屈原）迟暮之意，盖因所见而写成，以自喻且自嘲耳。"（《杜诗增注》卷五）

佳　人

绝代有佳人[1]，幽居在空谷。自云良家子[2]，零落依草木[3]。关中昔丧乱[4]，兄弟遭杀戮。官高何足论[5]，不得收骨肉。世情恶衰歇[6]，万事随转烛[7]。夫婿轻薄儿[8]，新人美如玉[9]。合昏尚知时[10]，鸳鸯不独宿[11]。但见新人笑[12]，那闻旧人哭[13]！在山泉水清[14]，出山泉水浊。侍婢卖珠回[15]，牵萝补茅屋。摘花不插发[16]，采柏动盈掬[17]。天寒翠袖薄[18]，日暮倚修竹[19]。

[**注释**]

[1]"绝代有佳人"二句：上句言其色之美，下句喻其品之高。绝代，犹绝世，举世无双。《汉书·外戚传上》载李延年歌："北方有佳人，绝世而独立。"唐人避太宗李世民讳，改"世"为"代"。幽居，隐居。《礼记·儒行》："幽居而不淫。"空谷，幽深的山谷。亦含"空谷人如玉"意。《诗经·小雅·白驹》："皎皎白驹，在彼空谷。生刍一束，其人如玉。" [2]良家子：清白人家的女子。据后"官高"句，则佳人出于官宦人家。 [3]零落：犹飘零。依草木：应上"幽居在空谷"。 [4]关中：今陕西中部一带。此实指长安，天宝十五载六月，安史叛军攻陷长安。丧乱：即指安史之乱。 [5]"官高何足论"二句：谓连兄弟的尸骨都不能收殓，官高又有何用？ [6]世情：世态人情。恶（wù）：厌恶，嫌弃。衰歇：衰败失势，指家道中落。 [7]转烛：比喻世事变幻，富贵无常。亦喻时间变化迅速，转瞬即逝。《佛说贫穷老公经》云："昼夜七日七夕，水浆断绝，小有气息，命在转烛。" [8]轻薄儿：谓夫婿喜新厌旧。 [9]新人：指丈夫新娶的妻子。 [10]合昏：即夜合花，又名合欢花，朝开夜合，故曰"知时"。 [11]鸳鸯：水鸟，雌雄永不分离。江总《闺怨篇》："池上鸳鸯不独自。" [12]新人：指新妇。 [13]旧人：指弃妇，佳人自谓。以上四句谓花鸟尚有情有义，而夫婿却喜新厌旧，真是连花鸟都不如，正见其"轻薄"。 [14]"在

徐增曰："此二句（指"在山泉水清，出山泉水浊"），见谁则知我？泉水，佳人自喻；山，喻夫婿之家。妇人在夫家，为夫所爱，即是在山之泉水，世便谓是清的；妇人为夫所弃，不在夫家，即是出山之泉水，世便谓是浊的。"（《说唐诗》卷一）

仇兆鳌则曰："此谓守贞清而改节浊也。"（《杜诗详注》卷七）

借"摘花不插发，采柏动盈掬"两个细节，表现佳人的清正贞洁。摘花本为了插发，她却不插发，盖恐美容之憔悴；柏味最苦，采柏盈掬，盖喻清苦自甘、贞心不改。两句写出幽真本色。

姜夔《疏影》：
"篱角黄昏，无言
自倚修竹。"黄景
仁《都门秋思》：
"寒甚更无修竹倚，
愁多思买白杨栽。"
皆袭用杜句。

山泉水清"二句：意在自白其幽居空谷之本怀，不欲出山同流合污也。　[15]"侍婢卖珠回"二句：极写佳人生活之艰苦凄凉。侍婢卖珠，见其生活拮据；牵萝补屋，见其所居破败。萝，即女萝，一种有藤植物。　[16]摘花不插发：花以插发，而佳人却摘而不插，说明无心修饰，亦"岂无膏沐，谁适为容"（《诗经·卫风·伯兮》）意。"发"，一作"鬓"。　[17]采柏动盈掬（jū）：柏实味苦，自不能食，但却常常采满一把，有清苦自甘、其苦自知意。动，常常。盈掬，满把。　[18]翠袖：泛指佳人衣着。　[19]修竹：长竹。竹有节而挺立，以喻佳人的坚贞操守。

［点评］

乾元二年（759）秋在秦州（今甘肃天水）作。诗借弃妇命运，寄寓身世之感。诗中佳人的形象，典型而又独特，可怜而又可敬。国难当头，家庭破败，个人被弃，遭遇是悲惨的，对一个弱女子来说，又是难以承受的。女主人公的难能可贵之处，就是在难以忍受的重重打击之下，没有乞怜之态，更无沉沦之想，而是坚贞自守，自强不息。"天寒翠袖薄，日暮倚修竹"，"其坚苍孤冷之节，足以傲雪凌霜，而与天寒日暮之修竹，同其劲直也。"（《杜诗言志》卷五）诗人用赋的手法叙述佳人的悲惨遭遇和孤苦生活，又用比兴的手法赞美她的高洁情操，将客观描写与主观寄托有机地结合起来，在着意塑造的绝代佳人身上寄寓了诗人自己的感慨和理想。

梦李白二首

其一

死别已吞声[1]，生别常恻恻。江南瘴疠地[2]，逐客无消息。故人入我梦[3]，明我长相忆。恐非平生魂[4]，路远不可测[5]。魂来枫林青[6]，魂返关塞黑。今君在罗网[7]，何以有羽翼？落月满屋梁[8]，犹疑照颜色。水深波浪阔[9]，无使蛟龙得。

[注释]

[1]"死别已吞声"二句：谓生别比死别更为痛苦。吞声，饮泣。恻恻，悲痛貌。 [2]"江南瘴疠地"二句：化用隋孙万寿《远戍江南寄京邑亲友》诗："江南瘴疠地，从来多逐臣。"谓得不到李白流放夜郎的消息。瘴疠，南方山林湿热地区流行的瘟疫。浔阳、夜郎都在江南，故云"瘴疠地"。逐客，被放逐的人，指李白。 [3]"故人入我梦"二句：谓故人入梦，正是我对他思念之深所致。故人，指李白。 [4]平生魂：生时之魂。当时杜甫疑心李白或许死了，故曰"恐非"。 [5]不可测：生死未明，不敢断定。 [6]"魂来枫林青"二句：上句谓白魂自江南而来，下句谓白魂又自秦州返。枫林，江南多枫，指白所在。《楚辞·招魂》："湛湛江水兮上有枫，目极千里兮伤春心，魂兮归来哀江南。"关塞，指杜甫所在的秦州。同时在秦州写的《西枝村寻置草堂地夜宿赞公土室二首》其二亦云："数奇谪关塞。"《别赞上人》又云："天长关塞寒。"魂在夜间来去，故云"青""黑"。 [7]"今君在

徐增曰："子美作是诗，肠回九曲，丝丝见血。朋友至情，千载而下，使人心动。"（《说唐诗》卷一）

陆时雍曰："是魂是人，是梦是睹，都觉恍惚无定，亲情苦意，无不备极矣。"（《唐诗镜》卷二十一）

吴瞻泰曰："起五字恨极，故为此反语。犹言索性死别则亦已矣。今使人不能忘者，生别也。下俱承生别言，而语语皆若死别，所以常恻恻也。"（《杜诗提要》卷二）

起首两句谓死别止于吞声饮泣，而生别则生死未卜，时时挂念，悲痛无尽，表达了诗人对李白痛苦万分的思念之情。

"落月满屋梁，犹疑照颜色。"两句以梦幻般的手法表达对李白的相思之情，可谓传神之笔。

罗网"二句：谓李白既陷囹圄，何能往来自由呢？进一步申明"恐非平生魂"句。罗网，法网。羽翼，翅膀。网可罗雀，上用罗网为比，故下用羽翼。　[8]"落月满屋梁"二句：写梦醒后迷离惝怳的感觉。颜色，指李白的容貌。宋玉《神女赋》："其始来也，耀乎若白日初出照屋梁。其少进也，皎若明月舒其光。"　[9]"水深波浪阔"二句：是希望李白多加小心。波浪阔，指归途艰险，暗喻政治环境的险恶。蛟龙，传说中的一种水生动物。此喻陷害忠良的恶人。《续齐谐记》载：汉建武中，长沙人欧回，见一人自称三闾大夫（即屈原）曰："吾尝见祭甚盛，然为蛟龙所苦。"杜诗本此。杜甫《天末怀李白》云："文章憎命达，魑魅喜人过。"又《不见》诗云："世人皆欲杀，吾意独怜才。"可见杜甫的担心是有根据的。

其二

浮云终日行[1]，游子久不至。三夜频梦君[2]，情亲见君意。告归常局促[3]，苦道来不易[4]。江湖多风波[5]，舟楫恐失坠。出门搔白首[6]，若负平生志。冠盖满京华[7]，斯人独憔悴。孰云网恢恢[8]，将老身反累。千秋万岁名[9]，寂寞身后事。

[注释]

[1]"浮云终日行"二句：化用《古诗十九首》："浮云蔽白日，游子不顾反"意。李白也有"浮云游子意"（《送友人》）的话。游子，指李白。不至，故入梦；久不至，故频入梦。李杜于天宝四载（745）在山东分手后一直未再见面。　[2]"三夜频梦

君"二句：谓一连几个晚上都梦见李白，足见李白对自己情亲意厚。与上首"故人入我梦，明我长相忆"，是就彼此两方面来说的，说明两人互相思念。　[3]告归：告别。局促：匆促不安貌。　[4]苦道：苦苦诉说。"苦道"三句即是李白告别时所说的话。　[5]"江湖多风波"二句：化用《汉书·贾谊传》："若夫经制不定，是犹度江河亡维楫，中流而遇风波，船必覆矣"意。楫，船桨。舟楫，即指所乘船。失坠，船翻落水。　[6]"出门搔白首"二句：写李白告归时神态，好象辜负了平生壮志似的。搔首，以手挠头，有所思貌。《诗经·邶风·静女》："爱而不见，搔首踟蹰。"　[7]"冠盖满京华"二句：深为李白鸣不平。冠盖，冠冕和车盖。借指达官贵人。京华，京城。斯人，这个人，指李白。憔悴，困顿失意貌。《楚辞·渔父》："屈原既放，游于江潭，行吟泽畔，颜色憔悴，形容枯槁。"　[8]"孰云网恢恢"二句：指斥世道不公，为李白鸣冤，故用反诘语气。孰云，谁说。网恢恢，语本《老子》第七十三章："天网恢恢，疏而不失。"恢恢，广大貌。将老，李白时年五十九，故云。身累，指李白被系狱流放。　[9]"千秋万岁名"二句：语本阮籍《咏怀八十二首》其十五："千秋万岁后，荣名安所之？"杜甫认为李白必定名垂万古，但那是身后之事。言外之意，这与他生前遭遇不是太不相称了吗？寂寞，指死后无知无为的境界。身后，即死后。

［点评］

　　乾元二年（759）秋在秦州作。至德二载（757），李白参加永王李璘幕府，后李璘因与其兄肃宗争权，兵败被杀，李白受牵连，坐系浔阳（今江西九江）狱。乾元元年长流夜郎（今贵州一带），二年遇赦东还。但杜

　　张溍曰："此首较前首俱深一层。前止言梦，此则言'三夜'、言'频'；前止言'明我'，此则言'见君'；前止言'魂返'，此则言'告归常局促'；前止言避祸，此则以身后名惜之。甚有深浅。"（《读书堂杜诗注解》卷五）

　　仇兆鳌曰："前章说梦处，多涉疑词；此章说梦处，宛如目击。形愈疏而情愈笃，千古交情，惟此为至。然非公至性，不能有此至情。非公至文，亦不能写此至性。"（《杜诗详注》卷七）

　　"冠盖满京华，斯人独憔悴。"两句形成鲜明对比。李白诗云："安能摧眉折腰事权贵，使我不得开心颜！"宁折不弯，"独"字正见李白傲岸、杜甫激愤。

甫此时并不知李白遇赦消息，因其生死未卜，忧念成梦，遂作二诗，表达了他对李白命运的深切关怀和遭受迫害的不平之鸣，表现了李杜间生死不渝的兄弟般情谊。

月夜忆舍弟

戍鼓断人行[1]，边秋一雁声[2]。

露从今夜白[3]，月是故乡明[4]。

有弟皆分散[5]，无家问死生。

寄书长不达[6]，况乃未休兵[7]。

陈式曰："题曰'忆弟'，而诗却宽一步说起故乡，'故乡'二字，正用来形出故乡无家之苦。月照故乡，不照故乡之弟，以致书问死生，终将不得其处也。"（《问斋杜意》卷五）

王嗣奭曰："只'一雁声'便是忆弟。对明月而忆弟，觉露增其白，但月不如故乡之明，忆在故乡兄弟无故也，盖情异而景为变也。"（《杜臆》卷三）

[注释]

[1]戍鼓：戍楼夜时所击禁鼓。断人行：谓宵禁戒严。　[2]"边秋"，一作"秋边"。其时吐蕃屡犯陇右，秦州已处边防。一雁：即孤雁。不用孤字，是因平仄关系。古以雁行喻兄弟，说"一雁"，即暗喻自己孤独。　[3]露从今夜白：谓今日适逢白露节气。　[4]月是故乡明：月无处不明，而因心念故乡，故曰。　[5]"有弟皆分散"二句：萧涤非先生释云："分散而有家，则谁死谁生，尚可从家中问知；现在是既分散而又无家，连死活都无从问处。语极悲切。"（《杜甫诗选注》）无家，时杜甫巩县老家毁于安史之乱，已无人，故云。　[6]书：家信。　[7]况乃：何况是。时史思明叛军复陷洛阳，又进攻河阳，故曰"未休兵"。

[点评]

　　乾元二年（759）秋，杜甫弃官华州，携家流寓秦州。他兄弟五人，四个弟弟颖、观、丰、占，此时只有杜占随行，其余则散处河南、山东等地。时安史之乱未平，史思明叛军在黄河南北很猖獗，西面吐蕃亦不时侵扰，秦州地处边塞，形势比较紧张。杜甫最笃于兄弟情谊，干戈扰攘中，衰病中的诗人格外思念音信不通的诸弟，遂在凄清孤寂的秋夜，写下了这首凄楚动人的忆弟诗。诗写天涯忆弟之情，骨肉离散之苦，可谓字字忆弟，句句有情。首联点明时、地，已隐含忆弟之情。戍鼓鸣，行人断，正是战乱景象，戍鼓声犹在耳，接着传来孤雁哀鸣，不禁牵动起诗人思弟之情缕。古人常用“雁行”“雁序”喻兄弟，孤雁失群，则使人联想到兄弟分散。首联十字，字字血泪，可谓一字一咽，写出忆弟之情，又揭出忆弟之由，那就是战乱。以下六句都是与这二句紧相呼应的。颔联紧承“秋”字、“月”字，加倍写“忆”。这两句诗，将江淹《别赋》“明月白露”四字翻作十字，运用上一下四句式，将寻常语离析倒装而用之，语峻体健，意亦深稳，遂成妙绝古今之名句。颈联申明三、四，知乱后故乡无人，只孤悬一轮明月，则月愈明，忆弟思乡之情愈切。尾联紧承五、六，照应开头，将家愁国难作一收束，含蓄蕴藉，无限深情。

天末怀李白

凉风起天末^[1]，君子意如何^[2]？

鸿雁几时到^[3]？江湖秋水多^[4]。

文章憎命达^[5]，魑魅喜人过^[6]。

应共冤魂语^[7]，投诗赠汨罗。

唐元竑曰："《天末怀李白》诗，格、意、句、字，具有无穷之妙。公诗为李作者无一不佳，此篇与'秋来相顾'一绝、《梦李白二首》尤为警拔。"(《杜诗捃》卷一)

仇兆鳌曰："说到流离生死，千里关情，真堪声泪交下，此怀人之最惨怛者。"(《杜诗详注》卷七)

朱鹤龄曰："上句言文章穷而益工，反似憎命之达者。下句言小人争害君子，犹魑魅喜得人而食之，即《招魂》'雄虺九首，吞人以益其心'意也。"(《杜工部诗集辑注》卷六)

邵长蘅曰："一喜一憎，遂令文人无置身地。"(《杜诗集评》卷六引)

[**注释**]

[1]凉风：秋风。天末：犹天边。二人天各一方，故云。 [2]君子：指李白。 [3]鸿雁：代指书信。古有鸿雁传书之说。 [4]江湖秋水多：喻风波险阻。与《梦李白二首》其二"江湖多风波"同义。 [5]文章：泛指诗文。命达：谓仕途通达。 [6]魑魅(chī mèi)：山泽中精怪，此喻奸邪小人。过：经过。魑魅喜人过而食之。或谓过失意，小人伺君子过失而害之。 [7]"应共冤魂语"二句：冤魂，指屈原。屈原忠君爱国，无罪被放，忧愤投汨罗江而死，故曰"冤魂"。汨罗江在今湖南省东北部。投诗，谓李白投诗汨罗以吊屈原。李白遭遇与屈原相似，同是蒙冤被放，故曰"共"。

[**点评**]

乾元二年（759）秋在秦州作。时李白坐永王璘事长流夜郎，途中遇赦还，至湖南。杜甫不知李白实况，因赋诗怀之。诗写对李白的深切怀念，同情其遭遇，哀怜其不幸，为其深鸣不平。全诗语浅情深，曲折含蓄。

空 囊

翠柏苦犹食[1]，明霞高可餐。
世人共卤莽[2]，吾道属艰难。
不爨井晨冻[3]，无衣床夜寒。
囊空恐羞涩[4]，留得一钱看。

[注释]

[1]"翠柏苦犹食"二句：写无食而忽发奇想。翠柏，指柏叶。《太平御览》卷九百五十三引《博物志》云："荒乱不得食，可细切松柏叶，水送令下，随能否，以不饥为度。"按《本草纲目·木部一》谓柏实味甘而柏叶味苦。明，一作"晨"，然与下"晨冻"犯复，作"明"较胜。餐明霞，语本《楚辞·远游》："漱正阳而含朝霞。" [2]"世人共卤莽"二句：言世人都不分是非而苟得富贵，自己既不肯同流合污，自宜生计艰难。卤莽，苟且，不用心。吾道，直道。道即人生之路。属，适值也。 [3]"不爨（cuàn）井晨冻"二句：上句说无食，下句说无衣。不爨，断炊，不能举火。床夜寒，不仅无衣，且无被褥可知。 [4]"囊空恐羞涩"二句：戏言因怕被别人看见而难为情，特留一钱放着看，以示囊不空也。嗟叹其穷愁，而妙在以幽默的口吻写自己的困窘。囊，钱袋。羞涩，不好意思。看，看守。后伪苏注据此二句杜撰出阮孚故事："晋阮孚山野自放，嗜酒，日持一皂囊，游会稽。客问囊中何物？ '但一钱看囊，庶免其羞涩。'"（《分门集注杜工部诗》卷十三）宋末阴时夫《韵府群玉·阳韵》"一钱囊"条又误引此事，后人转相引述，致使"阮囊羞涩"成为一个成语流传至今，许多

王嗣奭曰："'卤莽'二字，说尽世态；而'共'字更悲，乃知乱世情事，古今一律。吾道非卤莽，安得不以艰难属之也？敢谁怨耶？不爨、无衣，穷亦至矣！落句虽用成语，却有萧然自得之意，故不可及。"（《杜臆》卷三）

皇甫湜《制策一道》云："怙众以固权位，行贿以结恩泽，因循卤莽，保持富贵而已。"说的正是"世人共卤莽"这种情况。

杨伦曰："写穷况妙在诙谐潇洒。"（《杜诗镜铨》卷六）

汉赵壹《刺世疾邪赋》："文籍虽满腹，不如一囊钱。"杜句由此化出，虽是调笑语，亦是悲酸艰辛语。

辞书和杜诗注本也引用这一伪造典故，可谓以讹传讹。

［点评］

　　乾元二年（759）秋在秦州作。空囊，即钱袋已空。诗中反映了作者客居秦州时艰难的生活状况。首二句故作旷达，以绮丽的对句写一贫如洗的生活苦况，见出诗人坚贞高洁的品性。三四句言囊空之故，表现了诗人高出流俗的光辉。五六句插入井冻床寒的生活细节，展示囊空清苦之状。末二句自我解嘲，出之以诙谐之词，宛如长歌当哭，益觉心酸，亦见诗人幽默诙谐的一面。

王嗣奭曰："此诗分明为李白作传，其生平履历备矣。白才高而狂，人或疑其乏保身之哲，公故为之剖白。"（《杜诗详注》卷八引）

张溍曰："篇中叙太白快心事，何等藻艳；伤心事，何等爱护，真是情文兼至。"（《读书堂杜诗注解》卷六）

寄李十二白二十韵

　　昔年有狂客[1]，号尔谪仙人[2]。笔落惊风雨[3]，诗成泣鬼神。声名从此大[4]，汩没一朝伸。文彩承殊渥[5]，流传必绝伦[6]。龙舟移棹晚[7]，兽锦夺袍新。白日来深殿[8]，青云满后尘。

　　乞归优诏许[9]，遇我宿心亲[10]。未负幽栖志[11]，兼全宠辱身。剧谈怜野逸[12]，嗜酒见天真[13]。醉舞梁园夜[14]，行歌泗水春。才高心不展[15]，道屈善无邻。处士祢衡俊[16]，诸生原宪贫。

稻粱求未足[17]，薏苡谤何频？五岭炎蒸地[18]，三危放逐臣。几年遭鹏鸟[19]，独泣向麒麟。苏武先还汉[20]，黄公岂事秦？楚筵辞醴日[21]，梁狱上书辰。已用当时法[22]，谁将此议陈？

老吟秋月下[23]，病起暮江滨。莫怪恩波隔[24]，乘槎与问津。

"笔落惊风雨，诗成泣鬼神"二句赞扬李白诗才的超卓逸群，笔落使风雨为之惊骇，诗成而使鬼神哭泣。仇兆鳌曰："惊风雨，称其敏捷。泣鬼神，称其神妙。"(《杜诗详注》卷八)

李因笃曰："(剧谈怜野逸)二句抬得起，说得彻，不惟善赋其事，即青莲生平才品，二语约略尽之。"(《杜诗集评》卷十二引)

[注释]

[1]狂客：指贺知章，自号四明狂客。　[2]谪（zhé）仙人：谪居世间的仙人。孟启《本事诗·高逸第三》载，李白自蜀至京师，贺监知章闻其名，首访之，既奇其姿，复请所为文，白出《蜀道难》示之，称叹数四，号为谪仙。解金貂换酒，与倾尽醉，自是声誉光赫。又李白《对酒忆贺监诗序》云："太子宾客贺公，于长安紫极宫一见余，呼余为谪仙人。"　[3]"笔落惊风雨"二句：赞扬李白诗歌强烈的感染力。《本事诗》载，贺知章见李白《乌栖曲》叹曰："此诗可以泣鬼神矣。"　[4]"声名从此大"二句：谓自从贺知章扬誉之后，李白被埋没的声名开始变大。汨（gǔ）没，埋没。伸，谓扬眉吐气。　[5]殊渥：指李白供奉翰林事。贺知章向玄宗推荐李白，召见金銮殿，论当世事，奏颂一篇，帝赐食，亲为调羹，有诏供奉翰林。渥，犹恩泽。　[6]绝伦：无与伦比。　[7]"龙舟移棹晚"二句：写李白所受玄宗的重视和恩遇。范传正《唐左拾遗翰林学士李公（白）新墓碑并序》："（玄宗）泛

白莲池，公不在宴，皇欢既洽，召公作序。时公已被酒于翰苑中，仍命高将军扶以登舟。"兽锦，印有兽形花纹的锦。李白《温泉侍从归逢故人》："激赏摇天笔，承恩赐御衣。"蔡梦弼《杜工部草堂诗笺》卷十九引《李白外传》云："白作乐章，赐锦袍。"诗用"夺袍"亦是用典，称誉白诗压倒流辈。《旧唐书·宋之问传》载，武后令从臣赋诗，东方虬先成，赐以锦袍。宋之问继进诗，尤工，于是夺虬锦袍以赏之。诗用"新"字，亦谓宋夺袍在先，白则于今为新也。　[8]"白日来深殿"二句：写李白日间上朝，身后追随仰慕者甚众。青云，喻李白地位显赫，如在青云之上。后尘，喻趋附之士追随其后。　[9]乞归优诏许：谓李白自知不为玄宗亲近所容，恳求还山，玄宗乃赐金放还。　[10]遇我宿心亲：指天宝三载，李杜二人初次相逢于洛阳，一见如故。宿，通"夙"。夙心，夙愿，平素的心愿。　[11]"未负幽栖志"二句：言李白被赐金放还，未尝不是好事，一方面没有辜负他幽栖隐居的志向，另一方面又全身而退，免作政治斗争的牺牲品。幽栖，隐居。宠辱身，伴君如伴虎，恩宠和辱戮无常，故云。　[12]剧谈：即畅谈。忆及当年与李白相会同游，谈诗论文，何等惬意。野逸：杜甫自谓。二人相遇时，李白早已名动朝野，故云"怜野逸"。　[13]嗜酒见天真：谓李白。白嗜酒，为酒中仙，其醉时，是"天子呼来不上船"的，正见其天真。　[14]"醉舞梁园夜"二句：回忆二人共同漫游梁宋、齐鲁的胜事。梁园，即梁苑，亦称兔园。西汉梁孝王所建的东苑，故址在今河南商丘市东。天宝三载（744）秋冬之际，李杜二人曾同游梁宋。行歌，且行且歌。泗水，水名，发源于山东泗水县陪尾山，西流经曲阜、兖州，折南至济宁东南鲁桥镇入南四湖。古泗水自鲁桥以下，南流经江苏注入淮河。天宝三、四载间，二人曾同游齐鲁。　[15]"才高心不展"二句：对李白才高遭嫉的遭遇表示感慨。道屈，指理想不得实现。善无邻，《论语·里仁》："德不孤，必有邻。"此反用其意，有曲高和寡之意。　[16]"处士祢衡俊"二句：以祢衡和原宪比李白。祢衡，东汉平原人，字正平。少年英俊，才气不凡，受知于孔融，推荐给曹操，后又事刘表、黄祖，皆以文才受重视，终因恃才傲物为黄祖所杀。孔融《荐祢衡表》称祢衡为处士。诸生，犹言儒生、读书人。原宪，孔子弟子，为人以贫困守节而著称。　[17]"稻粱求未足"二句：谓李白未得朝廷之信任，反遭诬谤。薏苡，多年生草本植物，茎直立，叶披针形，果仁叫薏米。薏苡谤，《后汉书·马援传》载：伏波将军马援在交趾时，常食薏苡果实。南方薏苡果实较大，马援载回一车薏苡为种。在其死后被人诬为载回的是南方明珠、文犀。后比喻蒙冤被谤。这里指李白因"从璘"被人诬谤。　[18]"五岭炎蒸地"二句：言李白长流夜郎。夜郎在西南荒远之地，故以五岭、三危比之。五岭，大庾岭、始安岭、临贺岭、桂阳岭、揭阳岭的总称，在今江西、湖南、广东、广西交界处。炎蒸，酷热。三危，山名，在今甘肃敦煌东南，因其三峰耸立，山势欲坠，故称。《尚书·舜典》："窜三苗于三危。"后因以"三危"为流放之典。逐臣，指李白。　[19]"几年遭鵩鸟"二句：以贾谊、孔子之典喻指李白的遭遇。遭鵩鸟，虑身危；泣麒麟，叹道穷。鵩鸟，汉代贾谊贬为长沙王太傅，见鵩鸟入舍，作《鵩鸟赋》，后以之为遭受贬谪或自伤不幸之典。泣麒麟，据《公羊传》载，鲁哀公十四年，狩猎时捕获麒麟，孔子认为麒麟为仁兽，王道大兴时才出现，现在正值乱世，因此孔子哭泣着说："胡为乎而来哉？吾道穷矣！"后因以"泣麟"为哀叹世道衰败、志向难以施展之典。　[20]"苏武先还汉"二句：以苏武和黄公比李白心本无他，乃因胁迫而从璘。苏武在匈奴十九年，坚贞不屈，后终还汉。所谓"先还汉"，当谓李白虽被李璘胁迫，然其逃归较幕府诸人为先也。黄公，即夏黄公，汉时鄞人，避秦而隐居商山中，四皓之一。李白《经乱离后天恩流夜郎忆旧游书怀赠江夏韦太守良宰》诗云："半夜水军来，浔阳满旌旗。空名适自误，迫胁上楼船。徒赐五百金，弃之若浮烟。辞官不受赏，翻谪夜郎天。"可与杜诗相印证。　[21]"楚筵辞醴日"二句：言李白在狱中曾上书为自己辩诬。楚筵辞醴，典出《汉书·楚元王传》：穆生仕楚元王，不喜饮酒，元王就专为穆生设醴（甜酒）。元王死，子戊即位，初常设醴以待。后忘设醴，穆生就说："醴酒不设，王之意怠。"遂称病谢去。辞醴，谓不受伪官。梁狱上书，西汉邹阳为梁孝王门客，有文才，与庄忌、枚乘交好，羊胜、公孙诡忌其才，诬陷邹阳，梁王将他下狱，欲杀之，邹阳作《狱中上梁王书》自辩，梁王阅书，赦之，列为上宾。李白《狱中上崔相涣》与《上崔相百忧章》"穆逃楚难，邹脱吴灾"云云，正与此二句意同。上书，谓力辩己冤。　[22]"已用当时法"二句：言因无人为其昭雪冤屈，故当时已被判罪系浔阳狱，后被流放夜郎。当时法，《唐律疏议》卷第一："流刑三：二千里、二千五百里、三千里。"而唐代夜郎郡至京师长安四千二百里，至东都洛阳三千七百里。李白流夜郎在三千里以外，乃流放之量刑最重者，此即所谓"当时法"。此议，指为李白辩诬洗冤。"议"，一作"义"。陈，陈奏。　[23]"老吟秋月下"二句：想象李白被诬后的生活情状。暮江滨，此时李白已遇赦还浔阳，故云。　[24]"莫怪恩波隔"二句：叹如李白之才而皇帝不予开恩，故欲乘槎以问天。其中亦有安慰之意。莫怪，不用责怪，怪之无益也。恩波隔，指没有得到皇帝的恩泽。槎，木筏。古有乘槎上天的神话传说。津，渡口。

[点评]

乾元二年（759）居秦州时所作。李白坐永王璘案，先于至德二载（757）下浔阳狱，后获释。乾元元年，又判流放夜郎（在今贵州一带），遇赦而回。杜甫与李白交谊甚厚，对李白遭此不白之冤，深感痛心。此诗追述了李白生平、诗才以及两人的友情，对友人横遭不幸深表同情与抚慰，亦为友人抱枉莫伸、流落江湖而鸣不平。前十二句，重点评价李白的诗歌艺术成就，勾勒出一个风流倜傥、飘逸豪放的诗人形象。"乞归优诏许"以下十二句，追叙李白被赐金放还后，南北漫游、蹭蹬落魄的情景，并回顾自己在与李白相识交往中建立起的亲如兄弟的友谊。"稻粱求未足"以下十二句，写李白长流夜郎事。诗人有意冲淡李白入永王幕的政治色彩，旨在为其开脱。接着历叙李白晚年悲惨的遭遇和凄楚的心境。"遭鹏鸟""泣麒麟"，是引贾谊、孔子事而伤其命乖道穷；以苏武终于归汉和夏黄公不事暴秦的故事，说明李白不会真心附逆。诗人的意思是，尽管"世人皆欲杀"，但我却要给他申冤辩诬，给他树碑立传。最后四句是结束语。诗人告慰李白，请不要抱怨没有沾皇帝的恩泽，我要乘槎问津，为你剖陈于朝廷。杜甫为李白写此诗，雪诬、立传，已尽到了朋友的一片真心，其言壮，其情殷，足可昭著千秋。

黄周星曰："《七歌》体创自少陵，后乃转相摹仿，然无如此之悲切。"（《唐诗快》卷二）

李因笃曰："《七歌》高古朴淡，洗尽铅华，独留本质。""愈淡愈旨，愈真愈厚，愈朴愈古，千古绝调也。妙在悠然不尽，一片空灵，无复声色臭味之可寻矣。然非其人不知。"（《杜诗集评》卷五引）

仇兆鳌曰："此章从自叙说起。垂老之年，寒山寄迹，无食无衣，几于身不自保，所以感而发叹也。悲风天来，若助旅人之愁矣。"（《杜诗详注》卷八）

第一首写自己寓居同谷的窘况。

乾元中寓居同谷县作歌七首

其一

有客有客字子美[1]，白头乱发垂过耳。

岁拾橡栗随狙公 [2]，天寒日暮山谷里。

中原无书归不得 [3]，手脚冻皴皮肉死。

呜呼一歌兮歌已哀 [4]，悲风为我从天来。

浦起龙曰："一歌，诸歌之总萃也。结独逗一"哀"字、"悲"字，则以后诸歌，不复言悲哀，而声声悲哀矣。故曰诸歌之总萃也。各章结句，亦首首贴定，语不浪下。"（《读杜心解》卷二之二）

[注释]

[1] 客：杜甫自称。　[2] 岁：这里指岁暮。时当十一月，故云。橡栗：即栎树的果实，又名橡子，味苦涩，荒年穷人常用来充饥。随狙（jū）公：狙，一种猴子。狙公，驯养猴子的老人。橡栗也是猴子的食物，所以说"随狙公"。　[3]"中原无书归不得"二句：因冻饿而想到战乱中的故乡，已暗伏下文"思弟妹"之意。中原，指故乡。书，书信。皴（cūn），皮肤因受冻而裂开。皮肉死，是指皮肉冻得已没有了知觉。　[4] 呜呼：感叹词。兮：助词，跟现在的"啊"相似。

其二

第二首写全家无衣无食、啼饥号寒的惨状。

长镵长镵白木柄 [1]，我生托子以为命 [2]。

黄独无苗山雪盛 [3]，短衣数挽不掩胫 [4]。

此时与子空归来 [5]，男呻女吟四壁静。

呜呼二歌兮歌始放 [6]，邻里为我色惆怅 [7]。

浦起龙曰："呻吟则盈耳嘈嘈矣，却下一'静'字，愈妙！'四壁静'者，空无所有也。"（《读杜心解》卷二之二）

[注释]

[1] 镵（chán）：铁制尖头掘土器，有长木柄，所以称长镵。　[2] 我生托子以为命：我就靠你这柄长镵来活命了。命托长镵，一语惨绝。子，是以亲切的口吻称呼长镵。　[3] 黄独无苗

山雪盛：意谓漫山大雪，难以辨认，黄独很难找到。"黄独"，一作"黄精"。黄独，野生植物，根茎只一颗，肉白皮黄，故名黄独，也叫土芋，遇霜雪，枯无苗，可蒸食。　[4]短衣数挽不掩胫：是说无衣御寒，把破烂的短衣扯了又扯，还是遮不住小腿。挽，扯，拉。胫，小腿。　[5]"此时与子空归来"二句：意谓一无所获，空手而归，家徒四壁，什么也没有，老婆孩子饿得直呻吟。子，指长镵。呻吟，因冻饿而发出痛苦的声音。　[6]歌始放：亦"放歌破愁绝"意。放，放声悲歌。　[7]邻里：邻居。"邻里"，一作"闾里"。色惆怅：悲悯愁苦的表情。

其三

有弟有弟在远方[1]，三人各瘦何人强？

生别展转不相见[2]，胡尘暗天道路长。

东飞鴐鹅后鹙鸧[3]，安得送我置汝旁？

呜呼三歌兮歌三发，汝归何处收兄骨[4]？

第三首悲叹兄弟离散。

吴瞻泰曰："本是思弟不归，而兄骨已无处收矣。又似代弟哭兄者，骨肉深情，缠绵郁结。"（《杜诗提要》卷五）

[注释]

[1]"有弟有弟在远方"二句：怀念三个远方的弟弟。杜甫有四个弟弟：颖、观、丰、占。除了幼弟杜占这时跟随在身边外，其余三人都远在山东、河南等地。各瘦，每个人都很瘦。何人强，没有一个强健的。　[2]"生别展转不相见"二句：申明离散的原因。展转，即辗转，到处流转。胡尘暗天，指安史叛乱搅得天下不宁。　[3]"东飞鴐（jiā）鹅后鹙鸧（qiū cāng）"二句：诸弟在东方，故见群鸟东飞，遂生欲乘之去会诸弟的奇想。鴐鹅，一种野鹅。鹙鸧，两种水鸟。鹙即秃鹙，鸧即鸧鸹。安得，怎能。　[4]汝归何处收兄骨：是说即使弟弟们能回到故乡，而我又不知飘泊何

第四首思念远方的寡妹。

仇兆鳌曰："猿啼清昼，不特天人感动，即物情亦若分忧矣。"（《杜诗详注》卷八）

处，你们又到哪里去收哥哥我的遗骨呢！

其四

有妹有妹在钟离[1]，良人早殁诸孤痴[2]。

长淮浪高蛟龙怒[3]，十年不见来何时？

扁舟欲往箭满眼[4]，杳杳南国多旌旗[5]。

呜呼四歌兮歌四奏，林猿为我啼清昼[6]。

[注释]

[1]有妹：杜甫有妹嫁韦氏，夫亡寡居。钟离：即今安徽凤阳县。　[2]良人：丈夫。殁：死。诸孤：几个孤儿。痴：指年幼不懂事。　[3]长淮：即淮河，钟离临淮河，故欲从水路探望。浪高蛟龙怒：极力形容水行的凶险。　[4]箭满眼：指战乱不宁。　[5]杳杳：遥远貌。南国：犹南方。多旌旗：亦指战乱多险。　[6]清昼：凄清的白天。猿多夜啼，今山林中猿却为我感动而昼啼，可见悲之极矣。

第五首由悲弟妹难见又回到自身，写自己流寓荒凉的穷谷，百感交集。诗先以众多阴愁的景物——风多、水急、雨寒、树湿、蒿黄、云密、野狐出没，状写生活的"穷谷"，高度概括了自己寓居同谷的艰难处境。

其五

四山多风溪水急[1]，寒雨飒飒枯树湿。

黄蒿古城云不开，白狐跳梁黄狐立。

我生何为在穷谷[2]？中夜起坐万感集[3]。

呜呼五歌兮歌正长，魂招不来归故乡[4]。

[注释]

[1]"四山多风溪水急"四句：描绘同谷人烟稀少，野兽猖獗的

荒凉环境。飒飒,形容风雨声。黄蒿,一种野草,常借以写荒凉景象。古城,即指同谷。云不开,指云雾晦冥。跳梁,跳跃。因人少,故狐狸活跃。 [2]何为:为什么。 [3]中夜:半夜。 [4]魂招不来归故乡:倍写思乡之切,是说魂早归故乡去了,故招之不来。古人招魂有两种,一招死者的魂,一招活人的魂,此为后者。此句翻用《楚辞·招魂》"魂兮归来,反故居些"之意,其用意更深,语尤奇警。

其六

南有龙兮在山湫^[1],古木巃嵸枝相樛^[2]。
木叶黄落龙正蛰^[3],蝮蛇东来水上游^[4]。
我行怪此安敢出^[5],拔剑欲斩且复休。
呜呼六歌兮歌思迟,溪壑为我回春姿^[6]。

第六首写杜甫出游同谷的万丈潭,见蝮蛇反常出现,杜甫不忍斩杀之,迂曲地表达了他对春讯的盼望,也正好反映出他过冬的艰难。

[注释]

[1]湫(qiū):深潭。此指同谷县东南七里的万丈潭,相传有龙自潭中飞出。 [2]巃嵸(lóng zōng):高峻貌。樛(jiū):树枝盘曲下垂貌。 [3]蛰(zhé):动物冬眠,潜伏不动不食。 [4]蝮蛇:一种毒蛇。时当仲冬,蛇应蛰伏,但因同谷气暖(即末句所写"回春姿"),故得出游。 [5]"我行怪此安敢出"二句:是说我见蝮蛇竟敢冬天出游,本"拔剑欲斩",而终未斩之,却是为何?因为蝮蛇出游,兆示天气变暖,而天气变暖对无衣御寒的杜甫一家来说,是天大的喜讯。正因为这喜讯是蝮蛇传报的,故杜甫不忍斩之。这正反衬出生活的艰难。 [6]溪壑为我回春姿:溪壑将为我这寒苦之人唤回春天。见木叶黄落,冬日愁惨之象,故有渴盼春回大地之想。

其七

男儿生不成名身已老[1]，三年饥走荒山道[2]。

长安卿相多少年[3]，富贵应须致身早。

山中儒生旧相识[4]，但话宿昔伤怀抱。

呜呼七歌兮悄终曲[5]，仰视皇天白日速[6]。

第七首以自叹年老无成、落魄荒山为整组诗作结。

仇兆鳌曰："首尾两章，俱结到天，盖穷则呼天之意耳。"(《杜诗详注》卷八)

[注释]

[1] 男儿：杜甫自称。身已老：杜甫这年四十八岁，已变得很衰老了。　[2] 三年饥走荒山道：是说自己从至德二载（757）四月脱贼奔凤翔行在，闰八月墨制放还鄜州，乾元元年（758）六月贬华州，冬去洛阳，二年春回华州，七月弃官客秦州，直到此时流寓同谷，三年来奔走于荒山野道之间，吃尽苦头。　[3] "长安卿相多少年"二句：意谓朝廷中新贵多是少年后生，看来想要富贵就应及早钻营。这是愤激之语。致身，致力于仕途。　[4] "山中儒生旧相识"二句：这位流落到同谷山中的旧友，当指李衔。杜甫于大历五年暮秋所作《长沙送李十一衔》诗云："与子避地西康州，洞庭相逢十二秋。"西康州，即同谷。从乾元二年（759）冬到大历五年（770）暮秋，正十二个年头。宿昔，往日。　[5] 悄终曲：悄然结束吟唱。悄，既是无声，又有忧意。　[6] 仰视皇天白日速：借不能挽日暮之衰颓，而叹穷老流离之深悲。盖化用潘岳《悼亡》诗"青春速天机，素秋驰白日"之意。或谓此句"其声慨然，其气浩然"。白日速，太阳运行快，意即时不我待。

[点评]

这组七言歌行，是乾元二年（759）十一月所作。杜甫经过艰难跋涉，终于抵达同谷（今甘肃成县）。在同谷寓居期间，没有得到任何援助，这是他一生中生活最为困苦的时期。组诗淋漓尽致地叙写了他极度穷困的生活状况和对弟妹的刻骨思念，诚如萧涤非所说："真是到了'惨绝人寰'的境地。"（《杜甫诗选注》）杜甫采用七古这一体裁，亦有"长歌可以当哭"之意。七首合为一个整体，是取法于张衡《四愁诗》、蔡文姬《胡笳十八拍》。七首结构相同，首二句点明主题，中四句叙事，末二句感慨悲歌。宋末文天祥曾模仿《七歌》而作《六歌》，抒发其家破国亡的悲愤。

堂成

背郭堂成荫白茅[1]，缘江路熟俯青郊[2]。
桤林碍日吟风叶[3]，笼竹和烟滴露梢。
暂止飞乌将数子[4]，频来语燕定新巢[5]。
旁人错比扬雄宅[6]，懒惰无心作《解嘲》。

［注释］

[1] 背郭：背靠城郭。草堂在成都城西，故云。荫白茅：指屋顶用白茅覆盖。荫，覆盖。白茅，茅草的一种，又叫丝茅草，可用作盖屋的材料。 [2] 缘江：沿江。江，指浣花溪。俯青郊：俯视暮春青绿的郊野。说明草堂地势较高。 [3]"桤（qī）林碍日吟风叶"

仇兆鳌曰："起联言堂之规制面势，中四记竹木之佳、禽鸟之适，则堂成后景物备矣。末借扬雄自况，以终所赋之意。一起一结，自相照应，此通篇章法也。"（《杜诗详注》卷九）

"桤林碍日吟风叶，笼竹和烟滴露梢。"两句借院内林竹之佳，以衬托草堂成后适意、喜悦之情。语有倒装，顺说是：桤林之叶碍日吟风，笼竹之梢和烟滴露。仇兆鳌云："林碍日、叶吟风，竹和烟、露滴梢，六字本相对，将风叶露梢倒转，则下半句变化矣。"

罗大经曰：二句"盖因乌飞燕语，而喜己之携雏卜居，其乐与之相似，此比也，亦兴也。"（《鹤林玉露》卷一〇）

二句：写草堂周围竹木繁茂。桤，一种落叶乔木。碍日，挡住阳光。吟风叶，风吹树叶发出的声响，犹如吟唱一般动听。笼竹，指慈竹。烟，指竹林间弥漫的雾霭。　[4]暂止：暂时栖止。将：携带。数子：几只雏鸟。　[5]语燕：燕子呢喃作语。定新巢：筑新巢。　[6]"旁人错比扬雄宅"二句：是说自己并不想在成都久居。扬雄，西汉蜀郡成都人，其宅在成都少城西南隅，因其曾在此闭门著《太玄经》，故又名"草玄堂"。当时人多攀附权贵，而扬雄却淡泊自守，专心著述，别人嘲笑他，他便作《解嘲》予以回答。成都是扬雄的老家，而杜甫是流寓在此，并不想久居，所以旁人把草堂比作扬雄宅是"错比"。旁人不了解杜甫只是暂住的心思，他也不想表白，所以也就懒得像扬雄那样作《解嘲》了。

［点评］

　　乾元二年（759）年底，杜甫一家由同谷到达成都。第二年，即上元元年（760）暮春，依靠亲友的帮助，杜甫在成都西郊的浣花溪畔建成草堂。堂成，即指草堂落成，这时只是主要部分落成。后来杜甫在《寄题江外草堂》中说："经营上元始，断手宝应年。"草堂完全建成则在宝应元年（762）。草堂遗址，今已建成杜甫草堂博物馆。此诗写草堂初成，环境清幽安静，结束了多年的流离生活，流露出愉悦心情。其中"暂止飞鸟将数子，频来语燕定新巢"，亦兴亦比，十分贴切地表达了诗人此时的心境。但末联也流露出羁旅的情思。

蜀　相

丞相祠堂何处寻[1]？锦官城外柏森森[2]。

映阶碧草自春色[3]，隔叶黄鹂空好音。

三顾频繁天下计[4]，两朝开济老臣心[5]。

出师未捷身先死[6]，长使英雄泪满襟。

[注释]

[1]丞相祠堂：公元221年，刘备在蜀称帝，任命诸葛亮为丞相。建兴元年（223）后主刘禅封诸葛亮为武乡侯，故其庙又称武侯祠，在今成都南郊。何处寻：知为首次相访，不知具体所在。　[2]锦官城：在成都西南部，汉代主管织锦业的官员居此，故称。后作为成都的别称。森森：高大茂密貌。传说武侯祠前有一柏为诸葛亮手植。　[3]"映阶碧草自春色"二句：写丞相祠堂周围的自然景色，景中含情。映，遮掩。自春色，自为春色。空好音，空作好音。碧草自绿，黄鹂自鸣，好像春色与己无关，好音与己无闻，"自""空"互文，是用反衬手法加倍写出诗人对诸葛亮的倾慕之情与凄恻之感。　[4]三顾频繁天下计：即诸葛亮《出师表》所云："先帝（指刘备）不以臣卑鄙，猥自枉屈，三顾臣于草庐之中，谘臣以当世之事。"三顾，指刘备三顾茅庐请诸葛亮出山。"频繁"，一作"频烦"，意为多次烦劳，反复咨询。天下计，安天下之大计。指诸葛亮在《隆中对》中提出的东连孙权，北抗曹操，西取巴蜀，三分天下的谋国方略。　[5]两朝开济：指诸葛亮辅佐先主刘备和后主刘禅成就帝业。开济，经邦济世，亦治理之意。老臣心，即"鞠躬尽瘁，死而后已"之心。　[6]出师未捷：指"北定中原，兴

赵星海曰："此借诸葛而自寓慨也。以孔明之才，而不得满遂其志，有似己之怀忠而不得一展其道者然。心中先有一丞相，始欲寻其祠，而一申慕怜之诚焉。故题曰'蜀相'。读杜诗须将诗与题两相合看，始能识其深意之所在。"（《杜解传薪》卷四之一）

王嗣奭曰："出师未捷，身已先死，所以流千古英雄之泪也。盖不止为诸葛悲之，而千古英雄有才无命者，皆括于此，言有尽而意无穷也。"（《杜臆》卷四）

王叔文忧革新事败，遂吟诵杜诗"出师未捷"二句，不禁"唏嘘泣下"（《旧唐书·王叔文传》）。抗金名将宗泽为投降派所抑，忧愤成疾，不能歼敌，长叹曰："出师未捷身先死，长使英雄泪满襟。"连呼三声"过河"而壮烈殉国（《宋史·宗泽传》）。可谓千古英雄同此怀抱。

复汉室，还于旧都"（《出师表》）的理想未得实现。身先死：《三国志·蜀书·诸葛亮传》载，建兴十二年（234）春，诸葛亮出师伐魏，据武功五丈原（在今陕西岐山县南），与司马懿对峙于渭南，相持百余日。其年八月，亮病死军中，时年五十四。

[点评]

此诗为上元元年（760）春杜甫到成都后初游诸葛亮庙时作。诗借咏丞相祠堂，而深寄缅怀之思，歌颂诸葛亮的丰功伟绩。前四句写丞相祠堂，一、二句点题，交代祠堂所在，已饱含诗人对诸葛亮的无限追慕之情。三、四句写祠景，而景中寓情。后四句写丞相本人。五、六两句，从大处着笔，言简意赅，括尽诸葛亮一生的功业和才德。末二句，对诸葛亮的大业未竟，赍志而殁，深表痛惜，其情忱挚悲壮，感人肺腑。

王安石《悼鄞江隐士王致》："老妻稻下收遗秉，稚子松间拾堕樵。"盖本杜句。

孙鑛曰："有自然之趣，正以浅妙。此所谓眼前景物口头语也。"（《杜律》卷七）

江　村

清江一曲抱村流 [1]，长夏江村事事幽 [2]。

自去自来堂上燕 [3]，相亲相近水中鸥。

老妻画纸为棋局 [4]，稚子敲针作钓钩。

多病所须唯药物 [5]，微躯此外更何求？

［注释］

[1]清江：指浣花溪。抱：环绕。　[2]幽：幽静安闲。"幽"为一诗之纲，下四句即分言之。　[3]"自去自来堂上燕"二句：写景物之"幽"。鸥，一种水鸟，主要捕食鱼类。　[4]"老妻画纸为棋局"二句：写人事之"幽"。妻儿之乐，充满天趣。棋局，即棋盘。　[5]"多病所须唯药物"二句：谓多病之躯只须药物就行了，此外还能要求什么呢？微躯，微贱之躯，是自谦之词。"多病"句，一作"但有故人供禄米"。

［点评］

上元元年（760）夏在成都草堂作。草堂在浣花溪畔，故称江村。此诗以轻松的笔调，描写了江村清幽的环境、燕飞鸥戏的夏日景物以及老妻稚子的乐趣，虽身体多病，但仍笑对生活，表现了诗人乐观的生活态度。

题壁画马歌 [1]

韦侯别我有所适 [2]，知我怜君画无敌。
戏拈秃笔扫骅骝 [3]，欻见骐驎出东壁 [4]。
一匹龁草一匹嘶 [5]，坐看千里当霜蹄 [6]。
时危安得真致此 [7]？与人同生亦同死！

陈醇儒曰："画纸属老妻，敲针属稚子，写出一副淡然无营、洒然无累神理，无限天趣。燕本近人，自来自去，偏若无情；鸥本远人，相亲相近，偏若有情。此杜诗刻画处。"（《书巢笺注杜工部七言律诗》卷二）

陈式曰："予因公诗而想韦画之妙，固妙在龁草、嘶时，便有千里霜蹄之势。至曰'坐看'，则又俨然破壁去矣。似此必是画妙，故诗妙。亦以诗妙，益见画妙。"（《问斋杜意》卷七）

汪灏曰："短幅写画马，亦写得马是神马，亦写得马是活马，亦写得马是千里马，可骑之以共命之马。"（《树人堂读杜诗》卷九）

[注释]

[1]题下原注："韦偃画。"诗题一作"题壁上韦偃画马歌"。韦偃：或作"韦鹏"，京兆（今陕西西安）人，著名画家，时寓居于蜀。　[2]"韦侯别我有所适"二句：是说韦偃知道杜甫喜爱他的画，故一来告别，二来作画留念。韦侯，即韦偃。侯，古时对男子的尊称。别我，向我告别。有所适，将到外地去。怜，爱，喜欢。　[3]戏拈秃笔扫骅骝：形容韦偃造诣之高，随便拿一支秃笔便很快"扫"出一匹骅骝来。扫，挥洒。骅骝，良马名。　[4]欻（xū）：忽然，写其神速。骐骥：也是良马。　[5]龁（hé）：啃，吃。嘶：嘶鸣。　[6]坐看千里当霜蹄：以画作真，是说转眼之间韦偃画的马就要奔驰千里之外。坐看，眼看，形容时间短促。当，对。霜蹄，因马蹄可以踏霜雪，故称。　[7]"时危安得真致此"二句：是说当今时局艰危，如何能得到这样的真马？那样我就会和它一起同生共死，去为国家建立功勋。浦起龙谓"结联见公本色"（《读杜心解》卷二之二）。

[点评]

此诗当作于上元元年（760）寓居成都草堂时。韦偃善画山水、松石、花鸟，尤善画马，千变万态，巧妙精奇，曲尽其妙，宛然如真。韦偃在草堂的东壁上画了两匹马，杜甫因题此诗。这首题画诗，生动形象地写出了韦偃画作的精妙传神，而"时危"二句，亦表现了诗人念念不忘国家安危的爱国情怀。

戏题画山水图歌 [1]

十日画一水 [2]，五日画一石。

能事不受相促迫，王宰始肯留真迹。

壮哉昆仑方壶图 [3]，挂君高堂之素壁。

巴陵洞庭日本东 [4]，赤岸水与银河通，

中有云气随飞龙 [5]。

舟人渔子入浦溆 [6]，山木尽亚洪涛风。

尤工远势古莫比 [7]，咫尺应须论万里。

焉得并州快剪刀 [8]，剪取吴松半江水。

[注释]

[1]题下原注："王宰画，宰丹青绝伦。"诗题一作《戏题王宰画山水图歌》。王宰，蜀中人，为唐代著名画家，善画山水树石。　[2]"十日画一水"四句：意谓王宰擅画，但不肯在催逼中草率命笔，只有如此，他才肯挥毫留真迹。能事，所擅长之事。此指绘画。　[3]"壮哉昆仑方壶图"二句：点明所题之画为挂在王宰大厅白粉墙上的巨幅山水画。昆仑，我国西部大山，也是神话传说中的仙山。方壶，神话传说海上有三座仙山，方壶是其一。　[4]"巴陵洞庭日本东"二句：描绘画中山水广远浩淼、水天一色的壮观。巴陵，山名，又称巴丘，在今湖南岳阳市西南，濒临洞庭湖。日本，即今日本国。赤岸，旧注多引《文选·江淹〈江赋〉》："鼓洪涛于赤岸。"李善注："或曰赤岸在广陵兴县。"即今江苏六合县东南之赤岸山。而清洪亮吉《北江诗话》卷五引《水

王嗣奭曰："王画神妙，只咫尺万里尽之，前面许多景象，皆包在一句中。此诗通篇设想，俱有戏意。而收语尤戏之甚，故云'戏题'。"(《杜诗详注》卷九引)

"舟人渔子入浦溆，山木尽亚洪涛风。"两句写山水图画之水势兼带风势，即风涌洪涛而渔舟回避，山木尽为低亚，气势极为壮观，笔墨极其生动，是鉴赏家极在行极知趣语，而无画匠气。

汪灏曰："赞画竟欲裂而分之，爱之至也。古画纯用绢，故下'剪刀'字。用刀剪水，故曰'戏题'。"(《树人堂读杜诗》卷九)

经注·河水二》："大河又东，迳赤岸北，即河夹岸。"又引"《秦州记》：'枹罕有河夹岸，岸广四十丈。'"认为即枹罕赤岸。此赤岸旧在今甘肃临夏黄河南岸，刘家峡水库建成后没入库区。此地上距黄河源头较近。似以洪说为长。　[5] 中有云气随飞龙：形容画中云气流动，波涛汹涌。　[6]"舟人渔子入浦溆"二句：描写画上风涛激荡，船工和渔夫将船靠岸以回避，山中林木被狂风吹得都低垂俯地。浦溆，水边。亚，低垂。　[7]"尤工远势古莫比"二句：谓王宰特别擅长画大山水，能在咫尺篇幅里画出江山万里的壮丽景色。尤工，特别擅长。远势，远景。咫尺，形容篇幅极小。周制，八寸为咫。　[8]"焉得并州快剪刀"二句：赞叹王宰所画山水就像真的一样，恨不得用并州快剪刀剪下来归己收藏，表示了诗人对王宰山水图的赞赏和倾倒之情。并州，即今山西太原一带，其地所产剪刀以锋利著称。吴松，即今吴淞江，俗称苏州河。源出江苏苏州太湖瓜泾口，东流至上海市外白渡桥入黄浦江。

[点评]

上元元年（760），杜甫在成都拜访王宰，应王所请，为其画题写了此诗。诗赞美了王宰所画山水的神奇和画技的高超绝伦。所提出的创作不能受"促迫"，以及山水画贵在咫尺而有万里之势的观点，颇给人以启迪。

春夜喜雨

好雨知时节[1]，当春乃发生[2]。
随风潜入夜[3]，润物细无声[4]。

俞玚曰："绝不露一'喜'字，而无一字不是'喜雨'，无一笔不是'春夜喜雨'。结语写尽题中四字之神。"（《杜诗集评》卷八引）

黄生曰："及时而雨，其喜固宜，然非'知时节'三字，则写喜意亦不透，此其出手惊敏绝人处。"（《杜诗说》卷四）

野径云俱黑[5]，江船火独明。
晓看红湿处[6]，花重锦官城。

仇兆鳌曰："曰'潜'、曰'细'，写得脉脉绵绵，于造化发生之机，最为密切。"（《杜诗详注》卷十）

［注释］

[1]时节：时令节气，此指春天。　[2]乃：就。发生：应时而降，万物发生。　[3]潜入：犹言神不知鬼不觉地来临。潜，犹悄悄。　[4]润物：滋润万物。　[5]"野径云俱黑"二句：写雨中所见夜景。野径，田野小路。野径云黑，为近景，江船火明，为远景；由近而远，一黑一明，对比鲜明，境界高远。邵长蘅云："十字咏夜雨入神。"（《杜诗镜铨》卷八引）。　[6]"晓看红湿处"二句：写雨后晓景。红湿，经雨浸湿的花，愈加鲜艳。花湿而重，故曰"花重"。锦官城，即成都。黄生曰："结语更有风味，春雨万物无所不润，花其一耳。"（《杜诗说》卷四）

［点评］

上元二年（761）春，作于成都草堂。诗人以欣喜的心情描写了这场应时而降的春夜细雨。"知时节""潜入夜""细无声"，用拟人化的手法，生动形象地写出了春夜细雨的特点，可见作者对物理观察之细微。

客　至

舍南舍北皆春水[1]，但见群鸥日日来[2]。

万俊曰："此诗何等忘形，何等率真，见公并见其客矣！岂世之矜延揽相标榜者可同日语哉！"（《杜诗说肤·原情》）

花径不曾缘客扫[3]，蓬门今始为君开。

盘飧市远无兼味[4]，樽酒家贫只旧醅。

肯与邻翁相对饮[5]，隔篱呼取尽余杯。

黄生曰："花
径不曾缘客扫，今
始缘君扫；蓬门不
曾为客开，今始为
君开。上下两意交
互成对。"（《杜诗
说》卷八）可见今
日之客非俗客。

[注释]

[1] 舍：指浣花草堂。水：指浣花溪。　[2] 但见群鸥日日来：
是说天天只有群鸥造访，可见交游冷落，独居寂寥。　[3] "花径
不曾缘客扫"二句：写喜客之至。花径，植有花草的舍间小径。缘，
因为。客，指俗客。蓬门，犹柴门。君，指崔明府。　[4] "盘飧
(sūn) 市远无兼味"二句：见家贫待客真情。盘飧，指菜肴。市
远，因距市场远，购物不便。无兼味，谦称菜少。兼味，即重味。
旧醅 (pēi)，隔年而又未过滤的浊酒。古人重视新酿，故以旧醅
待客为歉。　[5] "肯与邻翁相对饮"二句：谓欲招邻翁作陪对饮，
不知客人同意否，故征询他的意见。肯，犹肯否，能否。邻翁，
邻居野老。篱，篱笆。呼取，唤来。尽余杯，一起喝完剩下的酒。

[点评]

上元二年（761）春在成都草堂作。题下原注："喜
崔明府相过（一作'遇'）。"此诗情真意深，一片天趣，
充满生活气息。上四写客至，下四写留客。虽盘无兼味，
樽唯旧醅，家贫如此，益见情真，故能呼邻翁对饮，主
客忘形，此所以喜客至也。

漫成二首

其一

野日荒荒白[1]，春流泯泯清[2]。

渚蒲随地有[3]，村径逐门成[4]。

只作披衣惯[5]，常从漉酒生。

眼边无俗物[6]，多病也身轻。

[注释]

[1]荒荒白：即不甚白。荒荒，黯淡迷茫貌。　[2]泯泯清：即不甚清。泯泯，茫茫，不透彻。　[3]渚蒲：水边蒲草。渚蒲随地，可见生意可观。　[4]村径：村间小路。逐门成：村中小路沿着一家一家的门户延伸，自然就成了路。可见往来自由。　[5]"只作披衣惯"二句：用陶渊明事，并袭用其诗意。陶渊明《移居二首》其二："相思则披衣，言笑无厌时。"萧统《陶渊明传》："郡将尝候之，值其酿熟，取头上葛巾漉酒，漉毕，还复著之。"披衣惯，言疏懒已久。惯，习惯。漉酒生，谓沉湎于酒。从，任。生，生活，生涯。漉，滤。　[6]"眼边无俗物"二句：以阮籍自比，抒写远俗自适、傲岸不群之情。俗物，庸俗之人，《世说新语·排调》载：嵇康、阮籍、山涛等在竹林酣饮，王戎后至，阮籍曰："俗物已复来，败人意！"

其二

江皋已仲春[1]，花下复清晨。

仰面贪看鸟[2]，回头错应人。

黄生曰："村舍无行列，开门随意所向，因而径路多歧。此景人不屑写，写出如见。"（《杜诗说》卷六）

黄生曰："'俗物'，指世法相拘辈也。'披衣惯'，不拘礼法之事；'漉酒生'，不拘礼法之人。"

汪瑗云，"'无俗物'三字，唤破一诗之意"，后句则"形容无俗累之妙"（《杜律五言补注》卷二）。

读书难字过[3]，对酒满壶频[4]。

近识峨嵋老[5]，知余懒是真[6]。

[注释]

[1]江皋：江边。仲春：阴历二月。　[2]"仰面贪看鸟"二句：谓自己正在仰面贪看天上飞鸟，不觉回头错应别人的呼唤。正写漫不经心的懒散情状。　[3]读书难字过：有陶渊明"好读书，不求甚解"之意。过，跳过，放过。　[4]对酒满壶频：借酒怡情。以上四句正是结语"懒真"生活的形象写照。　[5]峨嵋老：原注："东山隐者。"　[6]懒是真：疏懒正是任本真而不矫饰的表现。

[点评]

上元二年（761）仲春在成都作。闲适懒散生涯，漫不经心而作，故曰"漫成"。诗写浣花溪畔春日景色，对景怡情，以陶渊明、阮籍自比，有超然避俗之想。前章写披衣漉酒，乐在身闲；后章写读书对酒，乐在心得。总是在抒写"懒是真"的生活情趣。

春水生二绝

其一

二月六夜春水生，门前小滩浑欲平[1]。

鸬鹚鸂鶒莫漫喜[2]，吾与汝曹俱眼明[3]。

赵汸曰："公诗中屡言懒，非真懒也。平日抱经济之具，百不一试，屡废弃于岷山旅寓之间，与田夫野老共一日之乐，夫岂本心哉？况又有俗子以溷之，其懒宜矣。东山隐者，庶足以知此。"（《杜工部五言赵注》卷中）

春水生，犹云春汛至。生，此处有涨意。

李因笃曰："杜绝句在三唐为别调，然所取者，亦正喜其别调，非诸家可及。此二绝活泼泼地，诵之，足陶写性情。"（《杜诗集评》卷十五引）

［注释］

[1] 小滩：指浣花溪。浑：几乎，简直。　[2] 鸬鹚（lú cí）：水鸟名，俗呼鱼鹰，可捕鱼。鸂鶒（xī chì）：水鸟名，像鸳鸯，又称紫鸳鸯。莫漫喜：犹云不要太高兴了。　[3] 汝曹：你们，指以上水鸟。俱眼明：此句意谓，水鸟们不要空高兴了，我和你们一样，水中的鱼都看得很清楚。很有幽默感。

其二

一夜水高二尺强[1]，数日不可更禁当[2]。

南市津头有船卖[3]，无钱即买系篱旁[4]。

［注释］

[1]强：多、余。　[2]数日不可更禁当：谓数日内水涨愈来愈猛，水势不可抵挡，则草堂有淹没之虞，故下想到买船。不可，不止。禁，犹敌。禁当，犹抵挡。　[3]津头：渡口，码头。　[4]无钱即买系篱旁：谓虽有船卖，但自己无钱，因此不能立即买来系在篱旁。

［点评］

此当是上元二年（761）春在成都作。第一首写见春水而喜。第二首写见水涨而忧。多用方言俗语入诗，活泼生动。

江上值水如海势聊短述[1]

为人性僻耽佳句[2]，语不惊人死不休。

查慎行曰："此篇借题以寓作诗之法，观起结可知。"（《杜诗集评》卷十一引）

老去诗篇浑漫与^[3]，春来花鸟莫深愁^[4]。
新添水槛供垂钓^[5]，故著浮槎替入舟。
焉得思如陶谢手^[6]，令渠述作与同游。

［注释］

[1] 江：指浣花溪。值：正逢、正当。"值"，一作
"置"。　[2]"为人性僻耽佳句"二句：自道其创作经验，可见其
创作所费之苦心。为人，犹言平生。性僻，性情怪僻。耽，沉溺，
入迷。死不休，至死不肯罢休，非改好不可。　[3]老去诗篇浑
漫与：实为杜甫晚年诗艺精熟的表现，因为工力深湛以后，写诗
才会得心应手，显得好像很随便。老去诗篇，年老以后所写的诗。
浑漫与，完全是随便对付。　[4]春来花鸟莫深愁：承上而来，意
谓诗人对事物极貌穷形的刻画，就是花鸟也要愁怕，如今既成"浑
漫与"，所以花鸟不必担心夺其声容之美而发愁了。愁，属花鸟
说。　[5]"新添水槛供垂钓"二句：水边新添了栏杆，槛外放入
木筏即可作为钓舟。可见水势之大。水槛，水边的栏杆。故，因。
著，安置。槎，木筏子。替，替代。　[6]"焉得思如陶谢手"二
句：谓对此江上奇景，若能由陶、谢这样的写物高手来作诗刻画，
而自己则只是陪同游览，该多好！陶谢，指陶渊明、谢灵运，前
代著名的田园山水诗人。渠，他们。述作，写作。

［点评］

上元二年（761）春作于成都草堂。时值浣花溪水涨，
其势如海。面对如此壮观的奇景，杜甫欲作诗赋之，然"偶
无奇句，故不能长吟，聊为短述耳"（吴见思《杜诗论文》

毛张健曰："不写水势，已是满眼空阔。缩景藏锋，最为奇笔，焉得以短述视之！"（《杜诗谱释》卷一）

"与"，一作"兴"。仇兆鳌曰："黄鹤本及赵次公注皆作'漫与'，《韵府群玉》引此诗，亦作'漫与'。王介甫诗：'粉墨空多真漫与。'苏子瞻诗：'袖手焚笔砚，清篇真漫与。'皆可相证。诸家因前题《漫兴九首》，遂并此亦作'漫兴'。按上联有'句'字，次联又用'兴'字，不宜叠见去声。"（《杜诗详注》卷十）

卷十九）。正因为此诗是"短述"，故于水势，仅一笔带过。全诗着重言其写诗之甘苦体会，自谦诗思之拙。

江 亭

坦腹江亭暖[1]，长吟野望时。

水流心不竞[2]，云在意俱迟。

寂寂春将晚[3]，欣欣物自私。

故林归未得[4]，排闷强裁诗[5]。

[注释]

[1]坦腹：用王羲之事。《世说新语·雅量》载，晋太尉郗鉴派一个门客到丞相王导家去选女婿，"就东厢遍观子弟"。门客回来对郗鉴说："王家诸郎亦皆可嘉，闻来觅婿，咸自矜持，唯有一郎在东床坦腹卧，如不闻。"郗鉴说："正此好。"于是就把女儿嫁给了他，这人就是王羲之。　[2]"水流心不竞"二句：谓水自争流而我心自静，闲云自在，而我意亦与之俱迟慢。景与心融，神与景会，极富理趣，有淡然物外、优游观化意。　[3]"寂寂春将晚"二句：言春暮时分，物各得其所，各适其性。寂寂，犹悄悄。谓春将悄然归去。欣欣，繁盛貌。物自私，谓物同遂其性。　[4]故林：故园。　[5]排闷：排遣心中烦闷。强：勉强。裁诗：作诗。

沈德潜评此诗曰："有理趣，无理语。"（《杜诗镜铨》卷八引）

"水流心不竞，云在意俱迟"二句与岑参《太白胡僧歌》之"心将流水同清净，身与浮云无是非"，可谓有异曲同工之妙。

顾宸曰："从最可排闷处，转到闷不可排；从最不可排闷处，又强撇下'故林'而排。此际之吟诗，仍在江亭耳。宛折如许，何曾着语理障。"（《辟疆园杜诗注解》五律卷四）

[点评]

此诗当作于上元二年（761）暮春，时杜甫居成都草堂。诗中描写在江边小亭独处时的感受。从表面上看，诗人坦腹江亭，心情平静，无意与流水相竞；心情闲适，与白云一样舒缓悠闲。实则"正言若反"，此时此刻，诗人心境并非那样悠闲自在。五六句移情入景，心头的寂寞，众荣独瘁的悲凉，通过嗔怪春物自私表露无遗。末二句直抒胸臆，家国之忧难排难遣。此诗表面上悠闲恬适，骨子里一片焦灼苦闷。情理兼容，意趣盎然。

王士禛曰："读七绝，此老是何等风致。"（《鲁通甫读书记》七绝引）

查慎行曰："先生七绝，有意别开蹊径，他人学之，非俗则涩矣。"（《杜诗集评》卷十五引）

第五首是写黄师塔前桃花，抒发春光懒散的情怀。

江畔独步寻花七绝句 [1]（选二）

其五

黄师塔前江水东 [2]，春光懒困倚微风 [3]。

桃花一簇开无主 [4]，可爱深红爱浅红？

[注释]

[1]江：即流经草堂的浣花溪。独步寻花：杜甫往访南邻酒伴未遇，故独自沿江信步，寻花赏景。 [2]黄师塔：指一黄姓僧人的墓塔。蜀人称僧侣为师，称其所葬之墓塔为"师塔"。东：向东流。 [3]春光懒困倚微风：是说春光使人慵懒困倦，所以在微风中少憩。倚微风，临微风。 [4]"桃花一簇开无主"二句：谓无主的桃花烂漫盛开，使人目不暇接，是爱深红色的，还是爱浅红色的呢？

其六

黄四娘家花满蹊^[1]，千朵万朵压枝低。
留连戏蝶时时舞^[2]，自在娇莺恰恰啼。

第六首写黄四娘家繁花盛开、莺啼蝶舞的盎然春景。

[注释]

[1]黄四娘：身份不详，大概是杜甫的邻居。蹊：小路。　[2]"留连戏蝶时时舞"二句：用蝶舞莺啼写春天美妙景象，富有生机。对仗极为精工而又自然。留连，蝶恋花飞而不忍离开。恰恰，犹频频，与上"时时"互文。此词释义歧见纷出，又有释为处处，恰好，或认为是象声词形容莺啼声者，均可参。

[点评]

上元二年（761）春在成都浣花溪畔作。七绝句为一个整体，均以咏花为主要内容，描写了浣花溪畔群芳竞放、千姿百态、春意盎然的美好景色，表现了诗人对美好事物、美好境界的热爱和向往；同时又恼花、怕春，即以喜景兼寓悲情。作者采取移步换景手法，从不同角度，以不同"镜头"拍摄了七幅各具特色的春花美景。七绝句不只如黄生所说"横竖是看花，一处作一样文法，便引读者一处换一番心眼"（《杜诗说》卷十），从中亦能看出杜甫此时悲喜交加、孤独无助的情怀。此组诗多用方言俗语以翻新，所谓"化俗为正，灵丹点铁"，通俗新颖，生动活泼。

绝句漫兴九首（选二）

其一

眼见客愁愁不醒^[1]，无赖春色到江亭^[2]。

即遣花开深造次^[3]，便觉莺语太丁宁。

[注释]

[1] 愁不醒：是说客愁无法排遣。　[2] 无赖：谓春色恼人。故作嗔喜。江亭：即前《江亭》诗所咏之江亭。江，指浣花溪。　[3]"即遣花开深造次"二句：具体写春色无赖。说它催着花儿赶紧开放，教黄莺叫个不停，着实惹人烦恼。遣，派遣，安排。深，很，太。造次，匆忙，仓猝。丁宁，再三嘱咐。

其二

手种桃李非无主^[1]，野老墙低还是家^[2]。

恰似春风相欺得^[3]，夜来吹折数枝花。

[注释]

[1] 手种：亲手栽植。　[2] 野老：杜甫自指。　[3]"恰似春风相欺得"二句：意谓花是我的，昨夜却忽然被春风越墙吹折数枝，这真是欺负人呢，实在令人可恼。恰似，正是。得，句末语助词，唐人口语，相当于"呢"。夜来，昨夜。

杨维桢曰："学杜者必先得其情性语言而后可，得其情性语言必自其《漫兴》始。"（《元诗选》初集卷五十五《漫兴七首》序）

李东阳曰："少陵《漫兴》诸绝句，有古竹枝意，跌宕奇古，超出诗人蹊径。"（《麓堂诗话》）

第一首写因旅居无聊而恼春。

金圣叹曰："花即遣之开，莺便教之语，炫目聒耳，纷纷恼人，诚为造次之极，丁宁之甚，可厌也，可恨也。看他将春便当作一人相似，滑稽极矣。"（《唱经堂杜诗解》卷二）

第二首借春风而发牢骚。

[点评]

　　上元二年（761）春夏之交，杜甫在成都作。漫兴，兴之所到，率尔成章。杜甫对绝句，有时纵笔所之，不甚经意，然正因如此，他的绝句才如《竹枝词》一样有一种天然意趣。这组绝句写草堂一带，由春入夏的自然景物和作者的感触。前七首写早春、仲春、晚春景物，后二首写春去夏至之景。"客愁"二字是九首之纲。诗人时而恼春、怨春，无非是因客愁而已；继而恨春、惜春，无非是春来春去，更增愁怀而已。所以最后发出春光易逝，人生几何之叹。在章法上，九首虽各自独立成篇，然逐章相承，首尾照应，有前后次第和内在脉络。在技巧上，用拟人化手法，把春写成了有生命有感情的事物；新鲜生动的比喻，使景物展现出灵动活泼之姿。真是一组绝妙佳作。

　　金圣叹曰："'得'字妙，便令'恰似'字如闻脱于口。夫势豪侵夺，世所常见，春风作横，古所未闻，滑稽极矣。"

　　石间居士曰："重重叠叠，能以疏荡之气行之，故迥无堆垛之迹。且次联先言情，三联后言景，已见变化，乃言情处却亦是景，言景处又仍是情，尤为情景兼到。此皆布局炼格之奇，命意措词之妙，非细参之，不能知其旨趣之所在。"（《藏云山房杜律注解》七律卷上）

进　艇 [1]

南京久客耕南亩 [2]，北望伤神坐北窗 [3]。
昼引老妻乘小艇 [4]，晴看稚子浴清江。
俱飞蛱蝶元相逐 [5]，并蒂芙蓉本自双。
茗饮蔗浆携所有 [6]，瓷罂无谢玉为缸。

[注释]

[1]进艇：即划小船。船小而长者为艇。　[2]南京：谓成都。安

王嗣奭曰："世乱而骨肉离散者多，公虽漂泊，而得携妻子与同苦乐，犹不幸中之幸，故俱飞、并蒂，借微物以见意。"（《杜臆》卷四）

史之乱，玄宗幸蜀，至德二载升成都为府，置南京，上元元年罢。诗因对仗关系，仍称南京。南亩：泛指农田。为能向阳，以利于农作物生长，古人田地多向南开辟，故有此称。耕南亩，借用《诗经·豳风·七月》"馌彼南亩"之典。　[3]北望：指北望长安和中原地区。此时尚处战乱之中，故而"伤神"。北窗：借用陶渊明《与子俨等疏》"北窗下卧"之典。　[4]"昼引老妻乘小艇"二句：写与妻儿优游自适之乐。稚子，指宗文、宗武等。清江，指浣花溪。　[5]"俱飞蛱蝶元相逐"二句：假物以喻夫妇之乐。俱飞，比翼双飞。蛱蝶，即蝴蝶。芙蓉，即荷花。元相逐、本自双，喻夫妻相亲相爱。　[6]"茗饮蔗浆携所有"二句：谓所携瓷罂中盛的虽是普通的茶浆，但它并不亚于富贵人家玉缸中的美酒佳酿。茗饮，茶水。蔗浆，蔗汁。瓷罂（yīng），盛流质的陶制容器，小口大肚。无谢，犹不让。

[点评]

上元二年（761）作于成都。诗以诙谐嬉戏之词，抒写与家人优游愉悦之情，富有生活气息。

邵伯温曰："余为西蜀宪，其治在嘉州。州之西有花将军庙。将军英武，见于杜子美之诗。庙史以匣藏唐至德元年十月郑丞相告，云花惊定将军也。""或云：将军，丹棱东馆人，今东馆庙貌尤盛云。"（《邵氏闻见前录》卷十七）

赠花卿 [1]

锦城丝管日纷纷 [2]，半入江风半入云 [3]。
此曲只应天上有 [4]，人间能得几回闻？

[注释]

[1]花卿：指花惊定，当时是成都尹崔光远的部将，曾在平定

梓州副使段子璋之乱中立功。《旧唐书·高适传》载："西川牙将花惊定者，恃勇，既诛子璋，大掠东蜀。"　[2]锦城：锦官城，指成都。丝管：借指音乐。丝，指弦乐器；管，指管乐器。日纷纷：天天演奏不断。　[3]半入江风半入云：形容乐声有的悠扬清远，如江风习习；有的激越高亢，响彻云霄。　[4]"此曲只应天上有"二句：极力形容音乐之美妙。这样美妙的音乐，只有在天上才能听到，在人世间是很难听到的。天上，指传说中的神仙世界。

[点评]

上元二年（761）作于成都。此诗可能是在花惊定举行的一次宴会上所写，形容宴会上所演奏乐曲之神妙，似谀似讽。

茅屋为秋风所破歌

八月秋高风怒号，卷我屋上三重茅[1]。茅飞渡江洒江郊[2]，高者挂罥长林梢[3]，下者飘转沉塘坳[4]。南村群童欺我老无力，忍能对面为盗贼[5]，公然抱茅入竹去，唇焦口燥呼不得[6]，归来倚杖自叹息。俄顷风定云墨色[7]，秋天漠漠向昏黑[8]。布衾多年冷似铁，娇儿恶卧踏里裂[9]。床头屋漏无干处，雨脚如麻未断绝[10]。自经丧

吴农祥曰："因一身而思天下，此宰相之器，仁者之怀也。中间夹说无衣受冻，故结兼言之。针线之密，不可及也。"（《杜诗集评》卷五引）

吴瞻泰曰："前面三层写破屋凄惨可怜，末忽发出如许大胸襟，大语言，具有'先天下之忧而忧，后天下之乐而乐'气象。东坡谓子美似司马迁，非其人似也，正文章脱换处神似耳。"（《杜诗提要》卷六）

乱少睡眠[11]，长夜沾湿何由彻[12]。安得广厦千万间，大庇天下寒士俱欢颜[13]，风雨不动安如山！呜呼！何时眼前突兀见此屋[14]？吾庐独破受冻死亦足[15]！

[注释]

[1]三重：三层。三，言其多。　[2]江：指浣花溪。　[3]挂罥（juàn）：挂结。　[4]塘坳（ào）：低洼积水处。　[5]忍能：忍心这样。盗贼：气愤之词。　[6]呼不得：即呼喊不出声来。　[7]俄顷：顷刻，一会儿。　[8]秋天：秋季的天空。漠漠：阴沉迷濛貌。向：接近。　[9]恶卧：睡相不好，脚乱蹬，把被里子都蹬破了，所以说"踏里裂"。一说恶卧为不愿意睡。因为被子像铁似的又硬又冷，小孩子睡在里面不舒服，把被里都蹬破了。　[10]雨脚如麻：形容密雨如麻线一样，不断倾注。　[11]丧乱：指"安史之乱"。　[12]长夜沾湿：指茅屋整夜漏雨。何由彻：怎么挨到天亮？彻，彻晓，天亮。　[13]庇（bì）：遮护。寒士：贫寒之人。霍松林曰："这里所用的'寒士'与诗的音调有关。《茅屋为秋风所破歌》，这虽然是一篇古体诗，不像近体诗那样严格地讲平仄，但古体诗又有古体诗的特殊音调。在七律形成之后作七古，除了通篇押仄韵或分组换韵的作品可以用律句而外，一般要避免律句。杜甫、韩愈等为了避免律句，喜欢用一些特定句式，即'三字脚'（每句的末三字）处作'仄平仄''平仄平''仄仄仄''平平平'。如果用'平平平'，那么上一字一般要用仄声字。即如《茅屋为秋风所破歌》里的'卷我屋上三重茅''风雨不动安如山'和这句'大庇天下寒士俱欢颜'等，就都是这样的。寒，这是个平声字，

它是从前面的一系列描写中概括出来的，不能更换；'俱欢颜'三字，又都是平声。所以，'寒'字下面如果不用仄声字'士'，而用平声字'人'，那就接连五字都是平声，全句的音节就不够响亮、和谐。白居易《新制布裘》诗的结尾：'安得万里裘，盖裹周四垠？稳暖皆如我，天下无寒人。'这显然是受了《茅屋为秋风所破歌》的影响写成的，但他并没有用'寒士'，却用了可以包括劳动人民在内的'寒人'。很清楚，这和押韵有关，决不能据此说明杜、白的阶级立场有什么差异。王安石《子美画像》诗中赞扬杜甫的句子'宁令吾庐独破受冻死，不忍四海赤子寒飕飕'，直接吸取了《茅屋为秋风所破歌》的内容，却没有用'寒士'而是用了与'百姓'一词内容近似的'赤子'。很清楚，这和诗句的结构有关，决不能据此说明杜、王的阶级倾向有什么不同。"（《唐音阁鉴赏集》161—162页）可备一说。　[14]突兀（wù）：高耸貌。见：同"现"。　[15]庐：茅舍，即指草堂。

[点评]

　　上元二年（761）秋八月，一场狂风卷去了杜甫草堂上的茅草，夜来又降大雨，床头屋漏，难以栖身。其起句，即如飘风之笔，疾卷了当。之后描述了这种不幸，但更使他忧虑的是战乱以来和他遭受同样苦难的人民。于是以浪漫主义的情怀，幻想眼前出现千万间广厦，"大庇天下寒士俱欢颜"。其结句仍一笔兜转，又复飘忽如风，表现其"己饥己溺"的仁者情怀。这种崇高的精神，在当时难能可贵，对后世影响深远。白居易《新制布裘》、王安石《杜甫画像》，都体现了这种推己及人的思想。

枯　棕

蜀门多棕榈[1]，高者十八九[2]。其皮割剥甚[3]，虽众亦易朽。徒布如云叶[4]，青黄岁寒后[5]。交横集斧斤[6]，凋丧先蒲柳。伤时苦军乏[7]，一物官尽取。嗟尔江汉人[8]，生成复何有[9]！有同枯棕木[10]，使我沉叹久。死者即已休[11]，生者何自守？啾啾黄雀啄[12]，侧见寒蓬走。念尔形影干[13]，摧残没藜莠[14]。

单复曰："此诗以棕之被割剥而枯，比生民苦掊刻而困，有所感伤而作也。其言皆出于忧国忧民之诚心，故明白痛快，有足感人者。为人上者，读此能不恻然思有以济之耶？"（《读杜诗愚得》卷七）

浦起龙曰："'伤时苦军乏，一物官尽取。'一诗之眼。"（《读杜心解》卷一之三）

夏力恕曰："'形影干'三字凄绝。"（《杜诗增注》卷八）

[注释]

[1]蜀门：泛指四川一带。棕榈：即棕，常绿乔木，有叶无枝，其皮可作绳用。　[2]十八九：十之八九。　[3]"其皮割剥甚"二句：是说树皮被割剥得很厉害，数量虽多也容易枯死。　[4]徒布：白白地张着。如云叶：形容叶大如云。　[5]岁寒后：是说棕榈本来和松柏一样耐寒后凋。　[6]"交横集斧斤"二句：是说由于横加割剥，棕榈竟然比蒲柳凋谢得还早。交横，纵横。斤，大斧。蒲柳，又名水杨，一种入秋就凋零的树木。　[7]"伤时苦军乏"二句：是慨叹在这个战乱的时代，因军需缺乏，连棕皮这样的东西都被官府搜刮光了。时，时局。军乏，军需缺乏。《南齐书·高帝本纪》："军容寡阙，乃编棕皮为马具。"以棕皮为马具充军用，故前云"其皮割剥甚""交横集斧斤"。　[8]江汉人：指四川一带人。江，指岷江；汉，指西汉水，即嘉陵江。　[9]生成复何有：意谓土里生的，人工制成的全被官府敛去，什么也没留下。　[10]"有

同枯棕木"二句：是说江汉人就如同被割剥枯死的棕木一样，使我深深为之叹息。沉叹，深叹。　[11]"死者即已休"二句：是说死去的人已死了，活着的人又凭什么保全自己的性命呢？何自守，何以存活。　[12]"啾啾黄雀啄"二句：意谓黄雀啾啾啄食，棕皮毛如蓬草在寒风中飞扬。这里是以黄雀、寒蓬比喻老百姓的无所依托，是比兴手法。啾啾，群雀喧噪声。寒蓬，枯死的蓬草。走，飞扬。　[13]尔：双关枯棕和蜀民。干：干枯。　[14]没藜莠：埋没在野草里。藜，一年生草本植物，俗称灰菜。莠，一种杂草，俗名狗尾草。

[点评]

　　此诗约作于上元二年（761），时杜甫在成都。此诗描写蜀地棕榈，其皮遭残酷割剥，几近枯死的情形，进而揭露统治者对蜀民"一物官尽取"的残酷榨取，已使人民到了形同枯棕，无复生机的地步。诚如浦起龙所说，乃"为民请命"之作。

不　见

不见李生久[1]，佯狂真可哀[2]。

世人皆欲杀[3]，吾意独怜才[4]。

敏捷诗千首[5]，飘零酒一杯。

匡山读书处[6]，头白好归来。

仇兆鳌曰："敏捷千篇，见才可怜；飘零纵酒，见狂可哀。归老匡山，盖悯其放逐而望其生还，始终是哀怜意。"（《杜诗详注》卷十）

《梦李白二首》云："冠盖满京华，斯人独憔悴。"此"独"，李白也；今云："世人皆欲杀，吾意独怜才。"此"独"，杜甫也。独有杜甫体悟李白的"憔悴"；独有杜甫怜惜李白的才华。可谓惺惺相惜，"心有灵犀一点通"了。

浦起龙曰："'不见''可哀'四字，八句之骨。"（《读杜心解》卷三之三）

[注释]

[1]李生：指李白。杜甫和李白从天宝四载于山东分手后，一直没再见面，故曰"久"。　[2]佯狂：装作狂人。李白言行放纵，不拘礼俗，其实是为了避免别人的迫害才不得已的"佯狂"，这种苦衷只有杜甫才能了解。　[3]世人皆欲杀：李白一生傲岸不羁，得罪了许多权贵，又因永王李璘事件牵连，下浔阳狱。肃宗及其爪牙执意要杀他，后经援救，才得免死，长流夜郎，生死未卜，故云"皆欲杀"。　[4]独怜才：独独怜惜李白的旷世才华。　[5]"敏捷诗千首"二句：高度概括了李白怀才不遇的一生，十分形象，其中蕴寓着作者的不平。上句盛赞李白的诗才，与《饮中八仙歌》之"李白一斗诗百篇"同意。敏捷，指诗思之快，挥笔立就。下句伤叹李白的落拓。飘零，指李白一生行无定所，到处漂泊。　[6]"匡山读书处"二句：是希望李白能在晚年回归故乡，重新到匡山读书，不要在险恶的社会环境中奔波了。匡山，在今四川江油市，李白青少年时曾在此读书。有大、小匡山，今皆有李白读书台遗址。头白，指年岁已老。杜甫此时在成都，距匡山为近，故曰"好归来"。

[点评]

上元二年（761）在成都作。李白、杜甫交谊甚厚，自天宝四载（745）于山东分手后，至此已十五六年未见面。故诗以"不见"为题突出之。李白坐永王璘案，判流放夜郎（在今贵州一带），遇赦东归。此后三年，漂泊于浔阳、金陵、宣城等地。杜甫不知其近况，故题下自注："近无李白消息。"这是杜甫怀念李白的最后一首诗，表达了杜甫对李白不幸遭遇的深切同情和对其诗才的高度赞扬。

野 望

西山白雪三城戍^[1]，南浦清江万里桥^[2]。

海内风尘诸弟隔^[3]，天涯涕泪一身遥。

惟将迟暮供多病^[4]，未有涓埃答圣朝^[5]。

跨马出郊时极目^[6]，不堪人事日萧条^[7]。

[注释]

[1] 西山：今名雪宝顶，在四川省松潘县，为岷山主峰。因山顶终年积雪，故称雪岭、雪山。又因在成都西，故又称西山、西岭。三城：指松州（今四川松潘）、维州（今四川理县西）、保州（今理县新保关西北）。因吐蕃时相侵犯，故驻军戍守。广德元年（763），吐蕃攻陷三城，杜甫作《西山三首》，其二云："辛苦三城戍，长防万里秋。""三城戍"，一作"三奇戍"，不可从。 [2] 清江：指锦江。万里桥：在今成都市南，架锦江上，相传诸葛亮送费祎赴吴，云"万里之行，始于此桥"而得名。 [3] "海内风尘诸弟隔"二句：谓因战乱而诸弟分散，沦落天涯，孤危自伤，涕泪交流。风尘，指战乱。诸弟，杜甫有四弟：颖、观、丰、占。时只占随身边。 [4] 迟暮：指年老，杜甫时年五十。多病：杜甫曾患肺病、疟疾、头风等症，故云。 [5] 未有涓埃答圣朝：意谓自己对国家没有微末贡献。涓，细流。埃，微尘。圣朝，称颂当朝。 [6] 极目：纵目远望。 [7] 不堪人事日萧条：时西山三城列戍，百姓疲于调役，朝廷不恤，故有人事萧条之叹。人事，世事。

仇兆鳌曰："此因野望而寄慨也。上四，野望感怀，思家之念。下四，野望抚时，忧国之情。"（《杜诗详注》卷十）

"供"字沉痛！黄生曰："'供'字工甚，迟暮之身尚思效力朝廷，岂意第供多病之用！此自悲自恨之词。"（《杜诗说》卷九）

朱瀚曰："不堪人事萧条，欲忘忧，反添忧也。时国步多艰，虽有天命，亦由人事，故结句郑重言之。"（《杜诗七言律解意》卷二）

［点评］

上元二年（761）居成都时作。题为"野望"，但重点不在野望之景，而在野望所感，思弟哀己，忧国伤民，杜甫真是无时无地不在忧国忧民也。前三联写野望时思想感情的变化过程，即由向外观察进入向内审视，尾联点明由外到内的原因。在艺术结构上，颇有控纵自如之妙。此诗起用对偶，对仗亦工，但前人亦指出前四句第五字皆数目相犯，学者宜忌。

戏为六绝句（选四）

其一

庚信文章老更成[1]，凌云健笔意纵横[2]。
今人嗤点流传赋[3]，不觉前贤畏后生[4]。

［注释］

[1]庚信：字子山，从梁入北周的诗人，是南北朝文学的集大成者。文章：兼指诗与赋。老更成：一般有二说：一说以"老"指年龄，谓到老年创作更成熟，即杜甫《咏怀古迹五首》之一所云："庚信平生最萧瑟，暮年诗赋动江关。"一说"老成"指风格。杨慎曰："子山之诗，绮而有质，艳而有骨，清而不薄，新而不尖，所以为老成也。"（《丹铅总录》卷十八）当以前说为近。　[2]凌云健笔意纵横：谓其笔势凌云超俗，才思纵横出奇。这是具体形

李因笃曰："《六绝》论诗之源流当祖风骚，固矣。然递相祖述，则舍六朝、初唐无从入也。可谓卓识确见，独冠古今矣。题之曰'戏'，寓意甚微。"（《诸名家评定本钱笺杜诗》卷十二引）

郭绍虞认为，此为老杜"一生诗学所诣，与论诗主旨所在，悉萃于是，非可以偶而游戏视之"（《杜甫〈戏为六绝句〉集解·序》）。

第一首高度评价了庚信晚年成熟的创作境界，讽刺了"今人"对其诗赋的妄评。

容庾信创作成熟的境界。　[3]今人：当时之人，即后所云"后生""尔曹"辈。嗤点：嗤笑点评，即妄评。流传赋：指庾信流传下来的诗赋。赋，即前所说"文章"。唐人所撰《周书·庾信传论》即云庾信之文，"其体以淫放为本，其词以轻险为宗。故能夸目侈于红紫，荡心逾于郑卫。昔杨子云有言：'诗人之赋，丽以则；词人之赋，丽以淫。'若以庾氏方之，斯又词赋之罪人也。"这就是今人嗤点之显例。　[4]不觉前贤畏后生：是说连庾信这样的前贤都不免会觉得后生可畏。当是反言以戏之。畏后生，语本《论语·子罕》："后生可畏，焉知来者之不如今也。"

其二

王杨卢骆当时体 [1]，轻薄为文哂未休 [2]。
尔曹身与名俱灭 [3]，不废江河万古流。

第二首斥责当时人对"四杰"的批评，认为"四杰"作品是那个特定历史时代的产物，后人不可超越时代去妄加批评。

[注释]

[1]王杨卢骆：唐初作家王勃、杨炯、卢照邻、骆宾王，即所谓"初唐四杰"。《旧唐书·杨炯传》："炯与王勃、卢照邻、骆宾王以文词齐名，海内称为王、杨、卢、骆，亦号为'四杰'。""王杨卢骆"，一作"杨王卢骆"。当时体：那个时代的体裁，指初唐时尚带六朝骈俪余习之文体。郭绍虞曰："老杜《偶题》诗云：'后贤兼旧制，历代各清规。'所谓'历代各清规'者，正是'当时体'之绝妙解释。则所谓'当时体'者，初无贬抑之意。"（《杜甫〈戏为六绝句集解〉》）　[2]轻薄为文哂未休：是说后生轻薄之人纷纷写文章讥哂"四杰"没有个完。轻薄，有二说，一说指文体，一说指人。当以后说为是，指"后生"辈，即下"尔曹"。为文，写文章。哂，轻视嘲笑。休，停止。　[3]"尔曹身与名俱灭"二句：是作者斥

第五首阐明自己的论诗宗旨。因为当时存在着一种盲目是古非今的现象，特别是对六朝文风，几乎一片挞伐之声。时人对庾信、"四杰"的嗤点和讥哂皆源于此。只有杜甫采取了正确的态度。他在创作和理论的结合上，辩证地解决了借鉴六朝的问题。"清词丽句必为邻"，正是对六朝文学的肯定；而"恐与齐梁作后尘"，则是对六朝文学的批评。清人冯班云："千古会看齐梁诗，莫如老杜。晓得他好处，又晓得他短处。他人都是望影架子说话。"（《钝吟杂录》卷四）杜甫不仅对齐梁、四杰不妄加菲薄，即对同时代诗人也认为不要轻视，所以说"不薄今人爱古人"。

责后生轻薄者的话。说你们将会身名俱灭，而"四杰"却像江河一样万古长流。尔曹，你们。不废，不害，无损。江河，喻"四杰"。

其五

不薄今人爱古人[1]，清词丽句必为邻。
窃攀屈宋宜方驾[2]，恐与齐梁作后尘。

[注释]

[1]"不薄今人爱古人"二句：郭绍虞曰："'不薄'二句，是说自己论诗，并无古今的成见，只要是清词丽句，都有可取。"不薄，不菲薄。为邻，接近，不加排斥。　[2]"窃攀屈宋宜方驾"二句：意谓要向古人如屈原、宋玉看齐，才不会堕入齐梁的末流。窃攀，心想追攀。窃有自谦意。屈宋，屈原、宋玉，战国时著名辞赋家。方驾，并驾齐驱。齐梁，南朝两个朝代名，那时文风浮艳。后尘，本是走路时后面扬起的尘土。比喻跟在别人的后面。

其六

未及前贤更勿疑[1]，递相祖述复先谁[2]？
别裁伪体亲风雅[3]，转益多师是汝师。

[注释]

[1]未及前贤更勿疑：是说今之轻薄前贤者，其不及前贤是显而易见的，这还有什么值得怀疑的吗？前贤，指过去有成就的作家，包括庾信、"四杰"。　[2]递相祖述复先谁：意谓既然"后生"不及"前贤"，则前贤皆有值得学习之处，又何必誉此嗤彼，分

其先后呢？递相，接续。祖述，尊崇和效法前贤。复先谁，还能以谁为先。　　[3]"别裁伪体亲风雅"二句：别裁伪体亲风雅，主要是指诗歌的思想内容而言；转益多师是汝师，主要是就诗歌的语言、音律、形式而言。只有在"别裁伪体"的前提下"转益多师"，才能创作出好的诗歌。这就是杜甫的创作主张。而杜甫自己正是这样做的。别，甄别，区别。裁，裁汰。伪体，指虚伪浮华的作品，与"风雅"相对。风雅，指《诗经》的"国风"和"大雅""小雅"中的诗歌。转益多师，广泛地向前贤学习以提高自己。汝，你们，即上文所谓"后生""尔曹"。

第六首杜甫进一步阐述自己的诗歌创作主张，即不染齐梁余习，别裁伪体，转益多师，吸取他人的创作精华，这是作者创作经验的结晶。

［点评］

这组诗当作于上元二年（761），或谓宝应元年（762）作。是杜甫针对当时轻薄后生讥笑前贤诗赋而发，因是采用绝句这一形式，以诗论文且寓以自况，又语多讽时，故云"戏为"。就内容而言，这组诗大体可分为两部分。一至四首，是对庾信、初唐四杰诗赋创作的评价和肯定，对他们才力的高度赞扬；同时讽刺了那些讥笑前贤的轻薄后生。五、六首，陈述个人创作体会和艺术追求，即应尊重"递相祖述"的历史事实，对古人和今人都要既有所"别裁"，扬弃过于重视形式的齐梁余风，又要"转益多师"，多方面学习《诗经》和屈原、宋玉以来一切优良的艺术形式和技巧。它开了以绝句论诗的先河，在文学批评史上有重要的地位和影响。

少年行

马上谁家白面郎[1]，临阶下马坐人床[2]。
不通姓字粗豪甚[3]，指点银瓶索酒尝[4]。

[注释]

[1]"白面"，一作"薄媚"。薄媚：为双声连绵字，意为轻狂、轻佻。　[2]床：胡床，一种可以折叠的轻便坐具。亦称交床、交椅。　[3]"姓字"，一作"姓名"，又作"姓氏"。粗豪：蛮横不讲理。　[4]指点：指指划划。银瓶：盛酒的器皿。

[点评]

宝应元年（762）在成都作。诗摹写轻狂少年意态神情，色色逼真，跃跃欲动。下马坐床，不通姓氏，指瓶索酒，写其倨傲无礼、旁若无人之状，可谓惟妙惟肖。

遭田父泥饮美严中丞[1]

步屧随春风[2]，村村自花柳。田翁逼社日[3]，邀我尝春酒。酒酣夸新尹[4]，畜眼未见有[5]。回头指大男[6]，渠是弓弩手[7]。名在飞骑籍[8]，长番岁时久[9]。前日放营农[10]，辛苦救衰朽[11]。

差科死则已[12]，誓不举家走。今年大作社[13]，拾遗能住否[14]？叫妇开大瓶[15]，盆中为吾取。感此气扬扬[16]，须知风化首。语多虽杂乱，说尹终在口[17]。朝来偶然出[18]，自卯将及酉。久客惜人情[19]，如何拒邻叟？高声索果栗，欲起时被肘[20]。指挥过无礼[21]，未觉村野丑。月出遮我留[22]，仍嗔问升斗。

[注释]

[1]遭：不期而遇。田父：成都西郊的农夫。泥：缠着不放，犹今口语"软磨硬泡"之意。美：赞美，夸赞。严中丞：即严武，曾为京兆少尹，兼御史中丞，时为成都尹兼剑南节度使，是杜甫知交。　[2]"步屧（xiè）随春风"二句：写春日出游所见大好春光。步屧，散步。屧，草鞋。春风无形，难以看到，却可感触，此言步屧与春风相随，既可感又似可看，着一"随"字而妙。接着用"自花柳"渲染，春天来了，花柳先知，即花自绽放柳自垂，将春风形象化。　[3]田翁：即田父。逼：迫近。社日：古时乡村祭祀土神的节日，分春社和秋社，这里指春社。　[4]新尹：指严武。因严武于去年十二月底才接任成都尹，故称。　[5]畜眼：即见识多阅历久之眼，犹云"老眼"。畜，通"蓄"，积蓄之意。未见有：是说没见有过这样的好官。　[6]大男：大儿子。以下九句都是田父的话。　[7]渠：他。弓弩手：军队中司职射箭的士兵。　[8]飞骑籍：飞骑军的名册。飞骑，唐代军队的一个兵种，多习弩射技术。　[9]长番：长时期服役，没有轮番更换。　[10]放营农：放

杨伦云："妙！写春光，亦便见政成民和意"（《杜诗镜铨》卷九）。

李因笃曰："此即严公德政诗，古朴有昔人谣谚遗音。"（《杜诗集评》卷二引）

浦起龙曰："笔笔泥饮，却字字美严，此以田家乐为德政歌也。"（《读杜心解》卷一之三）

杨伦评云："情事最真，只如白话。"

回来从事农耕生产。　[11]辛苦救衰朽：救我这衰朽老头子于辛苦之中。衰朽，田翁自谓。　[12]"差科死则已"二句：是说只要还有一口气，就一定承担徭役赋税，决不举家逃避。这是感激新尹之辞。差科，徭役赋税。死则已，到死为止。　[13]大作社：是说社日要大大地热闹一番。　[14]拾遗：因杜甫曾为左拾遗，故田父这样称呼他。　[15]"叫妇开大瓶"二句：写田父粗声大气的叫喊老妇取酒，表现了他的粗豪。瓶、盆，皆为盛酒之器。取，读如肘（zhǒu），此言于盆中取酒以供饮。　[16]"感此气扬扬"二句：是说深被老农的意气扬扬所感动，由此须知为政的首要任务在于以仁德之行教育感化人民。风化，教育感化。　[17]说尹终在口：因为感激，所以口口声声总离不了赞扬严武，即题目所谓"美"。　[18]"朝来偶然出"二句：是说自己早晨本来是偶然出来走走的，没想到被田父拉去家里，直喝到傍晚时分。卯，上午五点到七点。酉，下午五点到七点。　[19]"久客惜人情"二句：谓自己长期流寓作客，倍加珍惜人情之淳厚，遭此田父泥饮，一天还不走，并非为了贪杯，实在是觉得盛情难却。邻叟，指田父。　[20]欲起时被肘：是说屡次要起身告辞，却屡次被他用肘按住。时，屡次。被肘，用肘按住。　[21]"指挥过无礼"二句：是说自己被田父强迫泥饮，还不准告辞，似乎过于无礼，但其态度真率，所以诗人并未觉得其粗丑。　[22]"月出遮我留"二句：是说天色已晚，田父仍留住不让走；当杜甫最后问到今天喝了多少酒时，他还生气地说：不必多问，酒有的是，只管喝。遮，拦着。嗔，嗔怪。升斗，指饮酒的数量多少。

[点评]

　　宝应元年（762）于成都作。此诗写杜甫在郊外散步，遇上一相识的农夫，恳邀诗人去他家饮酒，且一再劝饮，使其尽兴，犹不罢休。杜甫在诗中，以赞赏的态度描写了这一农夫的热情好客和粗豪、率直、淳朴的性格，并借农夫之口，赞扬了严武在成都的善政。这是一篇叙事诗，对人物的描写着墨不多，却使用了许多适合田父身份的口语和俗语，使其声态活灵活现，栩栩如生。所以王嗣奭称誉其"妙在写出村人口角，朴野气象如画。"（《杜臆》卷四）

闻官军收河南河北 [1]

剑外忽传收蓟北 [2]，初闻涕泪满衣裳 [3]。
却看妻子愁何在 [4]，漫卷诗书喜欲狂 [5]。
白日放歌须纵酒 [6]，青春作伴好还乡 [7]。
即从巴峡穿巫峡 [8]，便下襄阳向洛阳 [9]。

[注释]

[1] 诗题一作《闻官军收两河》。　[2] 剑外：剑门关以外，即剑南。杜甫时在梓州，故云。蓟北：即指幽州，是安史之乱的发源地，为叛军老巢。　[3] 初闻：乍听到。涕泪满衣裳：即"喜心翻倒极，呜咽泪沾巾"（《喜达行在所三首》其二）意。　[4] 却看：回头看。　[5] 漫卷：胡乱地卷起，有喜不暇整之意。　[6] 白日：既指阳光明媚，也兼有妖氛尽扫、丽日当空之意。放歌：放声高歌。纵酒：开怀痛饮。　[7] 青春：大好春光。　[8] 即：即刻，立即。巴峡：指嘉陵江流经阆中至巴县（今重庆市）一段。巫峡：

王嗣奭曰："说喜者云喜跃，此诗无一字非喜，无一字不跃。其喜在'还乡'，而最妙在束语直写还乡之路，他人决不敢道。"（《杜臆》卷五）

李因笃曰："转宕有神，纵横自得，深情老致，此为七律绝顶之篇。"（《杜诗集评》卷十一引）

末二句使用的是当句对兼流水对的特殊对偶形式。连用四个地名，累累如贯珠；其他用字亦极准确生动，其势如飞，其情似火。而二句之妙，乃在妙手偶得，纯任自然，全不见雕琢之迹。此等佳句，在五万多首唐诗中也是绝无仅有的。

长江三峡之一，西起今重庆巫山县大宁河口，东至湖北巴东县官渡口。　[9]襄阳：今属湖北，为杜甫祖籍。洛阳：今属河南，为杜甫故乡。诗末原注："余田园在东京。"东京即洛阳。

［点评］

宝应元年（762）冬十月，唐军屡破史朝义兵，收复东京洛阳及河阳，伪邺郡节度使、伪恒阳节度使降，河北州郡悉平。广德元年（763）正月，史朝义败走广阳自缢，其将田承嗣以莫州降，李怀仙以幽州降，并斩史朝义首级来献。至此河南、河北诸州郡尽为唐军收复，延续八年之久的安史之乱宣告平息。是年春，流寓梓州（今四川三台）的杜甫闻知这个大快人心的消息，欣喜若狂，遂走笔写下这首著名的诗篇。全诗虽章法、句法、字法整饬谨严，但以律为古，一气流注，法极无迹，晓畅自然。诗人将"初闻"官军收复河南、河北特大喜讯一刹那间的惊喜之情，狂喜之态，欲歌欲哭之状，写得绘声绘色，跃然纸上，宛如目见。故浦起龙称这是杜甫"生平第一首快诗"（《读杜心解》卷四之一）。这首诗之所以使人读后深为感动，乃在于杜甫所喜，并非一己之喜，一家之喜，而是国家之喜，人民之喜，天下之喜。

桃竹杖引[1]

江心蟠石生桃竹[2]，苍波喷浸尺度足[3]。斩

杜甫作此诗时，正是春天。春和景明，伴人归乡，颇不寂寞。二句以"青春"对"白日"，出《楚辞·大招》："青春受谢，白日昭只。"杜甫颇喜用此对，如《乐游园歌》："青春波浪芙蓉园，白日雷霆夹城仗。"《题省中壁》："落花游丝白日静，鸣鸠乳燕青春深。"《次空灵岸》："青春犹无私，白日亦偏照。"

吴瞻泰曰："一杖耳，忽而蟠石苍波，忽而江妃水仙，忽而宾客叹息，忽而鬼神欲夺、蛟龙与争，忽而踊跃化龙，忽而风尘豺虎，写得神奇变化，不可端倪。"（《杜诗提要》卷六）

根削皮如紫玉，江妃水仙惜不得[4]。梓潼使君开一束[5]，满堂宾客皆叹息[6]。怜我老病赠两茎[7]，出入爪甲铿有声[8]。老夫复欲东南征[9]，乘涛鼓枻白帝城[10]。路幽必为鬼神夺[11]，拔剑或与蛟龙争[12]。重为告曰[13]：杖兮杖兮，尔之生也甚正直[14]，慎勿见水踊跃学变化为龙[15]。使我不得尔之扶持[16]，灭迹于君山湖上之青峰。噫！风尘澒洞兮豺虎咬人[17]，忽失双杖兮吾将曷从？

杨伦曰："长短句公集中仅见，字字腾掷跳跃，亦是有意出奇。"（《杜诗镜铨》卷十）

[注释]

[1]桃竹：又名桃枝竹、桃丝竹、棕竹，可以做杖。　[2]江心：江中，当指涪江。蟠石：盘踞水中的大石。　[3]尺度足：长短适度。　[4]江妃：《列仙传》卷上："江妃二女者，不知何所人也。出游于江汉之湄，逢郑交甫。见而悦之，不知其神人也。"水仙：《楚辞·远游》："使湘灵鼓瑟兮，令海若舞冯夷。"王逸注："冯夷，水仙人。"郭璞《江赋》："冰夷倚浪以傲睨，江妃含矉而绵眇。"冰夷，即冯夷。此泛指男女水神。谓桃竹之奇，连水神亦甚爱惜。　[5]梓潼使君：指章彝。梓州曾为梓潼郡，因梓潼水为名。使君，对州郡长官的尊称。一束：一捆。　[6]叹息：赞叹不已。　[7]两茎：两根。　[8]爪甲：因比杖为龙，故云。铿有声：桃竹节密而中实，故拄地铿然有声。　[9]东南征：东南游，谓将适吴楚。甫同时作有《将适吴楚留别章使君留后兼幕府诸公》诗。　[10]鼓枻（yì）：即乘船。枻，船舷。白帝城：在今重庆市奉节县东，瞿塘峡西口，往吴楚须经白帝城出三峡，故

云。　[11]路幽：指所经一路幽险。　[12]蛟龙争：《水经注·河水五》："昔澹台子羽赍千金之璧渡河，阳侯波起，两蛟挟舟。子羽曰：'吾可以义求，不可以威劫。'操剑斩蛟。"杜暗用此典，谓其喜得竹杖而深加爱护，不使他人夺去。　[13]重为告曰：犹《楚辞》中之"乱曰"。重，有更、再之意。意有未尽，重为申说，有总结上文，突出重点的作用。　[14]尔：指桃竹杖。正直：谓竹坚挺劲直。　[15]化为龙：《后汉书·费长房传》："长房辞归，翁（壶公）与一竹杖"，"长房乘杖，须臾来归，自谓去家适经旬月，而已十余年矣。即以杖投陂，顾视则龙也。"暗用此典，规讽章彝勿为僭越，要忠于朝廷。　[16]"使我不得尔之扶持"二句：是说如果竹杖见水化为龙，我失去它的扶持，则不能东游君山胜景了。灭迹，犹绝迹、扫迹。君山，在湖南岳阳市西南洞庭湖中。《水经注·湘水》："是山湘君之所游处，故曰君山矣。"　[17]"风尘澒洞兮豺虎咬人"二句：谓在漂泊乱离中，皆赖双杖，如一旦失去，则无所适从。正有无限感慨。风尘，谓乱离。澒洞，犹弥漫，浩大无际貌。豺虎，喻寇盗。双杖，应前"两茎"。曷（hé）从，何从。

［点评］

广德元年（763）冬杜甫由阆州（今四川阆中）回梓州（今四川三台）时作。题下原注："赠章留后。"章留后，即章彝，时为梓州刺史，留后东川。章赠桃竹杖于甫，甫赠诗以答，语多赞美，而意存规讽。其诗韵散结合，构思巧妙，想象奇瑰，造语警拔。

别房太尉墓[1]

他乡复行役[2]，驻马别孤坟[3]。

近泪无干土[4]，低空有断云。

对棋陪谢傅[5]，把剑觅徐君[6]。

唯见林花落，莺啼送客闻[7]。

赵星海曰：
"此一诗，一身作客之难，朋友相与之情，而名宦生前没后之德诣凄凉，无一不见。他人千言不能尽，而公四十字括之，是称巨笔。"（《杜解传薪》卷三之五）

［注释］

[1] 房太尉：即房琯。安史乱起，他从玄宗幸蜀，拜相。肃宗至德二载（757）五月，罢相。乾元元年（758），房琯贬邠州刺史，杜甫因疏救房琯贬华州司功。后琯改为汉州刺史，宝应二年（763）四月，迁刑部尚书，拜特进，赴任途中，于八月四日（时已改元广德）病卒于阆州僧舍，赠太尉。故称"房太尉"。时杜甫正流寓梓、阆间。　[2] 他乡：客居异乡，与故乡对。复行役：谓将由阆州赴成都。行役，在外奔走。　[3] 孤坟：指死后寂寞凄凉。即《祭故相国清河房公文》所云："殓以素帛，付诸蓬蒿。身瘗万里，家无一毫。"　[4]"近泪无干土"二句：谓泣泪之多，土为之湿。哀伤所感，云为之断。　[5] 谢傅：指谢安，字安石，死赠太傅。《晋书·谢安传》载：安侄玄等淝水之战大败苻坚，"有驿书至，安方对客围棋，看书既竟，便摄放床上，了无喜色，棋如故。客问之，徐答云：'小儿辈遂已破贼。'"此以谢安比房琯，忆二人生前相与之情。　[6] 把剑觅徐君：以季札自比，友死亦不忘生前之谊。《祭故相国清河房公文》云："抚坟日落，脱剑秋高。"亦此意。《史记·吴太伯世家》载：春秋时吴国季札出使，"北过徐君，徐君好季札剑，口弗敢言。季札心

知之，为使上国，未献。还至徐，徐君已死，于是乃解其宝剑，系之徐君冢树而去。从者曰：'徐君已死，尚谁予乎？'季子曰：'不然。始吾心已许之，岂以死倍（背）吾心哉！'"　[7]客：作者自谓。

［点评］

此诗为广德二年（764）春，严武重镇蜀、杜甫将赴成都前在阆州祭琯墓所作。开头两句，伤已悼琯，徘徊悱恻，分三层写出苦境苦情：他乡为客，一可伤；又复行役，愈客愈远，二可伤；别后凄凉，孤坟寂寞，三可伤。看似平铺直叙，实则涵蕴深长。有对房琯所受冷遇的控诉，也有对自己因疏救房琯而漂泊流离的不满。这两句所渲染的悲凉氛围则笼罩全篇，为全诗定下了基调。三四两句，极写哭墓之哀，抒发对亡友的深情厚意，真切动人。五六两句，以谢安比房琯，可见生有安国定邦之才，以季札自比，友死而不忘心契之谊，生前死后，始终不渝，足见志同道合，非比寻常。结尾二句，以"闻""见"参错成韵，谓别时不见送客之人，送客者唯有落花啼莺而已，死后寂寞荒凉如此，不胜凄楚惆怅之至。"唯"字照应次句"孤"字，末联寂静凄清的气氛与首联渲染的悲凉氛围融汇一体，深沉含蓄，耐人寻味。

将赴成都草堂途中有作先寄严郑公五首 [1]

（选一）

其四

常苦沙崩损药栏 [2]，也从江槛落风湍。
新松恨不高千尺 [3]，恶竹应须斩万竿。
生理只凭黄阁老 [4]，衰颜欲付紫金丹 [5]。
三年奔走空皮骨 [6]，信有人间行路难。

[**注释**]

[1] 严郑公：即严武。宝应元年（762），严武由剑南节度使入朝后，封郑国公。　[2]"常苦沙崩损药栏"二句：是说草堂的药栏、水槛，在他走后，缺乏管理，任风浪侵蚀，恐怕都损坏了。沙崩，沙岸崩坏。药栏，围护花药的栏槛。杜甫曾在草堂种植草药。从，任凭。江槛，即水槛，凭水而建的栏廊。杜诗中多次提到水槛，如《水槛》《水槛遣心二首》等，是诗人最喜欢去的地方。据杜诗描写，水槛当是草堂临浣花溪水亭上由木板搭成的简陋木栏。风湍，风浪。　[3]"新松恨不高千尺"二句：是杜甫预想归草堂后整理庭院之事。新松，杜甫在草堂所手植之四棵小松树，对其倍加爱护。流寓梓州时还念念不忘："尚念四小松，蔓草易拘缠。"（《寄题江外草堂》）回草堂后，又特地写了《四松》诗："四松初移时，大抵三尺强。别来忽三岁，离立如人长。"　[4]生理：生计。凭：依仗，依靠。黄阁老：指严武。黄阁，唐代门下省又称黄阁。

李因笃曰："五作处处是将赴，俱从草堂铺叙，而寄严公意每用一二语轻带。古道至情，绝无凑泊。"（《杜诗集评》卷十一引）

王嗣奭曰："五作意极条达，词极稳称，都是真人真话，诗只应如此。"（《杜臆》卷五）

"新松"二句寓扶善锄恶之意，形象地表现了诗人鲜明的爱憎和疾恶如仇的可贵精神，意义远远超出清理花木的范围，成为杜诗中的警句。陈毅元帅曾两次为成都杜甫草堂题写这一名联，并附言曰："此杜诗佳句，最富现实意义，余以千古诗人、诗人千古赞之。"

严武这时是以黄门侍郎拜成都尹充剑南节度使的，故尊称为"黄阁老"。　[5]衰颜：杜甫自称，犹言衰老之躯。紫金丹：传说道家烧炼的一种能令人长生不老的丹药。杜甫居成都草堂时，曾炼丹以期延年益寿，所谓"锦里残丹灶"（《赠王二十四侍御契四十韵》）是也。　[6]"三年奔走空皮骨"二句：是说严武离开四川这两三年，我往来奔走，真尝到了生活不定的苦滋味。这是从反面烘托上文，见得严武再来四川做官，自己得以安居，心里是多么欢喜。三年奔走，杜甫自宝应元年（762）七月与严武在绵州分别，后流寓梓州、阆州，到写诗时前后三个年头。三年奔波无定，历尽饥寒困苦，瘦得皮包骨头，故云"空皮骨"。信有，诚有，的确是。行路难，本为乐府曲名，此化用其意，备言自己三年奔波流离的艰难。

［点评］

广德二年（764）春作。广德二年，严武再次出任剑南节度使，邀杜甫归成都。这组诗就是杜甫由阆州归成都时，于途中所写。组诗共五首，这里选的是第四首。写归来后，将先整理草堂，重操生计，感慨三年奔波之苦，亦表露出生活有依靠的欣喜心情。

吴瞻泰曰："此杜公一首道学诗，平生经济皆具于此，可作张子厚《西铭》读，然却无理学气。"（《杜诗提要》卷十一）

范廷谋曰："此《诗》之兴体，偶借桃树以起兴，于小题中抒写大胸襟、大道理。"（《杜诗直解》七律卷一）

题桃树

小径升堂旧不斜[1]，五株桃树亦从遮。
高秋总馈贫人实[2]，来岁还舒满眼花。
帘户每宜通乳燕[3]，儿童莫信打慈鸦。

寡妻群盗非今日^[4]，天下车书正一家。

［注释］

[1]"小径升堂旧不斜"二句：谓升堂的小径被桃树遮挡。小径升堂，即升堂小径的倒文。旧不斜，原本不斜，但因桃树遮住了去路，便使人觉得斜了。桃树长大了，枝叶遮道，但不忍剪伐，故曰"亦从遮"。从，听任，任从。下二句即申述"亦从遮"之由。　[2]"高秋总馈（kuì）贫人实"二句：写桃树有情，于人有恩。上句谓桃实可以救饥，下句言桃花可供观赏。馈，以物赠人。"馈"，一作"餧（wèi）"。来岁，犹明年，时已晚春，花期已过，故待之明年。　[3]"帝户每宜通乳燕"二句：告诫人们不要任意伤残乳燕和慈鸦。乳燕，雏燕。通，谓卷起门帘让燕子自由出入。信，任意，随手。慈鸦，即慈乌，亦称孝乌。相传此鸟初生，母哺六十日，长则反哺六十日，可谓慈孝，故名。梁武帝《孝思赋》："慈乌反哺以报亲。在虫鸟其尚尔，况三才之令人！"　[4]"寡妻群盗非今日"二句：称颂严武重镇时的太平景象。寡妻群盗，谓战乱诛求时情景。杜甫《白帝》云："哀哀寡妇诛求尽，恸哭秋原何处村。"《凤凰台》云："深衷正为此，群盗何淹留！"何景明《答望之》："饥馑饶群盗，征求及寡妻。"正袭杜意。非今日，谓已成过去，不再是今日之事了。车书一家，谓国家正走向统一。《礼记·中庸》："今天下车同轨，书同文。"时安史之乱初平，严武再镇，蜀乱已平，太平可期，故曰"正一家"。

［点评］

广德二年（764）暮春再回成都草堂时作。"题"，兼有品题、题赠之意，非题诗于桃树之上。这首诗虽题属桃树，而寓意却甚大。诗因桃树而念及天下穷人，因穷人而兼及鸦燕，因鸦燕之微而波及寡妻群盗，寓民胞物与之怀于吟花弄鸟之际，充分表达了诗人对严武重镇成都的喜悦心情和期盼国家统一、天下太平的良好愿望。

登　楼

花近高楼伤客心[1]，万方多难此登临[2]。
锦江春色来天地[3]，玉垒浮云变古今[4]。
北极朝廷终不改[5]，西山寇盗莫相侵[6]。
可怜后主还祠庙[7]，日暮聊为《梁甫吟》[8]。

[注释]

[1]客：杜甫自谓。　[2]万方多难：指到处都是战乱。　[3]锦江：为岷江支流，自四川郫县流经成都西南，传说江水濯锦，其色鲜艳于他水，故名锦江，又名流江、汶江，俗名府河。春色来天地：谓春色从四面八方而来。　[4]玉垒浮云变古今：以玉垒浮云的变幻不定喻古今世事之变化无常。即作者《可叹》所云："天上浮云似白衣，斯须改变如苍狗。古往今来共一时，人生万事无不有。"玉垒，山名，在今四川都江堰市北岷江东岸。　[5]北极：北极星，一名北辰，喻指朝廷。《论语·为政》："为政以德，譬如北辰，居其所而众星拱之。"广德元年（763）十月，吐蕃陷长安，立广武王李承宏为帝。代宗逃奔陕州（今河南陕县）。十二月长安收复，代宗还京，转危为安，故曰"朝廷终不改"。　[6]西山：又称雪岭，

在今四川省松潘县，为岷山主峰。西山寇盗，指吐蕃。广德元年
十二月，吐蕃陷松、维、保三州及云山新筑二城，西川节度使高
适不能救，于是剑南西山诸州亦入于吐蕃。因吐蕃陷长安立帝不
成，唐朝廷稳固如初，故告以"莫相侵"。二句流水对。　[7] 可怜
后主还祠庙：借后主刘禅以讽代宗。后主，蜀先主刘备之子后主刘
禅。后主庙在成都南先主庙东侧，西侧即武侯祠。后主宠信宦官
黄皓，终致蜀汉亡国。代宗任用宦官程元振、鱼朝恩等，招致吐
蕃陷京、銮舆幸陕之祸，故借后主托讽。后主昏庸，亡国还享祠庙，
代宗尚未亡国，似胜于刘禅，但亦够可怜的了。　[8] 聊为：有暂
且借咏以寄慨意。梁甫吟：乐府曲名。《三国志·蜀书·诸葛亮传》：
"亮躬耕陇亩，好为《梁父吟》。"父，同"甫"。今传《梁甫吟》后
人题为诸葛亮作，实不足信。此即指所咏《登楼》诗。作者将己
诗比作《梁甫吟》，有思得诸葛以济世之意。

［点评］

　　广德二年（764）春在成都作。东汉末年王粲伤乱离
而作《登楼赋》，诗题取意于此。"万方多难此登临"一
句，为全诗纲领，余则皆从此生出。"花近高楼"，本可
凭高饱览大好春色，却说"伤客心"，盖因正当"万方多
难"之故。颔联写景虽气象雄伟，但浮云苍狗变幻，宛
如多难人生，世事无常，睹景伤情，遂引出以下吐蕃陷
京、代宗幸陕、寇盗相侵、国难孔急等情事。登高抒怀，
抚今追昔，遂有后主祠庙，聊吟《梁甫》之深慨。情甚
悲郁苍凉，但因作者取景壮阔，故虽伤心而无衰飒之气，
又因作者爱国情深，坚信"北极朝廷终不改"，故情虽伤
而不流于悲观。

绝句二首

其一

迟日江山丽[1],春风花草香。

泥融飞燕子[2],沙暖睡鸳鸯。

[注释]

[1]迟日:即春日。《诗经·豳风·七月》:"春日迟迟。" [2]泥融飞燕子:是说春暖泥融,燕子衔泥作巢,飞来飞去。

其二

江碧鸟逾白[1],山青花欲然。

今春看又过[2],何日是归年?

[注释]

[1]"江碧鸟逾白"二句:着重用色彩的鲜明对比,表现春天的明媚景色。逾,更加。花欲然,形容花红似火。语出庾信《奉和赵王隐士》"山花焰欲然"。然,同"燃"。 [2]"今春看又过"二句:谓眼看又一个春天就要过去,但不知什么时候才能回到故乡?何日是归年,乃化用陆机《挽歌三首》其三"我行无归年"句意。

[点评]

广德二年(764)暮春作于成都。二诗写春日美景而各有侧重。第一首,通过写燕子衔泥、鸳鸯眠沙,表现春日生机与万物莫不适性，足以感发人心。第二首，通过写江碧、鸟白、山青、花红，表现春天的艳丽景色。诗句用笔简洁，色泽明丽，宛如诗画，反映了杜甫经多年流离后，暂时定居草堂的安适心情。然而美景易逝，身在异乡，归去无期，所触又易成愁思。前首全是咏景，后首则对景抒情。

绝句四首（选一）

其三

两个黄鹂鸣翠柳[1]，一行白鹭上青天[2]。
窗含西岭千秋雪[3]，门泊东吴万里船[4]。

[注释]

[1]黄鹂：黄莺。　[2]白鹭：鹭鸶，羽毛纯白色，能高飞。　[3]窗含：窗口对山，似口中含。西岭：山名，今称西岭雪山，在今四川大邑县西岭镇。因在成都西，故称西岭、西山。与前《野望》之"西山"，非一地。千秋雪：指岭上终年不化的积雪。　[4]门泊：门前停泊。门，指浣花草堂柴门。东吴：今江浙一带，古代为吴国领地。万里船：由成都赴吴，在锦江上船，可万里直达。江船本常见，以"万里"言之，谓战后交通恢复，船可畅行万里无阻。

李因笃曰："化古人'白鹭一一飞上天'为整调，余则配足之耳。"（《杜诗集评》卷十五引）

今值天清气朗之时，立足杜甫草堂眺望，可见西岭雪山。杜甫当时，空气质量更好，凭窗远眺，西岭雪山当更清晰。可见杜诗写实。

［点评］

广德二年（764）四月寓居成都草堂时作。其一写园中夏景，其二赋鱼梁，其四赋药圃。这里选的第三首是最脍炙人口的名篇。前两句写出了春夏之交清空明媚的景色，黄翠青白，相映相衬，着色有意无意，而出之自然，形成一幅色彩鲜明清丽的立体图画；后两句谓凭窗远眺，西岭上千年不化的积雪，晶莹剔透，着一"含"字，此景仿佛是嵌在窗中的一幅图画；回首门外，岸边停泊着堪能航行万里的江船，诗人不禁暗动乡关之思。"万里船"与"千秋雪"相对，一言空间之广，一言时间之久。诗人身在草堂，思接千载，视通万里，胸次开阔，出语雄健。全诗对仗精工，着色鲜丽，动静结合，声形兼俱，每句诗都是一幅画，又宛然组成一幅咫尺万里的壮阔山水画卷。

浦起龙曰："读此诗，莫忘却'赠曹将军霸'五字。""通篇感慨淋漓，都从此五字出。自来注家只解作题画，不知诗意却是感遇也。但其盛其衰，总从画上见，故曰《丹青引》。"（《读杜心解》卷二之二）

丹青引^[1]

将军魏武之子孙^[2]，于今为庶为清门^[3]。英雄割据虽已矣^[4]，文彩风流今尚存^[5]。学书初学卫夫人^[6]，但恨无过王右军^[7]。丹青不知老将至^[8]，富贵于我如浮云。

开元之中常引见^[9]，承恩数上南薰殿^[10]。凌烟功臣少颜色^[11]，将军下笔开生面^[12]。良相

［点评］

广德二年（764）四月寓居成都草堂时作。其一写园中夏景，其二赋鱼梁，其四赋药圃。这里选的第三首是最脍炙人口的名篇。前两句写出了春夏之交清空明媚的景色，黄翠青白，相映相衬，着色有意无意，而出之自然，形成一幅色彩鲜明清丽的立体图画；后两句谓凭窗远眺，西岭上千年不化的积雪，晶莹剔透，着一"含"字，此景仿佛是嵌在窗中的一幅图画；回首门外，岸边停泊着堪能航行万里的江船，诗人不禁暗动乡关之思。"万里船"与"千秋雪"相对，一言空间之广，一言时间之久。诗人身在草堂，思接千载，视通万里，胸次开阔，出语雄健。全诗对仗精工，着色鲜丽，动静结合，声形兼俱，每句诗都是一幅画，又宛然组成一幅咫尺万里的壮阔山水画卷。

浦起龙曰："读此诗，莫忘却'赠曹将军霸'五字。""通篇感慨淋漓，都从此五字出。自来注家只解作题画，不知诗意却是感遇也。但其盛其衰，总从画上见，故曰《丹青引》。"（《读杜心解》卷二之二）

丹青引 [1]

将军魏武之子孙 [2]，于今为庶为清门 [3]。英雄割据虽已矣 [4]，文彩风流今尚存 [5]。学书初学卫夫人 [6]，但恨无过王右军 [7]。丹青不知老将至 [8]，富贵于我如浮云。

开元之中常引见 [9]，承恩数上南薰殿 [10]。凌烟功臣少颜色 [11]，将军下笔开生面 [12]。良相

头上进贤冠[13]，猛将腰间大羽箭[14]。褒公鄂公毛发动[15]，英姿飒爽来酣战[16]。

先帝天马玉花骢[17]，画工如山貌不同[18]。是日牵来赤墀下[19]，迥立阊阖生长风。诏谓将军拂绢素[20]，意匠惨澹经营中[21]。斯须九重真龙出[22]，一洗万古凡马空[23]。玉花却在御榻上[24]，榻上庭前屹相向[25]。至尊含笑催赐金[26]，圉人太仆皆惆怅[27]。弟子韩干早入室[28]，亦能画马穷殊相[29]。干惟画肉不画骨[30]，忍使骅骝气凋丧[31]。

将军画善盖有神[32]，必逢佳士亦写真[33]。即今飘泊干戈际[34]，屡貌寻常行路人[35]。途穷反遭俗眼白[36]，世上未有如公贫。但看古来盛名下，终日坎壈缠其身[37]。

[注释]

[1]丹青：是作画所用颜料，故称绘画为丹青。题下原注："赠曹将军霸。"张彦远《历代名画记》卷九："曹霸，魏曹髦之后，髦画称于后代。霸在开元中已得名，天宝末，每诏写御马及功臣，官至左武卫将军。"唐玄宗末年得罪，削籍为庶人。安史乱后，流落蜀中。　[2]魏武：指魏武帝曹操。曹髦为曹操曾孙，霸为髦后，故云。　[3]庶：庶人。清门：寒门。　[4]英雄

张甄陶曰："此太史公列传也。多少事实，多少议论，多少顿挫，俱在尺幅中。章法跌宕纵横，如神龙在霄，变化不可方物。"（《杜诗镜铨》卷十一引）

黄生曰："'毛发动'三字写猛将已如生矣。谓从酣战而来，尤非庸笔所及。"（《杜诗说》卷三）

"斯须九重真龙出，一洗万古凡马空"二句谓曹霸画马一气呵成，片刻而就，画中的马神奇雄骏，好像从宫门腾跃而出的真龙，自古及今画工所绘的一切凡马皆相形失色。诗句着意描摹曹霸画马技艺的神妙，倾注了热烈的赞美之情，笔墨酣畅。沈德潜谓二句"神来纸上，如堆阜突出"（《唐诗别裁集》卷七）。

割据：指东汉末年曹操割据中原。已：结束。　[5]文彩风流：曹操能诗，曹髦善画，故云。今尚存：谓曹霸学书善画，有乃祖遗风。　[6]书：书法。卫夫人：东晋著名女书法家，隶书尤善。王羲之曾向她学书法。　[7]无过：没有超过。王右军：即东晋大书法家王羲之，曾官右军将军，故人称"王右军"。《晋书》本传称王羲之："尤善隶书，为古今之冠。"　[8]"丹青不知老将至"二句：化用《论语·述而》所载孔子的话："发愤忘食，乐以忘忧，不知老之将至云尔。""不义而富且贵，于我如浮云。"盛赞曹霸鄙弃功名富贵，酷爱绘画艺术而乐在其中的可贵精神，这正是曹霸画艺高超的根本原因。　[9]开元：唐玄宗年号。引见：应诏被引领晋见皇帝。　[10]承恩：承蒙皇帝恩宠。数（shuò）：屡次。南薰殿：在长安南内兴庆宫内。　[11]凌烟：指凌烟阁，在长安西内三清殿侧。凌烟功臣，唐太宗贞观十七年（643）二月，命阎立本画开国功臣二十四人像于凌烟阁，太宗亲作赞文。少颜色：指先前画像已经褪色。　[12]开生面：指霸画新像，面目如生。《封氏闻见记》卷五："玄宗时，以（凌烟）图画岁久，恐渐微昧，使曹霸重摩饰之。"即指此。　[13]进贤冠：文臣所戴朝冠。《后汉书·舆服志下》："进贤冠，古缁布冠也，文儒者之服也。"　[14]大羽箭：一种四羽大竿长箭。唐太宗尝自制以旌武功。　[15]褒公：褒国公段志玄。鄂公：鄂国公尉迟敬德。　[16]飒爽：威武英俊貌。　[17]先帝：指玄宗。"天马"，一作"御马"。玉花骢：玄宗所乘御马名。　[18]画工如山：极言画工之多。貌不同：画的与真马不相同，即画得不像。　[19]"是日牵来赤墀（chí）下"二句：极言玉花骢神骏超凡。赤墀，皇帝宫殿阶地涂丹漆，故称赤墀，也称丹墀。迥立，昂首挺立。阊阖（chāng hé），天门，此指天子宫门。生长风，形容马飞动神骏之英姿。　[20]绢素：绘画用的白绢。　[21]意匠：巧妙构思。惨澹经营：苦心规画设计。

南齐谢赫《古画品录》以经营位置为绘画六法之一。　[22]斯须：一会儿。九重：指皇宫。《楚辞·九辩》："君之门兮九重。"真龙出：指马画得逼真，活灵活现。马八尺曰龙，此指玉花骢。　[23]一洗万古凡马空：是说曹霸画马胜过所有人间凡马，为空前绝作。一洗，犹一扫。　[24]玉花却在御榻上：谓乍一看以为玉花骢跑到御榻上去了，细看方知是画的马。却在，不该在而在。御榻，御床。　[25]榻上：指曹霸画的马。庭前：指赤墀下真马。画的马似真，真假难分，故云"屹相向"。屹，屹立。　[26]至尊：皇帝，指玄宗。　[27]圉（yǔ）人：养马的人。太仆：掌马的官。惆怅：赞赏出神、惊叹莫名之状。　[28]韩干：《历代名画记》卷九："韩干，大梁人。""官至太府寺丞。善写貌人物，尤工鞍马。初师曹霸，后自独擅。"入室：喻学问技艺的成就达到精深阶段。旧称亲授嫡传弟子为"入室弟子"，语出《论语·先进》："子曰：'由也升堂矣，未入于室也。'"　[29]穷殊相：穷形尽相，曲尽变态。　[30]画肉：指韩干画马肥大。骨：指马的神骏风韵。宋张耒《萧朝散惠石本韩干马图马亡后足》诗："韩生丹青写天厩，磊落万龙无一瘦。"可见杜诗写实。　[31]骅骝：传说为周穆王八骏之一。气凋丧：精神衰颓，没有神气。杜甫崇尚瘦劲，《房兵曹胡马》云："胡马大宛名，锋棱瘦骨成。"　[32]"画"，一作"尽"。　[33]佳士：卓越非凡之人。写真：画像。　[34]飘泊干戈：指避"安史之乱"。干戈，指战乱。　[35]屡貌寻常行路人：谓霸为了糊口，不得不为寻常人画像，可见境遇落魄。屡貌，常常描绘。　[36]途穷：犹言走投无路。俗眼白：庸俗人的白眼。《晋书·阮籍传》："籍又能为青白眼。见礼俗之士，以白眼对之。"霸为名画家，却被流俗之辈轻视，故曰"反遭"。　[37]坎壈（lǎn）：穷困潦倒。《楚辞·九辩》："坎廪兮，贫士失职而志不平。"坎廪，意同"坎壈"。

[点评]

广德二年（764）杜甫在成都作。这首诗可说是一篇曹霸小传：开头八句从曹霸的家世渊源说到学书作画，而发端十四字，就将曹霸的官职，家世门第，削籍一笔写尽，起势有万钧之力；其下八句，追叙曹霸昔日奉诏重画凌烟功臣盛事；再下十六句，追叙曹霸奉诏画玉花骢事，极赞其画马之妙；最后八句，从过去跌回现在，极写今日之衰，并与开头"为庶为清门"相照应。"屡貌寻常行路人"，又与前奉诏画人画马形成鲜明对比。全诗章法错综，层次井然，宾主分明，对比强烈。诗咏绘画，而以学书陪衬，咏画又以画马为主，画人作陪；画马又以真马、凡马作陪，赞曹霸，又以画工、韩干、圉人、太仆陪衬；诗以绝大篇幅极力渲染昔日之盛，全为突出今日之衰作铺垫，而全诗借曹霸以自状，抒发自身漂零之感慨，极尽宛转跌宕之致。用韵亦匠心独运，全诗共四十句，每八句一换韵，意随韵转，平仄互换，可谓七古创格。

张溍曰："从画马及真马，从真马及时事，慨叹无穷。""风格之老，神韵之豪，针线之密，可谓千古绝调。"（《读书堂杜诗注解》卷十一）

韦讽录事宅观曹将军画马图 [1]

国初已来画鞍马 [2]，神妙独数江都王 [3]。

将军得名三十载，人间又见真乘黄 [4]。

曾貌先帝照夜白 [5]，龙池十日飞霹雳 [6]。

内府殷红马脑盘[7]，婕妤传诏才人索。

盘赐将军拜舞归[8]，轻纨细绮相追飞[9]。

贵戚权门得笔迹[10]，始觉屏障生光辉[11]。

昔日太宗拳毛𬳿[12]，近时郭家师子花[13]。

今之新图有二马[14]，复令识者久叹嗟[15]。

此皆骑战一敌万，缟素漠漠开风沙[16]。

其余七匹亦殊绝[17]，迥若寒空动烟雪[18]。

霜蹄蹴踏长楸间[19]，马官厮养森成列[20]。

可怜九马争神骏[21]，顾视清高气深稳[22]。

借问苦心爱者谁？后有韦讽前支遁[23]。

忆昔巡幸新丰宫[24]，翠华拂天来向东[25]。

腾骧磊落三万匹[26]，皆与此图筋骨同[27]。

自从献宝朝河宗[28]，无复射蛟江水中[29]。

君不见金粟堆前松柏里[30]，龙媒去尽鸟呼风[31]。

方苞曰："通篇叙曹将军，独'后有韦讽'一句点缀韦讽，泯然无迹。可悟诗法。起处以'画'字、'真'字双起，以后蒙回相间，组织变化，奇之又奇。"（《义门读书记·杜工部集》引）

《唐宋诗醇》卷十一评："苍莽历落中法律深细。前从照夜白叙入，即伏末段感慨。中间错综九马，文势跌宕，可谓'毫发无遗憾，波澜独老成'矣。七古至于老杜，浩浩落落，独往独来，神龙在霄，连蜷变化，不可方物。天马行空，脱去羁靮，足以横睨一世，独有千古。"

[注释]

[1]诗题"图"下一本有"歌"字，一本有"引"字。韦讽：官阆州录事参军，有家在成都。甫有《送韦讽上阆州录事参军》诗。曹将军：即曹霸，官左武卫将军，详见《丹青引》诗注。画马图：即曹霸所画《九马图》。苏轼《九马图赞叙》云："长安薛君绍彭，家藏曹将军《九马图》，杜子美所为作诗者也。"　[2]国初：

指唐朝开国初期。　[3] 江都王：指李绪。唐太宗李世民侄，多才艺，善书画，尤擅鞍马。　[4] 乘黄：传说中神马名，龙翼而马身，黄帝乘以登仙。又名腾黄、飞黄、訾黄。此以乘黄喻霸画马之神妙逼真。　[5] 貌：描摹，写真。先帝：指唐玄宗。照夜白：玄宗所乘骏马名。　[6] 龙池：在长安兴庆宫内。兴庆宫为玄宗登帝位前所居旧宅。故址在今西安市兴庆公园内。飞霹雳：言画之灵奇，能感动神物，挟风雷而至。　[7]"内府殷红马脑盘"二句：谓曹霸画照夜白得到玄宗奖赏，婕妤传诏命才人取出内府所藏红玛瑙盘赐给他。内府，皇家仓库。殷红，深红。马脑盘，即玛瑙盘，皇家珍贵之物。婕妤（jié yú）、才人：皆宫中女官名。　[8] 盘：指所赐玛瑙盘。"盘"，一作"盌"，非。　[9] 轻纨细绮相追飞：谓贵戚权臣都争着以纨绮向曹霸求画。轻纨细绮，泛指珍贵丝织物。纨，白色细绢。绮，有花纹的丝织品。相追飞，谓争相赠送。　[10] 得笔迹：指得到曹霸的画。　[11] 生光辉：有光彩。谓权贵以有曹霸之画为荣。　[12] 拳毛䯀（guā）：唐太宗六骏之一，为太宗平定刘黑闼时所乘坐骑。　[13] 郭家：指郭子仪。师子花：即狮子花，又称九花虬，为唐代宗赐给郭子仪的御马。　[14] 新图：指《九马图》。二马：指拳毛䯀和狮子花。　[15] 识者：指识二马者。叹嗟：赞叹其画之逼真。　[16] 缣素：指画绢。漠漠：弥漫貌。开风沙：因是战马，故打开画绢，似见战地漠漠风沙。　[17] 殊绝：神骏异常。　[18] 迥：远。烟雪：黑白，指马色。　[19] 霜蹄：骏马之蹄。语出《庄子·马蹄》："马蹄可以践霜雪。"蹴（cù）：踢。长楸间：犹言大道上。古时种楸树于大道两旁，故云。曹植《名都篇》："走马长楸间。" [20] 厮养：厮役，指养马的役卒。森成列：排列成行。　[21] 可怜：可爱。神骏：神奇骏逸。　[22] 顾视清高气深稳：谓马顾盼清高而神情深稳。王嗣奭曰："'清高''深稳'四字评马，此公独得之妙。"（《杜臆》卷六）[23] 支遁：字道林，东晋高僧。《世说新语·言语》载其好养马，酷爱马之神骏。　[24]巡幸：帝王巡视。新丰宫：京兆府昭应县，本名新丰，有宫在骊山下，称温泉宫，天宝六载（747）更名华清宫。故址在今西安临潼骊山麓。　[25]翠华：用翠鸟羽毛装饰的旗帜。指皇帝仪仗。来向东：新丰在长安以东，由长安至新丰，故云。　[26]腾骧（xiāng）：奔腾超越。磊落：众多貌。三万匹：《新唐书·王毛仲传》载：玄宗幸骊山，牧马监王毛仲率牧马数万匹相从。三万乃举其成数。　[27]筋骨同：谓玄宗厩马三万匹与曹霸所画九马骨相神态相同。　[28]自从献宝朝河宗：以穆天子西征，喻指玄宗西奔幸蜀。河宗，即河伯，为河神。《穆天子传》载：穆天子西征，以白狐、玄貉祭于河宗。　[29]无复射蛟江水中：以汉武帝比唐玄宗。时玄宗已死，故曰"无复"。射蛟，《汉书·武帝纪》载：元封五年，武帝南巡，"自寻阳浮江，亲射蛟江中，获之。"[30]金粟堆：指玄宗陵墓。玄宗葬奉先县（今陕西蒲城）东北金粟山，其陵曰泰陵。　[31]龙媒：指骏马。《汉书·礼乐志》载《天马歌》："天马来，龙之媒。"

[点评]

　　此诗作于广德二年（764）杜甫再到成都时。这是一首借咏画马而感慨时事的名作。全诗可分三大段，开头十二句为第一段，先从画照夜白叙起，极写曹霸画艺的高超，玄宗赏赐的殊荣和由此而权贵争相求画的烜赫声名，既为以下描写《九马图》张本，又为末段感慨伏笔。自"昔日太宗拳毛𬴃"至"后有韦讽前支遁"十四句为第二段，是全诗的主体部分，照应题目，正面写《九马图》。写九马，先写拳毛𬴃和狮子花二马，今昔对比，治乱兴衰，深寓感慨。次及七马，然后又九马并说。有分有总，有详有略，错综变化，文势跌宕。最后八句为第三段，照应首段，追怀玄宗，盛衰之叹，感慨无限。就题目言，中段是主，前后是宾；就主题思想言，中段是宾，前后是主。起承转接，抑扬顿挫，结构臻于化境。

忆昔二首（选一）

其二

浦起龙曰："前章戒词，此章祝词。述开元之民风国势，津津不容于口，全为后幅想望中兴样子也。"（《读杜心解》卷二之二）

仇兆鳌曰："此章于理乱兴亡之故，反覆痛陈，盖亟望代宗拨乱反治，复见开元之盛焉。"（《杜诗详注》卷十三）

忆昔开元全盛日[11]，小邑犹藏万家室[2]。

稻米流脂粟米白[3]，公私仓廪俱丰实。

九州道路无豺虎[4]，远行不劳吉日出。

齐纨鲁缟车班班[5]，男耕女桑不相失。

宫中圣人奏云门[6]，天下朋友皆胶漆[7]。

百余年间未灾变[8]，叔孙礼乐萧何律[9]。

岂闻一绢直万钱[10]，有田种谷今流血。

洛阳宫殿烧焚尽[11]，宗庙新除狐兔穴。

伤心不忍问耆旧[12]，复恐初从乱离说。

小臣鲁钝无所能[13]，朝廷记识蒙禄秩。

周宣中兴望我皇[14]，洒血江汉身衰疾。

[注释]

[1] 开元：唐玄宗年号（713—741）。开元盛世是我国历史上最有名的治世之一。　[2] 小邑：小城，小县。藏：居住。万家室：言户口繁多。《资治通鉴》唐玄宗开元二十八年载："是岁，天下县千五百七十三，户八百四十一万二千八百七十一，口四千八百一十四万三千六百九。"　[3]"稻米流脂粟米白"二句：是说全盛时农业丰收，粮食储备充足。流脂，形容稻米颗粒饱满滑润。仓廪，储藏米谷的仓库。　[4]"九州道路无豺虎"二句：是说全盛时社会秩序安定，天下太平。豺虎，比喻寇盗。路无强盗，旅途平安，出门自然不必选什么好日子，随时可出行。《资治通鉴》开元二十八年载："海内富安，行者虽万里，不持寸兵。"　[5]"齐纨鲁缟车班班"二句：是说全盛时手工业和商业的发达。齐纨鲁缟，山东一带生产的精美丝织品。车班班，商贾的车辆络绎不绝。班班，形容繁密众多。桑，作动词用，指养蚕织布。不相失，各安其业，各得其所。《通典·食货七》载：开元十三年，"米斗至十三文，青、齐谷斗至五文。自后天下无贵物。两京米斗不至二十文，面三十二文，绢一匹二百一十文。东至宋汴，西至岐州，夹路列店肆待客，酒馔丰溢。每店皆有驴赁客乘，倏忽数十里，谓之驿驴。南诣荆、襄，北至太原、范阳，西至蜀川、凉府，皆有店肆以供商旅。远适数千里，不恃寸刃。"杜诗可谓实录，故称"诗史"。　[6] 圣人：指天子。奏云门：演奏《云门》乐曲。云门，古时祭祀天地的乐曲。　[7] 天下朋友皆胶漆：是说社会风气良好，人们互相友善，关系融洽。胶漆，比喻友情牢固，亲密无间。　[8] 百余年间：指从唐王朝开国（618）到开元末年（741），共一百多年。未灾变：没有发生过大的灾祸。　[9] 叔孙礼乐萧何律：用汉初的盛世比喻开元时代的政治情况。西汉初年，高祖命叔孙通制定礼乐，萧何制定律令。　[10]"岂闻一绢直万钱"二句开

始由忆昔转为说今，写安史乱后的情况：以前物价不高，生活安定，如今却是田园荒芜，物价昂贵。一绢，一匹绢。直，同"值"，价值。今流血，指以前种庄稼的田地今天变成战场。　[11]"洛阳宫殿烧焚尽"二句：写吐蕃攻陷唐都长安，焚烧宫殿事。洛阳，代指长安。宗庙，指皇家祖庙。狐兔，指吐蕃。颜之推《古意二首》："狐兔穴宗庙。"杜诗本此。广德元年十月吐蕃陷长安，盘踞了半月，宫室惨遭烧焚。代宗于十二月复还长安，诗作于代宗还京不久之后，所以说"新除"。　[12]"伤心不忍问耆旧"二句：写不堪回首的心情。耆旧们都经历过开元盛世和安史之乱，不忍问，是因为怕他们又从安禄山陷京说起，惹得彼此伤起心来。耆旧，年高望重的人。乱离，指天宝末年安史之乱。　[13]"小臣鲁钝无所能"二句：谓自己得授检校工部员外郎事。小臣，杜甫自谓。鲁钝，粗率，迟钝。记识，记得，记住。蒙禄秩，指朝廷授以检校工部员外郎。禄秩，俸禄、官职。　[14]"周宣中兴望我皇"二句：是说自己衰年切盼代宗完成中兴大业。周宣，周宣王，厉王之子，即位后，整理乱政，励精图治，恢复周代初期的政治，使周朝中兴。我皇，指代宗。洒血，极言自己盼望中兴之迫切。江汉，指巴蜀。

［点评］

广德二年（764）六月，严武表荐杜甫为节度参谋、检校尚书工部员外郎，诗当作于此时，故诗云"小臣鲁钝无所能，朝廷记识蒙禄秩"。或谓广德二年春在阆州作。诗取开头两字为题，其意不在忆昔，而是借往事以讽今，即以开元之盛衬今日之衰。这里选的是第二首，回忆开元之世何等繁荣昌盛，富足安定。安史乱后，江山残破，国势日衰，而今吐蕃屡犯，宦竖柄政，社稷堪忧，期望代宗做一代中兴之主，重振大唐之业。

宿　府

清秋幕府井梧寒[1]，独宿江城蜡炬残[2]。

永夜角声悲自语[3]，中天月色好谁看[4]。

风尘荏苒音书绝[5]，关塞萧条行路难[6]。

已忍伶俜十年事[7]，强移栖息一枝安[8]。

[注释]

[1]幕府：指严武节度使府。古时行军，将帅无固定驻所，以帐幕为府署，故称幕府。后遂用作地方军政长官与节度使衙署的代称。井梧：井边的梧桐树。 [2]江城：指成都。蜡炬：蜡烛。 [3]永夜：长夜。角声：号角声。 [4]中天，一作"中庭"。 [5]风尘荏苒（rěn rǎn）：时光在战乱中流逝。荏苒，谓时间渐渐推移。陶渊明《杂诗》其十："荏苒经十载，暂为人所羁。"音书：指亲朋间的音信。 [6]关塞：关隘要塞。萧条：寂寞冷落。[7]伶俜（líng pīng）：孤苦貌。十年事：从天宝十四载（755）安史之乱爆发到写此诗，前后凡十年。 [8]强移栖息一枝安：谓幕府供职。强移栖息，勉强栖身。一枝安，语出《庄子·逍遥游》："鹪鹩巢于深林，不过一枝。"

[点评]

广德二年（764）六月，严武表荐杜甫为节度参谋、检校工部员外郎。此诗即为是年秋独宿节度使府时作。题是"宿府"，而"独宿"二字为全诗关键。诗借独宿所

孙鑛曰："通首俱是伤叹之意，而不点出伤叹字，读完自见，最有深味。"（《杜律》七律卷一）

吴农祥曰："八句皆对，既极严整从容，复带错综变化，此公之神境。"（《杜诗集评》卷十一引）

张性曰："第二联雄壮工致，当时夜深无寐，独宿之情，宛然可见。"（《杜律演义》前集）

顾宸曰："'风尘'二句，是枕上踌躇，百端交集，不能成寐之语。""言依回于风尘之际，家乡书信久已断绝；萧条于关塞之间，欲思出峡，行路又难，总因幕中无聊，恨不能奋飞而去也。"（《辟疆园杜诗注解》七律卷三）

见所闻之景，抒发独身飘零之感、抑郁寂寞之情。首联
"井梧寒"、"蜡炬残"，其景凄清，正见"独宿"。颔联
进一层写独宿的孤寂无聊。二句均为上五下二句式，于
"悲""好"处略作停顿。角声悲凉，响彻夜空，如怨如诉，
犹似自语；皓月当空，月色虽好，谁来观赏？不是无人
望月，而是无心赏月。角声是战乱的象征，明月是思乡
的触媒，不由得勾起独宿人无限的乡愁。颈联即写思乡
难归的苦衷。作者《恨别》诗云："洛城一别四千里，胡
骑长驱五六年。草木变衰行剑外，兵戈阻绝老江边。思
家步月清宵立，忆弟看云白日眠。"可作此二句注脚。那
时流离风尘才五六年，而今已"伶俜十年"，怎堪忍受！
末句照应首句，言幕府供职，本非初心，只是为了一家
生计和彼此友谊，所谓"束缚酬知己，蹉跎效小忠"（《遣
闷奉呈严公二十韵》），才勉强入幕的。此诗章法谨严，
对仗工巧。

李因笃曰："五
诗亦朴老，亦绮丽，
首首俱带江村意，
大家之篇。"（《杜
诗集评》卷九引）

吴瞻泰曰："抑
扬顿挫，颠倒错
叙，于自怨自艾之
中，寓舒和微婉之
趣。其度量亦过人
远者。"（《杜诗提
要》卷九）

吴瞻泰曰："眼
看万里之乾坤，心
系百年之时序。属
倒句。"

春日江村五首（选一）

其一

农务村村急[1]，春流岸岸深[2]。

乾坤万里眼[3]，时序百年心。

茅屋还堪赋[4]，桃源自可寻[5]。

艰难昧生理[6]，飘泊到如今[7]。

［注释］

[1]农务：指春耕劳作之事。　[2]春流：指浣花溪。　[3]"乾坤万里眼"二句：极写飘泊衰谢之感。乾坤，指天地。万里眼，遥望故乡，远隔万里。时序，时间季节运行的次序。百年，指人的一生。　[4]茅屋：指浣花草堂。堪：可。赋：指作诗。　[5]桃源：陶渊明在《桃花源记》中描写的田园胜境，此指浣花溪附近的美好风物及人情。　[6]昧生理：犹言拙于谋生。昧，不懂得，无知。生理，谋生之道。　[7]飘泊：飘游四方，行止不定。上句是因，下句是果。

［点评］

永泰元年（765）春作于成都。江村，指成都西郊浣花草堂。五首以"江村"为题，内容却不以写江村景物为主，而是追忆来蜀后的生活经历和感想。组诗五首，这里选的是第一首，写春日江村之景，点明题目，然而有天涯羁旅、百年过客之慨。

绝句三首（选一）

其三

谩道春来好^[1]，狂风大放颠^[2]。
吹花随水去，翻却钓鱼船^[3]。

吴瞻泰曰："末章致怨春风，系舟不能去，而以比兴出之。小小结构，具有波澜。"（《杜诗提要》卷十四）

[注释]

[1]谩道：即莫道、休道之意。"谩道"，一作"设道"。　[2]大放颠：犹言大发作。颠，亦狂意。　[3]翻却：即翻了。却，语助词，用于动词之后。

[点评]

永泰元年（765）春作于成都。是年正月三日，杜甫辞严武幕府而归浣花溪，五月携家离草堂南下，欲往荆楚。此组诗正是此间所作。其一正为欲往荆楚而作。这里选的第三首"谩道春来好"，即就第一首而来，写春江风急，吹翻船只，不得远行。用语通俗，朴质有趣。

莫相疑行

夏力恕曰："此诗气韵虽高，而词意却浅。"（《杜诗增注》卷十二）

杨伦曰："（当面输心背面笑）一句写尽世情。"（《杜诗镜铨》卷十二）

王安石《老人行》："翻手作云覆手雨，当面输心背面笑。"全袭杜句。

男儿生无所成头皓白 [1]，牙齿欲落真可惜。

忆献三赋蓬莱宫 [2]，自怪一日声烜赫。

集贤学士如堵墙，观我落笔中书堂。

往时文彩动人主 [3]，此日饥寒趋路傍。

晚将末契托年少 [4]，当面输心背面笑。

寄谢悠悠世上儿 [5]，不争好恶莫相疑。

［注释］

[1]"男儿生无所成头皓白"二句：悲叹老而无成。男儿，杜甫自指。头皓白，头发花白。可惜，可悲。　[2]"忆献三赋蓬莱宫"四句：回忆昔日献"三大礼赋"时的壮观荣宠盛况。忆献三赋，天宝九载（750）冬，杜甫进献《朝献太清宫赋》《朝享太庙赋》《有事于南郊赋》，即所谓"三大礼赋"。蓬莱宫，即大明宫，高宗龙朔二年（662）改名蓬莱宫，亦称东内。声，声名。烜（xuǎn）赫，声势盛大。"烜赫"，一作"辉赫"。集贤学士，玄宗开元十三年四月，改集仙殿为集贤殿，改丽正殿书院为集贤殿书院，院内五品以上为学士，六品以下为直学士。"集贤院学士，掌刊辑古今之经籍，以辨明邦国之大典，而备顾问应对。凡天下图书之遗逸，贤才之隐滞，则承旨而征求焉。其有筹策之可施于时，著述之可行于代者，较其才艺，考其学术，而申表之。"（《唐六典》卷九）如堵墙：形容列观者之多，语出《礼记·射义》："孔子射于矍相之圃，盖观者如堵墙。"《新唐书·杜甫传》云："甫奏赋三篇，帝奇之，使待制集贤院，命宰相试文章。"集贤院隶属中书省，在中书省之政事堂考试文章，故曰"落笔中书堂"。甫《奉留赠集贤院崔于二学士》所云："气冲星象表，词感帝王尊。天老书题目，春官验讨论。"即指此。　[3]往时文彩动人主：即所谓"词感帝王尊"。人主，指唐玄宗。　[4]"晚将末契托年少"二句：谓年轻同僚当面一套，背后一套，玩两面手法。下句写尽后生轻薄。末契，对人谦称自己的情谊。语出《文选·陆机〈叹逝赋〉》："托末契于后生，余将老而为客。"李周翰注："言后生见我老，不与我交，以客礼相待，复增其忧耳。末契，下交也。"年少，犹后生，指幕府同僚。输心，表示真心、诚心。笑，嗤笑。　[5]"寄谢悠悠世上儿"二句：谓我不想与尔等争权夺利，故而辞幕归隐，请你们不必乱猜疑。寄谢，寄告。以辞相告曰谢。悠悠，众多。世

徐仁甫曰："《本事诗》：曲江（张九龄）与李林甫同列，林甫忌之若仇。曲江为海燕诗以致意曰：'无心与物竞，鹰隼莫相猜。'杜公此诗，盖本曲江。'不争好恶'即'无心与物竞'；'莫相疑'即'莫相猜'也。"（《杜诗注解商榷》）

上儿，即上"年少"者。不争好恶，不与你们争高低。

[点评]

永泰元年（765）杜甫辞严武幕职后作。莫相疑，即不要疑忌。诗成之后，拈末三字为题。诗人追昔抚今，不胜悲慨，表现了对人情冷暖、世态炎凉的厌倦和憎恶。

浦起龙曰："只短律耳，而六年中流寓之迹，思归之怀，东游之想，身世衰迟之悲，职任就舍之感，无不括尽，可作入蜀以来数卷诗大结束。是何等手笔！"（《读杜心解》卷三之四）

杨伦曰："结用反言见意，语似自宽，正隐讽大臣也。"（《杜诗镜铨》卷十二）

去　蜀

五载客蜀郡[1]，一年居梓州。
如何关塞阻[2]，转作潇湘游？
万事已黄发[3]，残生随白鸥。
安危大臣在[4]，何必泪长流。

[注释]

[1]"五载客蜀郡"二句：总叙居蜀行迹。蜀郡，即成都。杜甫于上元元年（760）初借居成都草堂寺，后移居新建之草堂，至永泰元年（765）五月离蜀，前后共六年，其间有一年多流寓梓州、阆州等地，在成都前后合计约五年。"居"，一作"归"。　[2]"如何关塞阻"二句：感慨不能返长安而转徙潇湘的苦衷。如何，犹岂料。关塞阻，谓长安难返。转作，反作。潇湘，二水名，在今湖南境，此泛指荆楚一带。本应北返长安，因关塞险阻，只好出峡东行，故曰"转作"。　[3]"万事已黄发"二句：

悲叹衰年飘泊不定，壮志难酬。黄发，谓年老。残生，犹余生。随白鸥，谓飘泊。即杜甫《旅夜书怀》所云"飘飘何所似，天地一沙鸥"意。　[4]"安危大臣在"二句：意谓社稷安危自有大臣负荷，自己何必泪水长流，杞人忧天？大臣，泛指朝廷掌权者。

[点评]

　　永泰元年（765）五月作。四月，严武死，杜甫生活失去依靠，又预见到蜀中将乱，故决计出峡东归。将离蜀，作诗总结几年的飘泊生涯，故题曰"去蜀"。首联为六年流寓之迹，初看来似平淡无味，然稍思之，数年时光的飞逝，在蜀期间的安定与飘泊、闲适与艰苦，离开之际的留恋与归乡的强烈愿望，万千感怀却莫不被这貌似平淡的"五载"、"一年"两句所包蕴。中间两联写已在老迈之年，无论是北上返回故乡，进京辅佐君王，还是迎来天下太平，摆脱流离之苦，种种心愿皆难以实现，其痛苦悲愤可以想见。末联尤为深警。"安危大臣在，何必泪长流"，此乃无可奈何，强作排遣之词，实则反言诗人心系国家安危，时刻为其忧心流泪的深衷。其中有痛惜，有激愤，有宽慰，言简意赅，包蕴极丰。

　　李因笃曰："气象浑涵，词华典则，质而愈古，丽而弥清。思入风云，腕驱经史，《三百篇》后，登峰造极之作。"（《杜诗集评》卷九引）

禹 庙

禹庙空山里，秋风落日斜。
荒庭垂橘柚[1]，古屋画龙蛇。

云气嘘青壁[2]，江声走白沙。
早知乘四载[3]，疏凿控三巴[4]。

方回曰："凡唐人祠庙诗，皆不能出老杜局段之外。"（《瀛奎律髓》卷二八）

孙莘老曰："盖橘柚锡贡，驱龙蛇，皆禹之事，公因见此有感也。"（《集千家注批点杜工部诗》卷十二引）

"云气嘘青壁"，一作"云气生虚壁"。赵次公曰："'生虚壁'，当作'嘘青壁'字为正，盖'嘘'字新且工矣。又'青壁'对'白沙'，亦工。"（《新刊校定集注杜诗》卷二十七）

[注释]

[1]"荒庭垂橘柚"二句：写庙中所见之景，皆化用禹事。据《书·禹贡》载，禹治洪水后，九州人民得以安居生产，远居东南的"岛夷"之民也"厥包橘柚锡贡"，即把丰收的橘柚包裹好进贡给禹。又《孟子·滕文公下》云：大禹治水"驱龙蛇而放之菹"，即驱赶龙蛇至泽中有水草处，使其有所归宿，不再兴风作浪。故后人将其事画于墙壁之上以纪其功。二句用禹典而不觉用事，此杜甫用事入化处。　[2]"云气嘘青壁"二句：写庙外山水之惊险。云气喷吐在悬崖峭壁上；江水卷白沙，波涛汹涌。嘘，吐气。　[3]早知：杜甫自言向时已知。四载：传说大禹治水时所用之四种交通工具。《书·益稷》："予乘四载。"孔安国传："谓水乘舟，陆乘车，泥乘楯，山乘樏。"　[4]疏凿：疏通河道，开凿山岩。三巴：据《华阳国志》载：东汉献帝兴平元年（194），益州牧刘璋三分古巴国：以安汉以上为巴郡，治安汉（今四川南充）；以安汉以下为永宁郡，治江州（今重庆）；朐忍至鱼复为固陵郡，治鱼复（今重庆奉节东）。建安六年（201），改永宁为巴郡，巴郡为巴西，固陵为巴东，合称三巴。

[点评]

永泰元年（765）四月，严武病卒，杜甫遂于五月携家乘舟离成都，经嘉州（今四川乐山）、戎州（今四川宜宾）、渝州（今重庆）、忠州（今重庆忠县）而抵云安（今重庆云阳）。这首诗即为是年秋杜甫由渝州去忠州时作。

禹庙，夏禹之庙，在今忠县南，过岷江二里处。诗写经过忠州，见禹庙之荒凉，睹江峡之形势，而思夏禹疏凿之功。首二句，写秋山落日中的禹庙；三四，写庙内之景，而贡橘柚、放龙蛇均禹事；五六句，写岩壁嘘云气、沙上走江声，由庙内而及庙外；七八句，因禹庙而溯其疏凿之功。短短四十字中，风景形胜，庙貌功德，无所不包。其层次清晰，章法谨严，而气象弘壮，读之意味无穷。为唐人祠庙诗之典范。

纪昀曰："通首神完气足，气象万千，可当雄浑之品。"（《瀛奎律髓刊误》卷十五）

浦起龙曰："起不入意，便写景，正尔凄绝。三、四开襟旷远，五、六揣分谦和，结再即景自况，仍带定'风岸''夜舟'，笔笔高老。"（《读杜心解》卷三之四）

黄生曰："'一沙鸥'，何其渺！'天地'字，何其大！合而言之曰'天地一沙鸥'，作者吞声，读者失笑。"（《杜诗说》卷五）

旅夜书怀

细草微风岸 [1]，危樯独夜舟。
星垂平野阔 [2]，月涌大江流。
名岂文章著 [3]？官应老病休。
飘飘何所似 [4]？天地一沙鸥。

[注释]

[1] "细草微风岸" 二句：就近而小者写旅夜之景，点明时间、地点和个人处境，连用 "细" "微" "危" "独" 四字，不仅准确地写出了旅夜独宿的情景，而且深细入微地传达出诗人孤寂悲凉的心情。危樯（qiáng），高高的船桅杆。　[2] "星垂平野阔" 二句：是就大而远者写旅夜之景，意象生动，境界壮阔，气势磅礴。"垂" "阔" "涌" "流" 四字，力透纸背，表现了诗人处于逆境中

的博大胸怀和兀傲不平的感情。与李白《渡荆门送别》的"山随平野尽，江入大荒流"二句，可谓有异曲同工之妙。"月涌"二字甚妙。月不会涌动，乃映于江中，月影随江波涌动。未亲见者不能道。大江，指长江。　[3]"名岂文章著"二句：是说名哪里因为文章写得好而显著呢，官却因为年老多病而只好辞掉。丁来公曰："献赋得官，声名辉赫，似以文章著矣。然流离颠沛，白头幕府，小吏相轻，所谓'文采动人主'者安在？名岂文章著乎？救房琯而远谪，辞严武而归隐，公实见时危政暗，不乐仕进，然未敢告人，但云'官应老病休'可也。怨而不怒，哀而不伤，具此十字。"（《辟疆园杜诗注解》五律卷八引）　[4]"飘飘何所似"二句：以沙鸥自比，抒发漂泊流离中抑郁不平之气，用一问一答形式，愈见苍凉悲郁。飘飘，不定貌。一作"飘零"。沙鸥，一种水鸟，飞于江海之上，栖息沙洲。

[点评]

　　永泰元年（765）秋，杜甫由忠州去云安舟行途中夜泊时作。这首诗表达了诗人穷愁潦倒，漂泊江湖，有志难骋的悲愤抑郁心情。情调虽凄苦，却不衰颓，壮阔的境界，磅礴的气势，反映出诗人在危苦穷促中依然能保持阔大眼界、旷远胸怀。

王嗣奭曰："此诗真作惊人语，是缘忧世之心发之，以自消其垒块。'叹世'二字，为一章之纲。泣血迸空，起于叹世。以迸空写高楼，落想尤奇。"（《杜诗详注》卷十五引）

白帝城最高楼[1]

城尖径仄旌旆愁[2]，独立缥缈之飞楼[3]。

峡坼云霾龙虎睡[4]，江清日抱鼋鼍游。
扶桑西枝对断石[5]，弱水东影随长流。
杖藜叹世者谁子[6]？泣血迸空回白头[7]。

[注释]

[1]白帝城：东汉初，公孙述割据筑城，自号白帝，因以为名。在今重庆奉节县东瞿塘峡口白帝山上。最高楼：白帝城上最高处之楼。　[2]城尖：山势峭峻，城在其上，故云。径仄：山路倾仄而难走。旌旆愁：城高而险，风掣旗翻，故云。旌旆，此指军旗。　[3]独立：独自一人立于高楼之上。缥缈：高远隐约貌。楼在最高处，檐角翼翘，其势若飞，故曰"飞楼"。　[4]"峡坼（chè）云霾（mái）龙虎睡"二句：写登楼所见近景。坼，裂开。霾，阴霾，此有弥漫意。鼋（yuán），大鳖，俗称癞头鼋。鼍（tuó），一名鼍龙，又名猪婆龙，今称扬子鳄。"峡坼云霾""江清日抱"，为眼前所见之景；"龙虎睡""鼋鼍游"，系据所见而生发的艺术想象。　[5]"扶桑西枝对断石"二句：写想象中远景，极言楼高望远。扶桑，东方神木名，传说为日出处。断石，指瞿塘峡。因扶桑在东，故曰"西枝"。弱水，古水名，古人认为是水弱不能载物，故称弱水。古称弱水者甚多，此指神话传说中的弱水。《山海经·大荒西经》："（昆仑之丘）其下有弱水之渊。"《海内十洲记·凤麟洲》："洲四面有弱水绕之，鸿毛不浮，不可越也。"因弱水在西，故曰"东影"。长流，指长江。　[6]杖藜叹世者谁子：那个拄着藜杖忧叹世事的老人是谁呢？不用说，是杜甫自己。这样设问更加有力。杖藜，拄着藜杖。藜杖，用藜的老茎做的手杖。这里杖作动词用。藜，一年生草本植物，茎可以做拐杖。　[7]泣血：形容哭之哀。迸（bèng）：散、洒。登楼而泣，泪洒空中，故曰"迸

沈德潜曰："拗体歌变体，句法古体，对法律体，两者兼用之。"（《唐诗别裁集》卷十三）

吴瞻泰曰："扶桑极东而见西枝，弱水极西而如见东影，极力描写远景，偏于不可见处形容，乃加倍写最高楼也。"（《杜诗提要》卷十一）

空"。回白头：摇动白头。作者时已五十六岁，发已白，故云白头。

［点评］

大历元年（766）初到夔州（今重庆奉节）时作。此诗写登楼望远所见景象及由之而触发的危乱之感。首联写城楼高危之势，首句"径仄"两仄声字拗起，次句"立"、"缈"两仄声字加重，并嵌入"之"字，奇险之中顿显潇洒飞扬之致。中二联写望中所见眼前近景及想象中的远景。其中"扶桑"二句，写江流西来东去，境界阔远，气象雄浑，衬托出诗人登高临深之心情。末联抒发对危乱时局的感喟。这是一首拗体七律，适合于写奇险之景和表达心中勃郁不平之气。

李因笃曰："只四句，櫽括生平。'遗恨失吞吴'，是大议论。"（《杜诗集评》卷十五引）

《唐宋诗醇》卷十七："遂使诸葛精诚炳然千古，读之殷殷有金石声。"

高步瀛说："'失吞吴'，犹言未能吞吴耳。以武侯如此阵图而不能吞吴，真千古遗恨，故精诚所寄，石不为转，大意与'出师未捷'二句同一感慨。"（《唐宋诗举要》卷八）

八阵图[1]

功盖三分国[2]，名成八阵图。
江流石不转[3]，遗恨失吞吴[4]。

［注释］

[1] 八阵图：相传为诸葛亮所布设的作战石垒。八阵，指天、地、风、云、龙、虎、鸟、蛇八种阵势。图，法度，规制。诸葛亮所布八阵图，传说有多处，此指夔州八阵图，位于长江北岸鱼复浦平沙之上，遗址在今重庆奉节县南长江边。　[2] 盖：超、越。三分国：指魏、蜀、吴三国。三国之中，曹操和孙权都有所凭借，

唯独诸葛亮辅佐刘备，白手起家，据蜀与魏、吴鼎足而三，故曰"功盖三分国"。　[3]江流石不转：谓年深日久，江流冲击，八阵图却屹然不动，故曰"石不转"。仇兆鳌《杜诗详注》卷十五引《刘宾客嘉话录》云："夔州西市，俯临江沙，下有诸葛亮八阵图，聚石分布，宛然犹存。峡水大时，三蜀雪消之际，濒涌混漾，大木十围，枯槎百丈，随波而下。及乎水落川平，万物皆失故态，诸葛小石之堆，标聚行列依然。如是者近六百年，迨今不动。"据此，杜诗乃是写实。　[4]遗恨失吞吴：此句向来解说不一，约有四说：以不能灭吴为恨；以刘备征吴失计为恨；诸葛亮不能谏止刘备征吴之举，自以为恨；刘备征吴而不知用八阵图法，致使失败，故以为恨。当以第一说为近是。

［点评］

这首诗为大历元年（766）杜甫初到夔州时作。杜甫对诸葛亮是无限敬仰的，开头即以两个精巧工整的对偶句，盛赞他的丰功伟绩，而特标出八阵图以应题。诚如成都武侯祠的碑刻所说的："一统经纶志未酬，布阵有图诚妙略。""江上阵图犹布列，蜀中相业有辉光。"于是最后两句深致悲悼惋惜之意，融怀古与述怀为一体，虽参议论，但富于浓郁的抒情色彩，发人深思，余味无穷。

古柏行

孔明庙前有老柏[1]，柯如青铜根如石[2]。霜

夏力恕曰："写状之工，往复之妙，寄托之远，宾主离合之浑化，未易言诠。"（《杜诗增注》卷十二）

皮溜雨四十围^[3]，黛色参天二千尺^[4]。君臣已与时际会^[5]，树木犹为人爱惜。云来气接巫峡长^[6]，月出寒通雪山白。

忆昨路绕锦亭东^[7]，先主武侯同閟宫。崔嵬枝干郊原古^[8]，窈窕丹青户牖空^[9]。落落盘踞虽得地^[10]，冥冥孤高多烈风^[11]。扶持自是神明力^[12]，正直元因造化功^[13]。

大厦如倾要梁栋^[14]，万牛回首丘山重^[15]。不露文章世已惊^[16]，未辞剪伐谁能送。苦心岂免容蝼蚁^[17]，香叶曾经宿鸾凤^[18]。志士幽人莫怨嗟^[19]，古来材大难为用。

沈德潜曰："大木寓栋梁意，人人有之，从君臣际会着笔，方见精彩。"（《重订唐诗别裁集》卷七）

王嗣奭曰："孔明材大而不尽其用，公尝自比稷契，材似孔明而人莫用之，故篇终而结以'材大难为用'，此作诗本意，而发兴于柏耳。"（《杜臆》卷七）

[注释]

[1]孔明庙：即武侯庙，诸葛亮字孔明。杜甫在夔州还写有《诸葛庙》《武侯庙》诗。　[2]柯：树枝。青铜：形容颜色苍老。根如石：形容树根坚硬。　[3]霜皮溜雨：指树干色白光滑。"霜皮"，一作"苍皮"。四十围：极言柏粗。围，一人合抱为一围。　[4]黛色：青黑色，形容柏叶葱郁之状。参天：高耸云霄。二千尺：极言柏高。　[5]"君臣已与时际会"二句：谓孔明君臣因时遇合，功德在民，人民思其人犹爱其树，不加剪伐，故古柏长得高大。君臣，指刘备与诸葛亮。际会，遇合。　[6]"云来气接巫峡长"二句：极写古柏之高大。巫峡，长江三峡之一，在夔州东。雪山，又称雪岭、西山，在夔州西。　[7]"忆昨路绕锦亭东"二句：忆成都

武侯祠。锦亭，指杜甫在成都所居草堂，因紧靠锦江，中有台亭，故称锦亭。先主，指刘备。武侯，诸葛亮封武乡侯。閟（bì）宫，祠庙。因成都武侯祠原附在先主庙中，故曰"同閟宫"。而武侯祠在草堂东，杜甫常去拜谒，所谓"丞相祠堂何处寻？锦官城外柏森森"，故曰"路绕锦亭东"。　[8]崔嵬：高峻貌。郊原：指成都郊外平原之地。　[9]窈窕（yǎo tiǎo）：深邃貌。丹青：指庙内壁画。户牖（yǒu）空：谓寂静无人。牖，窗户。　[10]落落：卓立不群貌。得地：占得地势之利。　[11]冥冥：高远貌。孤高：独立高空。烈风：大风。　[12]扶持自是神明力：谓古柏不为烈风所摧折，似有神灵呵护。　[13]正直元因造化功：谓古柏正直，原本自然。正直，直立挺拔。元因，原是因为。造化功，自然化育之力。　[14]大厦如倾：语出王通《中说·事君篇》："大厦将颠，非一木所支也。"大厦，语意双关，喻指国家。要：需要。梁栋：即栋梁。　[15]万牛回首丘山重：谓古柏重如丘山，万头牛也拖不动，故徒然回首望之。　[16]"不露文章世已惊"二句：谓古柏不以文采炫世，却为世所敬重；不避砍伐，愿作栋梁，而无人能为采运。文章，文采。　[17]苦心：柏心味苦。容蝼蚁：为蝼蚁所蛀蚀。　[18]香叶：柏叶有香气。宿鸾凤：为鸾凤一类高贵的鸟所栖宿。　[19]"志士幽人莫怨嗟"二句：点明题意，谓材大难为用乃自古如此，志士幽人不必为此叹息。明说莫怨嗟，实则大悲愤。幽人，隐逸之人。

[点评]

　　大历元年（766）在夔州作。诗咏夔州武侯庙古柏，即《夔州歌十绝句》其九所云："武侯祠堂不可忘，中有松柏参天长"也。此诗虽咏古柏，实借咏柏以自况，抒发怀才不遇的感慨。全诗共二十四句，凡押三韵，每韵八句，自成段落。前八句咏夔州孔明庙前古柏之高大，引出君臣遇合的感慨。中八句与成都武侯祠古柏比较，突出夔州古柏的孤高正直。最后八句，"卒章显其志"，联系大厦将倾需栋梁的现实，发出"古来材大难为用"的深沉感慨。"不露文章"，写得身分高；"未辞剪伐"，写得意思曲。明里咏物，实以喻人，托物兴感，委婉含蓄，寄托遥深，极沉郁顿挫之致。

黄生曰："人谓杜诗不宜首首以时事影附，然如此类即景寓意者，其神脉自相灌注，岂可不为标出？"（《杜诗说》卷九）

徐仁甫曰："'何处'，犹言'安处'（上声）、'怎处'也，反诘之语。""此诗是说，寡妇诛求既尽，日恸哭于秋原，怎么安生在村中呢？又《西阁夜》：'击柝可怜子，无衣何处村？'也是说连蔽体的衣衫都没有，怎能在村中安身？"（《杜诗注解商榷》）可备一说。

白　帝

白帝城中云出门[1]，白帝城下雨翻盆。
高江急峡雷霆斗[2]，翠木苍藤日月昏。
戎马不如归马逸[3]，千家今有百家存[4]。
哀哀寡妇诛求尽[5]，恸哭秋原何处村？

［注释］

[1]"白帝城中云出门"二句：谓城在山上，云从城门涌出，黑云压城，暴雨成灾。翻盆，犹倾盆。　[2]"高江急峡雷霆斗"二句：写临江山城暴雨骤至时惊心动魄的阴惨景象：峡中急流助以雨势，其声势若雷霆之斗；翠木苍藤蔽以阴云，使日月昏暗无光。江，指长江。峡，指瞿塘峡。"翠"，一作"古"。　[3]戎马不如归马逸：是说戎马不如归马跑得快，可见马亦厌战，而人可知。戎马，出征之马。《老子》第四十六章："天下无道，戎马生于郊。"

归马，归田之马。《尚书·武成》："偃武修文，归马于华山之阳。"逸，奔跑。 [4]千家今有百家存：是说战乱和赋役使人民死亡十分之一。 [5]"哀哀寡妇诛求尽"二句：谓战乱中死去丈夫的寡妇，又被官府诛求一空，村村如此，处处如此，秋天的原野一片痛哭之声，使人惨不忍闻。哀哀，极言哀痛之深。诛求，指官府横征暴敛。恸哭，即痛哭。何处村，不知是哪个村，犹言村村、处处。

[点评]

大历元年（766）秋在夔州作。白帝，即白帝城。题曰"白帝"，并非专咏白帝城之景，而是反映连年战争、残酷诛求给人民造成的深重灾难。前四句虽是写景，然而阴云暴雨、雷霆格斗、日月昏暗的阴惨景象，与后四句中"千家今有百家存""哀哀寡妇诛求尽，恸哭秋原何处村"的惨景，气氛一致，起到烘托作用。而颔联"高江急峡雷霆斗，翠木苍藤日月昏"，句中自对，上下相对，两句叠用六个意象，声色并至，苍老雄杰，险夺人魄。

夔州歌十绝句（选一）

其七

蜀麻吴盐自古通[1]，万斛之舟行若风[2]。
长年三老长歌里[3]，白昼摊钱高浪中[4]。

浦起龙曰："蜀在夔西，吴在夔东，夔峡乃其咽喉。此记商贾之走集也。三老、摊钱，写出习水饶财之状。"（《读杜心解》卷六之下）

[注释]

[1]蜀麻吴盐自古通：蜀地产麻，吴地出盐，麻盐贸易，自古通利。　[2]万斛之舟：大船。斛，古代一种容量单位，十斗为一斛。　[3]长年三老：三峡中人称船头把篙相水道者为长年，正梢者为三老。长歌：即后来所谓的"川江号子"。　[4]摊钱：一种赌博方式。

[点评]

大历元年（766）作于夔州。这十首绝句，是吟咏夔州山川形势、自然风光和古迹名胜的。在艺术上吸收了巴蜀民歌《竹枝词》的特点。这里选的是第七首，写夔州水路交通的便利与当地的民俗风情。

诸将五首

其一

汉朝陵墓对南山[1]，胡虏千秋尚入关[2]。

昨日玉鱼蒙葬地[3]，早时金碗出人间。

见愁汗马西戎逼[4]，曾闪朱旗北斗殷[5]。

多少材官守泾渭[6]？将军且莫破愁颜。

[注释]

[1]汉朝陵墓：借指唐朝诸帝王陵墓。南山：终南山。　[2]胡虏：指吐蕃、回纥等西部边疆少数部族。《资治通鉴》卷二二三载：

郝敬曰："此讽天宝以来诸将，以诗当纪传，议论时事，非吟弄风月、登眺游览可以任兴漫作者也。必有子美忧时之真心，又有其识学笔力，乃能斟酌裁补，合度如律，非复清空无象、不用意、不着理、不求可解之类也。五首纵横开合，宛是一章奏议，一篇训诰，与《三百篇》并存可也。"（《批选杜工部诗》卷四）

浦起龙曰："此为备吐蕃者告也。吐蕃于广德元年，一陷京师。上年永泰元年，再逼京师，最为迩年近患。故首及之。"（《读杜心解》卷四之一）

广德元年（763）秋七月，吐蕃入大震关，陷兰、廓、河、鄯、洮、岷、秦、成、渭等州，尽取河西、陇右之地。十月，又寇奉天、武功，攻陷长安，代宗幸陕。二年十月，吐蕃、回纥兵逼奉天，京师戒严。永泰元年（765）九月，吐蕃与回纥等数十万兵入寇，逼近长安，京师震恐。千秋尚入关：《史记·匈奴列传》载，汉文帝时，匈奴曾从萧关深入，焚烧汉朝宫殿。两次敌寇入侵不到千年，此言"千秋"，盖取其成数而言。　［3］"昨日玉鱼蒙葬地"二句：责武将不能御敌，致使唐帝王陵墓被吐蕃挖掘。玉鱼、金碗，均为帝王墓中的陪葬品。《两京新记》载："宣政殿初成，每见数十骑驰突出，高宗使巫刘明奴问所由。鬼曰：'我，汉楚王戊太子，死葬于此。'明奴因宣诏欲为改葬，鬼曰：'改葬幸甚。天子敛我玉鱼一双，今犹未朽，勿见夺也。'及发掘，玉鱼宛然。"（《杜诗镜铨》卷十三引）南朝梁沈炯《通天台表》曰："甲帐珠帘，一朝零落。茂陵（汉武帝陵）玉碗，遂出人间。"这里将玉改作金，是避免与上句重复。出人间，是说被挖掘出来。二句互文。玉鱼、金碗昨日蒙葬，今晨即被发掘，极言陪葬品出土之速，破坏之烈。　［4］见愁：指呈现于眼前的愁事，即上举吐蕃的几次入侵。"见"，同"现"。汗马：汗血马，此指战马。西戎：指吐蕃、回纥等。吐蕃几次侵扰京畿，并一度占领长安，故曰"西戎逼"。　［5］曾闪朱旗北斗殷（yān）：程千帆曰："'曾闪'句当谓汉（唐）盛时，朱旗蠹天，北斗亦为之殷，以见今日西戎相逼之可哀耳。"（《〈杜诗镜铨〉批抄》）朱旗，红旗。班固《燕然山铭》："朱旗绛天。"殷，黑红色。　［6］"多少材官守泾渭"二句：谓京畿地区形势危急，诸将且莫高枕无忧。材官，勇武之士。泾渭，二水名，即泾水、渭水，皆在京畿之内。《旧唐书·代宗纪》载：永泰元年（765）九月，郭子仪屯兵泾阳，李忠臣屯东渭桥，李光进屯云阳，马璘、郝玉屯便桥，骆奉仙、李伯越屯盩厔，李抱玉屯凤翔，周智光屯

"殷"，《宋本杜工部集》作"闲"。赵令畤《侯鲭录》卷七、胡仔《苕溪渔隐丛话》前集卷二十引《蔡宽夫诗话》俱引薛向家藏五代本、张耒《明道杂志》引北宋王仲至家古写本，皆作"殷"字，又周必大《二老堂诗话》云："此'北斗闲'者，盖《汉书》有'朱旗绛天'，今杜诗既云'曾闪朱旗'，则是因朱旗绛天，斗色亦赤，本是'殷'字，於斤切，盛也；於颜切，红也。故音虽不同，而字则一体。是时宣祖（按：赵匡胤父名弘殷，庙号宣祖）正讳'殷'字，故改作'闲'，全无义理。今既祧庙不讳，所谓'曾闪朱旗北斗殷'，又何疑焉！"据改。

同州，杜冕屯坊州，以防吐蕃。当时军情吃紧，士庶惊骇，又遇大雨，吐蕃大掠京畿男女数万人，焚庐舍而去。故诫诸将不可轻敌。

[点评]

大历元年（766）秋在夔州作。这是用七律的形式议论军国大事，讽刺诸将不能御寇安疆、为国解困分忧所写的一组政治讽刺诗。第一首，以吐蕃攻陷京师、发掘陵墓之事，警诫诸将勿高枕无忧。

杨伦曰："此与《有感五首》皆以议论为诗，其感愤时事处，慷慨蕴藉，反覆唱叹，而于每篇结末，尤致丁宁，所谓言之者无罪，而闻之者足以戒，与《三百篇》并存可也。"（《杜诗镜铨》卷十三）

其二

韩公本意筑三城[1]，拟绝天骄拔汉旌[2]。
岂谓尽烦回纥马[3]，翻然远救朔方兵。
胡来不觉潼关隘[4]，龙起犹闻晋水清[5]。
独使至尊忧社稷[6]，诸君何以答升平？

[注释]

[1]韩公：指张仁愿。景龙二年（708）三月，朔方军总管张仁愿在黄河以北筑东、西、中三受降城以抗拒突厥，以拂云祠为中城（在今内蒙古包头市西南），与东受降城（在今内蒙古托克托县南）、西受降城（在今内蒙古杭锦后旗北乌加河北岸，狼山口南）相距各四百余里，并置烽火台一千八百所，首尾呼应，巩固了北部边防。自是突厥不得度山放牧，朔方无复寇掠，减镇兵数万人。七月，张仁愿以功进同中书门下三品，累封韩国公。 [2]拟绝天骄拔汉旌：是说韩公筑城的本意，是永远扼制异族的进犯。拟绝，意在断绝。天骄，本指匈奴，此借指突厥。拔汉旌，拔掉汉家旗帜，

此指入侵唐境。　[3]"岂谓尽烦回纥马"二句：责备诸将无力平叛，导致借兵回纥。唐置朔方军，原是防御突厥的。其后突厥衰亡，回纥崛起。安禄山叛乱，肃宗在灵武即位，朔方军兵力不足，反而请回纥救援以收复两京。杜甫认为这是将帅无能，故予以讽刺。岂谓，岂料。翻然，反而。朔方兵，朔方节度使郭子仪所统领的部队，实概指唐军。　[4]胡来：指天宝十五载（756）安禄山破潼关、陷长安事。不觉潼关隘：潼关天险本来易于固守，但由于守将哥舒翰仓促出战，全军覆没，导致安禄山长驱直入，所以让人觉得潼关好像都不险要了。隘，险要之处。　[5]龙起犹闻晋水清：以唐高祖李渊起兵太原灭隋兴唐，比拟广平王李俶（即后来的代宗）收复两京，中兴有望。晋水，发源于山西太原西南的悬瓮山，东流注入汾水。唐释一行《并州起义堂颂》："我高祖龙跃晋水，凤翔太原。"《钱注杜诗》卷十五引《册府元龟》："高祖师次龙门县，代水清。"故云"龙起晋水清"。《旧唐书·五行志》载："乾元二年七月，岚州合河关黄河水，四十里间，清如井水。"又《代宗纪》载：宝应元年（762）九月，"太州至陕州二百余里黄河清，澄澈见底"。时代宗即位不久，故云"犹闻"。古人认为河清为瑞兆，是真主龙兴之象。　[6]"独使至尊忧社稷"二句：用反诘语气责问诸将不思奋身报国，独使皇帝为国家忧劳操心。至尊，指代宗。社稷，国家。诸君，指诸将。升平，太平。

[点评]

　　第二首讽刺诸将在安史叛军面前的怯弱无能，丢尽脸面地向回纥求援，"胡来不觉潼关隘"，措辞辛辣，令人啼笑皆非。潼关自古为"一夫当关，万夫莫开"的险塞，然而在诸将眼里，胡兵一来，潼关这样的关隘也觉得无杨伦曰："此责诸将坐视河北沦弃，不修屯营之制，而姑举王缙以愧励诸藩也。按是时藩镇各治兵完城，自署将吏，为腹心之患。关辅河淮等处，皆须屯宿重兵，自非经理屯种为持久之计不可。亦见公远识过人处。"

焦竑曰："唐制府兵，有事则征为兵，无事则散为农，是军储皆自供也。今兵不得休，故军储但取给别孔而不自供。"（《焦氏笔乘》卷四）

险可凭了，其仓皇无主之状可以想见。

其三

洛阳宫殿化为烽[1]，休道秦关百二重[2]。
沧海未全归禹贡[3]，蓟门何处尽尧封？
朝廷衮职虽多预[4]，天下军储不自供[5]。
稍喜临边王相国[6]，肯销金甲事春农。

[注释]

[1]洛阳宫殿化为烽：此句回忆洛阳两次被兵火所毁：一次是天宝十四载（755）十二月毁于安禄山，一次是乾元二年（759）九月毁于史思明。化为烽，化为灰烬。 [2]休道：莫再夸口。秦关：指潼关。百二重：极言城池险固。百二，是说关中兵二万足以当敌百万。《史记·高祖本纪》："秦，形胜之国，带河山之险，县（悬）隔千里，持戟百万，秦得百二焉。"裴骃《集解》引苏林曰："秦地险固，二万人足当诸侯百万人也。" [3]"沧海未全归禹贡"二句：为藩镇割据而发，意谓今虽诛安、史，然藩镇如卢龙、魏博等犬牙仍在，余孽未除，山东、河北诸地尚未完全服从朝廷统属。沧海，此指淄、青诸州，即今山东一带。禹贡，《尚书·夏书》中篇名，叙大禹定九州及职贡制度事，后常用作国境代称。蓟门，指卢龙等地，今河北、北京一带。尧封，唐尧之封疆，代指中国疆域。浦起龙曰："藩镇之祸，河北最甚，延至末造，卒以亡唐。而其祸皆成于代宗之初。时成德则李宝臣，魏博则田承嗣，相卫则薛嵩，卢龙则李怀仙，淄青则李正己，各治兵完城，自署将吏，不供贡赋，其可忧更切于吐蕃、回纥。"（《读杜心解》卷

四之二）[4]衮（gǔn）职：指三公大臣。预：参预。当时武将及诸镇节度使，多兼中书令、平章事等内职高衔，故曰"多预"。见得诸将恩宠已极。　[5]军储不自供：唐初实行府兵制，士兵开垦营田，军粮自给。安史乱后，府兵法坏，兵农遂分，军粮皆需农民供应，故云"军储不自供"。言外讽诸将只图个人荣华富贵，而不为军国大计谋划。军储，军粮。　[6]"稍喜临边王相国"二句：表扬王缙实行屯田，讽诸将效法之，以减轻民困。稍喜，言唯缙所为差强人意，亦有所不满。可见其他诸将，连王缙也不如。临边，安史之乱初平，河朔未安，诏缙宣慰河北，后又以缙出镇河南，以防河北诸将之反覆，故云。王相国，指王缙。《旧唐书·王缙传》载：广德二年（764），王缙拜同平章事，迁河南副元帅，请减军资钱四十万贯。金甲，兵甲。销金甲，指销毁兵器以铸农具。事春农，指实行屯田。王缙休养士卒，使他们从事春耕，以减少军费。

［点评］

第三首指出"安史之乱"虽平而国内尚未统一，河北藩镇自行其政，诸将虽多领相位的高衔，却不知屯田务农，致使军粮匮乏，危机严重。

其四

回首扶桑铜柱标[1]，冥冥氛祲未全销。

越裳翡翠无消息[2]，南海明珠久寂寥。

殊锡曾为大司马[3]，总戎皆插侍中貂。

炎风朔雪天王地[4]，只在忠臣翊圣朝[5]。

浦起龙曰："此为怀远徼者告也。南诏阁罗凤，自天宝中以鲜于仲通不还俘掠，叛附吐蕃。广南自广德初，以中使吕太一之扰，蛮酋亦寝不顺命，然荒远略轻，故次四。"（《读杜心解》卷四之二）

［注释］

[1]"回首扶桑铜柱标"二句：言南疆不靖，战乱时有。前三首，道两京之事，皆翘首北顾。此则道南方之事，故以"回首"发端。扶桑，旧题汉东方朔《十洲记》："扶桑，在东海之东岸，岸直陆行，登岸一万里，东复有碧海。"这里借指南海以外。铜柱，为后汉马援征交趾（今越南北部）时所立，为汉极南之标志。《新唐书·南蛮传》：天宝七载（748），"玄宗诏特进何履光以兵定南诏境，取安宁城及井，复立马援铜柱，乃还"。标，标志、标记。冥冥，迷漫。氛祲（jìn），妖氛。此指战乱。时南诏与吐蕃一同进扰，南疆不安。　[2]"越裳翡翠无消息"二句：是说南方边郡已不通朝贡。越裳，周代南方国名，唐岭南道驩州有越裳县（治所在今越南河静省甘禄附近）。周成王时越裳曾献白雉于朝。翡翠，鸟名，亦是此类贡品。无消息、久寂寥，谓久不入贡。广德元年（763），宦官市舶使吕太一逐广南节度使张休，拥兵作乱，朝贡遂绝。杜甫《自平》诗："自平中官吕太一，收珠南海千余日。近供生犀翡翠稀，复恐征戍干戈密。"说的正是这种情况。南海，即广州南海郡，属岭南道，其地产明珠。　[3]"殊锡曾为大司马"二句：是说诸将都受到朝廷高爵厚禄之特殊赏赐，恩宠非常。殊锡，非常之宠赐。大司马，掌军政的大官，此指军政要职。总戎，主管一方军事之长官。这里泛指统兵将领。侍中，《旧唐书·职官志》载：唐门下省置侍中二人，正二品，与左右常侍、中书令，并金蝉珥貂。侍中左貂。珥貂，即插貂尾于冠。时宠任武将，一般将帅与节度使皆带侍中衔，故得插侍中貂。　[4]炎风朔雪：指极南和极北地区。天王地：天子的领地。此即《诗经·小雅·北山》："溥天之下，莫非王土"之意。　[5]忠臣：指诸将，亦含讽意。"臣"，一作"良"。翊（yì）：辅佐。圣朝：唐王朝。

[点评]

第四首写南方朝贡断绝，南诏王背叛唐王朝而与吐蕃勾结，诸将虽拥有高职却不考虑安抚其地，报效国家，似乎忘记了南方也是大唐的领地。

其五

锦江春色逐人来[1]，巫峡清秋万壑哀。
正忆往时严仆射[2]，共迎中使望乡台[3]。
主恩前后三持节[4]，军令分明数举杯[5]。
西蜀地形天下险[6]，安危须仗出群材！

[注释]

[1]"锦江春色逐人来"二句：回忆自己离蜀前后与严武的交往，喜其重镇，悲其早逝。锦江，又名濯锦江，流经成都。逐，跟随。人，指严武。武于广德二年（764）春再镇蜀，杜甫亦应武邀于暮春由阆州回到成都，故曰"春色逐人来"。下句就目前而言，时武已死，又值凄清的秋天，追忆往事，触景生哀。　[2]严仆射（yè）：指严武。仆射，官名，严武死后追赠尚书左仆射。　[3]中使：皇帝内廷派出的使者，多由宦官充任。望乡台：在成都北，相传为隋代蜀王杨秀所建。杜甫任严武幕僚时曾随其一道在望乡台迎接中使。　[4]主恩：皇恩。严武曾幸蒙皇恩而受到重用。三持节：谓严武三次持节出镇蜀地。上元元年（760），武由巴州刺史迁东川节度使；二年十二月，迁成都尹兼剑南节度使；广德二年春再拜成都尹兼剑南节度使。故曰"三持节"。节，符节，官员出使时，持以为信。　[5]军令分明数举杯：赞美

顾宸曰："此诗开口不遽说（严）武，从春逐秋哀，缓缓递入。既云'正忆往时'，又不即赞武，乃旁及共迎中使之旧事，然后又举主恩，郑重言之。赞武只'军令分明'一句，以此写持节之功。而兵法之好整以暇，折冲樽俎之中，多少韬略，数十句不尽者，俱包于七字内矣。"（《辟疆园杜诗注解》七律卷三）

严武治军有方，军令分明，功勋卓著，捷报频传。数举杯，数次举杯祝捷。广德二年九月，严武破吐蕃七万众，拔当狗城；十月，拔吐蕃盐川城；永泰元年（765），严武以崔旰为汉州刺史，使将兵击吐蕃于西山，连拔其数城，攘地数百里。故曰"数举杯"。 [6]"西蜀地形天下险"二句：是说这天设地造、险甲天下的西蜀重地，要想固若金汤，必须仰仗像严武这样足以扶倾定危的不凡将才。

［点评］

　　第五首缅怀严武的镇蜀之功，慨叹镇蜀之将后继乏人，提醒朝廷应选择得力者充任剑南节度使，以确保蜀地安定。当时蜀中地方军阀崔旰等正在凭险作乱，新任剑南节度使杜鸿渐，对作乱的军阀采取姑息宽容的政策，杜甫对镇蜀之将不能勘定祸乱予以讥讽。

秋兴八首

其一

玉露凋伤枫树林[1]，巫山巫峡气萧森。

江间波浪兼天涌[2]，塞上风云接地阴。

丛菊两开他日泪[3]，孤舟一系故园心。

寒衣处处催刀尺[4]，白帝城高急暮砧。

俞犀曰："身居巫峡，心忆京华，为八诗大旨。"（《杜诗镜铨》卷十三引）

沈德潜曰："怀乡恋阙，吊古伤今，杜老生平，具见于此。其才气之大，笔力之高，天风海涛，金钟大镛，莫能拟其所到。"（《杜诗偶评》卷四）

钱谦益曰："'玉露凋伤'一章，秋兴之发端也。江间、塞上，状其悲壮；丛菊、孤舟，写其凄紧；末二句结上生下。江间汹涌，则上接风云；塞上阴森，则下连波浪，此所谓悲壮也。丛菊两开，储别泪于他日；孤舟一系，傫归心于故园，此所谓凄紧也。"（《钱注杜诗》卷十五）

[注释]

[1]"玉露凋伤枫树林"二句：谓江峡之间，白露既下，凋伤枫林，殷红惨目，气象萧森。玉露，白露。萧森，萧瑟阴森。　[2]"江间波浪兼天涌"二句：接上极写巫山巫峡秋气萧森之状。江间，即指巫峡。江，长江。兼天，犹连天。塞上，即指夔州。塞，关隘险要之处。接地阴，指风云笼罩，地上阴暗。　[3]"丛菊两开他日泪"二句：极写离蜀以来思念故国的苦情。丛菊两开，即两见菊开，此是就去蜀时日而言。代宗永泰元年（765）五月，杜甫离开成都南下，秋居云安（今重庆云阳），是一见菊开也。大历元年暮春，自云安至夔州，至秋，是两见菊开也。他日泪，犹言往日泪，流了多年的眼泪。他日，常指后日、来日。也可指往日、前日。这里是后者。孤舟一系，由蜀至夔，是沿水路乘舟东下，一身系于孤舟，故云。故园心，思念长安的心情。长安是唐王朝的首都，也是杜甫的远祖所居之地。因此，在这里故园、故国是合二为一的。这两句里的"开""系"都有双关义：开，既指花开，也指泪下。系，既指身系孤舟，也指心系故园。　[4]"寒衣处处催刀尺"二句：谓深秋时节家家都在为游子赶制寒衣，傍晚时分白帝城高处传来阵阵捣衣声，更触动漂泊者的怀乡之情。催刀尺，赶裁寒衣。砧，捣衣石。

[点评]

大历元年（766）秋在夔州作。秋兴之兴，是感兴、发兴之意。杜甫漂泊多年，寓居夔州，往事历历，时萦胸臆。值兹秋日，见草木之凋谢，景物之萧森，触景伤情，引发了对长安的思念与回忆，写下了这组联章体七律。这组诗的内容，大致可分为两部分，第四首是过渡，前三首以咏夔州秋景为主而遥忆长安，夔州详而长安略；

"江间"二句极写景物之萧森阴晦，自含一种勃郁不平之气，诸如身世之飘零，国家之丧乱，一切无不包括其中，语长而意阔。

金圣叹云："'波浪兼天涌'者，自下而上一片秋也；'风云接地阴'者，自上而下一片秋也。"（《唱经堂杜诗解》卷三）

后五首以回忆长安为主而回应夔州，长安详而夔州略。八首是一个有机的整体，中心思想是"故国之思"。所思之情事，广泛而又具体，基本内容是，长安盛衰之变，个人遭遇之感。然国事多而己事少，体现了杜甫忧国忧乱、忠君爱国的一贯思想。《秋兴八首》是杜甫惨淡经营之作，艺术上堪称登峰造极。

第一首，是后七首的发端，自夔州秋景起兴，写面对三峡萧森景象而引起的羁旅怀乡之思。"故园心"三字，既是本诗主脑，亦是八诗枢纽。而末三字"急暮砧"又唤起次章首句之"落日斜"，可见针线之密。

其二

夔府孤城落日斜[1]，每依北斗望京华[2]。
听猿实下三声泪[3]，奉使虚随八月查。
画省香炉违伏枕[4]，山楼粉堞隐悲笳[5]。
请看石上藤萝月[6]，已映洲前芦荻花。

浦起龙曰："此章大意，言留南望北，身远无依，当此高秋，讵堪回首！正为前后筋脉。"（《读杜心解》卷四之二）

徐增曰："'落日斜'装在'孤城'二字下，惨淡之极，又如亲见子美一身立于夕阳中也。"（《而庵说唐诗》卷十七）

《杜诗言志》卷十四云："通首重'望京华'三字，盖'望京华'者，乃少陵之至性所钟，生平命脉，皆在于此，所谓与身而俱来，寝食不忘者也。"

[注释]

[1]夔府：即夔州。贞观十四年（640）在夔州设都督府，故云。　[2]每依北斗望京华：常常依循北斗的位置而远望长安。每依，言夜夜如此。北斗，北斗七星。或作"南斗"，非。杜诗《月三首》其一："故园当北斗，直指照西秦。"《历历》："巫峡西江外，秦城北斗边。"《哭王彭州抡》："巫峡长云雨，秦城近斗杓。"则作"北斗"是。北斗在北，长安亦在北，故依北斗而遥望长安，抒发羁旅思乡之情。　[3]"听猿实下三声泪"二句：困居夔州而

忆昔参谋严武幕府情事。郦道元《水经注·江水二》："故渔者歌曰：'巴东三峡巫峡长，猿鸣三声泪沾裳。'"上句出此。听猿堕泪，身历苦境始觉其真，故曰"实下"。本应作"听猿三声实下泪"，因拘于声律，变化为"实下三声泪"。查，通"槎"，木筏。八月槎，张华《博物志》卷十："天河与海通，近世有人居海渚者，年年八月，有浮槎去来，不失期。"而《荆楚岁时记》引《博物志》则作"汉武帝令张骞穷河源，乘槎经月而去"云云（据《苕溪渔隐丛话》前集卷十一引）。杜诗乃借用二事。奉使，以严武比张骞，指严武奉命重镇蜀为剑南节度使。武荐甫为节度参谋、检校工部员外郎，原应有随之返京朝天之一日，但因武死而化为泡影，故曰"虚随"。　［4］画省香炉：指昔日在京华任左拾遗时。画省，汉代指尚书省，此指门下省。杜甫为拾遗之左省虽为门下省，然汉代无门下省，古人诗文往往假古之官署与今之相当者为代称，唐代以尚书、门下、中书三省并称，故三省皆可仿尚书省之例而称画省。且唐之三省其富丽亦各不相亚，于各省值宿，亦皆有侍史执香炉熏衣之种种供应，此在唐诗中往往言及。故门下省之可称画省，省壁之多画，与当时省中之有香炉，当为无可置疑之事，故门下省亦可称画省。（详叶嘉莹《杜甫秋兴八首集说》）违伏枕：言因衰病伏枕而与画省香炉相违。实为婉辞，深寓感慨。违，违离。伏枕，指衰病。　［5］山楼：指夔州城楼。粉堞（dié）：白色的女墙，借指城墙。隐悲笳：悲凉的胡笳声隐没于山城楼墙间。　［6］"请看石上藤萝月"二句：写伫望沉思之久，可见恋阙情深。石上藤萝月，是指初升的月亮。已映洲前，是说月升中天。

［点评］

　　第二首写由日落到夜深诗人伫立遥望长安的情景。"望京华"，乃八章之旨，特于此章拈出，与首章"故园心"

日本津阪孝绰曰:"以上三首就夔府言,以下就长安言,此八诗分界处,而末句五陵逗起长安矣。盖身居巫峡,心思京华为八诗大旨。前三首专叙身之所处,而慨心之所思;后五首专写心之所思而伤身之所处,是八诗中线索也。"(《杜律详解》卷下)

叶嘉莹曰:"信宿渔人泛泛,清秋燕子飞飞,不过江楼日日所见之景,而着一'还'字、一'故'字,则漂泊无聊,羁栖厌倦之情,尽在言外,其妙处正在写景之开宕自然,写情之含蓄蕴藉。"(《杜甫秋兴八首集说》)

实一脉相承也。孤城落日、哀猿悲笳,是夔州眼前之景;而奉使虚随、画省香炉,乃思归感旧之情。"虚随"、"伏枕",感慨颇深。尾联通过写月光的移动,突现自己伫望之久,思京之切,一片报国之情,跃然纸上。

其三

千家山郭静朝晖[1],日日江楼坐翠微[2]。
信宿渔人还泛泛[3],清秋燕子故飞飞。
匡衡抗疏功名薄[4],刘向传经心事违[5]。
同学少年多不贱[6],五陵衣马自轻肥[7]。

[注释]

[1] 千家山郭静朝晖:写山城千家万户静睡于朝晖之中的寂寥景象。山郭,山城。晖,日光。　[2] 日日江楼坐翠微:是说自己每天清早坐在翠微环抱的江楼之上。言外有无时或释的羁旅无聊之愁在。翠微,青翠的山色。　[3] "信宿渔人还泛泛"二句:写日坐江楼之所见所感。信宿,再宿,隔夜。这里有一天又一天的意思。泛泛,漂浮貌。故飞飞,依旧飞来飞去。秋高气清,江楼独坐,见舟泛燕飞,以渔人、燕子的自由自在,反衬自己淹留他乡,以美丽、休闲的景色表现饱受煎熬的心绪,写法独特。　[4] 匡衡:西汉经学家,因上疏言政,得汉元帝赏识,迁光禄大夫、太子少傅。作者反用其事,说自己亦如匡衡一样上疏言事(指疏救房琯),结果却反遭贬斥。抗疏:上疏直言。功名薄:功名不及匡衡。　[5] 刘向:西汉经学家,宣帝时曾在石渠阁讲授五经,后来成帝又授其官职。此亦反用其事,自谓即使有刘向之学识,曾献

赋于朝，但也难偿夙愿，故曰"心事违"。　[6]同学少年：少年时代的同学。多不贱：大多作了高官。　[7]五陵：指汉代长安的五座帝王陵墓，即高帝长陵、惠帝安陵、景帝阳陵、武帝茂陵、昭帝平陵。五陵历来为豪门贵族聚居之地。衣马：即裘马。自：含有只顾自己享乐之意。轻肥：即轻裘肥马，此喻指富贵。

[点评]

　　第三首写在夔秋朝景中对自己落拓身世的感慨，所谓"说出事与愿违衷曲来"。前四句写夔州秋晨的景物，日日依旧，毫无新景可赏，字句间透露出落拓孤城的无聊心绪。诗人回忆一生行迹，颇多感慨。将自己与汉代的匡衡、刘向相比，慨叹功名未成，一生志向不得施展。最后由自己的贫贱想到昔日同学的得志，对他们的自顾享乐，不问民生的行径提出批评。第一首写暮景，第二首写夜景，这首写朝景。首句"静朝晖"承上章之月映芦荻，末句"五陵衣马"起下章之"长安弈棋"，承接照应，环环相扣。

其四

闻道长安似弈棋[1]，百年世事不胜悲[2]。
王侯第宅皆新主[3]，文武衣冠异昔时。
直北关山金鼓振[4]，征西车马羽书迟。
鱼龙寂寞秋江冷[5]，故国平居有所思。

王夫之曰："'子之不淑，云如之何'，'胡然我念之，亦可怀也'，皆意藏篇中。杜子美'故国平居有所思'，上下七首，于此维系，其源出此。俗笔必于篇终结锁，不然则迎头便喝。"（《姜斋诗话》卷上）

徐增曰："'闻道'二字，可感可泣。一则不忍言亲见，乃托之耳闻；一则去国已远，不欲实说也。"（《而庵说唐诗》卷十七）

叶嘉莹曰："仅以'秋江冷'三字写夔秋，其分量亦嫌过轻，必加'鱼龙寂寞'四字，然后秋江之凄冷始见，然后羁旅之哀感始深，然后对故国平居之思乃弥复可悲也。"

[**注释**]

[1] 闻道：听说。杜甫因去国已久，于长安政局之变化，不便直言，故云"闻道"。似弈棋：是说长安政局不定，局势的反复变化如同下棋一样。　[2] 百年：是虚数，是杜甫自谓其生平之所经历。人生百年之内，世事如此多艰，所以"不胜悲"。　[3]"王侯第宅皆新主"二句：叶嘉莹曰："此二句，杜甫不过深慨今昔盛衰之种种变易，言简而意深，固不可拘求，然亦不可浅说，惟在读者于言外体味之耳。""大抵杜甫所慨非只一端，缙绅之非故，冠裳之倒置，官爵之滥赏，时俗之异旧，皆在其中。"（《杜甫秋兴八首集说》）　[4]"直北关山金鼓振"二句：谓西北吐蕃、回纥侵扰，边患不止，战乱频仍。直北，正北，指陇右、关辅一带。金鼓振，指有战事。羽书，即羽檄，插着羽毛的紧急公文。广德年间，吐蕃、回纥不断入侵，京师震骇，并曾一度占领长安，代宗仓促幸陕。是时诏征天下兵，因宦官程元振专权，莫有至者，故曰"羽书迟"。"迟"，一作"驰"。　[5]"鱼龙寂寞秋江冷"二句：写自身病卧夔州的寂寞心情。鱼龙，鱼和龙，泛指鳞介水族。相传龙以秋为夜，秋分之后，潜于深渊。故国，指长安。平居，平素所居之处。杜甫在长安居住过十余年。有所思，指思念往日在长安的平居生活。本诗感叹人事的新旧交替，归结于"鱼龙寂寞秋江冷"，比喻自己如深秋之鱼龙潜退于渊；感叹战乱迭起，归结于"故国平居有所思"，以照应首联的"百年世事不胜悲"。

[**点评**]

第四首是感叹长安时局多变，边境纷扰，组诗由此首开始转向回忆长安的主题，而与首章之"故园"，次章之"京华"，三章之"五陵"遥相呼应，末句"故国平居有所思"乃为八诗主脑，又总起下四章，所谓"前后大关键"者也。诗人把长安的政局比为弈棋，形象地写出安史之乱以来敌我双方反复争斗，以及唐王朝内部的权力角逐，这自然会使渴望和平与安宁的诗人感到莫大的悲伤。斗争的结果是产生了一批新贵和混乱不堪的朝政。安史之乱平息后，边患频仍，回纥与吐蕃，乘唐王朝国力衰微之机，大举侵扰。面对国家的危难，杜甫深感自己回天无力，只能以愁眼盼顾，正如江峡深秋潜伏水下的寂寞鱼龙。《秋兴八首》，尤其是此下数首，皆虚实、今昔、远近、人物、悲喜等交错写出，诗人沉思自语，思绪飘忽，意象变幻，臻于化境。

其五

蓬莱宫阙对南山 [1]，承露金茎霄汉间 [2]。
西望瑶池降王母 [3]，东来紫气满函关。
云移雉尾开宫扇 [4]，日绕龙鳞识圣颜。
一卧沧江惊岁晚 [5]，几回青琐点朝班。

[注释]

[1]蓬莱宫阙：指东内大明宫。南山：即终南山。　[2]承露金茎：指仙人承露盘下的铜柱。汉武帝在建章宫（在今陕西西安市西北）神明台上建仙人承露盘。传说饮所承露水可以成仙。唐代无承露盘，此以汉喻唐。霄汉间：形容极高。　[3]"西望瑶池降王母"二句：借用典故写蓬莱宫的地势巍峨，气象宏伟。瑶池降王母，古代传说昆仑山有西王母居于瑶池，七月七日，西王母飞降汉宫，与汉武帝相见。东来紫气，用老子自洛阳入函谷关

钱谦益曰："此诗追思长安全盛，叙述其宫阙崇丽，朝省尊严，而感伤则见于末句。盖自灵武回銮，放逐蜀郡旧臣，自此中官窃柄。开元、天宝之盛事，不可复见。而公坐此移官，沧江岁晚，能无三叹于今昔乎！"

叶嘉莹曰："前六句仍当以颂意为主，如此方显末二句之空际转身，鲸鱼掉尾，而使前六句之种种繁华盛美都成幻梦，然后一己自蓬莱献赋以来之种种身世之感及国事之种种盛衰之变，其托意兴悲，乃真有不可胜言者矣。"

事：关令尹喜登楼而望，见东极有紫气西迈，知有圣人过函谷关。后来果然见老子乘青牛车经过。函关，即函谷关。　[4]"云移雉尾开宫扇"二句：意谓宫扇云彩般地分开，在威严的朝见仪式中，自己曾见过皇帝的容颜。这里主要指玄宗时献"三大礼赋"事。云移，指宫扇云彩般地分开。雉尾，指雉尾扇，用雉尾编成，是帝王仪仗之一种。日绕龙鳞，形容皇帝衮袍上所绣的龙纹光彩夺目，如日光缭绕。圣颜，天子之颜，兼指玄宗和肃宗。　[5]"一卧沧江惊岁晚"二句：由回忆又回到现实，慨叹自己晚年远离朝廷，卧病夔州。卧沧江，指卧病夔州。岁晚，切诗题之"秋"字，兼伤老大。几回，言上朝时间之短，只不过几回而已。青琐，汉未央宫门名，门饰以青色，镂以连环花纹。后亦借指宫门。点朝班，上朝时点名传呼，依次入班。末句是写自己在肃宗朝任左拾遗事。

［点评］

　　第五首写对京都长安宫阙的想往，通过回忆当年早朝的盛况与今日沧江岁晚相对比，抒发了浓重的今昔之感。叶嘉莹曰："前六句用笔宏伟壮丽，既可见当年朝省仪仗之盛，亦隐见杜甫当年意气之盛。而尾联结以'一卧沧江'慨'朝班'之不再，无限家国身世之慨，尽在言外。"

其六

瞿唐峡口曲江头[1]，万里风烟接素秋[2]。
花萼夹城通御气[3]，芙蓉小苑入边愁[4]。
珠帘绣柱围黄鹄[5]，锦缆牙樯起白鸥[6]。

　　首联高度浓缩：夔州与长安虽地隔万里，但一个"接"字联通时空，交织成苍远悲凉的艺术境界。此联既与第一首的"塞上风云接地阴"相呼应，又与颔联对句之"芙蓉小苑入边愁"一脉贯通。既写秋景之萧索凄凉，又深寓伤时念乱怀乡恋阙之悲。

回首可怜歌舞地^[7]，秦中自古帝王州。

[注释]

[1] 瞿唐峡：即瞿塘峡，在夔州东，西起重庆市奉节县白帝城，东至巫山县大宁河口，为长江三峡第一峡。曲江：即曲江池，为长安名胜之地。　[2] 万里：指夔州与长安相隔万里之遥。风烟：风起尘扬，天地昏浊之象。素秋：古人以秋属西方，其色白，故称素秋。　[3] 花萼：即花萼相辉之楼，在长安南内兴庆宫西南隅。夹城：指自大明宫经兴庆宫至曲江芙蓉园依城修筑的复道。因系唐玄宗为游赏方便所修，故曰"通御气"。　[4] 芙蓉小苑：即芙蓉园。入边愁：传来边地战乱的消息，指安禄山在边地叛乱而引起的忧愁。史载，安禄山反报至，唐玄宗在逃跑之前，曾登兴庆宫花萼楼置酒，四顾凄怆。　[5] 珠帘绣柱：指曲江行宫别院之楼亭建筑，极写其富丽华美。黄鹄：即天鹅。《汉书·昭帝纪》："始元元年春二月，黄鹄下建章宫太液池中。"因曲江宫殿林立，环绕水面，把黄鹄都包围其中了，故云"围黄鹄"。　[6] 锦缆牙樯：指曲江中装饰华美的游船。锦缆，彩丝做的船索。牙樯，用象牙装饰的桅杆。因曲江上舟楫往来不息，水鸟都被惊飞，故云"起白鸥"。　[7] "回首可怜歌舞地"二句：是说长安自古以来就是帝王建都所在，昔日歌舞地，而今化为戎马场，意在告诫统治者勿耽于荒淫佚乐，宜自强自励。"可怜""自古"四字，正寓无限哀伤和感慨。歌舞地，指曲江。秦中，即关中。此借指长安。

[点评]

第六首写回忆曲江当年歌舞游宴之繁华。诗人在万里之外的瞿塘峡口，回想往日玄宗游幸曲江的盛况，自

浦起龙曰："六章就'曲江头'写'望京华'，次池苑，为所思之二。此诗开口即带夔州，法变。末以嗟叹束之，总是一片身亲意想之神，亦不必如俗解说盛说衰之纷纷也。"

陈廷敬曰："通御气、入边愁、围黄鹄、起白鸥，四句皆上盛下衰。'通御气'三字，尤诗人立言之妙。"（《杜律诗话》卷下）

古帝王州的今昔盛衰变化，不禁感慨系之。

其七

昆明池水汉时功[1]，武帝旌旗在眼中。

织女机丝虚夜月[2]，石鲸鳞甲动秋风。

波漂菰米沉云黑[3]，露冷莲房坠粉红。

关塞极天唯鸟道[4]，江湖满地一渔翁。

叶嘉莹曰："'织女'句自有一片摇荡凄凉机丝徒具之悲，'石鲸'句自有一片摇荡不安鳞甲欲动之感，非唯状昆明之景生动真切，更复有无限伤时念乱之感，而于政之无望，时之不靖，种种感慨，皆借此意象传出，写实而超乎现实之外，此正为杜甫在七律中之一大成就。"

[注释]

[1]"昆明池水汉时功"二句：以汉喻唐，借咏汉武之功，以衬今日之衰。昆明池，汉武帝欲征伐西南夷越巂、昆明国，遂于元狩三年（前120）在长安仿昆明滇池而凿昆明池，以习水战。遗址在今西安市西南斗门镇一带。《汉书·食货志下》："乃大修昆明池，列馆环之，治楼船，高十余丈，旗帜加其上，甚壮。"故仿佛"旌旗在眼中"。　[2]"织女机丝虚夜月"二句：借咏昆明池之石雕织女、石鲸，以抒伤时念乱之感。织女，指汉代昆明池西岸的织女石像，俗称石婆。《三辅黄图》卷四引《关辅古语》曰："昆明池中有二石人，立牵牛、织女于池之东西，以象天河。"在今斗门镇东南的北常家庄附近有一小庙，俗称石婆庙。中有石雕像一尊，高约190厘米，即汉代昆明池的织女像。石鲸，指昆明池中石刻鲸鱼。《三辅黄图》卷四引《三辅故事》曰："池中有豫章台及石鲸，刻石为鲸鱼，长三丈，每至雷雨，常鸣吼，鬐尾皆动。"汉代石鲸今尚在，现藏陕西省博物馆。"虚夜月""动秋风"，把实在的事物转化为若隐若现的意象，内涵深广，促人引发多种联想，而总有无限伤时念乱之感。　[3]"波漂菰（gū）米沉云黑"

二句：菰米波漂，莲房粉坠，极写昆明池晚秋荒凉之景。菰，即茭白。秋结实，即菰米，一名雕胡，皮黑褐色。沉云黑，谓昆明池中多生菰米，稠密浓黑如乌云。莲房，即莲蓬。秋季莲花初结子时，花蒂褪落，故称"坠粉红"。 [4]"关塞极天唯鸟道"二句：由想象中的长安景物回到现实中自身的处境，慨叹故国万里，自身江湖漂泊，归期无望。关塞，此指夔州山川。极天，指极高。唯鸟道，形容道路高峻险要，唯飞鸟可通。江湖满地，指漂泊江湖，无所归依。一渔翁，杜甫自比。

［点评］

第七首紧接上首曲江而写长安昆明池景物之变化，感慨古今之盛衰，自伤漂泊江湖，不得重见往昔情景。

其八

昆吾御宿自逶迤[1]，紫阁峰阴入渼陂。

香稻啄余鹦鹉粒[2]，碧梧栖老凤凰枝。

佳人拾翠春相问[3]，仙侣同舟晚更移。

彩笔昔曾干气象[4]，白头吟望苦低垂。

［注释］

[1]"昆吾御宿自逶迤"二句：谓自昆吾、御宿逶迤而来，至紫阁峰之北，即入渼陂，此皆昔时畅游之地。昆吾，地名，在今陕西蓝田县西。《汉书·扬雄传》："武帝广开上林，东南至宜春、鼎湖、御宿、昆吾。"御宿，即御宿川。《三辅黄图》卷四："御宿苑，在长安城南御宿川中。汉武帝为离宫别馆，禁御人不得入。

徐增曰："子美以布衣献赋，受天子之恩遇，岂非荣显大畅怀之事乎！故曰'干气象'。""然子美非自夸张，总要反衬出'白头吟望苦低垂'七字来也。昔少年，今白头矣。吟，吟此《秋兴》也。望，望归长安。今羁栖夔府，那得便归！即此便是苦，头只管低下去，泪只管垂出来，低垂是写苦之状也。吾读至此，亦有两袖老泪。八首中，独此一句苦，若非此首上七句追来，亦不见此句之苦也。此句又是先生自画咏《秋兴》小像也。"

纪容舒曰："吟望为仰首，低垂为俯首，以曾干气象之笔，作白头遥望之吟，又吟又望，又望又吟，忽吟望，忽低垂，忽低垂，忽吟望，其苦有不可胜言者，写惨郁之态欲绝。"（《杜律详解》卷八）

往来游观，止宿其中，故曰御宿。"又称樊川。在今陕西省西安市长安区杜曲至韦曲一带。逶迤，道路曲折貌。紫阁峰，终南山峰名，在今陕西户县东南。渼陂，在今陕西户县西。　[2]"香稻啄余鹦鹉粒"二句：写昔游渼陂一路所见景物之美盛：香稻，乃鹦鹉啄余之粒；碧梧，则有栖老凤凰之枝。举鹦鹉、凤凰以形容稻、梧二物之美。直写为"鹦鹉啄余香稻粒，凤凰栖老碧梧枝"。错综其句式，宾语提前，不仅突出了香稻、碧梧，而且增加了诗句音韵上的节奏美。　[3]"佳人拾翠春相问"二句：写渼陂春游之盛况。拾翠，采拾花草。相问，彼此互赠礼物。问，遗（wèi）也，馈赠之意。仙侣同舟，《后汉书·郭太（泰）传》："林宗（即郭太）唯与李膺同舟而济，众宾望之，以为神仙焉。"杜甫曾与岑参兄弟同游渼陂，作有《渼陂行》。晚更移，天色已晚，游兴却未减，再移舟夜游。　[4]"彩笔昔曾干气象"二句：回忆昔日献《三大礼赋》之盛事，而慨叹今日垂老漂泊之苦情。彩笔，五彩之笔，典出南朝江淹的故事，喻指华美的文笔。干气象，指献《三大礼赋》事，亦即杜甫《奉留赠集贤院崔于二学士》所云"气冲星象表，词感帝王尊"之意。干，冲犯。

［点评］

第八首回忆昔日在长安与诗友畅游渼陂的豪兴。在那美丽的山水之间，美好的事物让诗人久久难忘。忆往日之幸，正是忆国家之幸；叹今日之衰，正是叹国家之衰。他的个人苦乐与国家的盛衰是同步运行的，他的今昔之感也就是对国家命运的慨叹。整组诗始于仰首望京华，终于"白头苦低垂"，越仰望、回忆，心情就越痛苦、忧伤。这样就不只是终结这一首诗，而且照应八首诗的开头，起着收束整组诗的作用。

咏怀古迹五首

其一

支离东北风尘际 [1]，漂泊西南天地间 [2]。

三峡楼台淹日月 [3]，五溪衣服共云山 [4]。

羯胡事主终无赖 [5]，词客哀时且未还 [6]。

庾信平生最萧瑟 [7]，暮年诗赋动江关。

[注释]

[1] 支离东北风尘际：追忆安史乱时，自己在中原地区的流离生涯。支离，犹流离。东北，指中原地区，与下"西南"相对。自蜀言之，中原则在东北。风尘，指战乱。际，适当其时。　[2] 漂泊：言居无定止。西南：指巴蜀。　[3] 三峡：通常指瞿塘峡、巫峡、西陵峡。此指夔州。楼台：泛指当地民居。淹日月：言漂泊日久。淹，淹留、留滞。　[4] 五溪衣服：《水经注·沅水》："武陵有五溪，谓雄溪、樠溪、无（一作"潕"）溪、酉溪、辰溪"，"夹溪悉是蛮左所居，故谓此蛮五溪蛮也"，"织绩木皮，染以草实，好五色衣，裁制皆有尾。"五溪在今湖南西部、贵州东部一带，位于夔州南。共云山：言与五溪蛮共处杂居。　[5] 羯胡事主终无赖：是说安禄山叛唐作乱，亦寓指侯景作乱。羯胡，古匈奴族别部。此指安禄山之流。禄山父系出于羯胡。主，指唐玄宗。玄宗宠任安禄山，而禄山阳奉阴违，终致叛唐作乱，故曰"终无赖"。无赖，谓狡诈反覆。羯胡，亦指侯景之乱。景降梁又叛梁，反覆无常，《南史·贼臣传论》谓其"多行狡算"，"因机骋诈，肆行矫慝"。《梁

这组诗为大历元年（766）在夔州作。诗借咏古迹以抒己怀，故题曰《咏怀古迹》，并非专咏古迹。五诗各自成篇，每篇各咏一人。第一首咏庾信，第二首咏宋玉，第三首咏王昭君，第四首咏刘备，第五首咏诸葛亮。

李因笃曰："《咏怀》五首，托兴最远，有纵横万古、吞吐八极之概。"（《杜诗集评》卷十一引）

石闾居士曰："此诗从流离困苦中写出傲岸不群之慨，是公之本色语，非崛强语。如此始当得悲壮二字，至哉文乎！"（《藏云山房杜律详解》七律卷下）

书·侯景传》亦谓"肆其恣睢之心，成其篡盗之祸"，"方之羯贼，有逾其酷"。庾信恰值侯景之乱，故下及之。　[6]词客：杜甫自谓，兼指庾信。哀时：指庾信作《哀江南赋》等，作者感时伤世而作诗。未还：作者未得还故乡，庾信未得还故国。　[7]"庾信平生最萧瑟"二句：借咏庾信的坎坷遭遇和暮年创作成就，深寓己慨。庾信，字子山，初仕梁。侯景之乱，信奔江陵，在庾家故居（江陵城北三里宋玉宅）暂住。后出使西魏，被羁留北朝长达二十八年之久，官至车骑大将军、开府仪同三司。信仕北朝虽位望通显，但常有乡关之思，乃作《哀江南赋》以寄慨："信年始二毛，即逢丧乱；藐是流离，至于暮齿。燕歌远别，悲不自胜；楚老相逢，泣将何及？""将军一去，大树飘零。壮士不还，寒风萧瑟。"庾信有二子一女死于侯景之乱，其父不久亦去世。在北朝家庭屡遭不幸，女儿和外孙又相继死去。晚年老病交加，景况凄凉，故曰"平生最萧瑟"。庾信晚年由于环境的变化，创作由绮艳变为苍劲，代表作是《哀江南赋》和《拟咏怀》二十七首，故曰"暮年诗赋动江关"。动江关，谓其诗赋感人之深。杜甫《戏为六绝句》又谓"庾信文章老更成，凌云健笔意纵横"。江关，指江南，庾氏初仕之地。而杜甫身遭安史之乱，漂泊流落西南，犹庾信遭侯景之乱，滞留江北；二人的诗风也都经历了一个"豪华落尽见真淳"的过程。此"动江关"语意双关。

[点评]

　　第一首以庾信自况。"词客哀时"四字，为全诗关键，前五句言所以风尘漂泊，淹滞于三峡五溪者，皆由羯胡倡乱所致。而禄山之叛唐，犹侯景之叛梁，杜甫遭禄山之难，亦犹庾信值侯景之乱。杜甫支离东北，漂泊西南，赋诗哀时，亦犹庾信之羁留北朝，怀念故国而作《哀江南赋》。二人身世颇相类，一留江北而不得回江南，一滞江南而不能回江北，同病相怜，故后四句双管齐下，彼我兼举。前二句明自咏，暗咏庾信，后二句明咏庾信，暗自咏，实以庾信自比，感怀身世。之所以首咏庾信，是因为杜甫久有出三峡去湖湘的打算，即有江陵之行，而江陵有庾信故宅。庾信故宅原为宋玉宅，故下章咏及宋玉。

其二

摇落深知宋玉悲[1]，风流儒雅亦吾师[2]。

怅望千秋一洒泪[3]，萧条异代不同时。

江山故宅空文藻[4]，云雨荒台岂梦思[5]？

最是楚宫俱泯灭[6]，舟人指点到今疑。

[注释]

[1]深知宋玉悲：宋玉为战国晚期屈原之后杰出的辞赋家，著有《九辩》以抒发落拓不遇的悲愁。首句即本《九辩》"悲哉秋之为气也，萧瑟兮草木摇落而变衰"。曰"深知"，则引宋玉为知己。　[2]风流儒雅：指宋玉的人品标格和文学才能。语出庾信《枯树赋》："殷仲文风流儒雅，海内知名。"亦吾师："亦"字承上章"庾信"来。　[3]"怅望千秋一洒泪"二句：流水对，谓自己与宋玉身世萧条相同，而生不同时，今思其人，故而怅望洒泪。二人相距千年，故曰"千秋"。异代，不同时代。　[4]江山故宅：宋玉故宅相传有两处，一在江陵，一在归州。此指归州宅。归州（今湖北秭归）在三峡内，故曰"江山故宅"。故宅虽存，其人已

亡，惟留辞赋传人间，故曰"空文藻"。　[5]云雨：宋玉《高唐赋》："昔者先王（楚怀王）尝游高唐，怠而昼寝，梦见一妇人，曰：'妾巫山之女也，为高唐之客，闻君游高唐，愿荐枕席。'王因幸之。去而辞曰：'妾在巫山之阳，高丘之阻，旦为朝云，暮为行雨，朝朝暮暮，阳台之下。'"荒台：即指阳台。岂梦思：难道真是说梦吗？言外谓《高唐赋》不全是说梦，而是另有寓意。　[6]"最是楚宫俱泯灭"二句：谓楚王宫现已令人难寻。楚宫，在夔州巫山县（今属重庆）。俱泯灭，言楚宫今已荡然无存。因不存，故遗地难寻，虽经舟人指点，但终令人生疑。顾宸曰："愚谓'最是'二字，正公最赞扬宋玉处。""'疑'字之中便宛然有一宋玉存焉。此正是有怀宋玉而作，非泛说阳台事也。"

［点评］

第二首咏宋玉，引为知己，尊以为师，盖因其赋寓规讽，文采风流，足传千古。而后世之人，误解其赋真意，或以为真在说梦。故以楚宫泯灭衬其故宅独存，言外见文藻足以长留天地，而豪华富贵只是过眼烟云耳。后半抑楚王，正是扬宋玉；扬宋玉，亦所以自扬也，此所谓咏怀。

其三

群山万壑赴荆门[1]，生长明妃尚有村[2]。

一去紫台连朔漠[3]，独留青冢向黄昏。

画图省识春风面[4]，环珮空归月夜魂。

千岁琵琶作胡语[5]，分明怨恨曲中论。

李因笃曰："序事如天马行空，光采焕发，而毫无形迹，可称神化之篇。只序明妃始终，无一语涉议论，然意俱包括在内，诸家总不能及。"（《杜诗集评》卷十一引）

吴瞻泰曰："发端突兀，是七律中第一等起句。谓山水逶迤，钟灵毓秀，始产一明妃，说得窈窕红颜，惊天动地。"（《杜诗提要》卷十二）

［注释］

[1] 赴：用得极生动，把无生命的山川景物写得富有生命活力。荆门：山名，在今湖北宜昌市宜都市西北、长江南岸。　[2] 明妃：即王昭君，名嫱，汉元帝时宫人，远嫁匈奴呼韩邪单于。晋人避司马昭讳，改昭君为明君，故曰"明妃"。昭君村在今湖北兴山县南宝坪村，唐属归州。　[3] "一去紫台连朔漠"二句：写尽王昭君的一生。紫台，即紫宫，天子所居。此指汉宫。朔漠，北方沙漠之地，指匈奴。青冢，王昭君墓，在今内蒙古自治区呼和浩特市南九公里大黑河南岸。"一去""独留"，显得是那么寂寞孤独；"连朔漠""向黄昏"，显得是那样空旷凄清。"紫台"和"青冢"形成鲜明的对比，而造成这悲剧的不正是那居住在"紫台"的主人吗？　[4] "画图省识春风面"二句：以"省识"与"空归"对文，形成强烈的对比："省识"见出汉元帝的昏聩无情，草菅人命；"空归"，显出王昭君的高尚情操，抱恨终身。画图，《西京杂记》卷二："元帝后宫既多，不得常见，乃使画工图形，案图召幸之。诸宫人皆赂画工，多者十万，少者亦不减五万。独王嫱不肯，遂不得见。匈奴入朝求美人为阏氏，于是上案图以昭君行。及去，召见，貌为后宫第一，善应对，举止闲雅。帝悔之，而名籍已定，帝重信于外国，故不复更人。"省识，犹岂识、不识。省，岂省之省文。案图召幸，自不能识人真面目。春风面，美丽面容。空归，魂归而身不得归，故云"空归"。　[5] "千岁琵琶作胡语"二句：意为千载以下，人们还分明从琵琶所奏的《昭君怨》一类歌曲中听到昭君在诉说她那无穷的怨恨。胡语，犹胡音。曲，指琴曲《昭君怨》。相传王昭君远嫁匈奴，心中不乐，乃作《怨旷思惟歌》，后人名为《昭君怨》。实不可信，当系后人伪托。

顾宸曰："末二句，宜作后人凭吊说。明君弹琵琶，无考据。明君自作曲，亦无考据。止因琵琶是胡乐。""故后人歌咏明君，多及琵琶，琵琶必作胡语，如晋魏以来《明妃怨》《明妃曲》是也。当日无穷怨恨，明妃不能自陈，直至千载而下，词人、墨客一一谈论，方使其满腔怨恨之心，历历分明，故曰'分明怨恨曲中论'，此才是咏怀古迹。若但就明君一直说下，二语便收拾不住。"

［点评］

第三首是五首中写得最好的。诗开头就极有气势。

长江两岸，层峦叠嶂，隐天蔽日，群山万壑，势若奔赴，直趋荆门。接着"尚有村"句，说现在能看到的，就只有"昭君村"了，大有物是人非之感。表现了作者对昭君悲惨身世的深切悼念和无限同情。三、四两句，作者仅用十四个字就写尽昭君的一生，文字极为精炼，感慨却是无穷，把昭君生前死后的寂寞悲凉写得淋漓尽致。"画图"一句，作者把笔锋直接指向了悲剧的制造者，它深刻而又形象地揭露了汉元帝的昏庸和淫威。但昭君仍不忘故国，因为那是生她养她的地方，她生不能身归，那颗眷恋故国的心只好化为魂魄而伴着夜月归来。末句"怨恨"二字，点明全诗主题，为千载之下一切怀才不遇之士痛洒一掬热泪。作者通首咏昭君，实际上是在抒己怀；写昭君，也是写自己。杜甫曾自比稷契，立志要"致君尧舜上，再使风俗淳"，但残酷的现实使他的理想最终化为泡影。王昭君是美女入宫而不见御，诗人是烈士怀忠而不见用。但诗人的感慨和爱憎全不直接写出，而是通过冷静的客观描写，让读者自己去领会、去体味。这正是杜甫的高超之处。难怪沈德潜盛赞："咏昭君诗，此为绝唱！"（《唐诗别裁集》卷十四）

《杜诗言志》卷十曰："此一首是咏蜀主，而己怀之所系，则在于'一体君臣'四字中。盖少陵生平，只是君臣义重，所恨不能如先主武侯之明良相际耳。"

何焯曰："先主失计，莫过窥吴，丧败涂地，崩殂随之，汉室不可复兴，遂以蜀主终矣。所赖托孤诸葛，心神不二，犹得支数十年之祚耳。此篇叙中有断，言婉而辩，非公不能。"（《义门读书记·杜工部集》卷五）

其四

蜀主窥吴幸三峡[1]，崩年亦在永安宫。

翠华想像空山里[2]，玉殿虚无野寺中[3]。

古庙杉松巢水鹤[4]，岁时伏腊走村翁[5]。

武侯祠屋长邻近[6]，一体君臣祭祀同[7]。

[注释]

[1]"蜀主窥吴幸三峡"二句：是说刘备伐吴败归而死。蜀主，即指蜀汉皇帝刘备。窥吴，指刘备恨东吴孙权袭杀关羽，于章武元年（221）七月率军伐吴。二年夏六月，败归白帝城，改鱼复县曰永安。三年夏四月，病死永安宫。旧称皇帝出行曰幸，皇帝死曰崩。永安宫即在夔州白帝城。　[2]翠华：指皇帝仪仗。因刘备已死，今惟想像而已。空山：指白帝山，永安宫即在山上。　[3]玉殿：原注："山有卧龙寺，先主祠在焉。"又注曰："殿今为寺，庙在宫东。"野寺：即指卧龙寺。　[4]古庙：即先主庙。巢水鹤：水鹤在松杉上做巢。《抱朴子·对俗》："千岁之鹤，随时而鸣，能登于木；其未千载者，终不集于树上也。"　[5]岁时伏腊：犹言一年四时祭祀。伏腊，古代祭名。伏谓伏日，在夏六月。腊谓腊日，在冬十二月。村翁：指夔州当地村民百姓。　[6]武侯：即诸葛亮，封武乡侯。长邻近：谓武侯祠与先主庙相邻。　[7]一体君臣：语出王褒《四子讲德论》："君为元首，臣为股肱，明其一体，相待而成。"诸葛亮《出师表》："宫中府中，俱为一体。"刘备与诸葛亮生前君臣相得，"犹鱼之有水"，而死后又同享后人祭祀，即顾宸所谓"平日抱一体之诚，千秋享一体之报"也。

今重庆奉节县东白帝山顶有白帝庙，庙内正殿即名明良殿。殿内有塑像，正中为先主刘备，右为诸葛亮，左为关羽、张飞。明良殿右，又有武侯祠，正中为诸葛亮像，亦是"一体君臣祭祀同"的格局。

[点评]

　第四首诗咏刘备，而兼及诸葛亮，意在表彰其君臣相契，如鱼得水。"一体君臣"为一篇关键。首联追述历史，说明先主庙的由来。"幸""崩"二字见出对刘备的尊崇，已露怀古之意。颔联写由眼前所见追想昔日刘备征吴时的场景，"翠华""玉殿"状昔日之繁华壮观，"空山""野寺"言今日之荒凉冷寂，"想像""虚无"则将今昔合而为一。一联之中起伏跌宕至此，而又能融合无迹，含蕴无限感慨。五句以千岁之鹤巢于木的传说写先主庙之古老，六句言当地村民千年以来仍是及时祭祀。此联将深深敬意寓于景色描绘、事件叙述中，含蓄不露。末联由先主庙而写到武侯祠，热烈赞颂二人生前一体，死后同祀的和谐关系，同时也引出下章对诸葛亮的赞咏。

其五

诸葛大名垂宇宙，宗臣遗像肃清高[1]。

三分割据纡筹策[2]，万古云霄一羽毛[3]。

伯仲之间见伊吕[4]，指挥若定失萧曹[5]。

运移汉祚终难复[6]，志决身歼军务劳[7]。

[注释]

[1]宗臣：宗庙社稷之重臣。《汉书·萧何曹参传赞》："二人同心，遂安海内。淮阴、黥布已灭，唯何、参擅功名，位冠群臣，声施后世，为一代之宗臣。"《三国志·蜀书·诸葛亮传》注引张俨《默记》曰："亦一国之宗臣，霸王之贤佐也。"肃清高：言后人仰其清高而肃然起敬。　[2]三分割据：指魏、蜀、吴三分天下而成鼎足之势。纡筹策：用尽心智为之计谋策划。　[3]万古云霄一羽毛：是说诸葛亮乃旷古未有之奇才，犹如鸾凤高翔于云霄之上，不可企及。万古，犹言旷古。一，独也，独特奇异之谓也。羽毛，指鸾凤一类神异之鸟。　[4]伯仲之间见伊吕：是说诸葛亮可与伊尹、吕尚比肩。彭羕《狱中与诸葛亮书》："足下当世伊吕也，宜善与主公计事，济其大猷。"伯仲，兄弟行。伯仲之间，犹谓不相上下。

王嗣奭曰："通篇一气呵成，宛转呼应，五十六字，多少曲折，有太史公笔力。薄宋诗者谓其带议论，此诗非议论乎？公自许稷契，而莫为用之，盖自况也。"（《杜臆》卷八）

浦起龙曰："此诗后四句，非窥见霸王器局、圣贤心事者不能道。今日兔园夫子，见坊本《史断》、俗本《三国》，便道帝蜀之说，固然无足怪，不知当公之世，独见惟公一人，由公而前，仅一习凿齿耳。宋儒定论，原本此诗。"（《读杜心解》卷四之二）

曹丕《典论·论文》："傅毅之于班固，伯仲之间耳。"伊吕，指伊尹、吕尚。伊尹佐商汤，吕尚辅周文王、武王，都是开国元勋、历史名臣。　[5]指挥若定失萧曹：是说倘若诸葛亮按计已定天下，则萧、曹之功业均不能与之相比。惜其早死未得实现。指挥若定，谓策划谋略若得实现则平定天下。失，犹"无"，掩没也。萧曹，萧何和曹参，皆为汉之开国元勋，所谓"一代之宗臣"。　[6]运移汉祚终难复：国运转移，汉祚难复，诸葛亮辅佐刘氏恢复汉室的宏图终于不得实现。运，国运，天运。祚，帝位。　[7]志决身歼：即所谓"鞠躬尽瘁，死而后已"。歼，尽也。军务劳：《三国志·蜀书·诸葛亮传》注引《魏氏春秋》曰："亮使至，问其寝食及其事之烦简，不问戎事。使对曰'诸葛公夙兴夜寐，罚二十以上，皆亲览焉；所啖食不至数升。'宣王（司马懿）曰：'亮将死矣！'"

[点评]

　　第五首专咏诸葛亮。"宗臣清高"四字，为一篇之纲。既盛赞其才品独超，又痛惜其生不逢时。天运难复，则非宗臣之能事所及；志决身歼，则非清高之节操不坚。宗臣清高如此，能不令人仰大名而瞻遗像，以叹其遭时不遇也哉！此亦《蜀相》所谓"出师未捷身先死，常使英雄泪满襟"意也。

返 照

楚王宫北正黄昏[1]，白帝城西过雨痕[2]。

毛张健曰："'痕'字甚新，使人意想而得其妙。只一字可括'鸣雨既过渐细微，映空摇飏如丝飞'二句（《雨不绝》诗）。"（《杜诗谱释》卷二）

返照入江翻石壁[3]，归云拥树失山村。
衰年肺病惟高枕[4]，绝塞愁时早闭门[5]。
不可久留豺虎乱[6]，南方实有未招魂。

黄生曰："前半景，是诗中画；后半情，是纸上泪也。""年老、多病、感时、思归，集中不出此四意。横说竖说，反说正说，无不曲尽其情。此诗四项俱见，至结语云云，尤是凄神戛魄也。"（《杜诗说》卷八）

[注释]

[1]楚王宫：故址在今重庆巫山县西高都山上，相传为楚襄王所游之地。　[2]过雨痕：谓雨过天晴。　[3]返照入江翻石壁：谓斜阳归入江中，阳光又反射到崖壁上。因江波涌动，光影不定，故曰翻。返照，傍晚的阳光，夕阳。江，指长江。　[4]高枕：扬雄《解嘲》："世治则庸夫高枕而有余。"诗反用此，而自比庸夫，亦是牢骚话。　[5]绝塞：指夔州。　[6]"不可久留豺虎乱"二句：谓世乱不能北归。豺虎乱，指军阀混战。时蜀中军阀互相攻杀，如去年（永泰元年）崔旰攻郭英乂，郭被普州刺史韩澄所杀。柏茂琳、杨子琳等又联合起兵讨旰，蜀中大乱。后杨子琳又攻成都。大历四年二月，杨子琳杀夔州别驾张忠，据其城。杜甫先见于此，故曰"不可久留"。南方，即指夔州。未招魂，谓屡遭寇乱，旅魂恐将惊散，未必能招之北归耳。《楚辞·招魂》："魂兮归来，南方不可以止些。"

[点评]

大历元年（766）作于夔州。赋雨后晚景兼以自叹，诗成拈二字为题，非专咏"返照"。诗前半写景，后半抒情。写景之工巧细腻、抒情之深挚动人，皆足为后世典范。首二句写黄昏时的阴晴变幻，观察入微。三四句更是杜诗写景名联，二句写江边晚眺即景，谓石壁倒映江中，波摇影翻；归云笼罩树木，山村遮迷。古人认为七言律诗第五字要响，"翻"字、"失"字正是所谓响字，警策有力。后半"惟高枕""早闭门""未招魂"诸语，立意之巧，锻炼之精，正堪与前匹配，使整首诗神足气完。

壮　游

往者十四五，出游翰墨场[1]。斯文崔魏徒[2]，以我似班扬[3]。七龄思即壮[4]，开口咏凤凰[5]。九龄书大字[6]，有作成一囊[7]。性豪业嗜酒[8]，嫉恶怀刚肠[9]。脱略小时辈[10]，结交皆老苍。饮酣视八极[11]，俗物都茫茫。东下姑苏台[12]，已具浮海航[13]。到今有遗恨[14]，不得穷扶桑。王谢风流远[15]，阖庐丘墓荒。剑池石壁仄[16]，长洲荷芰香[17]。嵯峨阊门北[18]，清庙映回塘[19]。每趋吴太伯[20]，抚事泪浪浪。枕戈忆勾践[21]，渡浙想秦皇[22]。蒸鱼闻匕首[23]，除道哂要章[24]。越女天下白[25]，镜湖五月凉。剡溪蕴秀异[26]，欲罢不能忘。归帆拂天姥[27]，中

査慎行曰："此公一生行实，以《壮游》为题，追叙而言之也。由少而壮、而老，中间许多阅历，平叙中自见排宕之趣。以年华为经，以地方为纬，以文章为始，以忧国为终，写出壮游心事。"（《杜诗集评》卷三引）

刘克庄曰：《壮游》"在五言古风中，尤多悲壮语。""虽荆卿之歌、雍门之琴、高渐离之筑，音调节奏不如是之跌宕豪放也。"（《后村诗话·新集》卷二）

岁贡旧乡。气劘屈贾垒[28]，目短曹刘墙。忤下考功第[29]，独辞京尹堂。放荡齐赵间[30]，裘马颇清狂[31]。春歌丛台上[32]，冬猎青丘旁[33]。呼鹰皂枥林[34]，逐兽云雪冈。射飞曾纵鞚[35]，引臂落鹙鸧。苏侯据鞍喜[36]，忽如携葛强。快意八九年[37]，西归到咸阳。许与必词伯[38]，赏游实贤王。曳裾置醴地[39]，奏赋入明光[40]。天子废食召[41]，群公会轩裳。脱身无所爱[42]，痛饮信行藏。黑貂不免弊[43]，班鬓兀称觞。杜曲晚耆旧[44]，四郊多白杨。坐深乡党敬[45]，日觉死生忙[46]。朱门任倾夺[47]，赤族迭罹殃。国马竭粟豆[48]，官鸡输稻粱[49]。举隅见烦费[50]，引古惜兴亡。河朔风尘起[51]，岷山行幸长。两宫各警跸[52]，万里遥相望。崆峒杀气黑[53]，少海旌旗黄。禹功亦命子[54]，涿鹿亲戎行。翠华拥吴岳[55]，螭虎啖豺狼。爪牙一不中[56]，胡兵更陆梁。大军载草草[57]，凋瘵满膏肓。备员窃补衮[58]，忧愤心飞扬。上感九庙焚[59]，下悯万民疮。斯时伏青蒲[60]，廷净守御床。君辱敢爱死，赫怒幸无伤。圣哲体仁恕[61]，宇县复小康。哭

蒋弱六曰："后文说到极凄凉处，未免衰飒，却正是'烈士暮年，壮心不已'之意，想见酒酣耳熟，击碎唾壶时。题目妙，只说得上半截。或谓前半不免有意夸张，是文人大言。要须看其反面，有血泪十斗也。"(《杜诗镜铨》卷十四引)

庙灰烬中^[62]，鼻酸朝未央。小臣议论绝^[63]，老病客殊方。郁郁苦不展^[64]，羽翮困低昂。秋风动哀壑^[65]，碧蕙捐微芳。之推避赏从^[66]，渔父濯沧浪。荣华敌勋业^[67]，岁暮有严霜。吾观鸱夷子^[68]，才格出寻常。群凶逆未定，侧伫英俊翔。

[注释]

[1]翰墨场：指文场、文坛。　[2]斯文：语出《论语·子罕》，本谓礼乐教化，这里意为文坛名家。崔魏：原注：“崔郑州尚，魏豫州启心。”崔尚（680—745），齐州全节（今山东济南）人，久视元年（700）进士。约开元十四年（726）任郑州刺史，天宝元年（742）在祠部郎中任。魏启心，中宗神龙二年（706）才膺管乐科及第，曾任度支郎中，约开元十三年为豫州刺史。　[3]班扬：指班固和扬雄，都是汉代著名作家。　[4]七龄：七岁。思即壮：文思敏捷壮浪。　[5]开口咏凤凰：一开口就作了吟咏凤凰的诗，这首诗是杜甫的处女作，惜今不传。杜甫《进雕赋表》即云：“臣自七岁所缀诗笔，向四十载矣，约千有余篇。”　[6]书：书写。大字：谓形体较大的字。　[7]作：指书法作品。囊：古人盛诗文的锦囊。杜甫善书法，《书史会要》卷五谓杜甫“于楷、隶、行无不工者”。《钱注杜诗》卷一《赠卫八处士》注引胡俨曰：“常于内阁见子美亲书《赠卫八处士》诗，字甚怪伟。”　[8]性豪：性情豪爽。业：既，原本。　[9]嫉恶怀刚肠：是说性格嫉恶如仇。　[10]“脱略小时辈”二句：谓自己不愿与同辈少年交往，因而结交的都是年长于自己的诗人。脱略，犹脱落，意轻视、不以为意。略、落双声，故可互通。小，用作动词，小看，鄙视。时辈，同辈。老苍，年长有成就的人。如“求识面”的李邕和“愿卜邻”的王

翰，都比他大二三十岁，崔尚、魏启心等更比他大很多，所以说"结交皆老苍"。　[11]"饮酣视八极"二句：写其少壮时性格豪放，抱负不凡，不同流俗。饮酣，酒喝得痛快，尽兴。八极，八方极远之处。俗物，凡俗庸碌之人。茫茫，视而不见，不放在眼中。　[12]姑苏台：春秋时吴王阖闾及其子夫差所建。遗址所在地有二说：一说在苏州西南七子山北，今称姑苏山，亦称姑苏台。一说在苏州西南濒临太湖的胥山，今称清明山。　[13]具：准备。浮海航：渡海用的大船。　[14]"到今有遗恨"二句：谓至今还以当年未能渡海远航为恨事。遗恨，遗憾。扶桑，神木名，传说日出于扶桑，这里指日本。　[15]"王谢风流远"二句以下至"欲罢不能忘"，历叙在吴越所见名胜古迹。王谢，东晋名流王导、谢安等，以文采风流著称于世。阖庐，即阖闾。阖闾墓，在苏州阊门外虎丘山剑池下。相传吴王阖闾死后以鱼肠剑随葬，葬三日，有白虎踞其上，因号曰虎丘，故曰"阖庐丘墓"。　[16]剑池石壁：相传吴王阖闾以宝剑三千殉葬，秦始皇和孙权都先后派人到此凿石求剑，但均无所得，其凿处遂成深池，因名"剑池"。在苏州虎丘山下，为一崖间泉池，呈狭长形，深约两丈，峭壁如削。仄：陡峭。　[17]长洲：苑名，为吴王阖闾游猎处。遗址在今苏州东北，太湖之北。芰（jì）：菱。　[18]嵯峨：高耸貌。阊门：为苏州旧城八门的西北门，规模宏伟，现仅留残迹。白居易《登阊门闲望》亦云："阊门四望郁苍苍，始觉州雄土俗强。"　[19]清庙：宗庙之通称，此指吴国始祖太伯庙，亦称泰伯庙，在阊门外，东汉永兴二年（154）吴郡太守糜豹创建。回塘：即洋中塘，距苏州二十六里。　[20]"每趋吴太伯"二句：谓拜谒吴太伯庙而感动泪流。趋，拜谒。吴太伯，《史记·吴太伯世家》："吴太伯、太伯弟仲雍，皆周太王之子，而王季历之兄也。季历贤，而有圣子昌（即周文王），太王欲王季历以及昌。于是太伯、仲雍二人乃奔荆蛮，文身断发，示不可用，以避季历。"杜甫感太伯之能让贤，故抚事泪流。抚事，抚今怀古。浪浪，泪流不止貌。　　[21]枕戈：枕戈待旦。本晋刘琨事，因越王勾践曾"卧薪尝胆"，思报吴仇，引以为喻，故而"忆勾践"。　　[22]渡浙想秦皇：是说秦始皇曾游会稽，渡浙江，今游其地，故而"想秦皇"。　　[23]蒸鱼闻匕首：指公子光刺杀王僚事。《史记·刺客列传》载：伍子胥知公子光欲杀吴王僚，乃进专诸于公子光。光具酒请王僚，使专诸把匕首藏蒸鱼腹中而进之。既至王前，专诸擘鱼，因以匕首刺王僚，王僚立死。公子光遂自立为王，是为阖闾。　　[24]除道哂要章：讥刺朱买臣羞辱前妻的行径。除道，清扫道路。哂，讥笑。要章，腰间的印绶。要，同"腰"。《汉书·朱买臣传》载：买臣四十多岁仍家贫如洗，其妻羞之，离他而去。后买臣拜会稽太守（时会稽郡治在今苏州），故意穿旧衣，怀印绶，步归郡邸。被人发现腰间印绶，于是发民除道，派车迎接。他见前妻及其丈夫也在清道人群中，遂令载其夫妻到太守官舍，招待食宿。结果其前妻居一月而自经死。杜甫认为朱买臣这种报复羞辱的行径卑劣可笑，故曰"哂要章"。　　[25]"越女天下白"二句：称誉越地人美景美。因西施出于越地，所以越地美女声闻天下。李白《越女词》云："镜湖水如月，耶溪女如雪。"白，白皙漂亮。镜湖，一名鉴湖，在今浙江绍兴市南。"镜"，一作"鉴"。　　[26]"剡（shàn）溪蕴秀异"二句：剡溪，在今浙江嵊州市，风景秀美，故曰"蕴秀异"。忘，读平声。　　[27]"归帆拂天姥"二句：写由吴越回洛阳参加进士考试。天姥，山名，在浙江新昌县境内，周匝六十里，东接天台，道家以为第十六洞天。杜甫回乡时曾从山下经过，故云"拂天姥"。杜甫时年二十四岁，故曰"中岁"。贡，贡举。由州县推荐参加科举考试者称乡贡。杜甫家居河南巩县，须回乡由州县推荐参加明年在洛阳举行的进士考试，故云"贡旧乡"。　　[28]"气劘（mó）屈贾垒"二句：描绘诗人昔日之意气风发：年少时豪迈狂放，自视甚高，直欲与屈原、贾谊相抗衡，视曹植、刘桢亦不如自己。劘，切削，迫近。屈贾，屈原、贾谊。垒，与下句"墙"字互文，意为壁垒，原指军营的围墙，此喻文阵。指与屈、贾彼此相当。目短，轻视。曹刘，曹植、刘桢，东汉末著名诗人。　　[29]"忤下考功第"二句：是说参加吏部考功员外郎主持的进士考试而落第。忤，违逆，不顺。考功，指考功员外郎。开元二十四年（736）以前，进士考试由吏部考功员外郎主持，二十五年改由礼部侍郎主持。杜甫参加的是开元二十四年由考功员外郎李昂主持的考试，结果落第，故云"忤下考功第"。京尹，指东都洛阳之河南尹，非西京长安之京兆尹。　　[30]放荡：狂放无拘束。齐赵：约今山东、河北一带。　　[31]裘马：谓车马衣裘。语出《论语·雍也》："乘肥马，衣轻裘。"清狂：放纵豪迈。　　[32]歌：咏歌。丛台：战国时赵武灵王所建，在今河北邯郸市人民公园内。　　[33]青丘：相传为春秋时齐景公狩猎处，约在今山东广饶县北。　　[34]"呼鹰皂枥林"二句：极写游猎之快意。皂枥林、云雪冈，皆齐地名，不详所在。　　[35]"射飞曾纵鞚"二句：自叙诗人骑射技术之妙。射飞，仰射飞鸟。纵鞚，放辔驰马。引臂，拉弓射箭。鹙鸧（qiū cāng），秃鹙和鸧鸹两种水鸟。落，射落。　　[36]"苏侯据鞍喜"二句：写与苏源明的交游之乐。苏侯，对苏源明的敬称。原注："监门胄曹苏预。"苏源明，初名预，因避代宗讳改，字弱夫，武功人，时在徐州、兖州一带作客，常和杜甫一起游猎。杜甫晚年作《八哀诗·故秘书少监武功苏公源明》，回忆二人平生交谊，又深情地提及当年的山东之游："武功少也孤，徒步客徐兖。读书东岳中，十年考坟典。时下莱芜郭，忍饥浮云巘。"据鞍喜，在马上为杜甫射落鹙鸧狂喜而呼。葛强，晋代山简的爱将，常与山简同游。苏源明以葛强比杜甫。　　[37]"快意八九年"二句：谓结束齐赵之游而西归长安。八九年，杜甫自开元二十四年（736）初游齐赵，二十九年一度回洛阳，天宝三载（744）再游齐赵，至天宝五载西入长安，前后约有八九年时间。

咸阳，指长安。从"放荡齐赵间"至此叙齐赵之游，概括了诗人
25至35岁间的生活经历，这是杜甫平生最快意的时期。　[38]"许
与必词伯"二句：言自己为当时文豪称许，与王侯同游。许与，
称许。词伯，文豪或著名诗人，指郑虔、韦济、岑参、高适、崔
国辅等人。贤王，指汝阳王李琎等。　[39]曳裾：《汉书·邹阳传》：
"饰固陋之心，则何王之门不可曳长裾乎？"裾，衣服的大襟。置
醴：《汉书·楚元王传》："穆生不耆（嗜）酒，元王每置酒，常为
穆生设醴。"醴即甜酒。后常以置醴喻被尊为上宾。　[40]奏赋：
指献《三大礼赋》事。明光：汉宫名，借喻唐大明宫。　[41]"天
子废食召"二句：谓献《三大礼赋》后受到的礼遇。天子，指玄
宗。废食召，指受到天子重视。杜甫献《三大礼赋》后，玄宗奇之，
命待制集贤院，令宰相试文章。《莫相疑行》云："忆献三赋蓬莱宫，
自怪一日声烜赫。集贤学士如堵墙，观我落笔中书堂。"即所谓"群
公会轩裳"。轩裳，车马与官服，代指达官贵人。　[42]"脱身无
所爱"二句：指天宝十四载（755）被任命为河西尉，不就，而改
就右卫率府兵曹参军事。下句即言但能痛饮，有官无官都随它去。
信，任意，随便。行藏，出仕和退隐。杜甫时有《官定后戏赠》
云："不作河西尉，凄凉为折腰。老夫怕趋走，率府且逍遥。耽酒
须微禄，狂歌托圣朝。故山归兴尽，回首向风飙。"可为此二句注
脚。　[43]"黑貂不免弊"二句：自叹穷老。黑貂弊，用苏秦事。
《战国策·秦策》载，苏秦"说秦王，书十上而说不行，黑貂之裘
敝，黄金百斤尽，资用乏绝，去秦而归"。弊、敝相通。"班"，一
作"斑"。班鬓，即斑鬓，鬓发花白。谓年老。兀称觞，穷也不管，
还是举杯痛饮。兀，尚，还。　[44]"杜曲晚耆旧"二句：言故里
的老人日少，郊外的坟墓日多。杜曲，即杜陵，在长安城南，杜
甫曾家于此。耆旧，故老。多白杨，古人坟边多栽白杨，此指坟
墓增多。"晚"。一作"换"。　[45]坐深：因年纪日长，故座次日

高。乡党：乡里。　[46]日觉死生忙：是说凋谢者既多，故感慨人生匆促。　[47]"朱门任倾夺"二句：指李林甫、杨国忠等权臣陷害朝士，时见株连灭族之事。朱门，指豪贵之家。"任"，一作"务"。倾夺，倾轧争夺。赤族，灭族。迭，连续。罹殃，遇害。　[48]国马：指唐玄宗所养的"舞马"和"立仗马"。《新唐书·李林甫传》："君等独不见立仗马乎？终日无声，而饫三品刍豆。"竭：耗尽。　[49]官鸡：指官养的斗鸡。输：败坏，浪费。　[50]"举隅见烦费"二句：是说举国马和官鸡的例子，则其他方面的奢侈浪费即可想见。举隅，有举一反三意。烦费，浪费。根据勤俭必兴、奢侈必亡的历史经验，不能不让人感叹国家之衰亡。引古，引古鉴今。兴亡，偏义复词，即亡。　[51]"河朔风尘起"二句：谓安史乱起，玄宗幸蜀。河朔，指河北一带。风尘起，指安禄山于范阳起兵叛乱。岷山，在四川北部，此代指巴蜀。行幸，皇帝出游。安史叛军逼近长安，玄宗长途奔波逃往成都，故云"长"。　[52]"两宫各警跸（bì）"二句：谓玄宗在蜀、肃宗在灵武。两宫，指玄宗、肃宗父子。玄宗避难成都，肃宗即位灵武，二人都不在京城，而又相隔万里，故云"各警跸""遥相望"。警跸，谓古时皇帝出入时严加戒备，断绝行人。警，警戒。跸，清道。　[53]"崆峒杀气黑"二句：上句言肃宗到平凉收兵平叛，故云"杀气黑"；下句言肃宗以太子身份即位灵武。崆峒，山名，在今甘肃平凉西。少海，比太子。叶廷珪《海录碎事·储嗣门》："天子比大海，太子比少海。"旌旗黄，古时天子旌旗用黄色。　[54]"禹功亦命子"二句：上句以禹传位于子启，比喻玄宗传位肃宗。下句涿鹿亲戎行，以比肃宗命太子李俶为天下兵马元帅，亲自指挥军队征讨安史叛军。涿鹿，在今河北涿州市东南。传说黄帝曾与蚩尤战于涿鹿之野。亲戎行，亲自指挥军队。　[55]"翠华拥吴岳"二句：言肃宗自灵武驾临凤翔，聚集兵力平叛。翠华，皇帝仪仗中用翠鸟羽毛装饰的旗。吴岳，即吴山，在今陕西千阳、凤翔境内。至德二载（757）二月，肃宗由彭原移驻凤翔，曾路过吴山。螭（chī），传说中一种没有角的龙。螭虎，喻唐朝军队。噉，同"啖"，吃。这里作消灭讲。豺狼，比喻安史叛军。　　[56]"爪牙一不中"二句：写至德元载十月房琯兵败陈陶、青坂。参见《悲陈陶》《悲青坂》二诗。爪牙，此非贬义，犹言羽翼，比喻辅佐之人。《后汉书·窦宪传》："宪既平匈奴，威名大盛，以耿夔、任尚等为爪牙。"一不中，一击不中。胡兵，安史叛军。陆梁，猖獗。　　[57]"大军载草草"二句：指至德二载五月，郭子仪兵败于清渠事。《资治通鉴》卷二一九："子仪与王思礼军合于西渭桥，进屯潏西。安守忠、李归仁军于京城西清渠，相守七日，官军不进。五月癸丑，守忠伪退，子仪悉师逐之。贼以骁骑九千为长蛇阵，官军击之，首尾为两翼，夹击官军，官军大溃。"大军，即指官军。载，同"再"。无充分准备，故曰"草草"。凋瘵（zhài），凋敝病痛。瘵，病。膏肓，是难治的重病，这里指国家和人民遭受的深重灾难。　　[58]"备员窃补衮"二句：言自己任左拾遗而忧愤国事。备员，犹充数，是谦词。窃，自指。补衮，指自己至德二载在肃宗朝任左拾遗事。喻为皇帝拾遗补阙，这是左拾遗的职责。衮，帝王之衣服。心飞扬，心思激愤貌。　　[59]"上感九庙焚"二句：申明忧愤与廷诤之故。九庙，天子皇室祭祀设九庙，后常以之代指王朝社稷。九庙焚，安史叛军攻入长安后焚烧了唐室宗庙。另，杜甫《往在》诗云："往在西京时，胡来满彤宫。中宵焚九庙，云汉为之红。解瓦飞十里，繐帷纷曾空。疚心惜木主，一一灰悲风。"记录了当时叛军焚烧九庙的情景，洵为诗史。悯，同情，怜悯。万民疮，百姓疮痍。　　[60]"斯时伏青蒲"四句：申言疏救房琯事。斯时，当时。伏青蒲，用汉代史丹谏元帝之典比自己疏救房琯事。《汉书·史丹传》载，汉元帝欲废太子，"丹直入卧内，顿首伏青蒲上"，谏诤其非。青蒲，蒲草编织的席垫。廷诤，当廷谏诤皇帝。"诤"，一作"争"。守，伺候。御床，御座。君辱敢爱死，化用《国语·越语》"君辱臣死"之意。赫怒，震怒。至德二载，房琯以门客董庭兰受贿事罢相，杜甫上疏论争，以为"罪细不宜免大臣"，触怒肃宗，召三司推问，因张镐等救免，故云"幸无伤"。　[61]"圣哲体仁恕"二句：谓肃宗躬行仁恕，收复两京。圣哲，指肃宗。体，躬行。仁恕，宽仁爱民。宇县，即宇内，天下。至德二载，两京收复，故云"复小康"。　[62]"哭庙灰烬中"二句：写肃宗还京事。《旧唐书·肃宗纪》载："（至德二载冬十月）癸亥，上自凤翔还京"，"九庙为贼所焚，上素服哭于庙，三日入居大明宫。"又《新唐书·礼乐志三》载："安禄山之乱，宗庙为贼所焚，肃宗复京师，设次光顺门外，向庙而哭，辍朝三日。"未央，汉宫名，此指大明宫。　[63]"小臣议论绝"二句：谓被罢拾遗，流离飘泊。小臣，杜甫自称。议论绝，指乾元元年六月，由左拾遗贬为华州司功参军。因左拾遗是言官，能发议论，今罢斥，故云"议论绝"。殊方，异乡。下句指"漂泊西南天地间"。　[64]"郁郁苦不展"二句：以鸟自比，写自己漂泊江湖的困苦生活。郁郁，抑郁不得志。羽翮（hé），指鸟翼。困低昂，不能奋飞。　[65]"秋风动哀壑"二句：言身在草野，仍高洁自持。哀壑，凄冷的深谷。碧蕙，一种香草。捐，减损。微芳，淡雅的香气。　[66]"之推避赏从"二句：借用典以抒己怀。之推，介之推，春秋时人，曾随晋文公在外流亡十九年，及文公还国即位，他避不受赏，与母隐于绵山。渔父，《楚辞·渔父》篇末云："沧浪之水清兮，可以濯吾缨；沧浪之水浊兮，可以濯吾足。"此以之推、渔父自比。　[67]"荣华敌勋业"二句：言功名富贵都和花开花谢一般，多么鲜艳的花也抵御不了秋冬的严霜。敌，相当。勋业，功业。　[68]"吾观鸱夷子"四句：言期盼有众多像"鸱夷子"那样才格出众的英俊之士出而平定祸乱，振兴国家。鸱夷子，春秋时越国大夫范蠡，辅佐越王勾践灭

吴后，乃弃官泛游五湖，后适齐，号鸱夷子皮。这里所称鸱夷子，
当指李泌。李泌曾佐肃宗复两京，时归隐衡山。才格，才能品格。
出，超出。群凶，指拥兵自重的军阀。如大历元年正月，鱼朝恩
部将周智光杀鄜州刺史张麟，活埋杜冕家属八十一人，聚集亡命、
无赖子弟数万人，打家劫舍，截夺漕米。三月，山南西道节度使
张献诚与茂州刺史崔旰战于梓州。侧伫，侧身伫盼。翔，指英俊
出而翱翔，施展抱负。

[点评]

　　大历元年（766）作于夔州。杜甫在少壮之年，曾先
后游历吴越、齐赵等地。"壮"字不单指壮年，兼有豪壮
和壮阔之意。而"游"字是此一自传性回忆诗的线索，有
少壮时的壮游与中年以后的飘游两层内涵。从开头至"俗
物都茫茫"，叙其少年之游，展示特异、豪迈的性格，定
下本诗基调。从"东下姑苏台"到"欲罢不能忘"，叙其
吴越之游，突出一"壮"字。从"归帆拂天姥"到"忽如
携葛疆"，叙其齐赵之游，突出"清狂"之"快意"。从"快
意八九年"到"引古惜兴亡"，叙其长安之游，突出"兴亡"
之虑。从"河朔风尘起"到"鼻酸朝未央"，叙奔赴凤翔
及扈从还京事，突出"不爱死"之意。自"小臣议论绝"
至末，叙衰年久客巴蜀之故，突出"客游"之悲壮。这篇
自传诗，是研究杜甫生平、思想、性格的最可贵的第一手
材料。从这首诗中，我们不仅了解到杜甫青壮年时期漫游
生活的真实情景及入长安后的坎坷遭遇，还可以看到当时
政治的黑暗和统治阶级的腐败。值得指出的是，杜甫在回
顾个人行迹时，总是与国家的时局联系在一起，不斤斤计

较于个人的遭遇，而注目于国家的兴亡教训，这正是杜甫自传诗的超凡之处和价值所在。

阁　夜

岁暮阴阳催短景[1]，天涯霜雪霁寒宵[2]。
五更鼓角声悲壮[3]，三峡星河影动摇[4]。
野哭几家闻战伐[5]，夷歌数处起渔樵[6]。
卧龙跃马终黄土[7]，人事音书漫寂寥[8]。

[注释]

[1]阴阳：犹日月。短景：冬天日短，故云。景，同"影"。　[2]天涯：天边，此指夔州。霁：天晴，此指雪光明朗。　[3]五更鼓角：天将启晓。鼓角：更鼓和号角。《通典》卷一四九《兵二》："军城及野营行军在外，日出日没时捯鼓三通。三百三十三槌为一通，鼓音止，角声动，吹十二声为一叠，角音止，鼓音动，如此三角三鼓，而昏明毕之。"声悲壮：暗用祢衡击鼓事。《后汉书·祢衡传》载祢衡击鼓云："容态有异，声节悲壮，听者莫不慷慨。"　[4]三峡：指瞿塘峡、巫峡、西陵峡。西阁临瞿塘峡西口。星河：星辰和银河。星河动摇：语出《汉武故事》："星辰动摇，东方朔谓民劳之应。"　[5]野哭：言嗟怨号哭之声盈野。"几家"，一作"千家"。战伐：当指去年闰十月以来的崔旰之乱。　[6]夷歌：指当地少数民族的歌曲。"数处"，一作"是处"，一作"几处"。起渔樵：起于渔人樵夫之口。　[7]卧龙：指诸葛亮。

黄生曰："题云《阁夜》，诗顾及晓景，乃知此老为人事音书之故，彻晓不寐，猛然思及公孙、诸葛，真是一场扯淡，人生波劫，亦何益耶？"（《杜诗说》卷八）

洞阳公（顾可久）曰："中四句叹时事，结二句叹人世，其感益深。后之视今，犹今之视昔，昔之丧乱如此，今之人事如此，寂寥之感，千古一黄土耳！公诗云：'古人（时）丧乱皆可知，人世悲欢暂相遣'，可与此参悟。"（《辟疆园杜诗注解》七律卷四引）

蒋弱六曰："三峡最湍激处，加霜雪照耀，故见星河动摇。又在声悲壮里觉得，足令人惊心动魄。"（《杜诗镜铨》卷十五引）

《三国志·蜀书·诸葛亮传》载徐庶谓刘备曰："诸葛孔明者，卧龙也。"跃马：指公孙述。述曾据蜀称白帝。左思《蜀都赋》："公孙跃马而称帝。"终黄土：指都死而同归黄土。此句下原注："城上有白帝祠，郭外有孔明庙。"指诸葛亮和公孙述在夔州都有祠庙，夔州有白帝城，故联想及之。　[8]人事：指交游。时杜甫好友郑虔、苏源明、李白、严武、高适都已死去。音书：指亲朋间的音信。"音书"，一作"音尘"，一作"依依"。寂寥，孤独寂寞。漫，漫然，有随他去，不管他之意。此句似自我解脱，实则愤激之词。

［点评］

大历元年（766）冬，寓居夔州西阁时作。杜甫善以壮景写哀，此诗即为显例。诗写阁夜所见所闻景象，悲壮动人。首联起势警拔，颔联尤为壮阔，使人惊心动魄。由鼓角悲壮而联想到野哭战伐、渔樵夷歌，由阴阳代谢而感世变无常、友朋凋谢、人事寂寥、独身飘零。意中言外，怆然有无穷之思。起承转接，犹如神龙掉尾，浑化无迹。胡应麟论"老杜七言律全篇可法者"，即举此篇与《登高》《登楼》《秋兴八首》等诗为例，认为"气象雄盖宇宙，法律细入毫芒，自是千秋鼻祖"（《诗薮·内编》卷五）。

缚鸡行

小奴缚鸡向市卖，鸡被缚急相喧争。

洪迈说："此诗自是一段好议论，至结句之妙，非他人所能跂及也。"（《容斋三笔》卷五）

夏力恕曰："因物寓意，蔼然仁者之言，却又了无滞碍。"（《杜诗增注》卷十五）

家中厌鸡食虫蚁[1]，不知鸡卖还遭烹。

虫鸡于人何厚薄[2]？吾叱奴人解其缚[3]。

鸡虫得失无了时[4]，注目寒江倚山阁。

黄生曰："八句用六'鸡'字，不觉其烦，'虫鸡''鸡虫'，掉转用，皆得古文之法。"（《杜诗说》卷三）

王嗣奭曰："鸡得则虫失，虫得则鸡失，世间类者甚多，故云'无了时'。计无所出，只得'注目寒江倚山阁'而已。写出一时情景如画，信是诗家妙手。"（《杜臆》卷八）

[注释]

[1]厌：厌恶，讨厌。　[2]何厚薄：虫、鸡于人并无厚薄之分，而人又何必厚此薄彼呢？《庄子·列御寇》："在上为乌鸢食，在下为蝼蚁食，夺彼与此，何其偏也！"杜意本此。　[3]叱：喝令。　[4]"鸡虫得失无了时"二句：谓得鸡失虫，还是得虫失鸡，这样的争论没完没了。我只有身倚山阁，无言注视着阁下的寒江。此为作诗本旨。"无力正乾坤"的诗人，面对纷争不已的现实，亦是无可奈何。赵次公曰："一篇之妙，在乎落句。"（《九家集注杜诗》卷十三引）

[点评]

大历元年（766）冬在夔州西阁作。诗写得很别致，在对日常生活小事的描写中，蕴含深刻的道理，表现了诗人惜微全物的仁者情怀和对乱世纷争的深沉思考。杜诗这种议论化、散文化的特点，对宋诗很有影响。

王嗣奭曰："愁起于心，真有一段郁戾不平之气，而因以拗语发之，公之拗体大都如是。此诗前四句是愁，后四句是所以愁。愁人心事，触目可憎。"（《杜臆》卷七）

愁

江草日日唤愁生[1]，巫峡泠泠非世情[2]。

盘涡鹭浴底心性^[3]？独树花发自分明。

十年戎马暗万国^[4]，异域宾客老孤城。

渭水秦山得见否？人今罢病虎纵横。

翁方纲曰："花鸟俱若有意相触忤者，'自分明'三字尤写愁心迥出。"（《杜诗附记》下卷）

[注释]

[1]江草日日唤愁生：谓春草日生，春色撩人，适足以引起旅人思归愁绪，故曰"唤愁生"。《楚辞·招隐士》："王孙游兮不归，春草生兮萋萋。"　[2]巫峡泠（líng）泠非世情：即"清渭无情极，愁时独向东"（《秦州杂诗二十首》其二）意。泠泠，水流声。非世情，不近人情。戴叔伦《湘南即事》："卢橘花开枫叶衰，出门何处望京师？沅湘日夜东流去，不为愁人住少时。"联系此诗末联"渭水秦山得见否"，戴诗正可作杜诗注脚。　[3]"盘涡鹭浴底心性"二句：谓鹭浴盘涡，自得其乐，树独开花，自炫艳丽，是何居心？乃不知人之愁耶！因愁之切，痴情咎物，故作嗔怪之词。盘涡，漩涡。底心性，啥意思、何用意。底，何。　[4]"十年戎马暗万国"四句：谓久经战乱，寇盗横行，自己漂泊异乡，身老难归，此真愁杀人也。戎马，喻战乱。自安史之乱至今，凡十有二年。十年，乃举成数言之。暗，指氛祲未消。万国，犹全国。异域，犹异乡。宾客，甫自谓。孤城，指夔州。渭水、秦山，代指长安。人，甫自指。罢病，言己衰老。罢，同"疲"。虎纵横，比寇盗横行。末句即《返照》所云"不可久留豺虎乱，南方实有未招魂"意。

[点评]

大历二年（767）春在夔州作。题下原注："强戏为

吴体。"吴体，即拗体，此为七律拗体。前半叙夔州景物，
触愁之端；后半忆长安时事，致愁之故。

解闷十二首（选二）

其六

复忆襄阳孟浩然[1]，清诗句句尽堪传[2]。
即今耆旧无新语[3]，漫钓槎头缩项鳊[4]。

这组诗为大历二年（767）秋在夔州作。题云"解闷"，即作诗以排遣愁闷。十二首诗感事而发，内容虽较庞杂，但皆有为而作。

俞陛云曰："即今耆旧中，如襄阳者已不可得，若论新诗，如其句句堪传者，更属绝无矣，寂寥谁语，且向溪头垂钓，得缩项鳊鱼，姑谋一醉，即其解闷之事也。"（《诗境浅说》续编）

[注释]

[1]孟浩然：襄阳人，唐著名诗人，为盛唐山水田园诗派代表作家。襄阳：今属湖北省。忆：怀念。杜甫前有《遣兴五首》，其五云："吾怜孟浩然，短褐即长夜。赋诗何必多，往往凌鲍谢。"此又忆，故曰"复忆"。 [2]清诗：指孟浩然诗风清丽。尽堪传：都足以传世。李白《赠孟浩然》："吾爱孟夫子，风流天下闻"，"高山安可仰，徒此揖清芬"。王士源《孟浩然诗集序》亦谓其"五言诗天下称其尽美矣"，故曰"句句尽堪传"。 [3]耆旧：故老，年高而素负声望者。无新语：自孟浩然死后，耆旧们都无新的惊人诗句。 [4]槎头缩项鳊：即鳊鱼，味极鲜美，以产汉水者最著名。赵次公注引习凿齿《襄阳耆旧传》云："汉水中鳊鱼甚美，常禁人捕，以槎断水，因谓之槎头鳊。"或谓之"槎头缩项鳊"。槎，亦作"查"。孟浩然诗有"鸟泊随阳雁，鱼藏缩项鳊"（《过吴张二子檀溪别业》），"试垂竹竿钓，果得查头鳊"（《岘潭作》）。杜诗化用其句。

[点评]

这是第六首，写对诗人孟浩然的怀念。

其七

陶冶性灵存底物[1]？新诗改罢自长吟。

孰知二谢将能事[2]，颇学阴何苦用心[3]。

[注释]

[1]"陶冶性灵存底物"二句：强调吟诗（作诗）可以陶冶情操。陶冶，犹言陶铸，烧制陶器和冶炼金属。引申作化育生成，娱情养性。性灵，性情。颜之推《颜氏家训·文章》："夫文章者"，"至于陶冶性灵，从容讽谏，入其滋味，亦乐事也。""存"，一作"在"。存底物，即凭何物。底物，犹何物。长吟，音调缓且长之吟哦。《晋书·嵇康传》："远啸长吟，颐神养寿。"杜甫《秋日夔府咏怀奉寄郑监李宾客一百韵》："登临多物色，陶冶赖诗篇。"二句即其意。　[2]孰知：深知，明知。"孰"，同"熟"。二谢：指南朝诗人谢灵运和谢朓。将能事：即以作诗为能事。能事，擅长此事，精通此道。　[3]阴：指阴铿，字子坚，南朝陈诗人。何：指何逊，字仲言，南朝梁诗人。二人在近体诗的演化进程中都起过重要作用，杜甫对他们很推崇，在诗中屡屡提及。

[点评]

这是第七首，自述作诗体会。

仇兆鳌曰："此自叙诗学。诗篇可养性灵，故既改复吟，且取法诸家，则句求尽善，而日费推敲矣。"（《杜诗详注》卷十七）

杜甫对阴何很是赞赏，如云"李侯有佳句，往往似阴铿"（《与李十二白同寻范十隐居》），"能诗何水曹"（《北邻》），"阴何尚清省"（《秋日夔府咏怀一百韵》）。杜甫有些诗的风格，有些诗的遣词用字，颇似阴何。陈祚明即云："少陵于仲言之作，甚相爱慕。集中警句，每见规模；风格相承，脉络有本。浅学者源流弗考，一往吠声。今徒知推服少陵，而于少陵所推服者，反加诋毁，可乎？"（《采菽堂古诗选》卷二十六）

洞　房

洞房环佩冷[1]，玉殿起秋风。
秦地应新月[2]，龙池满旧宫。
系舟今夜远[3]，清漏往时同。
万里黄山北[4]，园陵白露中。

由《洞房》至《提封》八诗，为一组诗，前人推崇备至，虽不尽然，但从中可观有唐盛衰之迹与杜甫晚年旅居夔州的心态，故全选录。八诗均作于大历二年（767）秋，皆撮首二字为篇名，俱追忆开元、天宝时事，思往戒今，俯仰盛衰，语兼讽刺，浑然不露，可称佳作。

吴山民曰："事物之变，凄怆之怀，尽之于四十字中，而宛转开阖，笔力之妙，非他诗人所能。此老杜所以为圣于诗也。"（唐汝询《唐诗十集·丁集三》引）

［注释］

[1]"洞房环佩冷"二句：追想长安秋日萧条凄凉之状。洞房、玉殿，皆指长安宫殿说。环佩冷，环佩为宫人身上的各种佩饰，此指环佩磨碰发出的声音已消失，因而变得清冷寂静。或谓指杨贵妃马嵬赐死。　[2]"秦地应新月"二句：揣想长安月虽新，池则旧，以寓物是人非之感。秦地，指长安。龙池，在长安兴庆宫内。满，指池水。旧宫，即指兴庆宫，乃玄宗发祥之地。玄宗登基后，开元二年（713）诏祠龙池，群臣献赋一百三十篇，从中选出合音律者为《龙池乐章十首》。又诏置坛及祠堂。十八年十二月二十九日，有龙见于池，敕太常祭之。二十三年五月，建《龙池圣德颂》碑，张九龄撰文。　[3]"系舟今夜远"二句：谓漂泊夔州，孤舟一系，回首长安，渺不可即，故曰"今夜远"。往时同，则清漏同而时事不同，感慨深焉。漏，即漏壶，又名漏刻，是古代的一种计时仪器，内贮清水，滴水计时。　[4]"万里黄山北"二句：借茂陵以喻玄宗泰陵。园陵白露，情致黯然，怆然泣下。黄山，即黄山宫。《三辅黄图》卷三："黄山宫，在兴平县（即今陕西兴平市）西三十里。武帝微行，西至黄山宫，即此也。"汉武帝茂陵，正在黄山宫之北。

[点评]

《洞房》为组诗开篇，写诗人秋夜见月感兴，又将长安与夔州秋夜之景虚拟对比，抒发故国旧君之思。

宿　昔

宿昔青门里[1]，蓬莱仗数移。

花娇迎杂树[2]，龙喜出平池。

落日留王母[3]，微风倚少儿。

宫中行乐秘[4]，少有外人知。

王嗣奭曰："曰'行乐秘'，必有不可闻于外人者；然丑声闻于外，人皆知之而帝不知也。"（《杜臆》卷八）

[注释]

[1]"宿昔青门里"二句：追忆玄宗昔日游幸之乐。宿昔，往日。青门，即长安城东出南头第一门霸城门，人见门色青，故曰青门。蓬莱，唐宫名。原名大明宫，龙朔二年，高宗改为蓬莱宫。蓬莱宫为东内，玄宗所居兴庆宫为南内。《新唐书·地理志一》："自东内达南内，有夹城复道，经通化门达南内，人主往来两宫，人莫知之。"故下云"少有外人知"。仗，指天子仪仗。 [2]"花娇迎杂树"二句：言花娇而迎仙仗于杂树，龙喜仙仗之至而跃起平池。极写玄宗游乐之盛况。花娇，李濬《松窗杂录》："开元中，禁中初重木芍药，即今牡丹也。得四本红、紫、浅红、通白者，上因移植于兴庆池东沉香亭前。会花方繁开，上乘月夜召太真妃以步辇从，诏特选梨园子弟（当作"弟子"）中尤者，得乐十六色。

李龟年以歌擅一时之名，手捧檀板，押众乐前欲歌之。上曰：'赏名花，对妃子，焉用旧乐词为？'"龙喜，李德裕《次柳氏旧闻》："天宝中，兴庆池小龙常出游宫垣南沟水中，蜿蜒奇状，靡不瞻睹。"平池，即兴庆宫龙池。　[3]"落日留王母"二句：谓贵妃专宠，秦虢得幸，隐寓玄宗的荒淫行乐。传说汉武帝曾殷勤留西王母宴乐，见《汉武帝内传》。此以王母比杨贵妃。少儿，即大将军卫青之姊，尝与霍仲孺私通，生霍去病。此以少儿比秦国、虢国夫人。　[4]"宫中行乐秘"二句：言宫中行乐隐秘，外人少有知者。

[点评]

此首追忆昔日玄宗游乐之盛况，上四句叙游幸，下四句写女宠，语含讽刺，其词微而婉。

汪瑗曰："此诗借古以喻今，言汉武虽宠爱倡优技艺之人，而公平果断之德，不能为其所惑，故尚不足以致乱也。若明皇既无汉武之德，而乃宠爱贵妃、禄山如此，乌能免开元、天宝之祸乎？"（《杜律五言补注》卷三）

能　画

能画毛延寿[1]，投壶郭舍人。
每蒙天一笑，复似物皆春。
政化平如水[2]，皇明断若神。
时时用抵戏，亦未杂风尘。

[注释]
[1]"能画毛延寿"四句：言俳优艺人承恩，骄逸遂生。以汉

喻唐，托讽玄宗。毛延寿，《西京杂记》卷二载：汉元帝后宫既多，不得常见。乃使画工图形，案图召幸之。画工毛延寿，善画人物，丑好老少，必得其真。故曰"能画"。投壶，古时一种游戏。《西京杂记》卷五载：汉武帝时，郭舍人善投壶。每为武帝投壶，辄赐金帛。玄宗时，画工如冯绍正之流，侏儒如黄𪑛（玄宗呼为"肉儿"）之流，皆得宠幸，故以毛延寿、郭舍人比之。天一笑，《神异经·东荒经》云：东王公恒与一玉女投壶，每投千二百矫，矫出而脱误不接者，天为之笑。故李商隐《祭全义县伏波神文》云："何烦玉女之投壶，方闻天笑。"此指玄宗。　[2]"政化平如水"四句：谓果能政化如水，皇明若神，虽时用抵戏，亦无妨治乱。治乱得失，要在任用得人与否，可惜玄宗没有做到这样。政化如水，谓政治清明，信赏必罚。政化，政事与教化。皇明，天子之明德。《文选·班固〈西都赋〉》："天人合应，以发皇明。"刘良注："皇，大也。此则天意人事合应，以发我皇大明之德。"抵戏，即角抵戏，亦作"角觝"。《汉书·武帝纪》："（元封）三年春，作角抵戏。"此泛指各种乐舞杂技，意同百戏。风尘，指"安史之乱"。

李因笃曰："序事数十语所难尽者，诗只一句带出之，而分明如在眼前。至其寓悲寓讽，浑涵不露，笔有化工矣。"（《杜诗集评》卷九引）

[**点评**]

此诗以汉喻唐，通过画画、投壶、角抵戏等表面升平景象的描写，讽刺唐朝统治者玩物丧志，失政致乱。但措辞委婉，用典贴切。

斗　鸡

斗鸡初赐锦^[1]，舞马既登床。
帘下宫人出^[2]，楼前御柳长。
仙游终一阕^[3]，女乐久无香。
寂寞骊山道^[4]，清秋草木黄。

黄生曰："第五句是通盘一大关节，盖不以荒宴直接播迁，径及驾崩之感，则有伤痛而无刺讥，是温柔敦厚之遗教也。"（《杜诗说》卷七）

洪迈云："先忠宣公在北方，得唐人画《骊山宫殿图》一轴，华清宫居山巅，殿外重帘，宫人无数，穴帘隙而窥。一时伶官戏剧，品类杂沓，皆列于下。杜一诗（即指此诗）真所谓亲见之也。"（《容斋三笔》卷六）

[注释]

[1] "斗鸡初赐锦"二句：忆述玄宗大搞斗鸡、舞马之戏的情景。斗鸡，陈鸿《东城老父传》载：玄宗以乙酉年生而喜斗鸡，及即位，治鸡坊于两宫间，索长安雄鸡千数，养于鸡坊，选六军小儿五百人，训练群鸡。玄宗出游，见贾昌弄木鸡于云龙门道旁，遂召入，为五百小儿长，"天子甚爱幸之，金帛之赐，日至其家"，"当时天下号为'神鸡童'。"赐锦指此。舞马，《明皇杂录·补遗》云：玄宗尝命人教习舞马，"衣以文绣，络以金银，饰其鬃鬣，间杂珠玉"，使其随着乐曲舞蹈。"又施三层板床，乘马而上，旋转如飞。或命壮士举一榻，马舞于榻上，乐工数人立左右前后，皆衣淡黄衫、文玉带，必求少年而姿貌美秀者。每千秋节，命舞于勤政楼下。" [2] "帘下宫人出"二句：忆述玄宗于勤政楼前大搞宴乐的情景。《明皇杂录》卷下："每赐宴设酺会，则上御勤政楼"，"府县教坊大陈山车旱船、寻橦走索、丸剑角抵、戏马斗鸡。又令宫女数百，饰以珠翠，衣以锦绣，自帷中出，击雷鼓为《破阵乐》《太平令》《上元乐》。又引大象、犀牛入场，或拜舞，动中音律。每正月望夜，又御勤政楼，观作乐。贵臣戚里官设看楼，夜阑，即遣宫女于楼前歌舞以娱之。"

崔令钦《教坊记》亦云："楼下戏出队,宜春院人少,即以云韶添之。云韶谓之'宫人',盖贱隶也。""舞人初出乐次,皆是缦衣,舞之第二叠,相聚场中,即于众中从领上抽去笼衫,各内怀中。观者忽见众女咸文绣炳焕,莫不惊异。""帘下"二句,即指此番景象。楼前,即勤政楼前。御柳,白居易《勤政楼西老柳》诗:"半朽临风树,多情立马人。开元一株柳,长庆二年春。"观此,杜诗真可谓实录。　[3]"仙游终一闷(bì)"二句:谓玄宗晏驾。仙游,即指上述宴乐游戏。闷,闭,止息。玄宗既死,则荒宴停止,女乐无香。　[4]"寂寞骊山道"二句:谓玄宗、贵妃已死,骊山胜景不再。骊山,为玄宗、贵妃游乐之地。清秋草木黄,更见寂寞凄凉。

[点评]

此诗感慨兴衰治乱,前半通过描写斗鸡舞马、宴饮歌舞之乐以概言盛世承平景象;后半写仙游女乐皆止,玄宗贵妃俱死,以见乱后寂寞凄凉情景。寄寓了诗人弥足遥深的兴亡之感,更见痛定思痛之慨。托讽委婉,深得《三百篇》之遗意。

历　历

历历开元事[1],分明在目前。

无端盗贼起[2],忽已岁时迁。

巫峡西江外[3],秦城北斗边。

仇兆鳌曰:"此章承前起后。前三章说承平之世,故以'开元事'括之。后三章说乱离以后,故以'盗贼起'包之。上四乃追述往事,下则自叹夔江衰老也。"(《杜诗详注》卷十七)

仇兆鳌曰:"天宝之乱,皆明皇失德所致,此云'无端盗贼起',盖讳言之耳。"

为郎从白首^[4]，卧病数秋天。

[注释]

[1] 历历：众多而分明可数。开元事：指开元太平盛世。　[2]"无端盗贼起"二句：追忆"安史之乱"之痛。无端，无缘无故。此是反语。盗贼起，指"安史之乱"。从天宝十四载（755）"安史之乱"爆发，迄今凡十余年，故曰"岁时迁"。忽已，犹言转眼之间。　[3]"巫峡西江外"二句：谓身居夔州而遥望长安，亦《秋兴八首》其二"夔府孤城落日斜，每依北斗望京华"之意。西江，指长江。秦城，指长安。长安又谓北斗城。　[4]"为郎从白首"二句：谓白首为郎，卧病夔州，秋复一秋，度日如年，岂不悲哉！为郎，广德二年六月，严武荐杜甫为节度参谋、检校尚书工部员外郎。时杜甫已五十三岁，故曰"白首"。从，听任，有不甘意。数秋天，谓屡经秋日。

[点评]

这首诗前四句追述开元、天宝往事，连用"历历""分明""无端""忽已"几个虚词，颇具微言大义的春秋笔法。后四句自叹羁旅衰病，连用"巫峡""西江""秦城""北斗""白首""卧病""秋天"许多悲凉字句，顿转折落，直到己身，痛将十多年之感愤，一总抒发，激昂流涕，令人唏嘘！

洛 阳

洛阳昔陷没^[1]，胡马犯潼关。

天子初愁思^[2]，都人惨别颜。

清笳去宫阙^[3]，翠盖出关山。

故老仍流涕^[4]，龙髯幸再攀。

浦 起 龙 曰："历叙陷京幸蜀事，还京只尾联一带，盖此处本意，重在失国一边也。"（读杜心解》卷三之五）

[注释]

[1]"洛阳昔陷没"二句：追述禄山初叛，攻陷洛阳和潼关。胡马，指安史叛军。天宝十四载十二月，安史叛军攻陷东都洛阳，所谓"洛阳陷"也。次年六月七日，灵宝败绩，叛军入潼关，所谓"犯潼关"也。　[2]"天子初愁思"二句：谓玄宗逃离长安，与首都父老惨别。天子，指玄宗。初愁思，指潼关破，玄宗仓皇奔蜀。"初"字含讽。李德裕《次柳氏旧闻》："时天下无事，号太平者垂五十年。及羯胡犯阙，乘传遽以告，上欲迁幸，复登（花萼相辉）楼置酒，四顾凄怆。""上将去，复留眷眷，因使视楼下有工歌而善《水调》者乎。一少年心悟上意，自言颇工歌，亦善《水调》。使之登楼且歌"，"上闻之，潸然出涕"。又："玄宗西幸，车驾自延英门出，杨国忠请由左藏库而去，上从之。望见千余人持火炬以俟，上驻跸曰：'何用此为？'国忠对曰：'请焚库积，无为盗守。'上敛容曰：'盗至若不得此，当厚敛于民，不如与之，无重困吾赤子也。'命撤火炬而后行。闻者皆感激流涕。"所谓"都人惨别颜"也。都人，国都长安之人。　[3]"清笳去宫阙"二句：谓贼退而肃宗、玄宗还京。清笳，凄清之胡笳声。去宫阙，指叛军退出长安。至德二载九月，郭子仪收复长安，贼众夜遁。翠盖，

翠羽装饰之华盖。此指天子仪仗。出关山，指至德二载十月，肃宗入长安，玄宗离蜀还京。　[4]"故老仍流涕"二句：谓长安士庶百姓喜迎玄宗、肃宗还京，感慨流涕。故老，长安父老。攀龙髯，《史记·封禅书》："黄帝采首山铜，铸鼎于荆山下。鼎既成，有龙垂胡髯下迎黄帝。黄帝上骑，群臣后宫从上者七十余人，龙乃上去。余小臣不得上，乃悉持龙髯，龙髯拔，堕，堕黄帝之弓。百姓仰望黄帝既上天，乃抱其弓与胡髯号，故后世因其处曰鼎湖，其弓曰乌号。"《旧唐书·玄宗纪》载：至德二载十二月，玄宗由蜀回，"至京师，文武百僚、京城士庶夹道欢呼，靡不流涕。"《资治通鉴》唐肃宗至德二载：玄宗返京，"父老在仗外，欢呼且拜。上（指肃宗）令开仗，纵千余人入谒上皇，曰：'臣等今日复睹二圣相见，死无恨矣！'"故曰"幸再攀"。仇兆鳌曰："此叙出狩还宫之事，首尾详明，真可谓诗史矣。"（《杜诗详注》卷十七）

［点评］

此诗写唐玄宗在"安史之乱"中的遭遇。前四句写玄宗奔蜀的原因，后四句记还京之事，对玄宗流露出一定程度的同情。

赵星海曰："首尾两联，拈骊山、蓬莱为言，虽属本首起讫，而曰'绝望幸'，曰'罢登临'，曰'万岁'，曰'长悬'，前界三篇神理，俱浑涵在内。中四实申陵寝之悲，虽系正面咏叹，后界三篇神理，亦全包在中。前后铺叙分明，收束完密，真圣手也。"（《杜解传薪摘钞·五律》）

骊　山

骊山绝望幸[1]，花萼罢登临。

地下无朝烛[2]，人间有赐金[3]。

鼎湖龙去远[4]，银海雁飞深。

万岁蓬莱日^[5]，长悬旧羽林。

[注释]

[1]"骊山绝望幸"二句：讳言玄宗已死。骊山，《唐会要·华清宫》："开元十一年十月五日，置温泉宫于骊山。至天宝六载十月三日，改温泉宫为华清宫。"玄宗宠幸杨贵妃，每岁十月，必至华清宫避寒。花萼，即花萼相辉楼。李德裕《次柳氏旧闻》："兴庆宫，上（玄宗）潜龙之地，圣历初五王宅也。上性友爱，及即位，立楼于宫之西南垣，署曰'花萼相辉'。朝退，亟与诸王游，或置酒为乐。"今玄宗已升遐，故曰"绝望幸""罢登临"。　[2]地下无朝烛：是说玄宗早朝，则秉烛而受朝。今已死归地下，故曰"无朝烛"。　[3]人间有赐金：是说玄宗虽殁，但当日颁赐臣下之金尚留人间，可谓遗泽尚存。　[4]"鼎湖龙去远"二句：言玄宗驾崩情景。鼎湖，见前《洛阳》诗注[4]。银海，《汉书·刘向传》："秦始皇帝葬于骊山之阿，下锢三泉，上崇山坟，其高五十余丈，周回五里有余，石椁为游馆，人膏为灯烛，水银为江海，黄金为凫雁。"何逊《行经孙氏陵》："银海终无浪，金凫会不飞。"　[5]"万岁蓬莱日"二句：谓蓬莱宫上万年常升的太阳，永远照耀着护卫园陵的旧日羽林军。蓬莱，唐宫名，见前《宿昔》诗注[1]。羽林，指皇帝宿卫部队，即万骑军，后改为龙武军，玄宗葬后，用为护陵军。

[点评]

此诗由回忆当年玄宗骊山游幸、花萼登临的盛况，转笔写玄宗之死，有抚今追昔之感。

王嗣奭曰：
"此为朝廷画中兴
之策，盖以前数
章之总结也。国
以人心为本，故
首言'万国同心'，
根本尚无恙也。悬
车守险，不如俭德
临民；俭者不夺，
民心自怀，有无
形之险也。俊乂
在朝，折冲樽俎，
何虑犬羊；兵勿轻
动，则恩加四海，
可复贞观、开元之
盛矣。公之谋国，
堂堂正正，即孟
子所以告齐、梁之
君者，其自许稷、
契，亦以此也。"
（《杜臆》卷八）

仇兆鳌曰："言
当此一统天下，万
国同心，世事尚可
为也，但勿更寻前
辙耳。"（《杜诗详
注》卷十七）

提　封

提封汉天下[1]，万国尚同心[2]。

借问悬车守[3]，何如俭德临？

时征俊乂入[4]，莫虑犬羊侵。

愿戒兵犹火[5]，恩加四海深。

［注释］

[1] 提封：犹通共，谓举其总数言之。后亦指所管辖之封疆。如《旧唐书·东夷传》："魏晋已前，近在提封之内，不可许以不臣。"此为后者，指疆域辽阔。汉：以汉喻唐。　[2] 万国：犹言天下。　[3] "借问悬车守"二句：谓悬车守险，不如俭德临民，治国在德不在险。此为杜甫一贯主张，再三言之，《有感五首》其三："不过行俭德，盗贼本王臣。"《奉酬薛十二丈判官见赠》："文王日俭德，俊乂始盈庭。"悬车，车行其中如悬挂峭壁上，喻极险要之地。《史记·齐太公世家》："（桓公）束马悬车登太行，至卑耳山而还。"梁简文帝《弹棋论序》："乘危则栈山航海，历险则束马悬车。"俭德，节俭之德。《易·否》："君子以俭德辟难。"《书·太甲上》："慎乃俭德，惟怀永固。"临，监临，指治理国家。　[4] "时征俊乂（yì）入"二句：意较上联更进一层，谓苟能选贤任能，则不虑外患之侵，用贤辅国，始为消弭祸患之要图。俊乂，贤德之人，俊杰之士。犬羊，对异族入侵者的蔑称，如安、史之流。　[5] 戒：警戒，警惕。兵犹火：用兵如玩火。《左传·隐公四年》："夫兵，犹火也。弗戢，将自焚也。"

［点评］

此诗直究当时致乱之由，以垂为永戒。杜甫主张治国在德不在险，要重用俊才，恩加四海，苟如此，何患外族入侵。故反覆叮咛，意最深切。

又呈吴郎

堂前扑枣任西邻 [1]，无食无儿一妇人。
不为困穷宁有此 [2]？只缘恐惧转须亲。
即防远客虽多事 [3]，便插疏篱却甚真。
已诉征求贫到骨 [4]，正思戎马泪盈巾 [5]。

［注释］

[1] 堂：指瀼西草堂。扑枣：打枣。任：放任，听任。 [2] "不为困穷宁有此"二句：上句是代老妇设想，为其开脱；下句是杜甫一向对待老妇的态度，也希望吴郎这样做。宁有，怎有，哪会有。此，指扑枣。缘，因为。恐惧，指老妇害怕被人看破。转，转变态度。亲，待人和蔼。 [3] "即防远客虽多事"二句：言老妇对远来借居之客有所防备和担心未免过虑，但插上疏篱笆就真像是拒绝老妇打枣了。防，防备。远客，指吴郎。多事，多心，过虑。篱，篱笆。上句主语是老妇，下句主语是吴郎。 [4] 已诉征求贫到骨：是说老妇人诉说过自己不堪赋税压榨的穷苦遭遇。征求，诛求，横征暴敛。贫到骨，犹一贫如洗，一无所有。 [5] 正思戎马泪盈

卢世㴦说："《又呈吴郎》一首，极煦育邻妇，又出脱邻妇；欲开示吴郎，又回护吴郎。七言八句，百种千层，非诗也，是乃仁音也。恻隐之心，诗之元也。词客仁人，少陵独步。"（《杜诗胥抄·大凡》）

仇兆鳌曰："此诗是直写真情至性，唐人无此格调，然语淡而意厚，蔼然仁者痌瘝一体之心，真得《三百篇》神理者。"（《杜诗详注》卷二〇）

巾：自己想到战事不停，不禁悲哀流泪。戎马，指战争。

[点评]

大历二年（767）秋作于夔州。杜甫的一位亲戚吴郎从忠州搬来夔州，他就把原住的瀼西草堂让给吴郎住。西邻是一位无食无儿的寡妇，杜甫住时，任凭这位贫妇扑打堂前之枣。而吴郎搬来后，却插篱防人扑枣。杜甫即写诗委婉劝说吴郎不要这样做。因前有《简吴郎司法》诗，故此题曰"又呈"。末联"已诉征求贫到骨，正思戎马泪盈巾"，是全诗主旨所在，写造成西邻扑枣妇人贫困之原因，同时也隐含着诗人对贫民的同情，对战争的痛恨。正如浦起龙所说："借邻妇平日之诉，发为远慨，盖民贫由于'征求'，'征求'由于'戎马'，推究病根，直欲为有民社者告焉，而恤邻之义，自悠然言外。"（《读杜心解》卷四之二）

胡应麟曰："杜'风急天高'一章五十六字，如海底珊瑚，瘦劲难名，沉深莫测，而精光万丈，力量万钧。通章章法、句法、字法，前无昔人，后无来学。"并誉为"古今七言律第一"（《诗薮·内编》卷五）。

登 高

风急天高猿啸哀[1]，渚清沙白鸟飞回[2]。

无边落木萧萧下[3]，不尽长江滚滚来[4]。

万里悲秋常作客[5]，百年多病独登台。

艰难苦恨繁霜鬓[6]，潦倒新停浊酒杯[7]。

［注释］

[1] 猿啸哀：巫峡多猿，鸣声甚哀，所谓"巴东三峡巫峡长，猿鸣三声泪沾裳"。　[2] 渚：水中小洲。回：回旋。　[3] 落木：落叶。萧萧：风吹叶动之声。　[4] 滚滚：相继不绝，奔腾不息。　[5] "万里悲秋常作客"二句：从天地风物之大环境紧缩至孤身一人。万里，远离故乡，指夔州距长安遥远，回京无望。常作客，长期漂泊在外。百年，犹言一生。多病，杜甫患有疟疾、肺病、风痹、糖尿病、耳聋等多种疾病。独登台，时逢佳节，诸弟分散，好友先死，孤客夔州，举目无侣，故云。　[6] 艰难：一指个人生活多艰，一指国家世乱多难。苦恨：极恨。繁霜鬓：白发日多。　[7] 潦倒：犹衰颓，因多病故潦倒。新停：最近方停。时杜甫因病戒酒。浊酒：混浊的酒，指劣酒。

［点评］

大历二年（767）九月九日作于夔州。前四句登高所见，极写暮秋夔峡惊心动魄之景色；后四句登高所感，抒发老病漂泊之苦情。情景交融，浑然一体。语言精炼而富变化，对仗工整且复自然。全诗八句皆对，首句即入韵。言简意丰，备极顿挫。

观公孙大娘弟子舞剑器行并序[1]

大历二年十月十九日[2]，夔府别驾元持宅[3]，见临颍李十二娘舞《剑器》[4]，壮其蔚跂[5]，问

罗大经评此二句云："万里，地之远也；秋，时之惨凄也；作客，羁旅也；常作客，久旅也；百年，齿暮也；多病，衰疾也；台，高迥处也；独登台，无亲朋也。十四字之间含八意，而对偶又精确。"（《鹤林玉露》卷十一）

王嗣奭曰："此诗见剑器而伤往事，所谓'抚事慷慨'也。故咏李氏，却思公孙，咏公孙，却思先帝，全是为开元、天宝五十年治乱兴衰而发。"（《杜诗详注》卷二十引）

方东树曰："此诗亦豪宕感激，浏亮顿挫，独出冠时。自大历至今，先生一人而已！"（《昭昧詹言》卷十二）

李因笃曰:"序以错落妙,诗以整妙。错落中有悠扬之致,整中有跌宕之风。纵横排宕,如韩信背水破赵,纯以奇胜。"(《杜诗集评》卷六引)

郑嵎《津阳门诗》:"都卢寻橦诚龌龊,公孙剑伎方神奇。"注云:"有公孙大娘舞剑,当时号为雄妙。"司空图《剑器》诗亦云:"楼下公孙昔擅场,空教女子爱军装。"可见公孙大娘舞技之妙,当时影响之大。杜诗亦是写实。

其所师?曰:"余,公孙大娘弟子也。"开元三载[6],余尚童稚,记于郾城观公孙氏舞《剑器浑脱》[7],浏漓顿挫[8],独出冠时[9],自高头宜春、梨园二伎坊内人[10],洎外供奉[11],晓是舞者[12],圣文神武皇帝初[13],公孙一人而已。玉貌锦衣[14],况余白首[15]!今兹弟子[16],亦匪盛颜[17]。既辨其由来[18],知波澜莫二[19],抚事慷慨[20],聊为《剑器行》。往者吴人张旭[21],善草书书帖,数尝于邺县见公孙大娘舞《西河剑器》[22],自此草书长进,豪荡感激[23],即公孙可知矣[24]!

昔有佳人公孙氏,一舞《剑器》动四方[25]。观者如山色沮丧[26],天地为之久低昂[27]。㸌如羿射九日落[28],矫如群帝骖龙翔[29]。来如雷霆收震怒[30],罢如江海凝清光[31]。

绛唇珠袖两寂寞[32],晚有弟子传芬芳[33]。临颍美人在白帝[34],妙舞此曲神扬扬[35]。与余问答既有以[36],感时抚事增惋伤[37]。

先帝侍女八千人[38],公孙《剑器》初第一[39]。五十年间似反掌[40],风尘澒洞昏王室[41]。梨园弟子散如烟[42]，女乐余姿映寒日[43]。

金粟堆南木已拱[44]，瞿唐石城草萧瑟[45]。
玳筵急管曲复终[46]，乐极哀来月东出。老夫不
知其所往[47]，足茧荒山转愁疾[48]。

[注释]

[1] 公孙大娘：是玄宗时代享有盛名的舞蹈家。剑器：唐剑舞
曲名，是一种戎装舞剑的武舞。　[2] 大历：唐代宗年号。　[3] 夔
府：即夔州。别驾：州刺史的佐吏，因随刺史出巡时另乘传车，
故称别驾。元持：人名，为元抠弟，元锡叔父。时为夔州别驾，
终都官郎中。　[4] 临颍：唐属许州颍川郡，故城在今河南临颍县
西北。　[5] 壮：激赏。蔚跂（qì）：光彩蔚然而雄健凌厉。　[6]"三
载"，一作"五载"。　[7] 郾（yǎn）城：亦属许州颍川郡，今属
河南省。《剑器浑脱》：是剑器与浑脱两种舞的综合。　[8] 浏漓
顿挫：形容舞姿妍妙活泼而富有节奏。　[9] 独出：独树一帜。冠
时：在当时数第一。　[10] 高头：即前头。崔令钦《教坊记》："伎
女入宜春院，谓之'内人'，亦曰'前头人'——常在上（皇帝）
前头也。"伎坊：即教坊。《教坊记》："西京右教坊在光宅坊，左
教坊在延政坊，右多善歌，左多工舞，盖相因成习。"程大昌《雍
录》卷九："开元二年正月，置教坊于蓬莱宫，上自教法曲，谓
之'梨园弟子'。""至天宝中，即东宫置宜春北苑，命宫女数百
人为梨园弟子。"宜春、梨园设在宫禁内，是内教坊，亦可谓内
供奉。　[11] 洎（jì）：及。外供奉：指设在宫禁外的左、右教坊，
以及其他杂应官伎。　[12] 晓：精通。是舞：即前所谓"剑器浑
脱"。　[13] 圣文神武皇帝：即唐玄宗。开元二十七年二月，群
臣上尊号曰开元圣文神武皇帝。此后，又于天宝元年二月、七

载五月、八载闰六月、十三载二月四次加尊号，均有"圣文神武"字样。　[14]玉貌锦衣：指公孙大娘当时年轻貌美，衣着华贵。　[15]况余白首：则指现在之作者自己。意谓那时"余尚童稚"，而公孙大娘已是妙龄女郎，而今我亦白首，白发苍苍，更何况公孙大娘乎！　[16]兹：这。弟子：指李十二娘。　[17]匪：同"非"。盛颜：年轻之容貌。　[18]辨：明白，弄清。由来：来历。指李十二娘舞艺的师承渊源。　[19]波澜莫二：指李十二娘的舞蹈艺术风格，与公孙大娘一脉相承，没有两样。　[20]抚事：追念往事。慷慨：心情激动，感慨万千。　[21]张旭：吴（今江苏苏州）人，唐代著名书法家，擅长草书，时有"草圣"之称。　[22]数：多次。邺县：唐属相州邺郡，在今河北省临漳县。西河剑器：亦作"西河剑气"，也是剑器舞的一种。　[23]豪荡感激：言张旭书法豪放跌宕，激动人心。　[24]即公孙可知矣：是说公孙大娘的舞蹈，能启发"草圣"张旭，使其书法艺术大进，那么她舞艺的高超则可想而知了。即，犹则。　[25]动四方：轰动四方。　[26]观者如山：形容人多，犹言人山人海。色沮丧：形容舞蹈之妙让观众眼花缭乱，惊心动魄，面为改色。　[27]天地为之久低昂：犹言天旋地转。　[28]㸌（huò）如羿（yì）射九日落：比喻舞姿光彩夺目。传说尧时十日并出，庄稼草木都被晒死，尧就命后羿去射日，射落了九个。㸌，光芒闪烁貌，指舞的剑光。　[29]矫：矫健。群帝：众天神。骖（cān）龙翔：驾龙飞翔。　[30]来如雷霆收震怒：形容起舞时气势迅猛，犹如雷霆震怒。雷霆，形容击鼓声。收，聚也。　[31]罢如江海凝清光：谓舞终时恢复平静，如江波澄息。罢，结束。凝清光，以江海平静时水天一色的景象，来比喻舞蹈的停顿静止。以上四句，极言舞蹈之雄妙绝伦，有声有色，惊心动魄。姚合《剑器词三首》其一："掉剑龙缠臂，开旗火满身。"苏涣《赠零陵僧》："七星错落缠蛟龙"，"西河舞剑气凌云"。元稹《说剑》："霆雷满室光，蛟龙绕身走。"可与此四句相参。 [32]绛唇：红唇，指人。珠袖：指舞。两寂寞：谓公孙大娘人与舞俱亡。 [33]弟子：指李十二娘。芬芳：香气。此指美妙的舞艺。 [34]临颍美人：即李十二娘。白帝：白帝城，指夔州。 [35]神扬扬：神采飞扬。 [36]既有以：既有根由，即序中"辨其由来"之意。 [37]时：时局，时势。事：即指这次观舞事。惋伤：惋惜，悲伤。 [38]先帝：指玄宗。 [39]初第一：谓自始就推她第一。初，始，当初。 [40]五十年：从开元三年（715）郾城观舞到作此诗时之大历二年（767），凡五十余年，举成数而言。反掌：形容时间过得迅疾。 [41]风尘澒（hòng）洞：犹言天昏地暗，指安史之乱。 [42]散如烟：像烟一样消散。安史之乱，京师乐工歌妓多流散各地，故云。 [43]女乐：歌妓，舞女。余姿：容颜中衰，即序中所谓"亦匪盛颜"。时当十月，故曰"映寒日"。向秀《思旧赋序》："于时日薄虞渊，寒冰凄然。"此正"映寒日"之所本，借以寄今昔沧桑之深慨。 [44]金粟堆：即金粟山，在今陕西蒲城县，玄宗泰陵在焉。两臂合抱曰"拱"。玄宗以广德元年（763）三月葬泰陵，至大历二年已近五年，故曰"木已拱"。语出《左传·僖公三十二年》："尔墓之木拱矣。" [45]瞿唐石城：指白帝城。依山石为城，下临瞿塘峡，故云。萧瑟：萧条冷落。 [46]"玳筵急管曲复终"二句：谓曲终人散，盛宴不再，感慨五十年间盛衰变化。玳筵，以玳瑁装饰坐具之宴席，称玳筵，犹言盛筵，即指元持宅中的宴会。急管，急促的管乐声。曲复终，既指宴会结束，亦指李十二娘舞剑器结束。"复"字，照应序中所云开元三年观公孙大娘舞剑器之事。五十年前观公孙舞，正是开元盛世；五十年后，观公孙弟子舞，已是大乱之后，所谓"五十年间似反掌"，故云"乐极哀来"，遂寓无限感慨。 [47]老夫：杜甫自谓。 [48]足茧：足生胼胝，俗称𦙙（jiǎng）子。杜甫漂泊奔走，故足上生茧，行走不便。《入衡州》诗云："隐忍枳棘刺，迁延胝胼疮。"转愁疾：足茧行迟，反愁太疾，临去而不忍其去也。疾，速。

[点评]

大历二年（767）十月，作于夔州。此诗前八句从各方面形容公孙氏舞《剑器》之"浏漓顿挫""壮其蔚跂"，时而神奇可骇，时而高卑易位，时而如九日并落，时而如驾龙翔空，时而如雷霆过而响尚留，时而如江海澄而波乍息。接六句则见李氏舞而感怀，公孙已逝，李氏犹存，感慨万端。从而开启下六句盛衰之感及末六句聚散无常之慨。诗题是"观公孙大娘弟子舞剑器"，而诗与序却重点在写公孙大娘，实际上是在借乐舞的今昔对比，以揭示安史之乱前后五十年间治乱兴衰的历史变化，"举一剑器，可该万事"，容量极大，描绘公孙大娘舞《剑器》的舞姿，逼真传神，气象万千，感慨极深，悲壮淋漓，沉郁顿挫，堪称绝妙好词！此诗小序，以诗为文，笔法跳跃，感情充沛，与诗互为补充，珠联璧合，相得益彰。故卢世㴶称"序与诗，俱登神品"（《杜诗胥钞余论·论七言古诗》）。

石间居士曰："此诗亦通体整对格，又妙在中间两联，偏能流走，起末两联，反见对峙，文笔之变化，至此真令人莫能测识也，奇哉！幻哉！"（《藏云山房杜律详解》七律卷下）

冬　至

年年至日长为客[1]，忽忽穷愁泥杀人[2]。

江上形容吾独老[3]，天涯风俗自相亲。

杖藜雪后临丹壑[4]，鸣玉朝来散紫宸。

心折此时无一寸^[5]，路迷何处是三秦。

[注释]

[1]至日：即冬至日。长为客：杜甫自乾元二年（759）弃官客秦州，至今已有八九年，故云。"长为客"三字，为一诗纲领。　[2]忽忽：恍惚失意貌。泥（nì）：软缠，胶滞。年年为客，穷愁无已，似在有意缠人不放。　[3]"江上形容吾独老"二句：极写客中苦况。江上、天涯，俱指夔州言。形容，形体面容。吾独老，则别人或不如此，"独"字凄怆。自相亲，时逢冬至节气，人自相亲，而不与我亲。汉乐府《饮马长城窟行》："入门各自媚，谁肯相为言。"陆云《答张士然》："百城各异俗，千室非良邻。欢旧难假合，风土岂虚亲。"此即其意。杜甫《十月一日》诗亦云："旧俗自相欢。"　[4]"杖藜雪后临丹壑"二句：谓我丹壑杖藜之际，正是长安百官散朝之时，感叹荣枯悬殊。杖藜，持藜茎之杖，泛指扶杖而行。丹壑，红色的山谷。鸣玉，"乘马鸣玉珂"的省文。玉珂，马勒以贝饰之，色白如玉，行走振动则有声。紫宸，殿名，在长安大明宫内。甫任左拾遗时有《紫宸殿退朝口号》诗。　[5]"心折此时无一寸"二句：承上，言我漂泊独老，诸公尚在朝中，荣瘁悬殊，每念及此，不觉肠断心碎。心折，犹心碎。心大不过方寸，故曰寸心。寸心既折，故曰"无一寸"。三秦，即今陕西关中地区，此指长安。"路迷"而不知"何处是"，正是心折之语。

[点评]

大历二年（767）冬至在夔州作。诗人因长期漂泊之苦，而忆长安在朝之时，感慨良深。上二联写旅居冬至，客途久滞，老病穷愁，此时冬至风俗自亲，而于为客之

徐增曰："子美歌行，此首为短，其层折最多，有万字收不尽之势。一芥子内，藏一须弥山王，奇绝之作。"（《而庵说唐诗》卷四）

曾国藩曰："《短歌行》瑰玮顿挫，跌宕渠姚，可谓空前绝后。"（《求阙斋读书录》卷七）

浦起龙曰："'白日''沧溟'，喻当时之有势力者。白日为动，沧溟为开，正其必能见拔处。"（《读杜心解》卷二之三）

人何益？下二联因忆长安冬至，由身临丹壑，而意想紫宸，故有心折路迷之慨；心折则穷愁转甚，路迷则久客难归。其上下两截相扣，联联又相扣，可谓针线细密。

短歌行 [1]

王郎酒酣拔剑斫地歌莫哀 [2]，我能拔尔抑塞磊落之奇才 [3]。豫樟翻风白日动 [4]，鲸鱼跋浪沧溟开。且脱佩剑休徘徊 [5]！西得诸侯棹锦水 [6]，欲向何门趿珠履？仲宣楼头春已深 [7]，青眼高歌望吾子。眼中之人吾老矣 [8]！

[注释]

[1]题下原注："赠王郎司直。"王郎，不详何人。杜甫在成都作《戏赠友二首》，其二曰："元年建巳月，官有王司直。"当即此人。司直，官名。一在大理寺，一为东宫官属。　[2]酒酣：半醉。左思《咏史八首》其六："荆轲饮燕市，酒酣气益震。哀歌和渐离，谓若傍无人。"拔剑斫地：鲍照《拟行路难》其六："对案不能食，拔剑击柱长叹息。"斫（zhuó）地，用刀斧砍地，形容极为悲愤不平。　[3]拔：提拔，拔擢。尔：指王郎。抑塞：犹抑郁，谓才不得展。磊落：光明坦荡。　[4]"豫樟翻风白日动"二句：以大木大鱼为喻，比王郎之才华过人，终当为世用。豫樟，大木，樟类。樟，一作"章"，古通。陆贾《新语·资质》："夫楩楠豫章，天下之名木，

生于深山之中，产于溪谷之傍，立则为太山众木之宗，仆则为万世之用。"《神异经·东方经》："东方荒外有豫章焉，此树主九州，其高千丈，围百尺，本上三百丈。"白日动，树大则风大，白日为之动。跋浪，犹乘浪。沧溟，即碧海。鲸掀巨浪，沧溟为之开。 [5]脱：取下。徘徊：犹豫不决，指哀歌之态。既能翻风跋浪，奇才终当大用，何须拔剑悲歌耶？故曰"休徘徊"。 [6]"西得诸侯棹锦水"二句：谓王郎西去成都干谒诸侯，将去做谁的上客呢？诸侯，即指蜀中节镇。得，得其信任。棹，划水行船。锦水，即锦江，在成都。跋（sà）：《说文·足部》："跋，进足有所撷取也。"珠履，缀珠之鞋。《史记·春申君传》："春申君客三千余人，其上客皆蹑珠履以见赵使。"李白《寄韦南陵冰》："堂上三千珠履客。"向何门，戒其谨慎择人。 [7]"仲宣楼头春已深"二句：谓自己高歌为王郎送别，望你得展怀抱。王粲，字仲宣，避乱荆州依刘表，曾作《登楼赋》，后人遂称其所登之楼为"仲宣楼"。青眼，《晋书·阮籍传》："籍又能为青白眼。"待贤者以青眼，待不肖者以白眼。高歌，犹放歌，即指此《短歌行》。望，望其得遇知己以施展奇才。吾子，相亲之词，指王郎。 [8]眼中之人吾老矣：感叹自己衰老而寄望于王郎。眼中之人，即指王郎。陆云《答张士然》诗："感念桑梓域，仿佛眼中人。"邢邵《七夕》诗："不见眼中人，谁堪机上织。"杜诗袭用其意。

成善楷曰："'欲向何门蹋珠履'句，戒王司直不要为了'蹋珠履'而奔走权贵之门。不过话说得很委婉。两句合读，意思是，既然已经得到西诸侯的信赖，完全可以一叶扁舟，夷犹锦水；还要打通什么门路去'蹋珠履'呢？"（《杜诗笺记》二七一）

［点评］

大历三年（768）暮春在江陵（今湖北荆州）送别友人王郎作，抒发了怀才不遇的抑郁悲愤之情。全诗共十句，上下各五句，"每四句后用一单句，单句虽一语，实是一段文字。篇法、调法，并为奇绝。"（《杜园说杜》卷八）即前五句押四平韵，劝慰王郎勿醉酣拔剑悲歌，以其有翻风跋浪之奇才；后五句押四仄韵，遥想王郎赴蜀方回曰："此诗，余幼而学书，有此古印本为式，云杜牧之书也。味之久矣，愈老而愈见其工。中四句用'云天''夜月''落日''秋风'，皆景也，以情贯之，'共远''同孤''犹壮''欲苏'八字，绝妙。世之能诗者不复有出其右矣。"（《瀛奎律髓》卷二十九）

邓献璋曰："读此种诗，觉风力气骨顿长一倍，妙在直写而能曲，近写而能远，浅写而能深。"（《艺兰书屋精选杜诗评注》卷九）

干谒侯门之惨状，惟望知己遭逢，以慰我衰老之人。可谓气势突兀横绝，跌宕悲凉。

江　汉

江汉思归客[1]，乾坤一腐儒[2]。
片云天共远[3]，永夜月同孤。
落日心犹壮[4]，秋风病欲苏。
古来存老马[5]，不必取长途。

[注释]

[1]思归客：思归故乡的游子，作者自指。　[2]乾坤：犹天地。腐儒：迂腐的儒者。与《旅夜书怀》"飘飘何所似？天地一沙鸥"同意。　[3]"片云天共远"二句：慨叹自己像片云一样飘荡于远离故乡的天边，与孤月共度长夜。情虽凄苦，景却阔大，忧思深沉。永夜，长夜。　[4]"落日心犹壮"二句：谓己虽老病，而壮心不已。触景起兴，情景交融，意境阔大而豪壮。落日，比喻暮年。时作者五十七岁。心犹壮，壮心犹在。此即曹操《龟虽寿》"烈士暮年，壮心不已"意。病欲苏，病要好了。苏，苏活，指病愈。　[5]"古来存老马"二句：用老马识途的故事说明自己还可以为国家作些贡献。《韩非子·说林》："桓公伐孤竹，春往冬反（返），迷惑失道，管仲曰：'老马之智可用也。'乃放老马而随之，遂得道。"二句谓老马不必求其长途奔驰，但其智可用。

[点评]

大历三年（768）秋作。这年正月，杜甫由夔州出峡东下，秋由江陵去公安。这一带长江因西汉水（嘉陵江）汇入，故称江汉。诗中写江上行舟所见景象，以及引发的感慨，表达了诗人年迈而犹壮心不已的精神。此诗写景简约，情景交融，句句精警。

登岳阳楼

昔闻洞庭水[1]，今上岳阳楼。

吴楚东南坼[2]，乾坤日夜浮[3]。

亲朋无一字[4]，老病有孤舟[5]。

戎马关山北[6]，凭轩涕泗流[7]。

[注释]

[1] 洞庭水：即洞庭湖。　[2] 坼（chè）：分裂。吴、楚为两古国名，大概言之，洞庭湖之东为吴，其西、南、北皆楚地，中由湖水分开，故曰"坼"。　[3] 乾坤：指日月。《水经注·湘水》："（洞庭）湖水广圆五百余里，日月若出没于其中。"[4] 字：指书信。　[5] 老病：杜甫时年五十七，身患多种疾病，故云。有孤舟：谓水上漂泊，只有以舟为家。　[6] 戎马：指战争。据史载，大历三年秋冬，吐蕃屡侵陇右、关中一带，京师戒严。因其地在岳阳西北，故曰"关山北"。　[7] 凭轩：倚楼上栏杆。涕泗流：犹言老泪纵横。涕泗，眼泪

唐庚曰："过岳阳楼，观杜子美诗，不过四十字尔，气象阔放，涵蓄深远，殆与洞庭争雄，所谓'富哉言乎'者。"（《唐子西文录》）

黄生曰："前半写景，如此阔大，转落五六，身世如此落寞。诗境阔狭顿异，结构凑泊极难。不图转出'戎马关山北'五字，胸襟气象，一等相称，宜使后人搁笔也。"（《杜诗说》卷五）

"亲朋无一字，老病有孤舟"二句感时伤事，自怜身世：举目无亲，音信全无，年老多病，孤舟漂泊，悲寂落寞。写情黯淡，凄然欲绝。

童能灵曰："杜子美生平忠君爱国是其天性，故随处发现，能使人兴起，只如此诗'戎马关山北'，下一'北'字，便是回首长安而心在朝庭也。若只作流连光景，羁穷无聊之态，便是寒乞身份，岂复有此卓荦雄杰乎？"（《寇岁山文集》卷二）

仇兆鳌曰："当时赋役繁而农桑废，此《蚕谷行》所为作也。然必销兵之后，民始复业。末云'烈士'，见当时征戍之士即农民耳。"（《杜诗详注》卷二十三）

曰涕，鼻涕曰泗。张载《拟四愁诗》："登崖远望涕泗流。"顾宸曰："只'凭轩'二字，身在楼而心已驰于北矣。"（《辟疆园杜诗注解》五律卷十二）

[点评]

岳阳楼，即岳州巴陵县（今湖南岳阳）西门城楼，俯瞰洞庭湖。杜甫大历三年（768）正月中旬离开夔州乘舟出三峡，经江陵，过公安，舟抵岳阳，已是岁暮，这一年他全是在波涛汹涌的长江上的一叶孤舟中度过的。以年老多病之身，登上岳阳名楼，放眼八百里洞庭，自是感慨万千。故首联抚今追昔，正寓无限感慨。颔联极写洞庭浩瀚无际的壮阔景象，语虽雄浑豪健，但亦寓家国身世之感。故下截自怜身世，举目无亲，老病孤舟，忧怀国事，戎马关山，涕泗横流，可谓泣尽继之以血，令人感叹嘘唏，不能自已。此诗的可贵之处，是景中有人在，诗中有人在，更有格在。这所谓"格"，正是忧国忧民的博大胸怀。刘辰翁谓其"气压百代，为五言雄浑之绝"（《集千家注批点杜工部诗集》卷十九），胡应麟誉为盛唐五言律第一，王士禛赞为"千古绝唱"，实不为过。

蚕谷行

天下郡国向万城[1]，无有一城无甲兵。
焉得铸甲作农器[2]，一寸荒田牛得耕[3]。

牛尽耕，蚕亦成。

不劳烈士泪滂沱[4]，男谷女丝行复歌[5]。

［注释］

[1]“天下郡国向万城”二句：谓全国盗贼充斥，战乱不止。天下郡国，犹言全国各地。向，将近。甲兵，喻战乱。据史载：大历三年，商州兵马使刘洽反，幽州兵马使朱希彩反。四年，广州人冯崇道、桂州人朱济时反。吐蕃又连年入侵，河北藩镇拥兵割据，故曰“无有一城无甲兵”。　[2]焉得：安得，怎得。铸甲作农器：将武器销毁做成农具。《洗兵马》云：“安得壮士挽天河，净洗甲兵长不用！”此则更进一层，铸甲为器，恢复生产。　[3]一寸荒田牛得耕：意谓不荒废一寸土地。一寸，每寸。　[4]烈士：指战士。滂沱：大雨貌，形容泪落如滂沱大雨。　[5]男谷女丝：即男耕女织。行复歌：一边劳作一边唱歌。指人民安居乐业。行，犹作。

［点评］

大历四年（769）在湖南作。久经战乱，农桑荒废，民生凋敝，饱经漂泊之苦的诗人，渴望停止战争，恢复生产，使人民过上安居乐业的生活。诗表达了广大人民的愿望和要求。

朱凤行

君不见潇湘之山衡山高[1]，

夏力恕曰：“意义分明，变幻是‘牛尽耕’‘蚕亦成’一转，单起双行，章法最妙。”（《杜诗增注》卷二十）

朱鹤龄曰：“刘桢诗：‘凤凰集南岳，徘徊孤竹根。’‘岂不长辛苦，羞与黄雀群。’公诗似取其意而反之。羞群黄雀者，凤采之高翔；下愍黄雀者，凤德之广覆也。所食竹实愿分之以及蝼蚁，而鸱枭则一同其怒号，此即‘驱出六合枭鸾分’意也。诗旨苞蕴甚远。”（《杜工部诗集辑注》卷二十）

蒋弱六曰："朱凤言其胸襟之阔，此老岂徒为大言而已，此中实有学问，有性情，不如是，不足为千古第一诗人也。"(《杜诗镜铨》卷二十引)

浦起龙曰："鸟、雀、蝼蚁，俱喻困征敛之穷民。鸱枭，喻剥民之凶人。"(《读杜心解》卷二之三)

山巅朱凤声嗷嗷[2]。

侧身长顾求其曹[3]，翅垂口噤心甚劳。

下愍百鸟在罗网[4]，黄雀最小犹难逃。

愿分竹实及蝼蚁[5]，尽使鸱枭相怒号。

[注释]

[1]潇湘：湖南二水名，此泛指湖南。衡山：即五岳之一的南岳，一名岣嵝山，在湖南境内。山有七十二峰，以祝融、天柱等五峰为最大。　[2]朱凤：红色凤凰。杜甫《望岳》诗："南岳配朱鸟，秩礼自百王。"朱鸟即朱凤。嗷嗷：愁叹声。　[3]"侧身长顾求其曹"二句：谓朱凤生不遇时，孤独失意。长顾，引颈远望。曹，同群、同伙、同道。口噤，闭口不作声。劳，有惆怅忧伤意。　[4]愍：同"悯"，怜恤。百鸟在罗网：喻老百姓处于水深火热之中。　[5]"愿分竹实及蝼蚁"二句：托物喻志，表达自己同情弱小、疾恶如仇的仁人情怀。竹实，竹子所结之实，又名竹米，传为凤凰所食。上句亦"盘飧老夫食，分减及溪鱼"(《秋野五首》其一)、"减米散同舟，路难思共济"(《解忧》)之意。鸱枭(chī xiāo)，即猫头鹰。古人认为是一种恶鸟。枭，又作"鸮"。贾谊《吊屈原赋》："鸾凤伏窜兮鸱鸮翱翔。"比喻压迫平民百姓的贪官恶吏。杨伦曰："言但能泽及下民，即逢权奸之怒，亦所不计也。"(《杜诗镜铨》卷二十)

[点评]

大历四年(769)在湖南作。古人以凤为神鸟，称为鸟王。常以喻贤能之人。此则作者自喻，表达了诗人孤栖失志，却又悲天悯人，不向恶势力低头的胸襟与傲骨。

江南逢李龟年 [1]

岐王宅里寻常见 [2]，崔九堂前几度闻 [3]。
正是江南好风景，落花时节又逢君 [4]。

[注释]

[1] 李龟年：玄宗时著名歌唱家。安史乱后，流落江南，与杜甫相遇，遂有此诗。　[2] 岐王：玄宗之弟李范。岐王宅在东都洛阳尚善坊。寻常见：即经常见。寻常，犹平常。　[3] 崔九：原注："崔九，即殿中监崔涤，中书令湜之弟。"为玄宗宠臣。《旧唐书·崔涤传》载："涤多辩智，善谐谑，素与玄宗款密。兄湜坐太平党诛，玄宗常思之，故待涤逾厚，用为秘书监，出入禁中，与诸王侍宴不让席，而坐或在宁王之上。后赐名澄。"涤亦有宅在洛阳遵化里。李范和崔涤都卒于开元十四年（726）。　[4] 落花时节：指暮春。君：指李龟年。

[点评]

大历五年（770）春流寓潭州（今湖南长沙）时作。此为杜甫七绝名篇。诗写今昔盛衰之感，身世蹉跎之叹，大开大阖，言简意赅，寓慨深沉。前二句忆昔，后二句慨今。"寻常见""几度闻"，言己与李龟年早就相识，且交情颇深。今老朋友久别重逢，又在山清水秀的江南，

吴瞻泰曰："此盛唐绝调也，字字风韵，不觉有凄凉之色，而国家之盛衰，人世之聚散，时地之迁流，悉寓于字里行间，一唱三叹，使人味之于意言之表，虽青莲、摩诘亦应俯首。"（《杜诗提要》卷十四）

孙洙曰："世运之治乱，年华之盛衰，彼此之凄凉流落，俱在其中。少陵七绝，此为压卷。"（《唐诗三百首》卷八）

本应兴高采烈、喜不自胜才是，但是不然。"落花时节"，既是指落花纷纷的暮春时令，又寓有深广的社会内容，彼此的衰老飘零，社会的凋敝丧乱，都在其中。一个"又"字，绾合过去和现在，今昔五十年的盛衰变化尽在此一字中。正如作者《观公孙大娘弟子舞剑器行》所云："五十年间似反掌。"昔盛今衰又见君！岂不令人感慨万千，潸然泪下。

主要参考文献

新定杜工部古诗近体诗先后并解　（宋）赵次公撰　明抄本

杜诗说　（清）黄生撰　清康熙三十五年（1770）一木堂刻本

读杜心解　（清）浦起龙撰　中华书局1978年版

钱注杜诗　（清）钱谦益撰　上海古籍出版社1979年版

杜诗详注　（清）仇兆鳌撰　中华书局1979年版

杜诗镜铨　（清）杨伦撰　上海古籍出版社1980年新1版

新刊校定集注杜诗　（宋）郭知达编　中华书局1982年影宋本

杜臆　（明）王嗣奭撰　上海古籍出版社1983年新1版

杜甫全集校注　萧涤非主编　人民文学出版社2014年版

《中华传统文化百部经典》已出版图书

书　　名	解读人	出版时间
周易	余敦康	2017 年 9 月
尚书	钱宗武	2017 年 9 月
诗经（节选）	李　山	2017 年 9 月
论语	钱　逊	2017 年 9 月
孟子	梁　涛	2017 年 9 月
老子	王中江	2017 年 9 月
庄子	陈鼓应	2017 年 9 月
管子（节选）	孙中原	2017 年 9 月
孙子兵法	黄朴民	2017 年 9 月
史记（节选）	张大可	2017 年 9 月
传习录	吴　震	2018 年 11 月
墨子（节选）	姜宝昌	2018 年 12 月
韩非子（节选）	张　觉	2018 年 12 月
左传（节选）	郭　丹	2018 年 12 月
吕氏春秋（节选）	张双棣	2018 年 12 月
荀子（节选）	廖名春	2019 年 6 月
楚辞	赵逵夫	2019 年 6 月
论衡（节选）	邵毅平	2019 年 6 月
史通（节选）	王嘉川	2019 年 6 月
贞观政要	谢保成	2019 年 6 月
战国策（节选）	何　晋	2019 年 12 月
黄帝内经（节选）	柳长华	2019 年 12 月
春秋繁露（节选）	周桂钿	2019 年 12 月
九章算术	郭书春	2019 年 12 月
齐民要术（节选）	惠富平	2019 年 12 月
杜甫集（节选）	张忠纲	2019 年 12 月
韩愈集（节选）	孙昌武	2019 年 12 月
王安石集（节选）	刘成国	2019 年 12 月
西厢记	张燕瑾	2019 年 12 月

书　　名	解读人	出版时间
聊斋志异（节选）	马瑞芳	2019 年 12 月
礼记（节选）	郭齐勇	2020 年 12 月
国语（节选）	沈长云	2020 年 12 月
抱朴子（节选）	张松辉	2020 年 12 月
陶渊明集	袁行霈	2020 年 12 月
坛经	洪修平	2020 年 12 月
李白集（节选）	郁贤皓	2020 年 12 月
柳宗元集（节选）	尹占华	2020 年 12 月
辛弃疾集（节选）	王兆鹏	2020 年 12 月
本草纲目（节选）	张瑞贤	2020 年 12 月
曲律	叶长海	2020 年 12 月
孝经	汪受宽	2021 年 6 月
淮南子（节选）	陈　静	2021 年 6 月
太平经（节选）	罗　炽	2021 年 6 月
曹操集	刘运好	2021 年 6 月
世说新语（节选）	王能宪	2021 年 6 月
欧阳修集（节选）	洪本健	2021 年 6 月
梦溪笔谈（节选）	张富祥	2021 年 6 月
牡丹亭	周育德	2021 年 6 月
日知录（节选）	黄　坤	2021 年 6 月
儒林外史（节选）	李汉秋	2021 年 6 月
商君书	蒋重跃	2022 年 6 月
新书	方向东	2022 年 6 月
伤寒论	刘力红	2022 年 6 月
水经注（节选）	李晓杰	2022 年 6 月
王维集（节选）	陈铁民	2022 年 6 月
元好问集（节选）	狄宝心	2022 年 6 月
赵氏孤儿	董上德	2022 年 6 月
王祯农书（节选）	孙显斌	2022 年 6 月
三国演义（节选）	关四平	2022 年 6 月
文史通义（节选）	陈其泰	2022 年 6 月

书　　名	解读人	出版时间
汉书（节选）	许殿才	2022 年 12 月
周易略例	王锦民	2022 年 12 月
后汉书（节选）	王承略	2022 年 12 月
通典（节选）	杜文玉	2022 年 12 月
资治通鉴（节选）	张国刚	2022 年 12 月
张载集（节选）	林乐昌	2022 年 12 月
苏轼集（节选）	周裕锴	2022 年 12 月
陆游集（节选）	欧明俊	2022 年 12 月
徐霞客游记（节选）	赵伯陶	2022 年 12 月
桃花扇	谢雍君	2022 年 12 月
法言	韩敬、梁涛	2023 年 12 月
颜氏家训	杨世文	2023 年 12 月
大唐西域记（节选）	王邦维	2023 年 12 月
法书要录（节选）　历代名画记	祝　帅	2023 年 12 月
耶律楚材集（节选）	刘　晓	2023 年 12 月
水浒传（节选）	黄　霖	2023 年 12 月
西游记（节选）	刘勇强	2023 年 12 月
乐律全书（节选）	李　玫	2023 年 12 月
读通鉴论（节选）	向燕南	2023 年 12 月
孟子字义疏证	徐道彬	2023 年 12 月